AS CRÔNICAS DE TERRACLARA

A ESPADA

L. F. MAGELLAN

AS CRÔNICAS DE TERRACLARA

A ESPADA

:ns

SÃO PAULO, 2025

As crônicas de Terraclara: a Espada
Copyright @ 2025 by L. F. Magellan

Copyright @ 2025 by Novo Século Editora

EDITOR: Luiz Vasconcelos
COORDENAÇÃO EDITORIAL: Driciele Souza
PREPARAÇÃO: Ana Moura
REVISÃO: Nina Giacomo
DIAGRAMAÇÃO: Marília Garcia
ILUSTRAÇÃO E COMPOSIÇÃO DE CAPA: Marcus Palla
ILUSTRAÇÕES DOS MAPAS: Anna Luiza Fernandes

Texto de acordo com as normas do Novo Acordo Ortográfico da Língua Portuguesa (1990), em vigor desde 1º de janeiro de 2009.

Dados Internacionais de Catalogação na Publicação (CIP)
Angélica Ilacqua CRB-8/7057

Magellan, L. F.
As crônicas de Terraclara : a espada / L. F. Magellan. –– Barueri, SP : Novo Século Editora, 2025.
384 p. (Vol. 2)

ISBN 978-65-5561-909-6

1. Ficção brasileira 2. Literatura fantástica I. Título

24-5759   CDD-B869.3

GRUPO NOVO SÉCULO
Alameda Araguaia, 2190 – Bloco A – 11º andar – Conjunto 1111
CEP 06455-000 – Alphaville Industrial, Barueri – SP – Brasil
Tel.: (11) 3699-7107 | E-mail: atendimento@gruponovoseculo.com.br
www.gruponovoseculo.com.br

A espada não se cansa.
A espada não sangra.
A espada não escolhe quando parar de lutar.
Isso é privilégio do guerreiro que a empunha.

Elaurius Magnus

Anteriormente, em *As Crônicas de Terraclara*

Terraclara é um mundo quase perfeito, onde seus habitantes, chamados de artenianos, vivem em uma sociedade com equilíbrio social em total isolamento do mundo exterior, sem ideia do que ocorre além das barreiras naturais que protegem aquela terra: a alta Cordilheira Cinzenta e o profundo Abismo Dejan. O acesso pelo mar é quase impossível, devido às formações naturais chamadas de Dentes do Tubarão, de um lado, enquanto do outro o lugar é protegido pela Cordilheira Cinzenta que termina no Abismo, isolando Terraclara de tudo que há além, tanto das coisas boas quanto das ruins.

Nessa sociedade o governo é exercido pelo Zelador, um cidadão comum eleito pelo povo, e as decisões importantes são tomadas nas grandes assembleias, que ocorrem no anfiteatro, onde todos se reúnem para decidir entre duas opções apresentadas pelo governante. Esse sistema foi introduzido pelo maior arteniano de todos os tempos, Almar Bariopta, que criou o modelo democrático após a Guerra dos Clãs, um período sombrio no qual as principais forças políticas e econômicas se enfrentaram de forma sangrenta. Os mesmos clãs que originalmente rivalizaram nessa guerra hoje são famílias influentes econômica e politicamente.

Nesse mundo ideal vivem nossos três protagonistas, Mia, Gufus e Teka. As duas jovens são primas e herdeiras de dois poderosos clãs: Patafofa e Ossosduros. Já Gufus é de uma família que conquistou riqueza recentemente e não vem de uma linhagem tradicional, portanto muitas vezes sofre preconceito de pessoas retrógradas, como o insuportável Professor Rigabel. Os três são amigos leais e inseparáveis.

O isolamento dessa sociedade é ameaçado quando são avistadas fogueiras do outro lado do Grande Abismo, indicando que invasores podem estar se aglomerando bem próximos da Cordilheira que protege Terraclara. Uma assembleia convocada pelo Zelador Salingueta decide que nenhuma atitude deve ser tomada, e o plano de ação é simplesmente continuarem escondidos. Porém, Madis e Amelia Patafofa (pais de Mia), junto com Uwe Ossosduros (pai de Teka), decidem investigar e saem em uma incursão secreta e não autorizada, mas com o conhecimento do Zelador, rumo ao outro lado do Abismo. Eles nem chegam a cruzar para o outro lado, quando são denunciados e presos por desobedecer as decisões da assembleia.

Mia e Teka, com a ajuda de Gufus, decidem partir em uma arriscada missão até o outro lado, a fim de descobrir o que realmente está acontecendo, reunir provas para inocentar seus pais e, quem sabe, resolver o mistério dos lendários habitantes do outro lado: o Povo Sombrio. Eles vencem muitos obstáculos até que conseguem cruzar o Abismo e encontram pessoas diferentes, com culturas e etnias até então nunca sequer imaginadas. Algumas dessas pessoas os acolhem em sua casa e os ajudam em sua missão. Essas pessoas vivem de forma tranquila, isoladas do Consenso, o grande poder político e militar que domina aquela região. Três gerações da mesma família vivem na casa de fazenda, e os mais novos, Tayma e Marro, têm idades próximas dos viajantes de Terraclara, então logo se tornam grandes amigos. O grupo vai investigar o mistério das fogueiras, mas, para isso, precisa viajar até as terras dos freijar, um povo de guerreiros altos e loiros que vive perto dali.

Chegando a essas terras, eles participam de um festival onde jovens de todas as partes competem em esportes como corridas e lutas. Enquanto participam das competições, descobrem que as misteriosas fogueiras estavam sendo acesas pelos próprios freijar, seguindo instruções recebidas do seu líder. Na última prova do festival, a luta de espadas, Marro é ferido e não pode competir, sendo substituído por Gufus, que enfrentará o jovem guerreiro freijar Osgald. A luta dos dois é interrompida pela chegada dos soldados da Magna Guarda, a força militar do Consenso, o grande império do mal que domina tudo e todos daquele lado do Abismo. Gufus é preso e dado como morto, e os demais são obrigados a fugir.

Enquanto fugiam das terras dos freijar, nossas protagonistas remanescentes são interceptadas por Osgald, o jovem que lutara com Gufus, e por seu pai, Osmond. Esses contam que a mãe de Teka, considerada morta há dez anos, poderia estar viva, escravizada em alguma terra longe dali. Pai e filho se oferecem para acompanhá-la em uma busca em terras desconhecidas. Teka sai na companhia dos dois guerreiros freijar à procura da mãe, deixando para Mia a responsabilidade de voltar para Terraclara e consertar a situação em casa.

Mia retorna para casa levando informações importantes: as fogueiras, na verdade, foram acesas pelo líder dos freijar, seguindo instruções enviadas de Terraclara, acompanhadas por sacos de pedras preciosas. Esses sacos de joias traziam o emblema do Zelador bordado, e isso apontava para um complô, que utilizaria o medo de uma invasão inexistente, para justificar um golpe de estado em Terraclara. Ao voltar, Mia encontra seus pais ainda presos, e o antigo Zelador Parju Salingueta, seu principal suspeito até aquele momento, está deposto. Um novo Zelador chegou ao poder: Roflo Marrasga, até então apenas um político obscuro e oportunista, tirou vantagem das incertezas após a deposição de Salingueta. Ele aproveitou a denúncia de que o antigo Zelador teria apoiado os conspiradores e o removeu do poder, sendo aclamado como o grande salvador naquela situação de perigo. Com a ajuda de outros tão mal-intencionados quanto ele e alguns inocentes úteis, Marrasga começou a instalar um estado policial em Terraclara com o intuito de tornar-se uma espécie de ditador no futuro.

A chegada de Mia com provas do envolvimento de Marrasga nessa conspiração precipita sua queda, e ele é deposto e preso. A antipática e insuportável Madame Cebola foi eleita a nova Zeladora, e todos os que estavam presos injustamente foram soltos. Mia convida Tayma e Marro para morar em Terraclara por algum tempo, e a situação, aos poucos, volta ao normal.

Por fim descobrimos que Teka, junto com seus dois novos aliados freijar, está seguindo uma pista sobre o paradeiro de sua mãe e que Gufus felizmente não foi morto, e sim capturado e levado até o centro do poder do Consenso.

Assim, com os três inseparáveis amigos agora seguindo caminhos distintos, sem saber o que acontecia uns com os outros, termina o primeiro volume de *As Crônicas de Terraclara*.

Você às vezes também fica confuso com o famoso "quem é quem" entre os personagens dos livros?
Aponte seu celular para este QR Code e tenha informações sobre os personagens, suas famílias e origens.

Prólogo

As flechas que voavam em sua direção não eram certeiras, mas não precisavam ser. Eram tantas, que bastavam duas, apenas duas, acertarem os alvos, e aquela expedição de reconhecimento falharia. Magar olhou para o lado e viu que sua irmã, Aletha, estava bem-abrigada sob uma pedra grande que se projetava um pouco para frente. Eles eram os únicos remanescentes de uma expedição com dez pessoas, quase todos os demais jaziam no caminho, perfurados por espadas ou flechas. A respiração dela era profunda, mas ainda controlada, de certa forma, enquanto seu irmão arfava, inspirando fundo, pelo cansaço e pela perspectiva de um arqueiro qualquer acabar com a sua vida. Eles se olharam e, sem muitas alternativas, resolveram correr em zigue-zague o máximo que pudessem, rumo ao rio. Enquanto corriam, olharam para trás e, além da chuva de flechas, viram alguns cavaleiros vestidos com uniformes negros cavalgando rápido em sua direção. Magar sentiu como se alguém batesse em seu ombro e depois uma pontada de dor, mas não parou de correr quando já avistava a margem do rio. Aletha corria à sua frente e gastou toda a sorte da vida quando moveu ligeiramente a cabeça, e uma flecha arranhou o lado direito de seu rosto em vez de cravar em sua testa. Os dois estavam em uma corrida desesperada pela vida e estavam a poucos metros da margem do rio, quando o ruído dos cascos dos cavalos tornou-se mais próximo e a respiração dos animais quase podia ser sentida em suas nucas. Aletha pulou primeiro, seguida por Magar, que só então sentiu a dor no ombro aumentar ao tentar nadar para a outra margem. Os dois sabiam bem que a correnteza do rio iria arrastá-los com força, e contavam com isso para ganhar alguma distância dos seus perseguidores. Quando estavam se aproximando do ponto de saída, avistaram a escada de corda que haviam deixado pendurada, e primeiro Aletha se agarrou firmemente para depois ajudar o irmão, que nadava com dificuldade, ainda com a flecha cravada no ombro. Eles conseguiram subir a parede de pedra com o auxílio da escada, que foi imediatamente recolhida, e em seguida entraram na pequena passagem que os levaria de volta à segurança. Pagaram um preço alto, mas estavam voltando com informações importantes e preocupantes.

Capítulo I

A sombra do monolito dos fundadores do Orfanato passou a ser o local preferido de Mia. Aquele pedacinho do jardim era, ao mesmo tempo, um pequeno afago em seu coração e um refúgio de todos os aborrecimentos e preocupações, recordando os momentos que passara com Teka e Gufus. De um, ela tinha uma saudade implacável e sem retorno; sobre a outra, uma preocupação crescente. A aproximação do Decatlo anual servia para lembrá-la de que fazia quase um ano desde que os três se separaram, e em todo esse tempo ela não havia tido notícias da prima. Mia sentia falta de apoio e de empatia em relação às suas preocupações. Da parte dos pais, recebia genéricas palavras de incentivo e tranquilidade, do tipo "Ela sabe se cuidar" ou "Seu tio está lá e já deve tê-la encontrado". Sua mãe, aliás, parecia ainda totalmente incrédula com a notícia de que Flora poderia estar viva. Desde que retornaram do outro lado do Abismo, ela esperava uma reação emocional, fosse de esperança, fosse de repúdio, mas Amelia reagia com uma indiferença espantosa sobre a sua irmã. Sem poder contar com Teka e Gufus, Mia inicialmente tentou apoiar-se em Tayma e Marro, mas esses dois haviam se tornado uma espécie de atração na sociedade arteniana, especialmente no Orfanato. A popularidade deles não se reduzira com o passar dos meses, pelo contrário; passada a novidade inicial, ambos tinham se integrado tão bem, que parecia que sempre estudaram ali.

A Diretora Cominato criou o que ela mesma chamou de regime especial de aprendizado, para permitir que os dois visitantes do outro lado do Abismo pudessem frequentar as aulas junto com outros alunos da mesma idade. Isso incluía aulas de reforço em disciplinas em que o conhecimento deles era limitado ou em que havia diferenças importantes de conteúdo. Mas as piores eram aquelas disciplinas onde seu conhecimento era naturalmente nulo, como história e geografia, que acabaram ficando sob a responsabilidade de ninguém menos do que Omzo Rigabel.

Tayma não era lá muito aplicada aos estudos, e seu desempenho era, com boa vontade, regular. Por outro lado, era uma atleta talentosa em diversas modalidades e encontrou no jogo de Quatro Cantos um ambiente perfeito. Ela começou a participar modestamente de algumas partidas para iniciantes e logo se destacou como uma jogadora impetuosa e criativa. Sua personalidade carismática ajudou muito, e ela foi uma das principais responsáveis pela reintegração de Oliri Aguazul entre os colegas. Desde que Roflo Marrasga havia sido deposto e preso, alguns dos seus colaboradores mais próximos foram rejeitados pela sociedade local. Oliri sofreu muito nas primeiras semanas porque, se ele mesmo já não era um modelo de amizade e gentileza, as ações de sua mãe como consultora na direção do Orfanato não ajudaram em nada. Mesmo os alunos que antes orbitavam sua posição social haviam se afastado, e a Diretora Cominato tomou para si a difícil tarefa de reintegrá-lo ao grupo. Mas foi a aproximação de Tayma nos treinos de Quatro Cantos que, involuntariamente, ajudou nessa redenção, depois que o antigo time nomeado de Aguazul foi desfeito pela hostilidade, não só ao nome, mas ao seu principal jogador. Tão logo Tayma passou a frequentar as aulas, começou a praticar Quatro Cantos, e isso parecia tão natural para ela, que as pessoas se perguntavam se havia um esporte similar do outro lado do Abismo. Ela resolveu buscar companheiros para formar um novo time e insistiu que Oliri ingressasse no recém-criado Travessia. Ele ficou um pouco reticente no começo, porém logo foi se animando, e em poucas semanas o novo time estava formado e começando a obter bons resultados. Agora, quase um ano depois, estavam entre os favoritos para vencer o torneio de Quatro

Cantos no Decatlo. Esse tempo foi o melhor remédio para curar as feridas abertas no passado recente, e Oliri parecia uma outra pessoa quando se relacionava com os demais alunos.

Já Marro era mais retraído do que a irmã e menos inclinado a atividades sociais, dedicando muito do seu tempo aos estudos. Ele havia encontrado algumas pessoas que, de alguma forma, o entendiam e faziam da sua estadia em Terraclara um tempo feliz e produtivo. Uma dessas pessoas era Amelia Patafofa, que o encantava com seu profundo conhecimento de história e a capacidade de envolver quem quer que estivesse em sua companhia no estudo das eras passadas, quase como um personagem de um conto. Ele participava de animadas discussões com Amelia depois de ler livros e alguns manuscritos que ela regularmente lhe emprestava, e por vezes os dois passavam horas conversando. Marro frequentemente se pegava pensando: "Como essa mulher incrível não é a titular das disciplinas de história do Orfanato?". A comparação com o estilo duro e às vezes rude de Omzo Rigabel era inevitável. Ao contrário da irmã, Marro era mais discreto e, ainda que tivesse feito algumas amizades no Orfanato, tinha um perfil mais introvertido, então o único esporte que praticava era luta corporal, cujo treinador era o tio de Gufus, Arkhos Sailu. Tanto Marro quanto Tayma acompanhavam Mia em visitas regulares aos Pongolinos, tentando levar um pouco de conforto aos pais do amigo morto. Foi assim que Marro acabou conhecendo Arkhos, e eles passaram a treinar, como um dia o tio treinara Gufus. A falta que a família sentia de Gufus era quase concreta, como se, ao passar da porta da casa de tijolos vermelhos, o ar ficasse mais denso, difícil de respirar. Marro nunca se perdoou por ter sido indiretamente responsável pela sua morte, e constantemente pensava que, se tivesse lutado, Gufus ainda estaria vivo. Mas, quando estava com a família Pongolino, evitava esses pensamentos e evitava, também, ficar remoendo aqueles sentimentos. Ele, Mia e Tayma optavam por conversar amenidades e, quando alguma lembrança de Gufus vinha à tona, havia um pacto entre eles de levar a conversa para um clima positivo, como se estivessem falando de alguém que se mudara para longe e que um dia voltaria. Marro e o irmão de Silba, Arkhos Sailu, acabaram se aproximando, e era visível que o tio projetava em Marro um pouco do afeto que sentia pelo sobrinho morto. Com isso, os treinos de luta corporal e espadas foram retomados, agora com um aluno diferente, o que trazia algum conforto para Arkhos.

* * *

— E como está a minha irmãzinha preferida nesta bela tarde de sol? — perguntou Tayma enquanto se jogava ao lado de Mia, que foi arrancada de seus pensamentos quando a amiga se sentou ao lado dela na grama.

— Estava bem, até meu coração quase parar com o susto que você me pregou.

As duas tinham ficado muito amigas e passaram a ser confidentes e apoiavam uma a outra, sempre que a saudade lhes apertava o coração. Tayma adorava estar em Terraclara, mas já fazia quase um ano que não via os pais. Mia, por sua vez, sentia muita falta de Teka, que não via há praticamente o mesmo tempo. E ambas sentiam muita falta de Gufus. Tanto Mia quanto Tayma sabiam que, em breve, poderiam abraçar aqueles que estavam distantes, e isso acrescentava um sentimento adocicado de esperança à falta que elas sentiam daqueles que estavam do outro lado do Abismo. Mas a saudade que sentiam de Gufus era diferente; elas nunca mais o veriam, e tinham apenas lembranças para fazer companhia às lágrimas que de vez em quando deixavam naquele gramado.

— Hoje ao fim do dia vamos ter um treino de Quatro Cantos, um jogo amistoso com outros times do Orfanato. Você vem?

— Não — respondeu Mia, já se levantando e tomando o rumo da sala de aula. — Acho que vou para casa estudar um pouco.

— Mia, se você deixar a tristeza tomar conta de você, vai se perder nessa amargura e talvez nunca consiga sair dela.

Mia olhou para os grandes olhos negros de Tayma e viu carinho e ternura daquela nova irmã que entrou em sua vida de forma tão inesperada. Ela racionalmente sabia que Tayma estava certa, mas não conseguia se livrar daquele luto. Como sempre, desconversou e forçou um sorriso enquanto respondia.

— Nada disso, eu realmente preciso ficar um pouco sozinha para estudar, caso contrário o Rigabel me reprova.

E saiu de perto de Tayma em direção aos corredores do Orfanato.

* * *

— E como estão nossos alunos visitantes? — Perguntou a Diretora Letla Cominato aos professores que estavam em sua sala.

Cada um dos presentes comentou brevemente os aspectos positivos e as dificuldades que Tayma e Marro enfrentaram ao longo daqueles meses. Todos menos um.

— E você, Omzo, não tem nada a dizer? — Insistiu a Diretora, olhando agora para o Professor Rigabel por cima de uma xícara de chá.

O Professor Rigabel estava em um canto da sala, como de hábito usando um traje discreto de calças com bolsos laterais, camisa muito bem-engomada, colete e paletó. Sua careca estava em franca expansão, mas ainda havia cabelos bem fartos nas laterais e na parte de trás da cabeça. O bigode e cavanhaque, ao contrário, pareciam mais cheios do que nunca e, como sempre, estavam impecavelmente aparados e penteados.

— O que você quer que eu diga, Diretora? Que desde o início isso foi um erro? Que somos uma instituição de ensino, não uma agência de turismo?

Rigabel parou como se estivesse internamente tentando se acalmar e logo continuou:

— O desempenho de ambos na minha disciplina é naturalmente um desastre, mesmo com todas as regras do seu regime especial de aprendizado.

Esse comentário foi logo seguido por réplicas dos demais professores exaltando o esforço de ambos, além da capacidade dos jovens de se integrar e fazer amigos. Mas esses comentários logo foram encerrados quando Rigabel pediu licença para se retirar porque tinha que oferecer aula especial de reforço em história, justamente para os irmãos visitantes.

— É claro que você pode se retirar, Omzo — respondeu a Diretora Cominato enquanto servia chá para alguns professores. Sem se virar, ela acrescentou: — Tenha um pouco mais de paciência com eles.

A resposta foi murmurada em tom bem baixo, apenas suficiente para ser escutada, enquanto o professor caminhava com calma pelo corredor.

— Se eu tiver ainda mais paciência, é melhor providenciarem uma estátua minha ao lado do Bariopta.

* * *

Quando as aulas terminaram, muitos alunos se dirigiram ao campo para assistir ao treino de Quatro Cantos. Esses jogos amistosos de treinamento estavam se tornando uma espécie de atração à parte no Orfanato. O novo time, nomeado Travessia por sugestão de Tayma, rapidamente se tornou o novo queridinho dos alunos, e seus jogos eram sempre muito disputados, em especial quando os atuais campeões do Decatlo, o time de Ponte de Pedra, estava em campo. Tayma não podia negar o quanto ela apreciava toda essa atenção que recebia dos demais alunos. Com suas tranças esvoaçantes e seus olhos negros destacados pelo largo sorriso, ela despertava paixões por todo o Orfanato. Oliri era um dos seus admiradores e constantemente a presenteava com flores ou conchas trazidas pelos navios da família.

— Não vai assistir ao jogo? — perguntou Marro quando cruzou com Mia, que caminhava em uma direção diferente. Ele estava conversando com um rapaz que ela conhecia de vista e cujo nome não lembrava.

— Não, quem gosta muito de assistir Quatro Cantos é a Teka e, como ela não está aqui, não vou perder meu tempo. Prefiro ir para casa.

— Bem, eu vou lá encorajar minha irmã — disse Marro, sorrindo enquanto colocava ênfase na palavra "encorajar".

Ambos riram porque sabiam bem que encorajamento era algo de que Tayma definitivamente não precisava. Mia seguiu seu caminho lembrando quantas vezes havia ido do Orfanato até sua casa acompanhada por Teka. Onde estaria sua prima agora? Que aventuras ela, Osgald e Osmond estariam vivenciando? Será que a esta altura já estariam confortavelmente instalados de volta na casa de Odnan, celebrando o retorno da sua tia Flora com muita comida e aquele vinho que Tarkoma esconde debaixo do celeiro?

Capítulo II

Teka estava diferente, e não só na aparência, com os cabelos mais longos e as roupas adequadas ao frio que teimava em não ir embora: ela estava mais madura física e emocionalmente. Depois de terem falhado as primeiras tentativas de encontrar o comerciante de peles que havia levado Flora, eles agora seguiam uma pista bastante concreta. Ela às vezes se perguntava quanto tempo havia passado. Seriam seis meses, ou mais do que isso? Fosse o que fosse, a mudança da estação, somada às distâncias percorridas, levou os viajantes até uma região gelada. O caminho do trio foi tortuoso, fazendo-os perder tempo, além de ir e vir seguindo pistas e indicações duvidosas. Se tivessem viajado em linha reta, teriam chegado aonde estavam em poucas semanas, mas essa nunca foi uma opção.

Em Terraclara o clima era ameno e nevascas eram acontecimentos esporádicos para algumas poucas regiões, nas maiores altitudes. Teka chegou a se divertir muito com a neve, especialmente escorregando em trenós improvisados com grossas cascas de árvore. Para quem nunca havia convivido com um clima daqueles, o primeiro contato foi uma grande brincadeira, uma espécie de alívio naquela jornada. Só que aquele divertimento gelado rapidamente se revelou um grande incômodo conforme os obstáculos iam sucedendo. A primeira dificuldade foi acrescentar agasalhos e botas apropriados à sua vestimenta. Isso lhes custou muito mais do que poderiam imaginar, mas sua condição desprotegida foi notada pelos mercadores, que aumentaram os preços ao verem a necessidade dos potenciais clientes. Depois disso foram os cavalos. Não havia como seguirem com os três cavalos por aqueles bosques cheios de neve fofa e rios congelados. Na mesma estalagem onde encontraram os mercadores, havia um posto de troca de cavalos que funcionava nos meses mais quentes, além de um abrigo para os animais durante o inverno. Osmond havia negociado com o dono da estalagem para abrigar e cuidar dos três cavalos até o seu retorno.

— Essas peças de ouro são um adiantamento, e seu pagamento final ocorrerá quando viermos buscar os cavalos.

O dono da estalagem, um homem rude com uma aparência desleixada, mostrou o sorriso com dentes escurecidos enquanto abria a mão para receber o dinheiro, mas foi surpreendido com uma faca sendo cravada bem ao lado, no balcão de madeira, enquanto Osmond segurava a mão dele com firmeza.

— Seu pagamento final poderá ser em ouro ou em sangue, dependendo de como eu encontrar meus cavalos — ele disse enquanto apertava os ossos do estalajadeiro, e completou: — Adoraria encontrar meus cavalos tão bem como os estou deixando.

Quando Osmond soltou a mão que ainda apertava as peças de ouro, o homem, com olhos arregalados, foi se afastando devagar e repetindo de forma assustada:

— Não se preocupe, meu senhor, tratarei aqueles cavalos melhor do que a meus próprios filhos.

Teka passou um tempo despedindo-se de Companheiro do Amanhecer dentro do estábulo, e Osgald fez o mesmo com Veloz. Quando se preparavam para deixar a estalagem, foram abordados por uma mulher que se aproximou mancando e falando com dificuldade.

— Vocês estão indo na direção errada — disse ela, com a voz baixa e rouca. — Errada, errada.

Osgald se aproximou de maneira brusca, assustando a mulher, que cobriu a cabeça com uma touca e se afastou. Teka tomou a frente e foi se aproximando devagar daquela figura misteriosa.

— Não precisa se preocupar, ninguém aqui vai lhe fazer mal.

A mulher, então, parou como um animal acuado, próxima a dois grandes barris que armazenavam água dentro do estábulo. Falou que tinha informações importantes para eles.

— Eu posso ajudar, mas isso vai custar caro.

— Não costumo comprar nada sem ver a mercadoria antes — disse Osmond, da porta do estábulo, enquanto se aproximava do grupo.

Mais uma vez a mulher ficou assustada e se encostou na parede com tanta força, que parecia que iria se fundir com a madeira. Foi Teka quem novamente apaziguou a situação.

— Vamos continuar a conversa enquanto comemos alguma coisa na taberna.

Com relutância, a mulher os acompanhou, e logo eles estavam sentados em uma mesa bem próxima da grande lareira de pedra. Osmond pediu comida para todos, que ficaram um tempo sem falar nada enquanto a mulher comia com voracidade a sua comida e depois o que havia restado no prato de Teka, que mal havia tocado na própria refeição.

— Agora que estamos em local tranquilo, diga o que você veio nos contar.

Osmond colocou um pequeno saquinho com moedas em cima da mesa e continuou:

— Depois da nossa conversa você poderá sair daqui com algum ouro, com muito ouro, ou sem nada e mancando da outra perna. Só depende do que vai nos contar.

Ela não conseguia tirar os olhos do saquinho de moedas e, quando Osmond colocou a mão pesada sobre a bolsinha de couro, a mulher desviou o olhar e contou sua história.

* * *

O Consenso domina o mundo conhecido, e o Magnus é o senhor de tudo que existe entre o céu e a terra, mas há alguns vazios de poder, e a natureza humana costuma preencher esses espaços da pior forma possível. Há décadas lideranças fora da lei surgiram naquela região e começaram a prosperar através de saques, assassinatos e, principalmente, tráfico de escravos. Essa nova liderança cercou-se de pessoas quase tão más quanto ela própria, instalando um poder paralelo nas sombras do Consenso.

Todas as vilas, fazendas e indivíduos que passassem por lá estavam sujeitos ao domínio daquele bando.

— O rosto dela é amassado e curvado como um feijão, seus olhos não brilham, mas conseguem te enxergar. Sim, te enxergar...

Osmond a toda hora perdia a paciência com os devaneios da mulher, que parecia perder o foco da conversa e sair da realidade. Teka, por sua vez, tentava, com muita tranquilidade, recolocar na direção certa os pensamentos da informante. E a história foi sendo contada com muitas interrupções.

Aquele grupo de bandidos sequestrava homens, mulheres e crianças para atender encomendas de escravos, e estava sempre pronto a negociar, com viajantes, a servidão dessas pessoas. Por vezes eles faziam o contrário e adquiriam servos de caravanas para seu próprio uso. A mulher que agora conversava com o trio havia sido trazida de muito longe, como cozinheira em uma caravana, e depois trocada por algumas peças de tecido. Ela serviu em um dos esconderijos daqueles bandidos por longos anos, até sofrer um acidente e não conseguir mais andar com facilidade. Sua utilidade acabou, e a mulher foi vendida para o ferreiro daquele vilarejo como empregada da casa, onde ficou por pouco tempo, até o seu mestre morrer prematuramente.

— Morreu, morreu. Eu fiquei, ele morreu — dizia ela, em meio a um sorriso que os deixou desconfiados de que a mulher havia tido alguma coisa a ver com a morte do ferreiro.

Osmond já tinha esgotado a pouca paciência que ainda lhe restava e dessa vez não deixou Teka intervir. Ele jogou o saquinho de peças de ouro na mesa e ao mesmo tempo sacou um facão e o colocou ao seu lado. Com rispidez, disse:

— Conte agora por que estávamos indo na direção errada, ou vou calar sua boca para sempre.

A mulher, mais uma vez atraída pelo ouro, ficou tão animada, que quase subiu na mesa, mas foi contida por Osgald. Suas palavras agora fizeram algum sentido.

— Porque a nova cozinheira que ficou em meu lugar não tem os ossos moles, ela tem os ossos duros.

Com muita dificuldade conseguiram arrancar mais alguns detalhes da mulher, além de uma direção estimada de onde ficava o esconderijo daquela quadrilha no qual Flora talvez estivesse sendo mantida como escrava. A mulher, por fim, foi recompensada com algum ouro e pulou de alegria, chamando inconvenientemente a atenção dos outros clientes da taberna.

— Uma última coisa — falou Osmond, mais uma vez ameaçando a mulher com a faca. — Se contar algo da nossa conversa para quem quer que seja, não vai poder aproveitar esse ouro, porque vou cortar sua língua e suas mãos.

A mulher surpreendentemente não demonstrou medo. Puxou os mais jovens — Osgald pela camisa, e Teka pelos cabelos — e sussurrou:

— Não falo nada, e vocês também não devem falar. É melhor voltar antes de aprender o nome daquela que vai te matar.

— E quem é essa pessoa cujo nome você tem até medo de pronunciar?

A mulher não falou. Em vez disso, cruzou os braços, abaixou a cabeça, nervosa, e a sacudiu negativamente, em resposta. Quando estavam se afastando dela, ouviram apenas uma antiga canção infantil sendo sussurrada pela mulher:

Tirruá, Tirruá.

Cuidado, que ela vem te pegar.

Se você dormir, não vai mais acordar.

Ela vem à noite e vai te levar.

Ninguém deu muita importância àquilo porque já estava bastante claro que a mulher estava mentalmente abalada e às vezes não dizia coisa com coisa. Eles juntaram os próprios pertences e resolveram tomar o rumo indicado pela mulher, aproveitando a luz do dia, que ainda deveria durar por várias horas. Olharam para aquela paisagem branca à frente, tomando coragem para iniciar a jornada. Osgald tentou apressá-los falando:

— Vamos logo, enquanto essa pista ainda está quente.

Depois de alguns instantes olhando o gelo e a neve, todos caíram na gargalhada por causa da péssima escolha de palavras e seguiram na direção do que agora era mais do que esperança, era uma pista concreta.

— *Vochê* quer um *pedacho*? — perguntou Osgald para Teka, com a boca cheia de pão trazido da estalagem.

Ela riu, um riso ao mesmo tempo terno e sofrido, uma recordação do amigo que havia morrido e que representava uma lembrança tão boa e tão triste. Teka pensou em todos os momentos nos quais compartilhou com Gufus pedaços das maravilhosas guloseimas da padaria Pongolino. Eram boas lembranças, e, agora, lembranças eram só o que ela tinha do seu amigo morto.

Capítulo III

Gufus seguia na carroça-alojamento havia vários dias, e sua saúde melhorava aos poucos. Depois do que passara durante o interrogatório ao qual fora submetido, podia até mesmo considerar-se sortudo por estar do jeito como estava. O rosto já tinha desinchado, e os hematomas começavam a sumir junto com a febre que o acompanhou nos primeiros dias. Até aquele momento não entendia o motivo da mudança de tratamento recebido, mas, ainda que continuasse a ser um prisioneiro, agora era tratado com um mínimo de cuidado. O homem pequeno de modos rudes que cuidava de sua saúde vinha todos os dias, limpava e aplicava medicamentos em suas feridas e lhe dava remédios para beber. Gufus não ousava dirigir uma palavra ao médico além do que lhe era perguntado e fazia isso de imediato, sem hesitação. As lições haviam sido duramente aprendidas após o fim da luta de espadas do Festival da Oitava Lua, há menos de três semanas. Essas lições ficariam marcadas para sempre em seu corpo e sobretudo em sua mente.

* * *

Naquele fatídico dia, semanas atrás — quando os soldados da Magna Guarda o levaram da arena onde lutou com Osgald —, Gufus foi arrastado até uma pequena tenda e lá aguardou por horas, até que dois uniformes negros entraram. Quando removeram os lenços do rosto, Gufus viu que eram um homem jovem e uma mulher um pouco mais velha. Ele tentou perguntar o que estava acontecendo, mas foi interrompido por um tapa no rosto, desferido pelo homem, com as costas da mão. Além da dor, a surpresa daquela violência fez com que Gufus se calasse imediatamente. A mulher, então, falou com voz firme, calma e pausada.

— Não fale a não ser que façamos uma pergunta. Se o fizer, será punido com intensidade crescente.

Ela olhava com firmeza nos olhos de Gufus e recitava aquelas frases como se estivesse ensinando uma receita de pão: faça isso, não faça aquilo. Cada frase foi dita apenas uma vez, de forma didática.

— Sempre responda imediatamente e com a maior precisão. Se não o fizer, será punido com intensidade crescente. Sempre fale a verdade. Se não o fizer, será punido com intensidade crescente.

Ela deu dois passos para trás e perguntou, sem tirar os olhos dos de Gufus:

— Você entendeu o que eu acabei de explicar?

Gufus hesitou por um momento antes de balançar a cabeça positivamente, e esse breve momento de hesitação foi punido com um soco no rosto.

A mulher voltou a aproximar-se do rapaz, segurou o queixo dele e repetiu:

— Sempre responda imediatamente e com a maior precisão. Se não o fizer, será punido com intensidade crescente.

As perguntas começaram e seguiram de forma monótona, mas sempre voltavam a citar o espadim dos Patafofa.

— Onde você conseguiu aquela espada?

— De quem a roubou?

— De onde você vem?

— Como chegou até aqui?

— Onde você conseguiu aquela espada?

— Qual é o envolvimento dos freijar nessa conspiração?

— Quantas pessoas atravessaram o Abismo junto com você?

— Qual é o nome da sua tribo?

— Onde você conseguiu aquela espada?

Gufus estava apavorado e tentava seguir as instruções que recebera sobre as respostas, o que não o livrou de mais socos e alguns chutes. Ele basicamente contou a verdade sobre tudo, exceto sobre as amigas. Em todos os momentos afirmava que cruzou a Cordilheira e o Abismo sozinho e se infiltrou entre os habitantes locais. Contou sobre as fogueiras, as pedras preciosas e Terraclara, mas suas respostas aparentemente soaram falsas aos ouvidos dos interrogadores. O homem e a mulher saíram da tenda, e Gufus ficou algum tempo sob a guarda de um soldado à porta que apenas o observava sangrar. Quando a entrada da tenda voltou a ser aberta, duas pessoas entraram, dessa vez dois homens. O que entrou por último aproximou-se de Gufus e falou com voz firme, calma e pausada.

— Não fale a não ser que façamos uma pergunta. Se o fizer, será punido com intensidade crescente. Sempre responda imediatamente e com a maior precisão. Se não o fizer, será punido com intensidade crescente. Sempre fale a verdade. Se não o fizer, será punido com intensidade crescente.

Ele deu dois passos para trás e perguntou, sem tirar os olhos dos de Gufus:

— Você entendeu o que eu acabei de explicar?

* * *

Os homens e mulheres de uniforme entravam e saíam da tenda, fazendo as mesmas perguntas e recebendo as mesmas respostas.

Depois de algum tempo Gufus ficou sozinho, amarrado ao poste de madeira que o sustentava e sem conseguir estimar há quanto tempo estava lá. Depois de um intervalo que poderia ser de minutos ou horas, dois uniformes negros entraram e, quando eles removeram os lenços do rosto, Gufus viu que eram o homem jovem e a mulher um pouco mais velha, os mesmos que já haviam estado com ele no início do interrogatório.

Dessa vez nenhum deles falou nada. O homem mais jovem imobilizou Gufus ainda mais, agarrando seus braços enquanto a mulher desenrolava um pequeno pacote que continha diversos objetos de aparência bastante assustadora. Ela se aproximou de Gufus, segurou firmemente sua mão esquerda e, com uma espécie de alicate, arrancou a unha do dedo indicador dele. O grito de dor do rapaz foi abafado por um pedaço de pano imundo, que foi enfiado em sua boca. A mulher calmamente se afastou e esperou que os gritos de Gufus parassem. Depois, arrancou o pedaço de pano e perguntou:

— Onde você conseguiu aquela espada?

* * *

Quando a última dupla de interrogadores saiu da tenda, Gufus já havia desmaiado algumas vezes e despertado com baldes d'água outras tantas. Enxergava com dificuldade, porque seus olhos estavam inchados e sua cabeça pendia para frente, basicamente mirando o chão de terra encharcada com seu próprio sangue. Escutou vozes vindo do lado de fora e pensou que uma nova sessão de perguntas acompanhadas de tortura estava para começar. Até o momento Gufus havia tido sucesso em revelar tudo, exceto sobre as amigas. Manter a presença de Teka e Mia em segredo era o maior objetivo dele, uma vez que tinha certeza de que sua morte era iminente. Quando a tenda foi novamente aberta, um grupo de três soldados adentrou o pequeno espaço e um deles cortou as cordas que prendiam Gufus ao poste de madeira, levando-o para fora. Ele foi arrastado e jogado em uma espécie de caixa de metal com algumas pequenas aberturas. A caixa foi fechada, e logo o rapaz sentiu que estava sendo carregado e colocado no que parecia ser a parte traseira de uma carroça. Antes que esta fosse posta em movimento, Gufus ouviu a voz de um desconhecido, a quem os demais saudavam como comandante. Aquela voz soava com um tom de autoridade, e suas instruções foram bem diretas.

— Levem o prisioneiro e mantenham-no vivo, pelo menos até chegar lá.

E seguiu assim, por um tempo que ele não conseguiu determinar, até que, um dia, a porta da caixa de metal foi aberta e ele foi levado a uma tenda, onde recebeu cuidados médicos. Quando finalmente saiu daquela tenda, foi direto para uma espécie de carroça grande, um tipo de alojamento com algumas redes para dormir, e seguiu viagem sem saber para onde ia.

* * *

E ali estava Gufus, ainda prisioneiro, mas sendo tratado e alimentado enquanto viajava na carroça-alojamento rumo a um destino que ele não fazia a menor ideia de qual seria. Conforme os dias iam passando, aumentava o movimento de pessoas e carroças na estrada e ele avistava muitas cargas sendo puxadas por comitivas com várias carroças e muitas pessoas indo e vindo. Pelo que tinha escutado das conversas entre os guardas, estavam indo direto para o centro de poder do Consenso. Gufus pensou em formas de fugir, mas, a cada parada que lhe era permitido sair da carroça-alojamento, uma coleira de metal era colocada em seu pescoço, e guardas o levavam, acorrentado como um cão, para fazer suas necessidades e tomar banho. Nunca houve uma real oportunidade de escapar, o que aumentava sua urgência em pensar em alguma saída.

Em sua cabeça já visualizava a capital do Consenso como um lugar enevoado, com torres altas de pedra acinzentada, forjas onde o calor insuportável produzia armas para aqueles soldados e ruas apinhadas de perigos como nunca vira. Pensava em calabouços onde seria torturado de forma interminável ou poços profundos e escuros onde seria lançado para monstros que colocariam ovos para chocar em seu corpo e depois o comeriam vivo. Ele já se considerava morto, por isso tentar escapar era um bônus: se conseguisse, seria perfeito; caso fosse morto durante a fuga, evitaria o futuro tenebroso que o aguardava. E foi assim, afundado nesses pensamentos, que Gufus teve o primeiro vislumbre das imponentes construções de Capitólio.

Capítulo IV

A proximidade do Decatlo aquele ano parecia mais concreta do que em edições anteriores. Os alunos quase esqueciam suas responsabilidades acadêmicas — exceto quando eram enfaticamente lembrados pelo professor Rigabel. Havia uma sensação de que os eventos tumultuados do ano passado tinham ocorrido havia muito mais tempo, e todos estavam com certa necessidade de colocar uma pá de terra sobre aquele período que começara, ou pelo menos fora percebido, após a final de Quatro Cantos. Naquele dia, há um ano, quando o Zelador saiu apressado do campo e a Diretora Cominato correu para alertar Mia e Teka sobre a prisão dos seus pais, pareceu que uma espécie de gatilho havia sido pressionado e muitas flechas disparadas contra o estilo de vida daquela gente. Ainda que aquela tribulação tivesse durado pouco tempo, causou impacto em todas as pessoas e, de maneira ainda mais sensível, entre os alunos do Orfanato. Agora, porém, parecia que as ausências e as novas presenças já haviam sido incorporadas na rotina diária, e as pessoas esperavam o Decatlo como uma espécie de ritual final para enterrar de vez os medos, as incertezas e as saudades do último ano.

Mia decidiu não participar de nenhuma prova, achava que no ano passado já havia tido sua cota de arcos, flechas e disputas. Ela guardava o arco que Odnan havia encomendado a um artesão do outro lado do Abismo como uma espécie de memória concreta do que havia passado. Naturalmente se lembrava de Gufus e Teka, mas também tinha boas lembranças de Liv, sua principal concorrente na disputa do tiro com arco, e, de um modo surpreendente, também sentia falta de todo o clima animado do Festival da Oitava Lua e daquele jeito grosseirão, porém amistoso, dos freijar. Pareciam memórias distantes, ainda que tudo aquilo tivesse ocorrido há pouco menos de um ano. Enquanto caminhava, envolta em lembranças, ela esbarrou no professor Rigabel, que vinha da direção oposta.

— Perdida em seus pensamentos, senhorita Patafofa?

— Boa tarde, professor, eu estava... — e apenas disse, na falta de uma resposta melhor — distraída.

— E como estão as pesquisas junto com sua mãe?

— Evoluindo bem — respondeu a jovem, tentando dissimular um pouco o comentário.

— Se precisarem de ajuda, lembrem-se de quem é o maior especialista em história antiga de Terraclara. — E Rigabel seguiu seu caminho naquele passo lento e ritmado de sempre.

Depois dos eventos de um ano atrás, Mia e Amelia tomaram para si a tarefa de reunir, registrar e relacionar toda e qualquer referência histórica ou ficcional sobre o outro lado do Abismo. Amelia era uma pesquisadora experiente, especialista em história, e Mia era a melhor aluna que se poderia pensar em ter. As duas contavam com o apoio de Letla Cominato, a qual buscava livros e pergaminhos na biblioteca do Orfanato e na casa de pessoas que mantinham acervos privados. Dessa forma, elas passaram meses montando um registro em três grandes áreas: origens do povo arteniano, referências aos habitantes de fora e informações sobre a defesa de Terraclara. Um dos avanços foi em relação ao cruzamento de informações históricas com lendas, contos e canções arcaicas. Amelia encontrou uma referência muito antiga a um ditado que dizia alguma coisa como:

A espata non fatigare.
A espata non sangrare.

E imediatamente a mãe de Mia associou esse ditado ao espadim que esteve em posse da família Patafofa por gerações. Consultou seu marido, Madis, e, é claro, Mia — a última que viu aquele espadim antes de ele ser usado para executar Gufus. Só havia inscrições gravadas em um lado do espadim, *A espata non sangrare*, e nenhuma outra referência à outra frase, que em idioma antigo significava "A espada não se cansa". Amelia conseguiu rastrear a origem da frase na época de Arten, o fundador e primeiro líder de Terraclara. Provavelmente era um ditado criado ou citado por ele, para encorajar os guerreiros da época. Mia havia trazido de volta a bainha da espada, que retornara a seu lugar de origem no Solar das Varandas, ainda que sem nada em seu interior. Tanto ela quanto os pais haviam passado bastante tempo procurando por alguma inscrição, desenho ou qualquer pista entre a intrincada decoração daquela peça, sem sucesso. Desconfiavam de que aquela bainha não era original e de que fora confeccionada muitos anos depois da forja da espada, mas também não havia como comprovar nada a esse respeito.

Outra descoberta foi ao mesmo tempo um avanço e uma imensa frustração, porque trouxe mais mistérios do que informações. Analisando uma inscrição antiga em uma placa de pedra, anterior à Guerra dos Clãs, Mia encontrou uma referência à defesa contra "amigos antigos e agora inimigos". Parecia uma espécie de instrução para uma sentinela, indicando o que se deveria fazer em caso de ataque, mas a maior parte das palavras estava desgastada pelo tempo. Uma inscrição em particular chamou a atenção da menina: *Ingresso Defensio*. Mia sentia que elas estavam perto de descobrir alguma coisa, mas não fazia ideia do quê. Isso a estava perturbando a ponto de interferir em seu sono e em suas relações com outras pessoas. Ainda havia muitos mistérios envolvendo tudo como um nevoeiro denso.

* * *

Mia saiu do Orfanato e tomou o rumo de casa, deixando para trás aquele clima de tumulto alegre que envolvia os jogos-treino de Quatro Cantos. Ela havia cortado seus cabelos bem mais curtos e agora, por influência de Tayma, sempre usava algum ornamento, como arcos, faixas ou prendedores. Parecia diferente: estava perdendo aquele jeito de menina e aparentava estar mais amadurecida, ainda que seu rosto sardento e suas bochechas rosadas lhe dessem uma aparência jovial. Quando se aproximou de casa, viu os pais dividindo o espaço de uma única cadeira no jardim, mesmo que houvesse tantas outras vazias. Madis degustava um copo de suco, e Amelia, em vez de pegar um para si, preferia roubar pequenos goles do copo do marido, que reclamava. Era um dos pequenos rituais afetivos do casal que Mia havia presenciado tantas vezes. Ao se aproximar, ela perguntou, em tom de brincadeira:

— Estamos com falta de cadeiras no jardim?

— Ah, as outras cadeiras são muito desconfortáveis, e nós dois preferimos esta aqui — respondeu Amelia, enquanto apertava o marido em um abraço.

Mia sentou-se perto dos pais, e os três ficaram algum tempo conversando, até que a sua governanta, Madame Edith, se aproximou e, com o seu jeito discreto, perguntou quando gostariam que o jantar fosse servido. Mia imediatamente se lembrou da antiga funcionária, Nina, e pensou que há meses não a via, ainda que as duas trocassem cartas com frequência. Sabia que, por um lado, a vida para ela estava boa ao lado do seu novo amor, Battu, mas sabia do medo e da insegurança que tomava conta dos habitantes próximos da Cordilheira, um medo que Mia sabia ser totalmente fundamentado.

Capítulo V

Os corajosos batedores, que se aventuravam nas passagens que cruzavam o Abismo, haviam voltado. Infelizmente, apenas parte deles. A maioria dos membros do grupo simplesmente não voltou, e os dois que agora eram avistados pareciam muito feridos. Em diferentes viagens, Teittu já havia transportado alguns feridos em sua balsa desde a Vila do Monte até o outro lado do Grande Lago, para que fossem levados até a Cidade Capital. Quase sempre eram trabalhadores das minas que haviam sofrido algum acidente, e, invariavelmente, era uma visão triste. Desta vez ele transportava um casal de irmãos que tinham acabado de retornar do outro lado. Ela tinha algumas escoriações e um corte profundo no rosto, mas no geral estava bem. Já o irmão estava com uma ferida infeccionada no ombro, com muita febre, e seu estado geral não era nada bom. Depois de passar um dia e uma noite em Vila do Monte, os dois decidiram tentar tratamento médico na Cidade Capital e aqui estavam finalizando a travessia do Grande Lago, que Teittu tentava fazer em tempo recorde.

Mesmo no meio daquela situação de urgência, o barqueiro não pôde deixar de notar os grandes olhos castanhos de Aletha e um jeito forte e cativante que emanava do rosto cansado e dos cabelos desgrenhados dela. Os dois conversaram pouco durante a viagem, mas foi o suficiente para que ele se encantasse com a força e coragem daquela que agora corria contra o tempo para tentar salvar a vida do irmão.

Mesmo no meio daquela situação desesperadora, Aletha não pôde deixar de notar o jeito meigo de Teittu, que contrastava com os músculos e a pele marcada pelo sol. O pouco tempo que tiveram para se conhecer foi suficiente para que ela simpatizasse imediatamente com ele, mas agora não era a hora para qualquer outro pensamento que não fosse salvar seu irmão. Quem sabe se tivessem se conhecido de outra forma...

Mal chegaram ao ancoradouro, Teittu mandou chamar seu pai, que veio rápido, acompanhado pela esposa. Battu e Nina já chegaram trazendo alguns vidros com medicamentos e uma pasta feita com ervas medicinais para aplicar sobre a ferida. Enquanto pai e filho preparavam dois cavalos para levar aqueles irmãos, Nina tratava e alimentava os dois corajosos expedicionários. Em pouco tempo os jovens partiram em direção à Cidade Capital, exigindo o máximo de velocidade dos cavalos que agora os conduziam pela estrada. Tão logo partiram, Teittu olhou para o pai e para Nina sem falar nada, como se seu olhar já estivesse perguntando o que eles achavam das chances do jovem ferido. A resposta de Battu veio com um leve movimento negativo de cabeça.

Capítulo VI

Uwe estava perdido em pensamentos, lembrando-se de coisas triviais, como o Decatlo que estava para acontecer no Orfanato. Entre uma baforada e outra do cachimbo, fazia pequenos círculos de fumaça que, ao se afastarem se desfazendo no ar, o lembravam que estava muito longe de casa. Quase um ano depois de ter cruzado o Abismo, essa lembrança parecia muito distante, e as pequenas coisas — como as votações no Monte da Lua ou ir até o Orfanato assistir às competições esportivas — pareceriam grandes acontecimentos. Os últimos meses haviam sido uma mistura de ansiedade e tédio para ele. Depois de saber que sua esposa poderia estar viva e que sua filha havia ficado naquela terra estranha, ele havia cruzado o Abismo em companhia de Odnan e Malaika. Inicialmente havia uma urgência de sair logo em busca da filha que estava na companhia de desconhecidos, seguindo uma pista que poderia levá-lo ao encontro da esposa, tida como morta há tantos anos.

— Sabe o que você vai conseguir fazendo isso? — Perguntou Atsala, com aquela sinceridade sem filtros que a idade lhe concedia, e logo ela mesma respondeu: — Desencontrar-se da sua filha e fazer com que todos percam tempo esperando você retornar. Ou pior: morrer nessa busca, deixando Teka órfã de pai.

As palavras eram duras, porém sábias, e foram suficientes para acalmar os ânimos de Uwe, pelo menos por algum tempo.

Seus pensamentos estavam em constante conflito entre a preocupação com Teka e uma esperança ainda cheia de dúvidas em relação a Flora. O conselho de Atsala para esperar em sua casa foi ajuizado, porque o combinado havia sido que ali seria o ponto de reencontro. Mas, passadas algumas semanas, Uwe decidiu que era chegada a hora de partir em busca da filha. Sua decisão, porém, foi logo confrontada com uma informação trazida por um comerciante freijar. De acordo com ele, todos os caminhos saindo e chegando das terras próximas ao Abismo estavam rigidamente controlados pela Magna Guarda. Ninguém passava sem um minucioso interrogatório, e o fluxo de mercadorias estava sendo feito por uma espécie de entreposto, onde os produtos eram depositados, vistoriados pelos soldados e depois recolhidos por novos transportadores de um lado ou de outro. Uwe chegou a pensar em voltar para Terraclara, no que foi incentivado por Odnan e Malaika, mas logo souberam que patrulhas da Magna Guarda vigiavam todos os possíveis acessos, e qualquer pessoa que aparentasse estar se dirigindo ao outro lado era alvejada por flechas e lanças sem qualquer questionamento prévio. Uwe logo constatou que, querendo ou não, estava preso nas terras à beira do Abismo.

* * *

Com o tempo, a preocupação e a ansiedade foram convivendo com uma nova rotina, e Uwe naturalmente quis se sentir útil para a família que o acolhera. Ele inicialmente se integrou à rotina da produção de vinho e azeite, logo entendendo as palavras de Mia, de que aquela agora também era sua família. Eram pessoas de coração generoso que haviam acolhido sua filha e sobrinha e agora o acolhiam da mesma forma, sem questionamentos, sem esperar recompensa. Uwe lembrou-se do amigo Battu, o velho barqueiro, o qual dizia que as portas da casa deveriam estar sempre abertas aos viajantes, a lareira sempre acesa para aqueles com frio e a mesa sempre pronta a acomodar mais pessoas com fome.

— E se houver mais pessoas do que você consegue receber?

Uwe havia perguntado isso a Battu uma vez, e a resposta foi tão simples quanto sincera:

— Então jogue mais lenha na fogueira, arranje um segundo caldeirão para cozinhar e construa uma mesa maior.

Era essa mesma acolhida que ele havia encontrado na família de Odnan e que tentou retribuir com trabalho e amizade. Uwe nunca foi um homem da agricultura, isso era talento do seu amigo Madis, mas era um ferreiro hábil e logo começou a produzir e consertar ferramentas e utensílios para a família, entre outros itens para serem comercializados. A pequena forja logo foi modificada e melhorada, ficando acesa dia e noite. Apesar de ser um homem rico, Uwe havia trabalhado a vida inteira com os metais, primeiro com seu pai e depois, seguindo a tradição familiar, aprendendo com mestres ferreiros que emprestavam seu talento ao clã Ossosduros. Sempre que visitava seus negócios por toda Terraclara, era bem-vindo entre os trabalhadores locais, porque falavam a mesma língua e compartilhavam os calos nas mãos. Ali naquela terra estranha e agora sitiada por uma força militar poderosa, Uwe produzia não somente instrumentos agrícolas e ferraduras, mas também armas, na melhor tradição armeira dos antigos artenianos. Com o passar dos meses havia acumulado um pequeno arsenal de espadas, lanças e machados escondido no subsolo do celeiro.

— Está esperando começar uma guerra, meu amigo? — Perguntou Tarkoma em uma das vezes que descera ao depósito subterrâneo.

— Começar, não — respondeu Uwe, entre baforadas no cachimbo, e em seguida completou, com um olhar severo. — Mas, se a guerra chegar até mim, não serei pego despreparado.

Odnan havia inicialmente condenado essa atividade, mas, com o passar dos meses e com o incremento da ação da Magna Guarda na região, ele resolveu juntar-se a Uwe nessa empreitada, e eles tiveram uma ajuda inusitada, porém bem-vinda.

* * *

Não muito longe da fazenda de Tarkoma e Odnan, em uma vila próxima, vivia Vlas, o habilidoso artesão que produzira o arco e as flechas para Mia antes da fatídica viagem para o Festival da Oitava Lua. Vlas produzia vários artefatos de madeira e metal, mas arcos e flechas sempre foram sua especialidade. Os freijar eram os maiores clientes que encomendavam essas armas para caça e para os torneios de tiro com arco que promoviam regularmente, e isso era suficiente para que ele tivesse sempre uma agenda cheia de trabalho e uma boa renda para viver com conforto. Pouco tempo após a chegada de Uwe àquelas paragens, depois que os soldados do Consenso cercaram a região, as encomendas praticamente cessaram, até que um dia o comandante da guarnição local da Magna Guarda, Aulo Galeaso, entrou em sua oficina.

— Meu senhor, é uma honra ter sua presença em minha humilde oficina.

O Comandante olhou em volta com um misto de curiosidade e desprezo e simplesmente disse:

— Pare de fabricar arcos, flechas, lanças e qualquer coisa que possa ser usada como arma.

— Mas, meu senhor, essa é a minha profissão, como vou sobreviver?

Ele foi interrompido por um dos soldados em traje negro, que golpeou seu estômago e o colocou de joelhos, com o corpo dobrado pela dor.

— Sinta-se grato por sobreviver — disse o Comandante, enquanto saía da oficina.

Um dos soldados cochichou alguma coisa no ouvido do chefe, que, após refletir por um instante, disse:

— Você tem razão, não tenho tempo para vigiar esses vermes. — E, enquanto subia em seu cavalo, ordenou sem olhar para trás: — Queimem!

Os soldados bloquearam a porta da oficina com Vlas ainda lá dentro e atearam fogo no prédio. O desespero do artesão foi imediato quando tentou sair e notou que a porta estava bloqueada. Mas, como todos que trabalham com produção de armas, ele tinha um segundo acesso à oficina, bem escondido de olhares curiosos. Rapidamente pegou algumas ferramentas e as colocou em um saco de couro, abriu um alçapão no fundo da oficina e fugiu por uma pequena passagem que o levaria para o beco próximo à taberna, de onde fugiria daquela armadilha mortal de fogo e fumaça.

* * *

E assim, um ferreiro de Terraclara e um artesão que havia perdido sua oficina, agora abrigados na segurança da casa de Odnan, se dedicavam a produzir um pequeno arsenal que esperavam nunca precisar utilizar.

Capítulo VII

O dia já estava dando lugar à noite quando o grupo que levava Gufus chegou às portas de Capitólio. Porta era uma apenas uma expressão, porque não havia muralhas ou portões cercando a capital do Consenso. Não havia uma força capaz de fazer frente ao seu poder, e o senso comum de invencibilidade e o temor pela disciplina imposta a todos os opositores eram suficientes para dissuadir qualquer candidato a sequer pensar em invadir aquela cidade, ou qualquer das outras espalhadas por todo o mundo conhecido. Capitólio foi projetada para crescer junto àquele grande domínio e oferecer uma vida perfeita e invejável ao seu povo, que, pela graça do Magnus, tinha direito a tudo que existe entre o céu e a terra. Os arquitetos do passado haviam projetado uma cidade modular que crescesse em volta do seu centro, que era também o centro do mundo e a morada do soberano de tudo. Quatro grandes avenidas irradiavam da enorme área principal, onde, em seu centro, encontrava-se uma colina e em seu topo a morada do Magnus. Aquedutos e canais traziam, em grande quantidade, água fresca de diversos rios, e uma cachoeira artificial descia a colina central, enfeitando os jardins sempre verdes e floridos. Em ocasiões especiais as grandes avenidas eram utilizadas em desfiles, festas de rua ou paradas militares, celebrando, com o povo, a grandiosidade do Consenso. Foi por uma dessas avenidas que o comboio que levava Gufus adentrou a cidade. Para quem esperava encontrar um cenário de pesadelo, aquela visão foi a mais surpreendente que ele já teve em toda a sua curta vida. Mesmo com o pouco que podia vislumbrar, restrito pelas janelas gradeadas da carroça-alojamento, ele conseguiu ser impactado pela beleza do lugar. As construções de pedra e granito eram claras, com tons suaves que, naquela hora do dia, pareciam estar sendo banhadas pelo alaranjado do crepúsculo. Alguns prédios e monumentos eram altos e se destacavam da paisagem, mas a maioria era composta de edificações mais baixas, todas com amplas janelas com jardineiras e, no térreo, cercadas por pequenos jardins. Ao longe, ele vislumbrou uma série de construções em forma de anéis de pedra, que contornavam a colina central, ficando impressionado com a leveza que aquelas estruturas espantosas aparentavam. Quando a carroça reduziu a velocidade, logo chegou a uma espécie de galpão. A visão daquela cidade inacreditável foi interrompida, e Gufus retomou seu temor e seus pensamentos sombrios. Há bem pouco tempo ele havia cruzado o Abismo, depois foi torturado, trancafiado em uma caixa de metal e agora, poucas semanas depois, estava ali, ainda sem saber o que esperar do futuro.

* * *

Além das visitas do médico, Gufus agora recebia também cuidados com a sua higiene e aparência. Nos dias que se seguiram à chegada a Capitólio, ele teve a oportunidade de tomar banhos com água morna, sempre perfumada, e teve seus cabelos aparados. Algumas mudas de roupa lhe foram entregues, assim como sandálias de um tipo ao qual ele não estava acostumado. O local onde estava parecia uma casa, mas ficava no andar superior de um amplo estábulo fechado. Havia vários quartos, que ele logo notou que estavam vazios. Na parte de trás do imóvel existia um jardim cercado por um muro alto ao qual ele tinha acesso sob vigilância de soldados que podiam não estar visíveis, mas sempre estavam por perto. Dessa forma, ele pôde retomar, pelo menos em parte, a boa forma e um certo ar saudável devido aos banhos de sol. Sentado na grama e recostado em uma pequena fonte no jardim, Gufus se lembrava dos momentos felizes e tranquilos no pátio do Orfanato. Mais uma vez teve a sensação de que aquilo ocorrera em outra vida, havia muitos anos — quando na verdade tinham se passado poucas semanas desde que ele e as amigas deixaram o campo de Quatro Cantos e iniciaram essa louca aventura. Gufus imaginava se as duas primas já haviam regressado para Terraclara e tranquilizado seus pais. Ainda que não soubessem onde ele estava agora, certamente o viram sendo preso e, em breve, viriam em seu socorro. Lembrava-se com carinho de Mia e Teka, mas a imagem de Tayma cavalgando com ele ocupava um lugar especial em seus pensamentos. Quem sabe muito em breve não veria um grupo de resgate se aproximando e levando-o de volta para a casa de Odnan e de lá para Terraclara. Gufus sabia que seus pais estariam preocupados, afinal ele nunca havia se ausentado, e essa aventura inesperada já o afastara por semanas, para terras desconhecidas. Sempre que se lembrava de casa, imediatamente sentia falta das delícias que seu pai preparava na padaria, e o sabor dos doces e pães lhe inundava a mente, fazendo a boca salivar. Estava sendo bem alimentado, mas era um tipo de comida que, na falta de definição melhor, poderia ser chamada de austera. Para um comilão como ele, os encantos da Panificação Pongolino faziam muita, muita falta mesmo.

* * *

Na manhã do oitavo dia após a chegada a Capitólio, logo ao nascer do sol, Gufus foi despertado por um grupo de pessoas, incluindo o médico e a jovem que havia aparado seus cabelos. Ele foi levado para um banho e em seguida para o atendimento médico. Suas feridas já estavam todas curadas e, com exceção das unhas arrancadas, sua aparência quase não mostrava o quanto havia sido torturado. Depois, ele recebeu uma nova vestimenta que parecia mais sofisticada, com calças escuras e justas, um cinto de couro com figuras gravadas e uma camisa de mangas compridas e toque macio. A jovem penteou os cabelos dele e aplicou um perfume suave em seu rosto. Não havia espelho, mas Gufus imaginava que estava com uma aparência bastante distinta.

Logo dois soldados apareceram, e ele notou que o tradicional uniforme negro tinha algumas diferenças. Em vez da armadura de metal e couro, aqueles dois soldados usavam uma espécie de colete metálico sobre o tecido negro de suas camisas, e sobre suas cabeças um pequeno capacete também metálico reluzia, em contraste com os cabelos escuros. Ambos levavam uma espada longa em uma bainha presa às costas e um espadim na cintura. Um deles aproximou-se de Gufus, que instintivamente se retraiu, com receio de alguma ação agressiva por parte dos soldados, mas o homem apenas disse:

— Venha conosco agora.

Gufus imediatamente seguiu os soldados, caminhando entre os dois em uma pequena fila que ia em direção ao grande estábulo. Lá dentro ele viu uma pequena carroça, que parecia acomodar apenas duas pessoas — um condutor e um passageiro —, mas os três acomodaram-se assim mesmo, com o prisioneiro espremido no meio dos dois grandalhões. A carroça saiu do estábulo e seguiu por uma das grandes avenidas radiais que levavam à colina central. A visão daquela cidade inacreditável mais uma vez ocupou os olhos e a mente daquele jovem, o qual até bem pouco tempo achava que a capital de Terraclara era uma cidade grande. A carruagem seguia em uma velocidade lenta e constante, permitindo vislumbres de construções, monumentos, jardins e fontes, muitas fontes que enfeitavam aquela cidade. Aquele momento de encantamento foi interrompido por um dos soldados.

— Mantenha-se sempre a uma distância de dez passos dele, nunca lhe dê as costas, fale apenas quando ele lhe dirigir a palavra e lembre-se sempre na presença de quem você estará.

Gufus ia perguntar para onde estavam indo e com quem ele iria falar, mas foi interrompido pelo outro soldado, que completou as instruções.

— Você não nos verá, mas estaremos lá, prontos para interferir em qualquer circunstância. — Ele virou-se e pela primeira vez olhou Gufus nos olhos, dizendo apenas: — Lembre-se: nós sempre estaremos por perto.

Assustado, ele não perguntou mais nada, apenas fez um gesto afirmativo com a cabeça, para demonstrar que entendera as instruções.

Depois de mais algum tempo de trajeto eles chegaram à base daquela colina e a contornaram por uma pequena estrada que a circundava do lado oposto da série de construções em forma de anéis de pedra, que eram muito largos e formavam uma espécie de túnel. Quando chegaram ao platô que encimava a colina, Gufus viu uma construção baixa, porém muito ampla, com um tipo de varanda contínua que contornava seu formato de retângulo. Ele foi levado para uma das entradas do prédio e, quando lá chegou, teve a exata noção de que o que faltava em opulência arquitetônica sobrava em área construída. Todos caminharam por alguns corredores até chegar a uma sala arejada, com muitas janelas que pareciam viradas para um tipo de pátio central. No centro daquela sala havia uma mesa sobre um tapete felpudo com uma intrincada tapeçaria colorida. Sentado em uma cadeira acolchoada, um homem vestido com um traje azul-claro bastante simples estava escrevendo. Ninguém falou, e esperaram até que o homem parasse de escrever. Ele pousou a pena próximo ao tinteiro e levantou os olhos na direção do jovem de cabelos escuros que acabara de entrar naquele cômodo. Não disse nada, apenas fez um gesto simples com a cabeça, que levou os dois soldados a baterem forte no peito e saírem da sala, deixando Gufus bastante confuso e completamente apavorado.

Capítulo VIII

Aletha chegou a questionar se havia tomado a decisão correta ao colocar o irmão ferido sobre o lombo de um cavalo e levá-lo em uma cavalgada insana pela estrada, até a Cidade Capital. Magar estava com febre, e a ferida da flechada estava com uma aparência horrível. Ele respirava com dificuldade, e Aletha precisou comprar uma pequena carroça para carregá-lo na etapa final da viagem. Ela escolheu dois cavalos jovens e fortes e quase matou os animais em uma corrida louca, até avistar as construções da maior cidade de Terraclara, onde encontraria, na Casa Amarela, o tratamento para seu irmão.

* * *

Na época da Guerra dos Clãs, Almar Bariopta tratava dos feridos de qualquer facção sem julgar quem eram, o que faziam ou a quem eram leais. Eram pessoas, apenas homens e mulheres em busca de alívio para suas dores e de salvação para suas vidas. As pessoas vinham até a casa dele, e muitas ficavam por lá, ocupando todos os cômodos dos quais dispunha, enquanto se recuperavam. Durante os anos de duração daquela guerra, Bariopta perdeu a conta de quantas pessoas ele havia tratado e somente teve a real noção do impacto de sua generosidade após o fim das hostilidades. Mesmo depois de ter assumido a função de primeiro Zelador, Bariopta ainda passou muitas noites tratando doentes e orientando aprendizes nessa arte. Quando o Orfanato começou a oferecer um curso de tratamento e cura, ele foi o primeiro professor e até hoje é o patrono dos curandeiros. Sempre que passava pela rua, era abordado por pessoas que havia tratado e às vezes por seus pais, filhos e esposas, que o saudavam em agradecimento. Com o tempo, uma sede para a Zeladoria foi construída e, em anexo, uma pequena residência para o Zelador. Com isso Bariopta legou seu único bem à comunidade, e a casa da família, com a pintura amarela já descascada, mas ainda bem visível, tornou-se um marco e foi mantida como uma espécie de pórtico para o grande hospital, que agora ocupava todo o prédio construído no terreno anexo. Todos sabiam que aquele era o hospital, mas ninguém o chamava assim. O local era chamado da mesma forma que as vítimas da guerra faziam no passado: a Casa Amarela.

* * *

Quando Aletha chegou às portas da Casa Amarela, sua aparência era péssima, suja, descabelada e com os olhos fundos, porque há dias não dormia e quase não tinha comido nada. Ela pediu ajuda a alguns enfermeiros perto da porta, e logo seu irmão foi levado para ser examinado. Enquanto esperava, pediu a uma menina com o uniforme do Orfanato para correr até a Zeladoria e dizer que Aletha Hartel tinha voltado e precisava falar com Madame Salingueta e Chefe Klezula imediatamente. A jovem não entendia o que estava acontecendo e ficou parada sem ação até que Aletha segurou a menina pelos ombros e disse:

— Vá rápido! Sua vida e a de todos que você conhece dependem disso.

Enquanto entrava no hospital, Aletha ainda conseguiu ver a menina correndo como louca em direção à Zeladoria.

Capítulo IX

Uwe ainda estava na varanda, desfrutando do seu cachimbo e envolto em lembranças de casa e da família, quando avistou aquele homem enorme caminhando pela estrada que dava acesso à casa. Tinha mais de dois metros e uma compleição física muito avantajada. Suas pernas eram grossas como pequenos troncos de árvore, e seus braços longos eram um pouco flácidos — parecia que ele tinha perdido muito peso, o que era evidenciado por rugas em seu pescoço. Quase não tinha cabelos, mas não era calvo devido à idade, como o próprio Uwe; na verdade, seus cabelos ralos pareciam crescer de forma tímida em pequenos chumaços pela cabeça. O rosto dele tinha uma deformação que lhe conferia uma aparência muito estranha. Um dos olhos parecia levemente deslocado para baixo. Caminhava com determinação em direção à casa e, conforme o homem se aproximava, Uwe ficou em alerta, frente a algum perigo. Chamou por Odnan e Tarkoma, que logo se juntaram a ele ali, mas quem tomou a dianteira foi Pequeno Urso, que se postou entre o gigante e sua família, rosnando para o desconhecido. Foi quando ouviram a voz do homem pela primeira vez:

— *Cachouo.*

Era uma voz suave, com entonação lenta e profunda, mas não era hostil nem assustadora, como a aparência do gigante os levava a acreditar. O homem abaixou-se devagar e estendeu a mão na direção de Pequeno Urso, que rapidamente mudou de atitude e aproximou-se para receber um afago do estranho que lá chegava.

O homem levantou-se e caminhou até onde estava a família e olhou para cada um deles, até que sua feição mudou para um largo sorriso, como se uma expressão de alegria e alívio tomasse seu rosto. Ele apontou na direção das pessoas e disse:

— *Takoma*.

— Sim, eu sou Tarkoma, filho de Sikander e...

Ele não teve tempo de terminar as apresentações, porque o gigante correu em sua direção e o abraçou, quase o esmagando contra seu peito. Tão logo desfez esse abraço, o homem pegou um pedaço de papel maltratado de dentro de uma bolsa chamuscada que trazia junto ao corpo e o entregou a Tarkoma, dizendo apenas:

— *Takoma, impotante*.

E, como se todo o seu corpo relaxasse de uma só vez, desabou, sentado no chão em frente à casa, e logo começou a roncar ruidosamente.

Capítulo X

Alheios, ainda que por pouco tempo, à avalanche de notícias preocupantes que logo se derramaria sobre Terraclara, no Orfanato a excitação pela realização do Decatlo era a mesma de sempre. A manhã do grande evento havia chegado, e, como de costume, uma certa excitação coletiva tomava conta de todos, até mesmo de Mia e Marro, que tinham decidido não disputar qualquer prova. Tayma, por outro lado, desceu as escadas escorregando pelo corrimão, suas longas tranças esvoaçando. Tayma e Marro sempre tiveram uma vida confortável com sua família do outro lado do Abismo, mas de uma forma geral a moradia e os hábitos diários eram simples. A existência de casas tão grandes com tantos móveis e mais de um andar era uma novidade que os visitantes ainda não haviam se cansado de explorar. Uma coisa tão trivial como uma escada ligando o andar térreo ao superior era, para Tayma particularmente, uma novidade tão incrível quanto divertida. Nessa manhã ela repetiu o que fazia com frequência e escorregou pelo corrimão andar abaixo, até aterrissar com um pulo no meio do hall de entrada.

— Bom dia, minha família do lado de cá! — disse ela, repetindo a brincadeira que sempre fazia, ao se referir aos Patafofa como a "família do lado de cá" e a seus pais e avós como a "família do lado de lá". Ela fez o tradicional gesto levando a mão ao peito e depois a estendendo levemente para frente, seguido de uma sequência de beijos ruidosos e abraços em todos os presentes.

Marro, sempre mais moderado, repetiu o gesto da irmã e apenas cumprimentou a todos com um sonoro bom-dia. Enquanto Mia descia as escadas, Madis ficou olhando a linda moça de cabelos curtos, mas que ainda carregava traços infantis no rosto, ou pelo menos, era o que ele como pai queria ver. Mia desceu as escadas logo atrás dos irmãos, abraçou e beijou os pais e, depois, saudou de maneira ainda um pouco formal Madame Edith, que esperava a todos ao lado da mesa do café da manhã.

— Eu ia perguntar se estão animados para o Decatlo, mas nem preciso — afirmou Amelia enquanto se servia de um copo de suco. E logo completou: — Vocês poderiam montar um trio de cantores chamado A Entusiasmada, O Indiferente e A Desanimada e se apresentar no encerramento do Decatlo este ano.

Risos em intensidades diferentes tomaram conta do ambiente enquanto comiam e bebiam juntos. Foi Madis quem trouxe um tema que iria mudar o tom e os humores da conversa.

— Tomei a liberdade de mandar verificar e limpar seu arco e confeccionar algumas flechas, no caso de você resolver mostrar que é a melhor e levar a medalha de ouro este ano.

Madis levantou-se e foi buscar uma aljava de couro com várias flechas e um volume de tecido grosso que guardava o arco que Mia trouxera do outro lado do Abismo. Ele os entregou à filha, e imediatamente o clima ganhou uma certa melancolia quando se lembraram dos acontecimentos de quase um ano atrás e da perda irremediável que tinham sofrido com a morte de Gufus. Mia abraçou o pai antes de receber os presentes que ele lhe entregava.

— Não sei se vou competir, mas obrigada pelo carinho. Te amo, pai.

Foi Tayma quem interrompeu aquele momento, falando com um pedaço de pão em uma das mãos e um de bolo na outra, enquanto se lembrava muito do saudoso amigo.

— Vamos logo. Se você mudar de ideia e quiser se inscrever na prova de arco e flecha, tem que fazer isso logo cedo.

Marro acompanhava aquela movimentação com certa indiferença, bebendo o delicioso chá de frutas vermelhas que a governanta havia preparado. Para ele, aquela competição era fútil e desnecessária e, depois do fim trágico do torneio de espadas que terminou com a morte de Gufus, ele definitivamente estava fora daquele tipo de atividade.

Os três saíram de casa e no caminho para o Orfanato encontraram outros alunos, de diferentes idades, compartilhando o entusiasmo por aquele que era um dia de atividades e festa. Tayma foi logo cercada por colegas de turma e se distanciou do grupo, caminhando um pouco à frente, enquanto Marro fez exatamente o oposto e conversava com alguns rapazes. Mia acabou seguindo a curta caminhada sozinha até que foi interpelada por uma voz conhecida.

— Seus novos irmãos são uns mal-educados em deixá-la sozinha, preciso corrigir esse problema — disse Yevanon Urrath enquanto se aproximava de Mia, que correspondeu com um sorriso tímido.

Yevanon era filho de uma tradicional família de Terraclara e, por isso mesmo, considerado um pretendente adequado para uma futura união com alguém que carregasse o nome Patafofa. Não que algum deles desse a menor importância para isso e, especialmente naquela idade, nem sonhavam em uniões estáveis, mas sabiam o que seus pais pensavam. O importante mesmo para Mia era simplesmente que Yevanon era muito divertido, correto e — ela tinha que admitir — muito bonito. Os Urrath tinham uma estatura alta e um tom de pele muito bonito, que ganhava um bronzeado rápido e uniforme sempre que eles se expunham ao sol. O sorriso do rapaz era largo e distribuído com frequência, o que tornava seu rosto sempre agradável de olhar. O que mais chamava atenção em seu rosto era uma discreta diferença de cor dos olhos: o esquerdo esverdeado, o direito castanho-avelã. Era uma unanimidade entre as jovens alunas do Orfanato que Yevanon era o rapaz mais bonito, e, por isso, quem quer que fosse a moça em sua companhia seria motivo de inveja das demais.

— Sem problemas, eu gosto da minha própria companhia. — No entanto, temendo que seu comentário pudesse parecer grosseiro ou antipático, Mia rapidamente completou: — Mas adoraria caminhar com você até o Orfanato.

Os dois seguiram em um ritmo lento, como se quisessem aproveitar o caminho tranquilo antes da agitação que os esperava ao longo do dia. Foi Yevanon quem quebrou o silêncio.

— Pelo que estou vendo, você vai competir no tiro com arco este ano.

— Ainda não sei, estou levando o arco e as flechas só como opção, caso eu mude de ideia.

— Posso dar um palpite?

— Claro.

— Você deveria participar da competição e ganhar.

— Não está sendo um pouco otimista ou precipitado demais? — perguntou ela, escondendo um sorriso com a mão.

— De jeito nenhum. Eu já te vi atirando e nem consigo imaginar como foi que você perdeu a medalha de ouro no ano passado.

Mia pensou que realmente poderia vencer a competição, mas não era aquilo que a motivava a participar ou não. Eram as lembranças que a ancoravam no passado e a melancolia que a acompanhava há tempos. Como se lesse seus pensamentos, Yevanon continuou o assunto.

— Nosso amigo Gufus certamente estaria torcendo por você enquanto devorava um monte de pães e doces surrupiados da padaria do pai dele e, quando gritasse seu nome, iria nos proporcionar uma espetacular chuva de migalhas.

Ele disse isso com um sorriso amável, afinal também era amigo de Gufus. Isso fez com que a melancolia desse lugar a um sentimento diferente, de uma saudade boa, que trazia à tona gostosas lembranças. Mia abriu um sorriso bem mais largo dessa vez e, em agradecimento, segurou a mão de Yevanon enquanto caminhavam juntos. Isso daria muito o que falar entre as jovens alunas do Orfanato.

* * *

A disputa pareceu tão incrivelmente fácil, que Mia pensou que alguma coisa estava errada. O aluno que ficou em segundo lugar estava tantos pontos atrás dela, que, mesmo se a menina errasse o último tiro e acertasse o pé do professor Rigabel, ainda ganharia o torneio. Foi impossível não se lembrar da disputa acirrada com Liv no Festival da Oitava Lua há quase um ano e como, mesmo assim, Mia a deixara vencer aquela competição. Dessa vez não havia nenhuma questão política ou conspirações envolvidas no torneio, e Mia pôde usar toda a sua perícia para acertar praticamente todos os alvos na mosca. Marro, Tayma, Yevanon e até mesmo Oliri estavam torcendo por ela, e, a cada novo tiro, os gritos e aplausos tomavam aqueles que estavam na plateia. Foi uma decisão acertada, e Mia queria muito agradecer ao pai por incentivá-la a competir. Levaria a medalha de ouro como um presente para ele mais tarde.

— Aí, maninha! Vai ser difícil alcançar essa sua pontuação. Novo recorde da competição — disse Tayma, enquanto agarrava e levantava Mia como uma boneca desengonçada.

— Nunca vi nada assim — afirmou Marro, sempre contido. — Você parecia ser uma parte do arco, e seu olhar guiava as flechas enquanto elas voavam.

Yevanon não disse nada, apenas a abraçou e fez um sinal de positivo para Mia, enquanto abria um de seus característicos sorrisos.

Foram comer alguma coisa rapidamente, porque o que dominaria o período da tarde seriam os eventos mais populares do Decatlo: as partidas de Quatro Cantos.

* * *

Não houve nenhuma surpresa quando, após as partidas eliminatórias, os quatro times que jogariam a final de Quatro Cantos foram definidos: os atuais campeões — o time Ponte de Pedra —, as Onças Pardas, que este ano vieram com uma formação totalmente feminina, e os dois estreantes na competição: um intitulado Rio de Fogo e as novas estrelas em ascensão, o time de Tayma e Oliri, o Travessia.

Os integrantes do Rio de Fogo eram remanescentes do antigo time Aguazul, agora liderados por Zed, o primo de Oliri. Eles guardavam uma boa técnica, mas sua marca registrada era uma agressividade que por vezes custava penalidades pesadas. Já os atuais campeões treinavam em segredo, mantendo suas estratégias sempre surpreendentes e uma técnica muito apurada, por isso eram os favoritos ao bicampeonato. Tayma era a líder informal do Travessia e contava com a experiência de Oliri para ajudar a ganhar aquela disputa. Seguindo a tradição, a Diretora Letla Cominato caminhou até o meio do campo e deu boas-vindas a todos, apresentando as quatro equipes e pedindo aplausos. As cores dos times haviam sido sorteadas antes da partida, e coube ao grupo de Tayma e Oliri a cor laranja, enquanto o time de Ponte de Pedra ficou com a cor azul, uma interessante inversão acidental para aqueles competidores, que, há um ano, estavam com as cores trocadas.

No início não houve grandes surpresas: o Rio de Fogo, usando verde, atacava mais do que defendia, e as meninas Onças Pardas, de amarelo, se valiam da velocidade para confundir os adversários. Nada que Tayma e Oliri não tivessem mapeado com cuidado semanas antes do Decatlo. Se houvesse uma palavra para descrever o time Travessia, ela seria disciplina. Eles usavam sinais para variar suas estratégias conforme as bolas eram liberadas no meio do campo e conforme os outros times mudavam as próprias táticas. As Onças Pardas estavam aplicando a mesma estratégia que levara o Ponte de Pedra à vitória no ano passado, deixando seu canto desprotegido enquanto corriam e trocavam passes com muita rapidez, para encaçapar bolas nos cantos dos adversários o tempo todo. Eram jogadoras mais jovens, e talvez a falta de experiência atrapalhasse um pouco seu resultado, então elas não conseguiam sair da última colocação no saldo de bolas. A disputa mais acirrada estava acontecendo entre a atual equipe campeã, Ponte de Pedra, e Rio de Fogo. Velocidade, objetividade e muita integração entre os jogadores faziam aqueles dois times terem uma disputa isolada pela vitória. Zed podia ser um brutamontes agressivo, mas também era certeiro nos arremessos e, de um jeito preciso, trocava passes com seus companheiros. Do lado oposto, os jogadores de Ponte de Pedra seguiam confiando fortemente na sua integração de jogarem juntos há mais tempo e repetiram o que fizeram no ano anterior, mudando de estratégia de uma postura mais agressiva para uma mais defensiva. Era isso que Tayma estava esperando. Quando ela e Oliri notaram a alteração no padrão de jogo, usaram sua própria estratégia surpresa e passaram a fazer um verdadeiro balé: os quatro jogadores corriam de um canto a outro, ora atacando, ora defendendo, e cada um mudando de lugar a cada jogada. Rapidamente o saldo de pontos do time laranja cresceu, deixando os demais em desvantagem. Em poucos minutos, a partida estava encerrada, quando Tayma e Oliri encaçaparam duas bolas quase simultaneamente, levando o Travessia à vitória. A comemoração foi muito animada, com os demais times reconhecendo o desempenho superior dos novatos e cumprimentando-os dentro do campo. O único episódio desagradável ocorreu quando Zed passou por Oliri e, em vez de cumprimentá-lo, cuspiu no chão e lhe deu as costas. Isso não foi suficiente para estragar a festa, e logo os quatro jogadores estavam no centro do campo recebendo as medalhas das mãos da Zeladora.

Até aquele momento Mia estava tensa, com uma sensação de *déjà-vu*, ainda esperando que alguma coisa horrível acontecesse, mas dessa vez tudo acabou bem, e a comemoração seguiu dentro dos muros do Orfanato e depois no caminho de casa.

Capítulo XI

— Você sabe quem eu sou?

Gufus olhou de forma tímida e assustada para o homem à sua frente. Ele tinha cabelos castanho-escuros um pouco ondulados e com alguns fios grisalhos, além de olhos castanhos e pele clara, com um toque levemente bronzeado. Na verdade, Gufus pensou que eles poderiam ser parentes, pela semelhança física. O homem à sua frente parecia-se com o seu tio Arkhos e um pouco com Madis Patafofa. Aliás, sua aparência era bastante comum, e ele poderia ser facilmente confundido com qualquer um dos habitantes de Terraclara. Sua voz soou tranquila e baixa, mas com um inconfundível tom de autoridade que só aqueles que realmente a possuem sabem usar. Gufus reagiu a esse tom respondendo de imediato.

— Sim, senhor. Eu sei.

Ninguém havia lhe dito nada, mas Gufus soube, desde que entrara naquela sala, que estava frente a frente com o Magnus, o todo-poderoso líder do Consenso. Ele abriu um baú que estava sobre uma mesa auxiliar ao seu lado e tirou de lá um objeto sinistramente familiar. Ao olhar para as mãos do Magnus, um arrepio percorreu a espinha de Gufus, e seus olhos se arregalaram em um pânico silencioso e inerte. Como se fosse uma maldição, a espada dos Patafofa estava nas mãos daquele homem, e Gufus imaginou que o pesadelo de perguntas e torturas iria recomeçar. Em vez disso, o Magnus posicionou a espada com a ponta apoiada no tampo da mesa e a girava displicentemente, como se fosse um peão.

— Você tem alguma noção de quando esta espada foi forjada?

Gufus respondeu rapidamente, ainda condicionado pela sessão de interrogatório que sofrera havia tão pouco tempo.

— Não, senhor, não sei nada sobre isso.

— Eu imaginava. É uma arma muito antiga, deve ter sido forjada há gerações, muito tempo antes que qualquer um de nós tivesse nascido.

Magnus se levantou manuseando a espada como se fosse um brinquedo e recostou-se na mesa bem em frente a Gufus.

— Você a usou em batalha, certo?

Ele simplesmente balançou a cabeça, concordando.

— Conte-me, como ela se comportou? É tão boa quanto é bonita?

Gufus estava confuso. Havia sido torturado por muito menos, e agora o homem mais poderoso do mundo conversava com ele com naturalidade, como se fossem dois colegas no pátio do Orfanato.

— Eu não sou um espadachim experiente, então não posso opinar com muita certeza. — Vendo a expressão de decepção do homem à sua frente, completou: — Mas ela faz um som lindo quando encontra outra lâmina.

A expressão do Magnus se iluminou, e ele fez dois gestos cortando o ar com a espada. Recolocou a arma dentro do baú, e os dois continuaram a conversa.

Mais uma vez Gufus viu-se surpreendido com a situação, uma vez que o Magnus fazia comentários sobre a metalurgia avançada que forjara aquela espada e sobre como esse conhecimento havia sido perdido no tempo. Gufus a princípio falou pouco, tentando sobreviver àquele delicado momento, quando sabia que estava sendo observado por soldados armados. Enquanto falava, o Magnus andava, circulava entre a mobília da sala, e por vezes Gufus imaginou que, mesmo estando imóvel, a distância entre eles era menor do que os dez passos que os soldados lhe instruíram manter. O Magnus recostou-se sobre a mesa, dessa vez reclinando a cabeça para frente como se quisesse observar seu convidado um pouco melhor.

— Soube que você veio do outro lado do Abismo e da Cordilheira. O que está achando da minha cidade?

Gufus esperou perguntas sobre Terraclara e sobre os acessos através do Abismo, mas nunca poderia prever uma pergunta tão frugal.

— A cidade é impressionante, imaginava uma coisa totalmente diferente.

— E o que você imaginava?

Pronto, havia falado demais. Como poderia sair daquela enrascada? Se dissesse o que realmente achava que iria encontrar ali, poderia ofender o Magnus e acabar decapitado antes de descer a colina. Mas sabia que não deveria mentir, estava bastante condicionado a isso. Conseguiu de forma bastante criativa dizer a verdade sem ser tão enfático.

— Meu senhor, perdoe minha ignorância, mas imaginava um local com menos beleza e com mais soldados e quartéis.

— Mas há muitos soldados e alguns quartéis na cidade, só que todas as construções e as pessoas que aqui habitam estão integradas em conformidade com o nosso estilo de vida.

— E que estilo seria esse? — perguntou Gufus, sem pensar que poderia estar se colocando em uma armadilha verbal.

— Uma pergunta inteligente — respondeu o Magnus, caminhando em direção a uma janela, e logo completou seu comentário — e fácil de responder.

Ele ficou alguns momentos calado, com o olhar perdido, e finalmente falou.

— Beleza e harmonia.

Gufus pensou em tantas coisas, mas felizmente não disse nada, apenas fez um discreto gesto com a cabeça, como se ao mesmo tempo concordasse e agradecesse a resposta.

O Magnus então voltou até o centro da sala e sentou-se em sua cadeira estofada enquanto tocava um pequeno sino que chamou outras pessoas para aquele cômodo.

— Em outra oportunidade vamos conversar mais. Nesse meio-tempo aproveite a hospitalidade de Capitólio.

Os soldados que haviam escoltado Gufus reapareceram, e o rapaz foi saindo da grande sala quando viu um homem mais velho se aproximando do Magnus, que cochichou alguma coisa, causando uma expressão de espanto no recém-chegado. O Magnus simplesmente levantou a cabeça e mudou levemente sua expressão facial, provocando no auxiliar uma rápida reação de desculpas e mesuras. Enquanto esperava na porta, Gufus notou um movimento do outro lado do grande cômodo, perto de uma outra porta. Era uma menina, que parecia ser um pouco mais jovem do que ele mesmo, e Gufus involuntariamente sorriu para ela, que respondeu com um sorriso tímido e rápido, logo se escondendo atrás de uma cortina.

Quando saíram, o homem que falou com o Magnus e agora o acompanhava comentou, de forma petulante e irônica:

— O Magnus agora quer seus animais de estimação dentro do palácio.

Capítulo XII

A casa de Tarkoma e Odnan estava agitada, mais do que o normal. As reações variavam entre espanto e incredulidade. Após manusear o pedaço de papel que estava em péssimo estado, com vários rasgos e marcas de fogo, eles conseguiram entender o teor da mensagem. Só não sabiam quem a havia enviado, ou quando. Tentaram se comunicar com o gigante, mas logo notaram que ele tinha algum tipo de deficiência que impedia um diálogo inteligível. Perguntaram de onde ele vinha, e a resposta era sempre a mesma:

— Lugar ruim.

E, sempre que perguntavam quem havia enviado aquela mensagem, ele respondia:

— Amigo.

Malaika em um certo momento interrompeu aquele interrogatório porque, debaixo daquele corpo avantajado de adulto, havia apenas uma criança e, pelo que ela pôde notar, uma criança doce e bastante maltratada.

— Parem com isso, essa conversa não vai levar a lugar nenhum.

E na sequência levou o homem para a cozinha, servindo-lhe mais uma refeição, a terceira desde que havia acordado.

Na varanda havia uma espécie de assembleia entre Uwe, Odnan e Tarkoma, que debatiam de maneira acalorada os próximos passos.

— Essa informação precisa chegar até a Zeladora e até Arne — disse Uwe enquanto manuseava pela enésima vez aquele papel amarrotado e queimado.

— Mas quem garante que isso é verdade? Ou que é atual? — retrucou Odnan.

— Eu não sei — respondeu ele, entre uma baforada e outra no cachimbo —, mas prefiro errar por excesso de cuidado do que simplesmente ignorar essa informação.

— Levar essa informação até Arne é fácil, o problema é como se comunicar com sua gente do outro lado do Abismo — argumentou Tarkoma.

Atsala, que observava aquele debate, foi quem colocou ordem na discussão.

— Vamos por partes: falamos com Arne e daí veremos como informaremos ao seu povo, do outro lado do Abismo.

No dia seguinte todos se encaminharam logo cedo em direção às terras dos freijar, sem saber que às vezes o acaso monta algumas coincidências difíceis de acreditar.

Capítulo XIII

Os dias que se seguiram ao encontro com o Magnus foram ao mesmo tempo encantadores e assustadores para Gufus. Ele foi alojado em uma pequena habitação dentro do mesmo terreno onde estava o palácio do Magnus e tinha uma espantosa liberdade de movimentação naquele complexo de prédios. Havia recebido roupas que eram recolhidas sem que ele notasse, e novas vestimentas apareciam da mesma forma, sempre que ele estava fora ou dormindo. Parecia que um grupo de pessoas invisíveis cuidava de seu bem-estar sem que o rapaz se desse conta de quem ou como o faziam. Mas Gufus não se deixava enganar: sabia que era um prisioneiro e sabia que havia guardas tão invisíveis quantos os serviçais, espreitando cada passo que dava, cada palavra que dizia, cada porta que abria. E havia muitas portas. Gufus foi pouco a pouco circulando nas imediações da sua habitação e descobrindo jardins, áreas de descanso e salões de refeições, até em certo momento encontrar uma biblioteca. O mais impressionante era que não via nenhuma outra pessoa e não tinha com quem conversar, mesmo quando suas refeições eram servidas. Aliás, ele tinha a nítida impressão de que a comida e a bebida surgiam magicamente porque em um instante não havia nada e, quando ele se distraía, a comida estava posta. O mesmo ocorria com as louças e os talheres, que simplesmente sumiam após as refeições. Uma das coisas que mais o impressionou foi que, nos dias quentes, as bebidas eram servidas com gelo, uma surpresa refrescante que ele nunca havia experimentado antes.

Depois de três dias Gufus teve o primeiro contato humano real, quando recebeu a visita da mesma jovem que havia aparado seus cabelos. Ela pediu para cuidar da sua aparência e ajudá-lo a selecionar melhor as vestimentas. Tudo indicava que a pouca atenção aos detalhes de moda e de aparência pessoal estava desagradando aos anfitriões. Ansioso por alguma interação, Gufus ficou feliz com a companhia e a recebeu de bom grado.

— Acho que ainda não fomos apresentados formalmente — disse ele, tentando ser o mais simpático possível e estendendo a mão em tom amável. — Meu nome é Gufus Pongolino, muito prazer.

Ela não respondeu; apenas fez um pequeno movimento de cabeça, inclinando-a para frente como uma saudação submissa.

— Qual é o seu nome?

A jovem pareceu ficar sem saber o que fazer e, após rapidamente olhar para Gufus, voltou a abaixar a cabeça sem dizer nada. Ela parecia pouco mais velha que ele, tendo talvez uns vinte anos, e era alta e magra. Seus cabelos longos e lisos eram muito escuros, um tom de preto que brilhava com a claridade do dia, e sua pele era mais escura do que a de Gufus, porém mais clara do que a de Odnan e sua família. Ela parecia ter a mesma origem de Malaika, do povo arath. De seu nariz pendia uma fina corrente dourada e ligada a um brinco da mesma cor, destacando o lado esquerdo do rosto.

— Se você não me disser seu nome, vou ter que inventar alguma coisa só para poder conversar com você — Gufus afirmou, em tom de brincadeira. — Já sei, vou chamá-la de Cabelos Longos.

Com aquele gracejo, Gufus conseguiu arrancar um sorriso do rosto da moça e logo ouviu a jovem responder, timidamente, em volume bem baixo:

— Anaya.

Gufus imaginou que sua timidez não era somente um traço de acanhamento e que na verdade ela sabia que olhos e ouvidos atentos os vigiavam em todos os momentos. Assim, resolveu não insistir, para não criar problemas para ambos. Anaya abriu um armário no fundo do aposento, onde agora havia mais roupas do que Gufus se lembrava, e ele logo pensou que novos itens de vestuário haviam sido transportados para lá. Ela começou a dispor combinações entre calças e túnicas, mostrando quais deveriam ser utilizadas em conjunto. Também mostrou algumas peças de roupa que pareciam saias, mas eram vestimentas masculinas. Por fim indicou alguns frascos com perfumes cujas essências variavam entre mais fortes e fracas, cítricas e adocicadas, ou, ainda, com aromas exóticos que nem tinha como definir. Cada momento iria demandar combinações de trajes e perfumes adequados que Gufus precisaria conhecer. Enquanto recebia as orientações sobre moda e etiqueta, ele conversava com Anaya, a qual aos poucos começou a responder com mais naturalidade e se permitiu até rir das bobagens que Gufus falava enquanto experimentava algumas peças de roupa muito exóticas para o seu gosto. Essa aula terminou com mais um retoque no corte de cabelo, e Anaya se despediu com um discreto aceno de cabeça. Gufus projetou o corpo pela porta e falou, talvez em tom de voz alto demais:

— Obrigado, Anaya, foi um prazer recebê-la.

Mais tarde, naquela mesma noite, um homem alto e com aparência já bem idosa veio até ele e o convidou para uma refeição. Gufus o seguiu até uma das diversas salas que tinha conhecido ao longo dos últimos dias e logo se viu em um ambiente com dez ou doze pessoas que já estavam bebendo vinho em sofisticadas taças de vidro. Sua chegada causou uma momentânea interrupção na conversa, o que fez com que ele desse um passo para trás, relutante, ao se juntar ao grupo. O homem que o havia acompanhado pegou uma das taças de cristal e a arremessou contra a parede, anunciando:

— Gufus Pongolino, do outro lado do Abismo.

Ele ainda estava muito desconfiado sobre tudo o que estava acontecendo e definitivamente não iria consumir qualquer bebida alcoólica naquele jantar. Colocou a taça nos lábios e fingiu beber, mostrando depois um sorriso levemente marcado pelo vinho no lábio superior, antes de arremessar a taça na parede, seguido dos demais. Isso foi suficiente para deixar os anfitriões felizes e dar continuidade à refeição.

* * *

— E quem é aquela menina que está na cabeceira da mesa?

Gufus voltou a ver a mesma menina que avistara de relance no dia em que conheceu o Magnus. Ela comia sem participar de nenhuma conversa, apenas parecia concentrada na refeição. Aparentava ser um pouco mais jovem que ele mesmo e tinha cabelos lisos e escuros, não muito longos, e seus grandes olhos eram castanho-escuros levemente puxados nos cantos. Acima do lábio superior uma pequena pintinha dava um charme todo especial ao rosto dela, e Gufus se viu surpreendido quando ela o flagrou olhando e retribuiu com sorriso breve e tímido.

— Aquela é Maeki. — Foi a resposta curta e seca que recebeu.

Como se ficasse incomodada por estar sendo observada, a menina largou a refeição e saiu do recinto. Gufus não tardaria a reencontrá-la em uma situação bastante diferente e surpreendente.

* * *

As apresentações dos nomes e títulos das pessoas presentes não ajudaram em nada, porque em poucos minutos Gufus já estava confundindo rostos. Conseguiu fugir de situações constrangedoras ao evitar empregar os nomes, apenas usando "o senhor" ou "a senhora" durante as conversas. Depois do início tenso, o jantar correu de forma tranquila e em alguns momentos até agradável. Ele imaginou que receberia uma enxurrada de perguntas sobre sua origem, mas na verdade as pessoas comentavam sobre aspectos da vida, da geografia ou dos monumentos da capital, perguntando se ele tinha tido a oportunidade de conhecer esse ou aquele museu, ou de passear em determinado jardim. Não faltaram ofertas de companhia para ciceronear Gufus em passeios a pontos famosos da capital, que ele gentilmente aceitou, imaginando que seriam apenas ofertas frívolas do momento. Ele ainda não sabia, mas iria passar um bom tempo fazendo turismo em Capitólio, acompanhado daquelas pessoas. Já nos momentos finais da refeição, algumas perguntas banais e corriqueiras foram feitas a respeito do seu local de origem, e Gufus achou natural que isso ocorresse. Como já estava mais tranquilo e à vontade, respondeu sem receios e sem a sensação de interrogatório do seu encontro com o Magnus. A sobremesa foi marcada por outra surpresa refrescante, à qual ele definitivamente não estava acostumado: uma iguaria doce e gelada que chamavam de sorvete. O retorno à sua habitação aconteceu bem tarde da noite, com a promessa de um casal jovem que conhecera durante o jantar de buscá-lo no dia seguinte, para um passeio.

Quando retornava para seus aposentos, cruzou com Anaya nos corredores e a cumprimentou animadamente. A resposta que recebeu foi uma rápida inclinação da cabeça, e notou que ela apertou o passo para se afastar dele, caminhando com dificuldade. Gufus ainda chamou por ela perguntado se estava tudo bem, mas ficou sem resposta quando ela caminhou para um dos corredores, saindo de seu campo de visão.

* * *

No dia seguinte, o passeio da tarde havia sido inicialmente fascinante, quando, em companhia dos novos conhecidos, Gufus visitou um museu de esculturas ao ar livre. As estátuas de pessoas, animais e cenas do cotidiano eram impressionantes por causa de sua aparência realista e mostravam uma técnica apurada, como ele nunca havia visto. Mas sentia falta de alguma coisa naquelas esculturas, como se fossem variações de um mesmo tema o tempo todo. Depois da primeira hora começou a se desinteressar e a aproveitar mais os jardins e as fontes que ornavam o ambiente. Enquanto caminhavam, a conversa acabou sendo direcionada para as minas de mármore que alimentavam as mãos habilidosas dos artistas de Capitólio. Gufus comentou que em Terraclara o clã Muroforte controlava algumas das principais minas e tinha acordos com os mineiros que beneficiavam as cidades próximas, como Vila do Monte, e parcerias com aqueles que utilizavam os minérios, como o clã Ossosduros. Gufus também explicou que esse crescimento estava aumentando a população de algumas cidades e elevando a renda e a qualidade de vida das populações que cresciam orbitando esses empreendimentos. Os olhares de espanto foram difíceis de disfarçar, e logo seus companheiros de passeio comentaram que todo o mármore e quaisquer outros minerais pertenciam ao Consenso e deveriam ser disponibilizados de acordo com as necessidades dos seus cidadãos. Os mineiros podiam ficar com alguns excedentes, desde que não abrissem novos veios de exploração sem a direta ordem dos representantes do governo.

— Tudo que há entre o céu e a terra pertence ao Consenso, e é o Magnus quem decide como utilizar esses recursos para o bem e a felicidade dos cidadãos — completou a mulher, com um olhar afável em direção àquele visitante, como se estivesse explicando uma coisa óbvia a uma criança de cinco anos.

Os dias de conforto e hospitalidade em Capitólio não haviam apagado as duras lições aprendidas durante os interrogatórios, e Gufus fez um gesto com a cabeça, indicando que havia compreendido aquela aula. O homem então disse que tinha muita curiosidade com aquela forma estranha de administrar Terraclara. O dia estava quente, então o grupo parou em um pequeno local que parecia um restaurante em local aberto, e seus acompanhantes pediram sucos, que foram servidos gelados. Gufus não estava acostumado com um luxo como aquele e ficou encantado com o gelo que era raspado e depositado como uma pequena montanha dentro do copo de suco avermelhado e adocicado.

— Conte-nos, Gufus: como funciona essa estranha divisão dos produtos em seu reino distante?

Ele pensou em corrigi-los sobre a noção de "reino", mas achou mais fácil apenas comentar sobre os conceitos de propriedade e trabalho, sob os olhares atentos dos companheiros de passeio. No fim do dia foi deixado em seus aposentos, com a promessa de que novos passeios seriam agendados, o que lhe causou, ao mesmo tempo, animação em conhecer aquela cidade inacreditável e desânimo por passar horas e horas em uma companhia tão enfadonha.

Quando entrou no quarto, o jovem viu um livro grande e volumoso depositado sobre a mesa e sobre ele um bilhete que dizia apenas: "Leia antes do nosso próximo encontro". Não estava assinado e nem precisava estar; aquele livro havia sido enviado pelo Magnus, e Gufus sabia bem que o conteúdo daquele bilhete não era exatamente um convite, tampouco uma sugestão. Começou a ler imediatamente.

Capítulo XIV

Desde os eventos de quase um ano atrás, havia ao mesmo tempo uma urgência e um receio tremendo sobre se comunicar com o outro lado do Abismo. A Zeladora Handusha Salingueta administrava Terraclara com um misto de competência arrojada e cuidados às vezes exagerados. Na verdade, ela estava sucedendo um déspota traidor que só não havia destruído o estilo de vida local porque foi rapidamente desmascarado. Ela preferia ser sempre transparente em suas decisões e consultar as pessoas mais próximas.

Após Uwe Ossosduros ter cruzado o Abismo junto com os estrangeiros, a Zeladora resolveu seguir a decisão até então vigente da assembleia e regular qualquer contato com o exterior. Ela foi bastante hábil em conduzir esse tema, esperando o assunto esfriar entre a população para voltar ao tema em uma nova reunião dos cidadãos.

* * *

Passados apenas três meses dos eventos que culminaram na descoberta da conspiração de Roflo Marrasga, a Zeladora convocou os cidadãos com a devida antecedência, para votar em vários temas importantes. Frente àquela massa pulsante de cidadãos artenianos, a Zeladora pôde liderar sua primeira assembleia regular, após a votação de emergência que a elegera meses antes. Trajando um vestido amarelo com estampas florais coloridas e levando consigo um leque com listras roxas e laranjas, a Zeladora Salingueta subiu ao palanque do anfiteatro do Monte da Lua e começou a reunião seguindo o protocolo.

— Caríssimos cidadãos de Terraclara, sejam bem-vindos a esta votação — falou a Zeladora Handusha Salingueta, do alto da tribuna. — Antes de abordar as questões que serão votadas, coloco minha função à disposição e convido qualquer cidadão de Terraclara a candidatar-se para a função de Zelador.

Como era tradição em toda votação, a Zeladora fez essa proposta e, como acontecia com regularidade, o silêncio abateu-se sobre a massa de cidadãos quando ninguém apresentou candidatura. Silêncio relativo, quebrado no momento em que uma voz distante e não identificada gritou:

— Fica, Madame Cebola!

A Zeladora olhou com raiva por cima do leque, como se seus olhos pudessem fulminar o engraçadinho com raios de fogo, e então continuou.

— Hoje quero trazer para sua avaliação questões relacionadas à construção de uma nova unidade do Instituto de Ensinos Clássicos e Modernos, além de assuntos relativos à circulação controlada de pessoas em nossas fronteiras.

Habilmente evitando usar palavras como "abismo" ou "travessia", a Zeladora foi conduzindo aquela reunião sem maiores complicações e, quando chegou ao ponto mais crítico, a votação foi tranquila. Ela propôs que, sob a supervisão pessoal do Chefe da Brigada, Ormo Klezula, pequenos grupos de batedores fossem enviados em missões rápidas de reconhecimento para, se possível, abrir um canal permanente de comunicação, aproveitando a presença de pessoal conhecido naquele local. Ela evitou usar o nome Uwe Ossosduros de propósito, afinal ele havia cruzado o Abismo sem consentimento e durante a vigência da proibição. Os motivos que o levaram a essa atitude tornaram-se conhecidos por todos, e uma ampla condescendência foi demonstrada em solidariedade a ele. Muitos simplesmente se colocavam em seu lugar, com uma filha perdida em uma terra estranha e a possibilidade de encontrar a esposa tida como morta. Não havia em Terraclara muitas vozes criticando a decisão de Uwe. Ainda assim, evitar polêmicas desnecessárias mostrou-se uma estratégia eficaz, e a proposta da Zeladora foi aprovada.

* * *

Desde a aprovação do envio de grupos de batedores, houve incursões até a Cordilheira e muitas observações discretas. Houve acessos às passagens conhecidas, mas sem ainda cruzar o Abismo. Todo esse cuidado tinha o objetivo de minimizar o risco daqueles que eventualmente viessem a passar para o outro lado. Essa preocupação povoava o sono nada tranquilo da Zeladora, que agora, meses depois, havia decidido que o mais recente grupo de dez batedores seria aquele que finalmente cruzaria o Abismo. Ainda que o Chefe Klezula tentasse aliviar a própria culpa dizendo que havia aprovado cada nome dos voluntários e os treinado, ela sabia que seria sua máxima culpa se algum jovem arteniano nunca voltasse para casa. A mais recente preocupação ocupando a cabeça da Zeladora era o fato de que dois irmãos e únicos filhos de Dranea e Ostor Hartel tinham decidido participar juntos na última expedição além do Abismo. Ela sofria por antecipação, pensando se um dia teria que bater à porta dos Hartel levando a notícia de que seus dois filhos, Aletha e Magar, haviam perecido a serviço de Terraclara, e o nome da família havia morrido com eles.

Capítulo XV

Assim, depois de muita observação na segurança dos postos de vigilância dentro da Cordilheira, finalmente um grupo de corajosos exploradores cruzou o Abismo. Eles resolveram tomar o caminho pelo túnel 26, que já havia sido limpo e desbloqueado por outra equipe, meses antes. A passagem em si já era um desafio para os nervos porque uma ponte se estendia até o paredão oposto, mas ponte era uma forma amena de descrever aquele conjunto de três fortes correntes de metal fazendo um formato de "V", permitindo a passagem de uma pessoa por vez. As rajadas de vento vinham de todas as direções, inclusive de baixo para cima, balançando aquela estrutura que fora construída há gerações. Cada um que passava tentava se agarrar da melhor maneira possível às grossas correntes, evitando ser derrubado pelo vento implacável, mas o medo de aquela ponte arrebentar acompanhava cada um dos que passavam. Um a um, os dez corajosos batedores seguiram no escuro, pois nem adiantava tentar acender alguma tocha ou lanterna no meio do turbilhão de ventos. Quando cruzaram a mina pelo túnel número 26, seu líder Wemu definiu a ordem de passagem, indo ele mesmo na frente e depois distribuindo os seguintes pelo tamanho e peso, com Bapan fechando a fila. Como esse movimento do cruzamento da ponte de correntes era lento, os dois amigos que fechariam a fila tiveram tempo para conversar antes de começar sua aventura do outro lado.

— Você não deveria ter arrastado sua irmã junto com você — comentou Bapan, entre um gole e outro do cantil.

— Não, meu amigo, você não entendeu bem a situação — respondeu Magar, enquanto tentava avistar os companheiros que já haviam cruzado a ponte. — Eu não consegui dissuadi-la da ideia, e meus pais ainda brigaram comigo por não ter conseguido.

— Mas você deveria colocar-se no lugar dos seus pais, afinal os dois únicos filhos... — E o amigo calou-se, sem completar a frase.

— Eu sei, eu sei. Os dois únicos filhos podem morrer juntos nessa expedição, deixando meus pais arrasados pelo resto da vida.

— Desculpe, eu não quis parecer insensível, mas é exatamente isso.

Magar continuava perdido em pensamentos e, como não havia escutado nenhum grito ou comoção dos companheiros à frente, imaginava que Aletha já havia cruzado para o outro lado, afinal ela era a segunda da fila. A moça era sua irmã caçula, três anos mais jovem que ele, e os dois eram muito próximos. Quando Aletha soube que o irmão havia se voluntariado ao Chefe da Brigada para uma expedição de reconhecimento do outro lado do Abismo, ela secretamente fez o mesmo. Sua experiência como escaladora foi muito bem-vinda e poderia trazer grandes benefícios, dependendo de onde aquela aventura os levasse. Ela mentiu sobre ter conversado com os pais e, mesmo ela já tendo idade para cuidar da própria vida, o Chefe Klezula não queria arriscar dois irmãos sem a aprovação da família. Junto com seu irmão, Magar, ela tinha sido uma das poucas pessoas a escalar a face nordeste do Monte Aldum, até onde a inclinação e a neve permitiam. Eram dois aventureiros experientes e por isso mesmo poderiam ajudar muito os demais membros do grupo, que eram basicamente guardas da Brigada.

— Sua vez — disse Bapan para o amigo, enquanto Magar se esgueirava até a entrada daquela passagem.

— Se cair, por favor, não se agarre em mim. Eu nunca estive do outro lado e não quero morrer antes de pelo menos ver o sol do lado de lá — falou Magar, rindo, enquanto se afastava do amigo e seguia pela ponte de correntes.

Eles ainda não sabiam disso, mas aquela seria a última vez que ririam juntos por um bom tempo.

* * *

Todos sabiam que havia uma forte vigilância do outro lado e usaram as mesmas táticas de camuflagem dos adversários antes de sair pela estreita porta de pedra que levava a uma ravina rasa do outro lado do Abismo. Esperaram a noite sem lua tomar conta do ambiente e saíram todos usando roupas em tom verde-escuro, além de pequenos ramos de plantas disfarçando as cabeças. Mãos e rostos foram cobertos por lama, dando a cada um deles um aspecto quase natural, como se pequenos arbustos estivessem lentamente se movendo e se escondendo de olhares curiosos. A caminhada por dentro da mata era lenta e cheia de obstáculos, mas não se atreveriam e entrar em trilhas ou áreas descampadas que pudessem revelar sua localização. Caminharam por algumas horas na direção que sabiam que os levaria à casa de Tarkoma e para longe dos domínios dos freijar, até pararem para descansar e comer alguma coisa. Combinaram de não acender nenhuma fogueira e falar o mínimo possível, apenas para trocar instruções. Wemu, o líder daquela expedição, era membro da Brigada e tinha um natural tom de comando na voz, distribuindo atribuições e coordenando os esforços.

— Vocês três — falou, apontando para Magar, Bapan e mais uma moça que estava por perto —, sigam naquela direção e verifiquem se há algum caminho alternativo. Eu e outros dois vamos na direção oposta, os demais fiquem aqui e não façam barulho.

Magar compartilhou um rápido olhar com Aletha e partiu na direção apontada pelo seu líder, acompanhado dos outros batedores. Ele teve uma sensação ruim ao separar-se da irmã, mas tentou espantar aqueles pensamentos negativos da cabeça antes de iniciar a caminhada. Mal tinham dado os primeiros passos, e a moça que estava com eles pisou em um espinho longo, o qual perfurou seu calçado e cravou-se fundo na sola do seu pé. Ela suprimiu um grito de dor e foi amparada pelos demais. Wemu veio verificar o ocorrido e logo constatou que para ela a caminhada precisaria esperar. Destacou um outro guarda para substituí-la no grupo, mas foi interrompido por Aletha, que, pulando na frente, voluntariou-se para ir com o irmão. Os três seguiram na direção determinada, dessa vez prestando atenção redobrada a possíveis espinheiros no caminho. Depois de alguns minutos de caminhada, foi Aletha quem notou mais espinhos espalhados pelo solo e pegou um deles para examinar com mais cuidado. Quando segurou o espeto bem próximo aos olhos, seu sangue gelou. Sem emitir nenhuma palavra, ela segurou as mãos de seu irmão e de Bapan, mostrando uma peça de metal com várias pontas afiadas. Em seguida, a jovem apontou e mostrou várias outras daquelas estrelas metálicas jogadas por entre os arbustos. Era uma armadilha. Os inimigos sabiam que os estrangeiros poderiam passar por ali e deixaram aquelas peças metálicas para incapacitar e retardar a movimentação dos visitantes indesejados. Os três resolveram voltar, mas nem tinham chegado a dar um passo quando escutaram gritos vindo do acampamento. Bapan tomou a difícil decisão de segurar forte os braços dos dois irmãos, impedindo-os de correr na direção do perigo. Aletha deu um soco em Bapan para se livrar da mão dele, mas foi agarrada pelo irmão, que imobilizou seus braços. Por mais cruel que aquela decisão parecesse, era a única coisa a fazer naquele momento.

— Você perdeu o juízo, nossos companheiros estão em perigo! — Disse Aletha, com os olhos vermelhos de raiva.

— Calma, irmãzinha. Se eles estiverem sob ataque, não poderemos fazer nada.

— Podemos ir até lá e lutar com eles.

— Você quer dizer *morrer* com eles — completou Bapan, com os olhos fixos, abertos como uma boca faminta.

Os gritos cessaram, e outras vozes foram ouvidas ao longe, levando os três batedores remanescentes a seguirem na direção oposta. Como se não bastasse, Bapan caiu em um buraco camuflado por folhas, e sua coxa esquerda ficou cravada em um espeto de madeira. Era mais uma armadilha deixada pelos soldados. Eles não tinham alternativa a não ser seguir em frente, agora apoiando o companheiro, que mancava e sangrava muito. A caminhada era lenta, constantemente evitando as estrelas de metal enquanto se esgueiravam entre os arbustos, mas precisavam fugir se quisessem voltar para casa vivos e com alguma informação útil.

Capítulo XVI

Teka estava comendo um pedaço de carne-seca enquanto tentava aquecer seu corpo na pequena fogueira que haviam conseguido acender atrás de uma formação de pedra que os protegia do vento gelado. Para ela, a visão da grande geleira, agora ao longe, era ao mesmo tempo impressionante e familiar. O enorme paredão de gelo que se elevava a sessenta ou setenta metros de altura tinha uma cor azulada, refletindo a superfície do lago com águas da mesma cor que acompanhava sua face. Mesmo se afastando cada vez mais daquele paredão, de vez em quando ainda ouviam os estrondos impressionantes de grandes placas de gelo que se desprendiam e caíam nas águas do lago. Há bem pouco tempo, quando os três viajantes estavam chegando àquelas terras geladas, a visão da geleira estava parcialmente obstruída pelas elevações dos muitos cânions que acompanhavam os rios da região. Em um certo momento da caminhada, a visão da geleira se descortinou como se fosse um cenário novo em uma peça teatral, causando admiração e momentos de encantamento. Teka imediatamente pensou em como aquela visão espetacular não era suficiente para compensar as adversidades que eles enfrentaram. Conforme se distanciavam da pequena vila onde encontraram aquela estranha mulher, tinham a expectativa de passar por climas mais amenos, o que por enquanto era só uma vaga esperança. A comida estava escassa, e o que haviam conseguido levar já havia acabado. Além disso, não havia nenhum córrego que não estivesse congelado, e isso os forçava a derreter neve para poder beber água. Osgald teve a ideia de usar como iscas uns poucos pedaços de carne-seca que restavam no fundo dos sacos de alimentos, para tentar pescar alguma coisa. Perto de onde estavam, havia um grande lago congelado, então o grupo talvez conseguisse pescar através de um buraco no gelo. O problema era o risco de causar uma rachadura numa camada mais fina, fazendo-os cair nas águas geladas. Por isso, quando pensaram na pessoa mais adequada para esgueirar-se na superfície gelada do lago, os olhares se voltaram para a mais leve de todos. Teka não gostou nada da ideia. Ao contrário de sua prima Mia, ela não tinha qualquer problema em entrar na água; pelo contrário, era uma nadadora excelente, mas a perspectiva de morrer congelada sob a camada de gelo do lago era aterradora. Osmond e Osgald fizeram uma espécie de corrente humana deitando-se na superfície e agarrando os pés uns dos outros até segurar fortemente os pés de Teka, que, com a ajuda de um facão, tentava abrir um buraco no gelo. A falta de ferramentas apropriadas tornava aquela atividade uma verdadeira tortura, até que ela conseguiu abrir um pequeno buraco e jogar uma linha de pesca e anzóis improvisados nas águas geladas. O esforço foi rapidamente recompensado, e em pouco tempo Teka já havia puxado vários peixes, que serviriam de refeição nos próximos dois ou três dias. Os três voltaram para o acampamento improvisado e logo acenderam uma fogueira. A refeição foi uma verdadeira festa, os peixes foram assados na brasa e comidos com voracidade e alegria. Enquanto os viajantes comiam, falavam sobre as respectivas casas e contavam histórias, reforçando a satisfação de ter os estômagos cheios. O que eles não sabiam é que não eram os únicos animais famintos que estavam por perto, querendo saciar sua fome com os peixes pescados por Teka. Em Terraclara os principais predadores selvagens eram as onças, mas naquelas terras geladas a ameaça era outra.

    Lobos já são animais perigosos, mas podem se tornar uma ameaça ainda maior quando a escassez de presas traz a fome. Quem notou primeiro o perigo que se aproximava foi Osmond. Ele tapou as bocas de Osgald e de Teka e apontou para uma pequena elevação à esquerda de onde estavam abrigados. O primeiro vulto passou rápido, seguido de outro e mais outro. Eles não sabiam exatamente quantos lobos estavam cercando o acampamento, mas bastava um para trazer grande perigo, especialmente se estivesse faminto. Osmond procurou na fogueira um pedaço de madeira um pouco maior e o entregou a Teka. Ele sacou a espada, e Osgald fez o mesmo. Os três esperaram por alguns minutos o ataque que não veio e depois de mais algum tempo relaxaram, porque já não havia sinal dos lobos no entorno. Osgald pousou a espada no chão gelado enquanto seu coração gradualmente desacelerava. Foi ele quem quebrou o clima tenso e falou:

— Depois de tudo o que passamos, não queria terminar minha vida sendo comida de cachor...

Não teve tempo de terminar a frase quando um grande lobo cinzento pulou sobre ele e mordeu seu pesado casaco na altura do pescoço. Se não estivesse usando um casaco tão grosso, os dentes do animal teriam cravado direto na pele de Osgald. Teka correu até ele, golpeando o lobo com o pedaço de madeira em chamas, o que foi suficiente para liberar o companheiro dos dentes afiados do primeiro lobo. Os três correram na direção oposta do lago, até que o gelo se quebrou sob aquele peso, fazendo-os escorregar para uma passagem de rochas que estava escondida sob a grossa camada congelada. A escuridão era tamanha, que nem mesmo a parte do gelo que se abrira acima deles era suficiente para deixar passar a parca luz da lua. De onde estavam, chegaram a ouvir os lobos farejando e rosnando, mas por fim os animais se cansaram e foram embora. Apesar do susto e de alguns hematomas devido à queda, aquele acidente foi a salvação do grupo, que permaneceu ali com todos encolhidos e abraçados para se proteger do frio, até que a ameaça dos lobos terminou. O silêncio foi interrompido por Teka.

— Acabou o encanto com toda essa neve e gelo. Que porcaria de lugar!

* * *

Os dias se sucediam enquanto aos poucos o grupo se afastava daquela paisagem gelada. A comida era escassa, e o vento frio parecia cortar seus agasalhos como lâminas, insistindo em encontrar seus corpos, que tentavam se manter aquecidos. Para Teka, o que mais incomodava era a sensação de imundície. Ela já nem lembrava há quanto tempo não tomava um banho e sentia-se suja desde os cabelos até a sola dos pés. Muito pior do que a comida escassa e o frio, naquele momento a falta de um banho e de roupas limpas era o que mais a incomodava. A visão de uma pequena vila próxima a um lago já descongelado foi uma injeção de ânimo nos três viajantes, que apertaram o passo para lá chegar o mais rápido possível. Como na maioria dessas vilas, havia uma taberna com hospedaria, o que, para o trio, era o equivalente a um palácio real. O local estava vazio, e logo eles se instalaram em um quarto simples, mas aquecido com uma pequena lareira. Osmond pagou por uma banheira cheia de água quente, e Teka logo pôde lavar aquela sensação que a acompanhava. Tinha uma muda de roupa razoavelmente limpa e tratou de lavar a que estava usando, colocando-a para secar à beira da lareira. Depois dela os homens aproveitaram o que havia sobrado de água quente e trataram de tomar um banho — ainda que não tão revigorante quanto o de Teka, mas os deixou bem mais apresentáveis. Apesar da distância que haviam coberto até aquela cidade, os três ainda conseguiam avistar o Monte Aldum, que dominava a paisagem daquele horizonte distante. Era uma visão familiar, que mostrava o quanto haviam percorrido naqueles meses. Pensaram que, se tivessem caminhado em linha reta, teriam chegado tão mais rápido. Mas o caminho é o caminho. Não era momento para ficar pensando em "e se..."; eles tinham que se organizar e seguir em frente.

Logo se encontraram no salão da taberna para uma refeição quente e farta, a primeira em muito tempo. E Osmond seguiu com as boas notícias.

— Conversei com o estalajadeiro, e ele me contou sobre a existência de barcos que saem regularmente daqui, cruzam o lago e descem o rio na direção que queremos. Vou falar com os capitães de algumas dessas embarcações, para conseguir lugares para nós no primeiro que zarpar.

A perspectiva de não ter que caminhar como um animal migratório trouxe um alívio imenso para Teka, que estava muito feliz com o banho e uma refeição quente. Agora, só faltava uma boa noite de sono em uma cama, em vez do chão frio.

* * *

A noite foi tranquila, e todos dormiram um sono profundo e reconfortante. O simples fato de poderem tomar banho e dormir sem a sujeira acumulada de dias já proporcionava um grande conforto, e o aconchego de uma lareira em meio a lençóis e almofadas parecia um luxo reservado à realeza. A manhã seguinte foi agitada, entre um contato e outro com barqueiros que levavam mercadorias e pedras de gelo para várias partes. Esse era um artigo valorizado, e seu comércio exigia um fluxo contante de barcos que iam e vinham no menor tempo possível, carregando blocos de gelo para os habitantes mais abastados de outras terras. Os maiores consumidores daquela mercadoria eram os habitantes de Capitólio, fazendo com que muito barcos cruzassem o lago e tomassem o rumo dos rios todos os dias. Havia, também, fluxo de outros produtos em diversas direções, aproveitando que o grande lago banhava diversas vilas e se conectava com muitos rios navegáveis. Por isso, não foi difícil encontrar um transporte na direção que queriam, ainda que fossem desaconselhados a seguir para lá.

— Se eu fosse você, não levaria meus filhos até aquele lugar — disse o estalajadeiro, em meio a algumas canecas de cerveja.

Osmond sabia bem que, para tentar encontrar Flora, os três precisariam se aproximar de áreas escravagistas perigosas, mas mantinha seu objetivo em segredo.

— Não se preocupe. Tenho negócios a finalizar naquelas bandas, e estaremos seguros.

— Ninguém está seguro por lá — respondeu o homem, que parecia bem-intencionado ao aconselhar o cliente.

Uma gritaria não identificada irrompeu do lado de fora, e todos os que estavam no salão da estalagem saíram para ver o que estava acontecendo. Um grupo de pessoas com facas, foices e tochas cercavam um homem muito grande, quase um gigante, em um beco próximo ao porto. Teka e Osgald correram na direção do tumulto, sob os protestos de Osmond, e se aproximaram da multidão hostil.

— O que está acontecendo? — perguntou a jovem.

— Essa monstruosidade estava viajando como clandestino em um barco e foi encontrado quando preparavam a carga de gelo.

— E vão matá-lo por isso?

— Ele é um monstro...

A resposta nada convincente foi interrompida por uma nova sessão de gritos, enquanto as pessoas encurralavam o gigante na frente de um depósito de mercadorias.

— Queimem o monstro! — gritou uma voz de mulher.

Teka olhava para o rosto assustado daquele homem enorme e não conseguia vislumbrar agressividade ou maldade. Ao contrário: ele tinha a expressão de uma criança assustada. Inesperadamente foi Osmond quem surgiu em seu socorro.

— Afastem-se daqui — disse o freijar, com a voz de comando aprendida em anos à frente de tropas de homens e mulheres grandes, fortes e rudes.

Sua intervenção inesperada surtiu efeito apenas temporário, mas suficiente para que o grandalhão pudesse sair de onde estava e correr para o lado oposto. Alguns jovens que estavam em seu caminho jogaram tochas acesas na direção dele, fazendo com que suas pesadas roupas pegassem fogo. Mais uma vez foi Osmond quem interveio, sacando a longa espada e colocando-se entre o gigante e a pequena multidão que se formava. Ele ordenou que uma mulher próxima a eles jogasse um balde d'água no homem e plantou os pés firmemente, com a espada em punho, fazendo uma barreira de um homem só entre o bando de arruaceiros e o grandão, que agora já não estava em chamas.

— Mais alguém tem alguma coisa a jogar sobre ele? — O tom de voz de Osmond era duro e ameaçador. — Voltem para os seus afazeres e deixem esse homem em paz.

Osmond deu alguns passos para trás e disse para o gigante:

— Vá agora, corra, saia daqui!

Em passos largos o homem correu, afastando-se daquela vila com a roupa chamuscada, mas aparentando estar ileso. Osmond ficou por mais algum tempo com a espada em punho e mais uma vez se dirigiu ao grupo de pessoas.

— Vão cuidar dos seus afazeres, o espetáculo acabou.

Entre resmungos e alguns xingamentos sussurrados aqui e ali, as pessoas foram se dispersando, e logo Osmond se reuniu com Teka e Osgald. Teka pensou que ele era um bom homem: rude, porém um coração benevolente e amoroso. Osgald pensou como tinha orgulho de ter aquele homem justo e corajoso como pai. Osmond era um exemplo que Osgald queria seguir e, se este algum dia tivesse filhos, só queria que eles o vissem com os mesmos olhos com os quais ele agora via seu pai.

— Vamos sair daqui — disse Osmond. — Temos um barco para pegar.

Capítulo XVII

O caminho para as terras dos freijar já não era tão tranquilo e seguro como fora antes dos eventos que sucederam o Festival da Oitava Lua, há quase um ano. Passados todos aqueles meses, a presença da Magna Guarda espalhava-se por toda a extensão da face da Cordilheira Cinzenta e, naturalmente, da beira do Abismo Dejan. Uwe e Odnan foram parados várias vezes por patrulhas dos uniformes negros, mas seu disfarce funcionara bem. Uwe usava trajes típicos dos freijar e, apesar de não ter cabelos loiros ou avermelhados, sua aparência podia ser facilmente confundida com um dos locais. Ele sempre saudava os guardas na língua nativa e logo passava para o uso do idioma comum. Odnan se identificava como produtor de azeite que estava acompanhando Uwe em uma negociação com Arne. Os viajantes levavam uma carroça com diversos vasos de azeite, que eram sempre inspecionados pelos guardas, antes de liberarem a continuidade do caminho. Seguiram assim até a última etapa, quando foram surpreendidos com um chamado vindo dos arbustos à beira do rio.

— Senhor Ossosduros, senhor Ossosduros.

O espanto foi tamanho, que pararam bruscamente a carroça, fazendo a carga de azeite sacudir quase ao ponto de quebrar alguns vasos. Uwe e Odnan pularam para fora e, como não portavam armas, protegeram-se como puderam atrás do pequeno veículo de madeira. Além da família de Odnan, ninguém mais sabia da presença de Uwe naquelas terras, e ele nunca usava seu nome completo, nem mesmo perto de seu novo amigo, Vlas. Aqueles poucos momentos de tensão e incerteza pareceram horas, até que finalmente Odnan resolveu quebrar o silêncio.

— Quem está aí? Identifique-se, ou será crivado de flechas!

Uwe olhou para o companheiro de viagem com uma expressão incrédula diante da mentira de Odnan, o qual simplesmente respondeu dando de ombros, como se dissesse: "Já estamos mortos mesmo, não custa nada tentar".

— Magar, filho de Ostor e Dranea Hartel.

Ignorando qualquer risco, Uwe saiu da relativa segurança que a carroça lhe proporcionava e postou-se bem no meio da estrada. Logo avistou algumas pessoas saindo dos esconderijos e reconheceu vagamente alguns daqueles rostos.

— Sim, é claro, eu conheço vocês — respondeu Uwe, com um misto de espanto e alegria. — Mas o que estão fazendo aqui?

Os três remanescentes do grupo contaram sobre a incursão de reconhecimento e sobre como eles eram os únicos sobreviventes. Uwe ficou pensativo e logo tratou de esconder os três dentro da carroça. Tiveram que jogar fora um dos barris e trataram de escondê-lo bem em meio aos arbustos. Acomodaram Bapan da melhor forma possível, enquanto Odnan fazia um curativo improvisado em sua perna.

— Vocês precisam voltar, agora — falou Uwe para os irmãos.

— Mas acabamos de chegar... — tentou argumentar Aletha, quando foi interrompida de forma brusca por Uwe.

— Cale a boca e escute bem o que vou lhe dizer.

Depois de uma explicação rápida, Uwe fez uma cópia da carta que o gigante havia trazido e a confiou aos irmãos.

— Levem isso para a Zeladora e contem o que viram aqui — orientou Uwe, enquanto embrulhava a cópia da carta da melhor maneira possível em um pedaço de couro. Em seguida, apenas finalizou. — Nossas vidas dependem disso.

Bapan não tinha condições de cruzar o Abismo — aliás, não tinha condições nem de andar —, então ficou com Odnan e Uwe. Os irmãos comeram alguma coisa do farnel que havia na carroça e partiram de volta para Terraclara, levando informações vitais para o futuro de todos.

* * *

E foi assim que Aletha e Magar cruzaram o Abismo. Agora o rapaz lutava por sua vida internado na Casa Amarela, enquanto ela avisava à Zeladora sobre os perigos que os esperavam.

Capítulo XVIII

A leitura que começou como uma exigência do Magnus revelou-se uma experiência de aprendizado muito interessante. Gufus conseguiu ter uma boa noção dos eventos que levaram à fundação do Consenso e das bases para o seu subsequente domínio mundial.

* * *

Naquela época, Capitólio nem era chamada dessa forma. Havia apenas uma cidade muito menor e menos desenvolvida, completamente diferente da grande metrópole que era hoje. O rei daquele povo era um déspota que olhava para os demais habitantes com desprezo e utilizava seus soldados para manter a população em estado de servidão e miséria. Dentre seus generais havia muitos que compartilhavam os benefícios daquela servidão, mas alguns queriam alguma coisa diferente. Esses homens eram Elaurius, que viria a se tornar o primeiro grande líder, e seus companheiros mais leais e próximos: Hanner, Raripzo e Tenar. Influenciados pelo líder, os três desenvolveram um forte senso de cidadania, segundo o qual os nascidos naquela terra deveriam ter direito a tudo que ela poderia oferecer. Esse conceito foi sendo disseminado entre muitos outros oficiais e soldados, até que a nova forma de ver o mundo foi chamada pela primeira vez com o nome que viria a definir o novo domínio: Consenso. O movimento não ficou por muito tempo desconhecido pelo rei, que logo identificou suas lideranças e colocou dois deles nas masmorras: Elaurius e Tenar.

Enquanto isso, Hanner e Raripzo fugiram e começaram a planejar um golpe que livraria o povo da opressão do rei. Dois anos se passariam até que isso pudesse ocorrer, e nesse meio-tempo Elaurius dedicou-se a escrever o que seria conhecido como as bases do Consenso: os Princípios Harmônicos.

Durante aquele período, Elaurius usou seu talento para escrita e sua formação acadêmica para estabelecer que tudo o que existe entre o céu e a terra pertence aos cidadãos do Consenso a fim de ser usado com o objetivo de lhes trazer conforto e tranquilidade. Era uma reação à miséria imposta pelo domínio de gerações de reis egoístas e tiranos, mas trazia um conceito tão cruel e distorcido quanto o regime que almejava substituir. Ao propor que os cidadãos do Consenso tivessem direito a tudo, ao mesmo tempo estabelecia que todas as demais pessoas não teriam direito a nada. Elaurius foi fortemente afetado pelo tempo que passou isolado em uma masmorra fria, e isso acentuou sentimentos que estavam latentes. Ele tomou para si a missão de trazer harmonia para os cidadãos que fossem dignos de abraçar a nova filosofia. Esse deveria ser o pensamento de consenso.

Quando finalmente seus companheiros conseguiram libertar Elaurius e Tenar, a revolta ganhou força, e logo um novo governo iria substituir o atual regime. Naquela época Elaurius aplicou pela primeira vez um dos seus Princípios Harmônicos: o rei deve morrer. Segundo o novo guia estabelecido por Elaurius, uma nova terra conquistada não poderia ter pessoas que inspirassem no povo sentimentos de nostalgia e lealdade heroica a ponto de desafiar o novo domínio. Segundo esse princípio, quando o Consenso decidisse tomar posse de uma terra que já tivesse um governante, a este seria oferecida a opção de render-se, e toda a sua família seria executada da forma mais rápida e indolor possível, respeitando os rituais fúnebres de cada povo. Com isso, a tomada de poder seria pacífica, e os habitantes que não oferecessem resistência seriam poupados. Caso o rei não se rendesse, a conquista seria sangrenta, e o governante e sua família sofreriam torturas inimagináveis antes de serem executados. Conforme o poder do Consenso foi se espalhando, esse princípio foi sendo aplicado com uma frequência cada vez maior, muitas vezes incitado pelos próprios súditos que preferiam uma tomada de poder mais pacífica.

Para Gufus, os Princípios Harmônicos, que até hoje direcionam a vida e o governo daquele grande domínio, eram uma completa abominação. Criado em um ambiente que respirava os ensinamentos de Almar Bariopta, ser confrontado com os tais princípios era como comparar um campo florido e fértil com um deserto árido e impiedoso. Mas Gufus sabia muito bem onde estava e com quem estava lidando, por isso sempre media sabiamente suas palavras, ou quase sempre.

* * *

— Gostou da leitura que deixei para você?

— Bastante interessante e ilustrativa, obrigado por compartilhá-la comigo.

— Tenho outras obras para lhe indicar, mas saiba que todas as nossas bibliotecas estão disponíveis para você a qualquer momento, inclusive a minha.

Gufus ainda não entendia o que estava acontecendo. Ele era, segundo os Princípios Harmônicos, um ser inferior, não era nem sequer uma pessoa, muito menos alguém digno da honraria de ser um hóspede do líder do maior domínio do mundo. O jovem considerava sua condição como a de um prisioneiro ou escravo que, no momento, era alvo da curiosidade do Magnus, mas este a qualquer hora poderia enjoar daquele brinquedo e descartá-lo.

— Vamos caminhar um pouco — disse o Magnus, enquanto se levantava da cadeira estofada e se dirigia para uma das magníficas varandas que circulavam o prédio retangular.

Os dois caminharam enquanto conversavam sobre amenidades como as flores daquele jardim que haviam sido trazidas de um ponto distante do Consenso ou sobre o clima particularmente agradável daquela época do ano, com poucas chuvas e céu predominantemente sem nuvens, além da temperatura amena. Andaram por algum tempo até chegarem a um pátio de pedra, debruçado sobre a colina onde estava construído o palácio. Daquele pátio, uma espécie de sacada pendia sobre as encostas, proporcionando uma visão ampla da cidade abaixo. Alguns cidadãos, ainda que distantes, notaram a presença do Magnus e acenaram entusiasmados, arremessando simbolicamente flores para o alto, como se pudessem flutuar até onde estava o seu líder maior. O Magnus abriu um largo sorriso, acenou de volta para as pessoas e logo deu dois passos para trás, saindo do campo de visão de quem estava lá embaixo.

— Isso é o amor que colhemos quando dedicamos nossas vidas a oferecer beleza, conforto e harmonia para os cidadãos.

Gufus mais uma vez teve que lutar contra um turbilhão de pensamentos e possíveis respostas a esse comentário tão tendencioso, mas sabiamente apenas fez um leve movimento de cabeça, mostrando que entendera o comentário do Magnus. Ele, depois, apontou para a série de monumentos em forma de anéis dispostos de pé, um a seguir do outro. Gufus notou esse incrível túnel de pedra assim que adentrou a cidade pela primeira vez. Cada um desses círculos tinha tamanho suficiente para várias pessoas passarem por dentro, e o rapaz imaginava que deveriam ter uns dez metros de diâmetro. Esses monumentos tocavam o chão com uma suavidade arquitetônica que pareciam estar flutuando. Algumas pessoas caminhavam pela passagem formada por essa sequência de círculos separados por poucos metros, formando um impressionante corredor. O Magnus apontou para o primeiro deles e comentou com um tom de voz cerimonioso.

— Ali está sepultado Elaurius Magnus.

Depois ele caminhou na direção oposta e apontou para o fim do longo corredor, completando:

— E ali, um dia, eu encontrarei minha morada final.

Gufus apenas olhou de forma respeitosa, sem saber o que poderia comentar — afinal, o Magnus estava falando sobre o seu futuro túmulo. O que ele poderia dizer? "Tomara que morra logo!" ou "Aproveite e pule daqui de cima para chegar mais rápido!"? O Magnus então se sentou em um dos bancos e convidou Gufus a um dia percorrer o corredor e prestar seu respeito aos líderes do Consenso enquanto aprendia sobre os feitos deles nas inscrições em relevo nos círculos de pedra.

Depois de pensar em mais um monte de respostas irônicas e malcriadas, Gufus respondeu:

— Será uma honra caminhar entre seus ancestrais.

Ao contrário da última vez, essa conversa foi longa, mas, assim como da última vez, o Magnus falou mais do que escutou. Aliás, essa dinâmica seria constante em todos os encontros dos dois. Quando eles falavam sobre os líderes do passado, o Magnus quis saber sobre quem foram os grandes homens que influenciaram a sociedade de onde Gufus viera. O rapaz havia notado um padrão naquilo que via e escutava em Capitólio: era uma sociedade patriarcal e machista. Ninguém comentava sobre lideranças femininas, ou heroínas, ou ainda grandes pensadoras. Gufus era sempre muito cuidadoso com o que dizia e prontamente citou Almar Bariopta e o atual Zelador como dois nomes de destaque. Mal sabia ele que a esta altura uma nova zeladora havia sido eleita em Terraclara, mesmo que no passado houvesse outros vários exemplos de mulheres exercendo aquela função. O Magnus fez diversas perguntas sobre Bariopta e se mostrou bastante interessado na história pregressa do lugar, especialmente na Guerra dos Clãs. Como Gufus não tinha um livro para consultar, tentou contar aquela passagem histórica da melhor maneira possível. O homem mais poderoso do mundo conhecido mostrou-se um ouvinte atento e interessado, e ao fim daquela narrativa comentou:

— Obrigado por compartilhar essa história. Anseio pelo nosso próximo encontro, para que você me conte sobre esse Zelador.

Gufus ainda custava a acreditar no conteúdo e na forma dos diálogos que tinha com o Magnus, mas, como sempre, tinha muito cuidado e era extremamente formal com o que dizia e fazia.

— A honra é minha por poder compartilhar de sua presença e sua sabedoria.

Nesse momento uma outra pessoa chegou rapidamente naquele espaço a céu aberto e, quando viu que o Magnus e Gufus estavam lá, parou e fez uma espécie de mesura.

— Essa é Maeki — disse o Magnus. — Minha filha.

Gufus a cumprimentou de maneira formal, adequada à posição daquela menina que ele já havia visto circulando pelo palácio.

— É uma honra conhecer a filha do Magnus, senhorita Maeki.

Ela não respondeu, apenas ficou olhando para Gufus com os grandes olhos levemente puxados.

O Magnus, visivelmente contrariado, comentou em seguida:

— Ela não vai responder, porque não escuta.

Gufus aprendera a língua de sinais no Orfanato e praticava com seu amigo Iver, um dos mestres confeiteiros que trabalhava para o seu pai. Instintivamente ele cumprimentou a menina de novo, agora usando a língua de sinais, que conhecia muito bem.

— Meu nome é G-U-F-U-S — soletrou o rapaz, completando: — Bom conhecer você.

Maeki ficou assustada com o que viu e se escondeu atrás de uma estátua. Isso causou ao mesmo tempo uma reação negativa no Magnus, que mudou o tom de voz:

— O que você fez para assustar minha filha?

Nesse momento quatro soldados da Magna Guarda surgiram de locais de onde Gufus não fazia ideia e se colocaram entre ele e o Magnus.

O rapaz ficou aterrorizado e tentou se explicar da maneira mais calma que conseguiu.

— Desculpe... não sabia... só estava cumprimentando a menina...

— Explique-se! — A voz do Magnus estava mais calma, mas ainda muito diferente do tom acolhedor de minutos atrás.

Gufus aproveitou aquela pausa e relativa calma para explicar o ocorrido, sob o olhar atento e pouco amistoso dos guardas.

— Quando o senhor me disse que ela é surda, eu usei a língua de sinais. Não fazia ideia de que seria ofensivo, peço perdão.

O Magnus, aparentemente recuperando a tranquilidade, sinalizou para os aguardas saírem do pátio.

— Minha filha é... — E pela primeira vez Gufus notou aquele poderoso homem sem palavras para o momento.

O líder se afastou levando a filha pelo braço e saiu após uma despedida curta e formal. Enquanto os dois se afastavam, Gufus tentou entender o que havia ocorrido naquele breve momento, enquanto se recuperava lentamente dos instantes de pânico pelos quais passara.

Capítulo XIX

Teka apreciava a paisagem, com a brisa fresca fazendo esvoaçarem seus cabelos agora longos. A travessia do lago foi curta, e logo os viajantes entraram em um rio não muito largo e aparentemente tranquilo, sem corredeiras ou quedas d'água. Conforme se afastavam das regiões mais altas e geladas, esperavam ver mais vegetação, mas o que viram foi uma paisagem árida. Em certo ponto foram deixados em um porto improvisado, na curva do rio. O barqueiro era um homem de poucas palavras, mas parecia honesto. Disse apenas:

— Desçam aqui e esperem por algum transporte na direção do vale ao sul. Se um dia retornarem, eu passo por aqui a cada dois dias e posso levá-los de volta.

Teka tinha plena consciência de que estavam para enfrentar situações de risco em locais perigosos, mas aquele comentário, "Se um dia retornarem...", trouxe um frio de medo que correu pela sua espinha como uma onda.

Os três desceram do barco e se afastaram do rio, estranhando o ambiente inusitado em que se encontravam. A paisagem era desolada; eles estavam em meio a algum tipo de deserto, mas com uma aparência estranha. Osgald foi o primeiro a constatar que aquilo em que pisavam não era areia, e sim sal. Estavam em um deserto de sal ou, como os habitantes locais chamavam, um *salar*. Nenhum deles jamais imaginara que aquilo poderia existir, um enorme e completamente sem vida deserto de sal. O passar do dia foi trazendo mais preocupações, porque eles não tinham provisões e porque faltava um mínimo de abrigo para o sol que lhes queimava a pele e lhes cegava os olhos, refletindo na brancura do tapete de sal que os envolvia. A chegada da noite trouxe uma brusca queda na temperatura. Como em todo deserto, os dias escaldantes eram seguidos de noites frias, e aquela parecia estar especialmente gelada. O vento que soprava constantemente era o mais incômodo, não só por esfriar ainda mais seus corpos, mas por estar sempre carregado de partículas invisíveis de sal. Os lábios dos três estavam rachados, e finas crostas estavam se formando nas sobrancelhas deles e na barba de Osmond.

— E eu achando que a neve era ruim — disse Teka, tentando descontrair um pouco a tensão presente, mas sem muito sucesso.

A noite de lua cheia pelo menos proporcionava uma visão ampla por muitos quilômetros, e foi desse jeito que avistaram alguma coisa se movendo rápido ao longe. Inicialmente não faziam ideia do que seria, mas, lembrando-se das palavras do barqueiro, que recomendou esperarem por algum transporte, resolveram arriscar, e cada um improvisou uma tocha com madeira da pequena fogueira que os três haviam acendido e acenavam enquanto gritavam. Teka subiu nos ombros de Osgald e agitava duas tochas como se sua vida dependesse daquilo — e, de certa forma, dependia mesmo. O esforço deu certo quando viram uma vela muito branca vindo em sua direção e esperaram um pouco até que aquela embarcação diferente se aproximasse deles o suficiente para ser vista em detalhes. Parecia uma mistura entre um barco pequeno e um trenó muito grande. A estrutura não tinha quilha nem um formato típico de embarcação, mas tinha uma vela bem grande, estufada com o vento incessante do deserto de sal. Na parte inferior o veículo parecia um trenó de neve, com duas longas lâminas que escorregavam na superfície de sal. Quando o veículo chegou perto, os três acenaram e saudaram o único tripulante, um homem de idade indefinida, não tão jovem, mas que poderia ter trinta ou cinquenta anos. Ele usava um tipo de proteção nos olhos que nenhum dos viajantes havia visto. Pareciam duas peças de vidro encaixadas em armações de couro, protegendo a visão e dando ao homem uma aparência de inseto gigante. Ele recolheu a vela, a fim de evitar que o vento o afastasse dali. Quando chegaram perto do veículo, o condutor disse alguma coisa em um idioma que ninguém entendeu.

— Você fala o idioma comum? — perguntou Osmond, enquanto se aproximava do veículo.

— Não muito — respondeu o outro, com a voz bastante rouca. — Só não morrer.

Entenderam muito bem o que ele queria dizer: podia não falar fluentemente, mas, se esbarrasse em algum membro do Consenso sem se comunicar no idioma comum, seria executado imediatamente.

— Imagino que por aqui a presença dos uniformes negros seja rara — completou Osmond, aproximando-se mais.

A resposta veio em forma de um gesto pouco amistoso do homem, que sacou uma espécie de lança e correu na direção de Osmond.

— Calma, somos inofensivos e só queremos transporte.

— Calma você. Esperar.

Depois de dizer isso, ele saltou rapidamente e cravou a lança no chão, usando-a como amarra para o veículo. Passado o susto, Osmond sinalizou para o filho, que já estava com a espada em punho, se afastar. Ele ofereceu água fresca para o homem, que aceitou de bom grado, e em seguida apresentou o grupo de forma bem simples. O homem também se apresentou, como Pencroft, e logo se sentou com eles, perto do fogo.

— Nós precisamos de transporte para sair daqui — afirmou Osmond, apontando para o veículo e sacando algumas peças de ouro da sacola. — Podemos pagar bem.

— Hum... não. Muita gente, muito peso — respondeu Pencroft, que logo emendou, apontando para o ancoradouro próximo. — Voltar para água.

— Não podemos, estou procurando minha mãe, para salvar a vida dela — disse Teka, entrando na conversa.

Pencroft pareceu se sensibilizar mais com o argumento de Teka do que com o ouro de Osmond.

— É quatro. Dois barco, dois, fora — falou o homem, apontando para o veículo.

— Não posso deixar meus filhos aqui — retrucou Osmond, e pela primeira vez Teka percebeu que ele agora a tratava como filha, o que a emocionou profundamente.

— Não, não ficar aqui. Dois barco, dois fora.

Pencroft caminhou até o veículo e tirou dois embrulhos compridos, que tinham lâminas parecidas com aquelas do seu barco, porém menores. Os embrulhos foram cuidadosamente desdobrados e revelaram um tipo de lâmina comprida para os pés e velas, bem menores, mas do mesmo material e formato da grande vela que impulsionava o barco.

— Você, barco. — Ele apontou para Osmond. — Você e você, fora.

— E apontou para Teka e Osgald.

Apesar de muito confusos, os três entenderam e aceitaram aquela proposta, porque a alternativa seria ficar ali na beira do rio esperando um barco para levá-los de volta sem cumprir sua missão. Pencroft deu algumas instruções sobre o manuseio daquilo que parecia um esqui improvisado e amarrou Teka e Osgald ao veículo com cordas. Tudo estava pronto para zarpar, mas, antes de Osmond entrar, o homem apontou para a sacola e disse.

— Agora, pagar.

* * *

O vento frio da noite cortava, o sal incomodava os olhos, e as pernas já estavam ficando cansadas de se equilibrar, mas aquele foi o passeio mais emocionante que Teka e Osgald já haviam feito. Deslizar sobre o sal naquela lâmina era mais perigoso do que a neve, mas trazia uma adrenalina adicional pela velocidade que obtinham com o vento. Cada um tinha sua própria vela e eles ganhavam velocidade a ponto de muitas vezes terem que recuar para não ultrapassar o barco. Depois do início tímido e algumas quedas, eles pegaram o jeito, e agora só se ouviam seus gritos entusiasmados. Por vezes tocavam as mãos no alto, em um cumprimento em alta velocidade. Era um momento de alegria incontida, irresponsável, mas que extraía de cada um deles tudo que a juventude poderia oferecer. Osmond, do barco, observava aquela cena e, passado o período inicial de preocupação, agora observava, deslumbrado, a conexão entre aqueles dois. Não era cego; há tempos notara os olhares interessados do seu filho naquela moça que Osmond, aos poucos, também aprendera a amar como filha. Aquele passeio radicalmente veloz e emocionante acabou depressa demais na opinião de Teka e Osgald, quando chegaram a uma cidade na fronteira do deserto de sal. Ao finalmente parar, os dois estavam ofegantes, cobertos de sal, mas exalando uma energia que quase podia ser vista. Ficaram assim, parados sobre os esquis, arfando e olhando-se sem acreditar na experiência que haviam vivenciado. Foi o momento mais feliz daquela expedição até aquele ponto, mas em breve ele seria suplantado por mais e, também, por menos felicidade.

Capítulo XX

Tayma, Oliri e seus companheiros estavam naturalmente cercados dos outros alunos, celebrando e comentando a grande vitória. Marro e alguns colegas de turma estavam conversando afastados da confusão, e Mia resolveu tomar o caminho de casa sozinha. Mal havia cruzado os portões do Orfanato, quando ela viu que Yevanon estava recostado em um muro, acenando para ela.

— Assim vou achar que você está me seguindo — ela comentou.

— E quem disse que eu não estou? — respondeu ele, de forma bastante charmosa.

— Vou para casa, para mim já foi suficiente.

— Se quiser, posso te acompanhar.

— Mas sua casa fica na direção oposta.

— Eu sei bem para onde fica minha casa. — E, oferecendo o braço para Mia, os dois começaram a caminhar juntos rumo à casa dos Patafofa.

O fim da tarde estava nublado, dando a impressão de que a noite seria de chuva fina e temperatura mais fria. Yevanon perguntou se Mia queria usar seu casaco, porque o vento estava incomumente frio para aquela época do ano. A resposta foi bem-humorada.

— Nada disso. Se as outras meninas me virem usando seu casaco, vão ficar com ciúmes e colocar estrume no meu armário.

Yevanon riu ao imaginar uma porta de armário sendo aberta e uma grande quantidade de estrume sendo derramada no corredor do Orfanato.

— Imagine assistir a uma aula do Rigabel e ainda por cima com cheiro de estrume?

E os dois foram rindo das próprias besteiras, até chegarem à porta da casa dos Patafofa.

Foi quando Yevanon a surpreendeu perguntando, ainda em tom de brincadeira, mas com uma intenção bem-definida.

— Se eu pedir uma coisa, você promete que responderá sim?

Mia levou a mão ao rosto enquanto escondia um sorriso e logo respondeu:

— De jeito nenhum, sei lá o que você vai pedir.

— Então pelo menos prometa que não vai responder simplesmente não, sem antes pensar no assunto.

— Isso eu posso fazer.

— Quer ir ao baile comigo amanhã?

Capítulo XXI

Eles tentaram se limpar da melhor maneira possível, mas, sem um mergulho em algum rio, lago ou banheira, iria demorar um pouco para se livrarem de todo aquele sal. A pequena localidade aonde chegaram era apenas um entreposto comercial, sem muitos habitantes e sem contar com uma hospedaria. Havia um galpão onde o sal era estocado e, em uma espécie de mezanino, algumas redes penduradas nas paredes serviam aos viajantes. Não havia muito conforto, mas serviria para um breve descanso, ainda que as condições de higiene fossem, na falta de uma descrição melhor, precárias. Osmond no início teve dúvidas sobre o caráter e as intenções de Pencroft. Não que ele tivesse feito alguma coisa imprópria ou suspeita, mas tinham se conhecido havia poucas horas, e, com a dificuldade de comunicação, ficava ainda mais complicado tentar entender o homem ou suas intenções. Quando os deixou no galpão, ele se despediu e agradeceu o pagamento — coisa que não era muito comum entre pilantras e mal-intencionados —, antes de retornar ao barco e seguir viagem. Osmond, sem muitas alternativas, resolveu conversar com ele e pedir orientações. O diálogo foi difícil e cansativo, com muitas idas e vindas no que um falava e o outro não compreendia. Por fim, Osmond conseguiu explicar quem estavam procurando e o porquê.

— Procurar Lepuxú Lepaxá.

Osmond pensou que mais uma vez precisaria se esforçar para entender e traduzir da melhor forma possível o que seu interlocutor tentava explicar. O que aquela expressão significava? Lepuxú Lepaxá?

Mas, conforme o diálogo se arrastava, ele acabou concluindo que eram nomes. Seriam locais? Pessoas? E mais uma cansativa explicação se fez necessária, até que Osmond conseguiu entender: eram duas pessoas que lideravam uma pequena comunidade não muito longe dali.

Não era apenas Osmond que estava cansado daquele diálogo arrastado. Pencroft logo se despediu e, sem dar continuidade à conversa, subiu rápido no veículo, só acenando quando já se afastava ganhando velocidade.

— Obrigado por tudo — gritou Osmond, logo completando, dessa vez em um murmúrio, como se estivesse falando consigo mesmo. — E veja se aprende a linguagem comum antes de esbarrar com a Magna Guarda.

* * *

As poucas pessoas que os três encontraram naquele entreposto comercial não eram lá muito acolhedoras e amistosas, por isso foi bastante complicado obter informações sobre os tais Lepuxú e Lepaxá. Depois de muita conversa e algumas moedas, conseguiram uma informação bastante vaga sobre uma tal Vila de Yun Durki. Osgald e Osmond tentaram, da melhor maneira possível, se orientar naquela terra desconhecida, buscando pontos de referência com riachos e montes. Na ausência de mapas, fizeram o melhor que podiam rabiscando a rota em um pedaço de pergaminho. Também não conseguiram contratar um guia ou alugar cavalos, parecia que ninguém ali queria saber de Yun Durki ou ter contato com os tais Lepuxú e Lepaxá.

* * *

O caminho até a pequena vila de Yun Durki não era longo, por isso o fato de não conseguirem contratar um transporte ou alugar cavalos não chegou a ser um incômodo tão grande, depois de tudo que haviam passado. Começaram a caminhada com o nascer do sol e estimavam que chegariam à vila antes do meio-dia depois de atravessar um bosque de árvores não muito altas. Osgald rabiscara um mapa improvisado com alguns pontos de referência que os habitantes locais haviam descrito, e o trio seguia por esse rumo sem maiores dificuldades. De acordo com as informações recebidas, um pequeno riacho corria a sudeste e adentrava no bosque, então, se eles seguissem suas margens, em breve chegariam a Yun Durki. Antes de iniciar a jornada, tentaram extrair mais informações sobre os tais Lepuxú e Lepaxá, mas as pessoas daquela localidade pareciam sempre muito econômicas nas palavras, especialmente com aquele trio de estranhos. Osmond era muito desconfiado e não sabia se aquela postura era por medo dos dois irmãos misteriosos ou por simples desconhecimento. De toda forma, preferiu ser mais precavido e passou a considerá-los como potencial ameaça. Por isso, quando os habitantes saíram, ele tomou primeiro um rumo oposto, como se tivesse desistido de seguir até Yun Durki, para só depois retomar a direção certa. Essa tática acrescentou pouco tempo à viagem e poderia servir como uma enganação, para que ninguém pensasse em segui-los.

— Chegaremos cedo ao nosso destino e precisamos combinar o que vamos dizer aos habitantes locais — disse Osmond, que caminhava no centro do trio.

— E se dissermos a verdade? — perguntou Teka.

— Se fizermos isso, podemos nos colocar em perigo e perder a oportunidade de saber mais sobre essa tal de Tirruá e sobre como resgatar sua mãe — respondeu o homem.

— Vamos dizer que estamos fugindo de uma realocação forçada do Consenso e precisamos de abrigo. — Essa foi a ideia de Osgald, que pareceu a mais adequada e fácil de explicar caso fossem questionados.

Como se a simples menção do Consenso houvesse atraído magicamente o perigo, eles viram ao longe um grupo de cavaleiros vindo na sua direção. Eram soldados com uniformes negros. A distância ainda lhes dava certa proteção, então os três ficaram alguns minutos observando e calculando a trajetória daquele grupo. Pareciam estar em patrulha — algo que Osmond disse ser muito comum, pois a Magna Guarda circulava para ver e, principalmente, ser vista. Tomaram a direção oposta, o que os afastava da rota original, mas colocava alguma distância entre eles e o perigo. Havia um bosque onde poderiam buscar abrigo e, se necessário, passar a noite antes de seguir para Yun Durki, pela manhã. O caminho até onde começavam os arbustos mais altos e algumas árvores não foi tão longo, mas era pedregoso, e o progresso foi lento e cheio de tropeções e quedas. Estavam já bem adiantados, então se permitiram reduzir um pouco o ritmo da caminhada. Foi quando escutaram os ruídos de cascos de cavalos e os gritos dos cavaleiros. Estavam perigosamente próximos, e o trio ficou sem saber o que fazer, até que Teka arrastou Osgald pelo braço e jogou-se com ele, deitando-se no chão atrás de uma pedra que se projetava do solo e fazia um ângulo que, com sorte, os protegeria da visão dos cavaleiros. Osmond rolou para uma vala à beira da estrada e tentou se cobrir de areia e pedriscos, contando que o olhar dos cavaleiros estivesse à frente, e não nas laterais da tosca trilha por onde corriam. Quem passou primeiro foram três homens a cavalo — eles levavam bolsas cheias nas laterais das montarias. Passaram correndo loucamente enquanto jogavam parte da carga no chão, para aliviar o peso. Teka e Osgald estavam espremidos, encostados na pequena pedra com tanta força, que parecia que iriam se fundir com a rocha. Foi a menina quem primeiro avistou os escorpiões sobre suas cabeças protegendo-se do sol na mesma pedra na qual agora eles se escondiam dos soldados. Os escorpiões eram muitos e começaram a se agitar tão logo perceberam os humanos invadindo seu refúgio. Teka sinalizou silenciosamente para Osgald, que arregalou os olhos e ensaiou um movimento, logo contido por ela. Só podiam torcer para que o perigo na estrada passasse por eles antes que o perigo nas pedras acima os alcançasse. Do outro lado da via, Osmond aproveitou a passagem do primeiro grupo de cavaleiros para se cobrir com um pouco mais de areia, e ficou bem mais camuflado. Os ruídos dos cascos dos cavalos aumentaram, e logo um grupo bem maior de cavaleiros em trajes negros passou por eles. Não conseguiu contar quantos eram, mas parecia que eram dez ou quinze. Enquanto isso, para aqueles espremidos sob a precária proteção de uma pedra cheia de escorpiões, o curto espaço de tempo pareceu uma eternidade, ainda que aqueles cavaleiros passassem cavalgando rápido. Os assustadores companheiros daquele esconderijo agora se movimentavam em direção à cabeça de Teka e Osgald. Um dos escorpiões caiu bem nos cabelos dele, e o rapaz ficou firme, sem se mexer, sob o olhar apavorado da companheira. Quando o último cavaleiro passou por eles, o ímpeto foi sair correndo daquela armadilha de ferrões, mas os dois sabiam que não podiam se expor de imediato. Um segundo escorpião caiu agora sobre o colo de Teka e ficou ali parado até que a ponta de uma faca o atirou para longe, logo depois fazendo o mesmo com aquele que estava sobre a cabeça de Osgald.

— Acho que vocês iriam preferir enfrentar a Magna Guarda, certo? — perguntou Osmond, enquanto ajudava os dois a saírem debaixo daquela pedra.

O sangue corria rápido, e todos respiravam intensamente, arfando como os cavalos que passaram havia pouco.

— Vamos embora logo — disse Osmond, carregando dois sacos presos com uma corda. — Eles podem voltar.

— E o que é isso? — indagou Teka.

— Presente daqueles que estavam sendo perseguidos pelos soldados — respondeu o freijar, enquanto abria um dos sacos e exibia seu conteúdo cheio de moedas.

Os três seguiram na direção do bosque onde esperavam passar a noite em segurança.

Capítulo XXII

Sair de casa naquela noite foi uma experiência marcante para todos os três. Tayma passou dias entre idas e vindas à oficina da costureira, tentando, da melhor maneira possível, orientá-la sobre o estilo de traje típico da região de onde sua mãe viera. Os arath, o povo de Malaika, originalmente eram de uma grande península a sudeste do Abismo. Quando algumas famílias se mudaram para onde hoje habitam Odnan e seus parentes, próximo às terras dos freijar, eles acabaram perdendo alguns dos seus costumes ancestrais. Malaika se casou com Odnan em uma cerimônia que combinava tradições dos dois povos, e isso incluía trajes bem típicos de cada região. Tayma sempre teve interesse pelas roupas e pelos adornos usados pela mãe e, mesmo quando estava simplesmente de uniforme indo para o Orfanato, usava enfeites, pulseiras, brincos e anéis. Ela chegou a influenciar Mia, que agora também buscava estar sempre usando algum acessório, ainda que de forma bem menos ostentativa. O vestido encomendado por Tayma era de um bege brilhante, quase dourado, na parte da saia longa e justa, e na parte da cintura até o pescoço era azul-escuro, com um intrincado desenho que parecia que camadas de tecido enrolados se sobrepunham. Foi um desafio, para não dizer um pesadelo, fazer com que as costureiras conseguissem entender o que ela queria e produzir aquele traje tão elegante e diferente.

Mia, por sua vez, optou por algo bem mais simples, em tom claro de rosa, a saia plissada na altura do joelho e a parte de cima com um decote curvo e mangas pequenas. Por insistência de Tayma, as costureiras adicionaram pequenas pedras brilhantes na parte de cima do vestido, dando àquele traje uma elegância discreta, porém deixando-o pronto para brilhar. Amelia presenteou a filha com um cordão de pérolas levemente rosadas e um cinto metálico bem fino, realçando a cintura de Mia. No cabelo, agora bem mais curto, ela usava uma discreta tiara que havia sido da sua avó paterna e lhe dava um ar ao mesmo tempo encantador e adulto.

Já Marro buscou adaptar trajes típicos de Terraclara às tradições do pai e do avô. Lembrava-se bem das roupas de gala que Odnan guardava com carinho, e combinou uma calça preta com um corte bem característico, que parecia alargar-se na altura das coxas e depois se estreitava conforme chegava aos pés. Além disso, encomendou um paletó justo e bordado, no qual uma gola alta e reta acompanhava o contorno do pescoço. Esse paletó se completava com um colete dourado, bem no estilo que seu pai costumava utilizar, e os botões de metal escuro davam um tom mais sóbrio ao conjunto.

Os três, já prontos para sair, chegaram ao pé da escada e ficaram assim postados, quase como se estivessem posando para um pintor. Foi essa cena que Madis e Amelia encontraram quando saíram da varanda e entraram em casa, atendendo ao chamado dos três. Amelia ficou tão emocionada, que ficou sem palavras. Madis ficou olhando, e naturalmente seu pensamento se voltou para aquela jovem adulta que, até tão pouco tempo, ainda era uma criança e, em certo aspecto, o seria sempre, em seu coração.

— Mas vocês estão muito elegantes. Ninguém naquele baile estará mais bonito do que vocês! — disse Amelia, enquanto admirava o trio.

— Ah, sim, mamãe, essa é uma opinião totalmente isenta — respondeu Mia, rindo.

— Não ligue para ela, senhora Patafofa, estamos lindos mesmo e vamos ser o sucesso deste e de todos os bailes — respondeu Tayma, com seu entusiasmo habitual.

— Vamos indo. Eu mesmo os levarei na carruagem para que possam chegar sem que nem um grão de poeira suje esses trajes — disse Madis, já se dirigindo até a porta.

— Ãn... eu... na verdade não vou com vocês — declarou Mia timidamente e com as bochechas ruborizadas. Falando com os olhos baixos, completou. — Eu estou esperando uma companhia.

A expressão de Madis mudou, e ele não disse nada, apenas levantou a sobrancelha esquerda ao dirigir o olhar para mãe e filha.

— Eu não estou sabendo de nada — respondeu Amelia, já antecipando os comentários de pai rabugento que Madis estava preparado para fazer.

Como se fosse combinado, alguém tocou a sineta externa, e Madis abriu a grande porta de madeira e vitrais para revelar Yevanon parado à sua porta, trazendo um pequeno buquê de flores rosa-chá nas mãos. Ele estava impecavelmente trajado, e sua roupa de gala azul-escura com detalhes em cinza era ornamentada com pequenas peças metálicas nas laterais. Os sapatos pretos pareciam brilhar com a luz das estrelas, e ele havia penteado seus cabelos para trás, parecendo que destacava ainda mais aqueles olhos de cores diferentes.

— Boa noite a todos. — Foi o que o rapaz disse, usando sua "arma secreta", um grande e cativante sorriso.

— Nós já estávamos de saída — respondeu Madis, ainda usando o tom de voz rabugento.

— Então cheguei na hora perfeita, nem antes, nem depois — respondeu Yevanon, enquanto entregava o pequeno buquê para Mia.

— Vamos todos juntos na minha carruagem. Não quero que meus filhos cheguem ao baile sujos e suados de caminhar até lá.

— Não, senhor Patafofa, eu nunca cometeria uma indelicadeza dessas. — E o jovem apontou para uma pequena carruagem preta que os aguardava do lado de fora. O cocheiro já havia saltado e os esperava com a porta aberta.

Mia usou aquele súbito momento de indecisão e silêncio para se despedir rapidamente de todos, com beijos nos pais e aceno para os demais, dizendo simplesmente:

— Nos vemos no baile daqui a pouco.

Os dois entraram na carruagem sob o olhar fulminante e a expressão ranzinza de Madis, e então Yevanon falou:

— Olha, se eu sobreviver a esta noite quando vier te trazer de volta, vou começar a me achar imortal.

E riram juntos enquanto a carruagem os levava ao Orfanato.

* * *

O grande salão do baile era na verdade uma tenda temporária construída no espaço entre os dois prédios do Orfanato. Nessa época do ano chuvas fortes eram extremamente raras, e eventualmente alguns chuviscos incomodavam os jovens casais nos jardins, mas não hoje. Após a noite nublada que sucedera o dia do Decatlo, os ventos empurraram as nuvens para longe, e uma noite estrelada ajudava a enfeitar o ambiente do baile anual. Jovens de vários ciclos de ensino dividiam aquele ambiente sob o olhar meticuloso de professores e monitores. A orquestra tocava sem parar, e os casais já desde o início enchiam a pista de dança. Mia e Yevanon chegaram primeiro que os irmãos Marro e Tayma, então, quando adentraram o grande salão, a maioria dos olhares dirigiu-se aos dois, junto com muitos comentários.

— Como ela está linda!

— A Mia fisgou o maior bonitão da escola.

— Ah, eu só queria ter a sorte do Yevanon e ser o par da Mia.

Esses e muitos outros comentários similares foram sussurrados por entre os convidados do baile naquele momento.

— Acho que fizemos uma entrada bem impactante — disse Yevanon, baixinho, no ouvido de Mia, enquanto entravam de braços dados.

— Pois é, impactante até demais — respondeu ela, no alto de sua timidez.

Mas, passado esse momento inicial, todos retomaram a diversão, dançando, comendo e bebendo alegremente.

Tayma também fez uma entrada bastante comentada, porque, além de já ser muito popular, havia acabado de ganhar o torneio de Quatro Cantos. Entrou com o seu irmão, mas logo eles se separaram, e cada um passou a noite divertindo-se do seu jeito. Oliri rapidamente se aproximou e convidou Tayma para dançar, e os dois se perderam entre tantos outros na pista de dança. Em um determinado momento, Tayma e Oliri esbarraram em Mia e Yevanon, e resolveram trocar os pares. Nessa dança Oliri teve a oportunidade de conversar com Mia como nunca havia feito.

— Você e sua irmã adotiva estão chamando muita atenção, são as mais lindas da festa.

Mia ruborizou como de costume e já estava a ponto de largar Oliri e sair da pista de dança, quando ele a surpreendeu dizendo uma única palavra.

— Perdão.

— Pelo quê? — perguntou ela, um pouco confusa.

— Não me faça relacionar todas as coisas horríveis que eu fiz no passado.

— Entendi, mas você concorda comigo que é muita coisa para perdoar?

— Eu sei, mas o tempo é um ótimo professor, e eu aprendi muito com os meus próprios erros neste último ano.

— Você foi muito cruel com uma pessoa muito querida, que não está mais aqui para ouvir suas desculpas.

— Esse é o maior arrependimento que carrego, e acho que vou carregar para o resto da vida.

Mia olhou pela primeira vez bem fundo nos olhos de Oliri, sem raiva nem desprezo, e encontrou ali uma oportunidade não de ignorar nem esquecer, mas de mostrar-se disposta a perdoar erros que foram reconhecidos e lamentados com honestidade. Ela não disse nada, apenas deu um pequeno sorriso e um beijo em sua bochecha antes de trocar novamente de parceiros e continuar dançando com Yevanon.

— Ei, que história é essa? — disse o rapaz, em tom de brincadeira, fingindo um ataque de ciúmes. — Eu é que trago você ao baile, e ele é quem ganha um beijo?

E os dois seguiram dançando e conversando, enquanto, como em qualquer baile, rapazes e moças ficavam ao largo da pista de dança, falando timidamente uns com os outros, sem convidar ninguém para dançar. Tayma usava sua personalidade alegre e seu espírito livre para quebrar essa timidez, e, graças a ela, muitas pessoas tiveram uma noite divertida. Rodopiando seu vestido azul e dourado e exibindo um pequeno arranjo de flores que prendia seus cabelos em um sofisticado entrelaçado das tranças, Tayma circulava pelo salão, ora convidando rapazes para dançar, ora puxando algumas jovens para tomar o lugar dela, com a desculpa de que ia comer alguma coisa. Com isso, ela foi, aos poucos, levando seus colegas a se divertirem muito mais. Notou que o próprio irmão parecia um pouco deslocado, conversando com outro rapaz em um canto do salão, então foi puxá-lo para dançar.

— Meu irmãozinho está mais tímido do que de costume esta noite, ou é impressão minha?

— Nada disso, estou me divertindo muito... do meu jeito.

Ela provocou o irmão porque havia notado que ele estava prestando muita atenção na mesa onde estavam os irmãos Layla, Shayla e Elias.

— Alguém em especial aqui conquistou seu coração? — Ela perguntou de forma maliciosa olhando na mesma direção.

Elias foi pego pelo olhar inquisidor de Tayma e rapidamente disfarçou, olhando para o outro lado.

— Guarde sua curiosidade para as aulas da semana que vem — replicou Marro, enquanto rodopiava a irmã ao som da orquestra que animava o baile.

Tayma, aproximando-se de Mia e Yevanon na pista de dança, não perdeu tempo para implicar com a irmã do coração.

— Quem é você que está dançando a noite toda? O que você fez com a Mia?

— Se eu me lembro bem das nossas conversas, Teka sempre me disse que você não gostava de dançar — completou Marro, entrando na brincadeira.

— Talvez ela ainda não tivesse encontrado o parceiro certo — respondeu Yevanon, participando da conversa.

Mia limitou-se a sorrir discretamente e dar um jeito de se afastar dos irmãos, rodopiando pelo salão junto com Yevanon.

E o baile seguiu ainda por várias horas, como sempre com muita dança, alguns beijos, um pouco de choro e desapontamento, mas, no geral, foi o evento mais animado dos últimos tempos.

Capítulo XXIII

Naquela noite, felizmente não houve convites para jantares ou encontros sociais. Gufus chegou à sua habitação e logo notou que uma refeição estava servida, ainda quente, acompanhada de pães, queijos e frutas. O rapaz imaginou que cada passo naquele palácio era cuidadosamente observado e que sabiam que ele estava caminhando de volta assim que ele deixou a companhia do Magnus. Depois de comer, estava completamente sem sono e resolveu caminhar um pouco até uma das varandas que cercavam aquela construção. A noite estava fresca e agradável, e pequenas nuvens cobriam momentaneamente a lua enquanto voavam rápido, empurradas pelos ventos. Depois de apenas alguns passos, Gufus encontrou o mesmo homem que havia visto no dia em que conhecera o Magnus. O rapaz lembrava-se bem do comentário que o homem fizera, dizendo que "o Magnus agora quer seus animais de estimação dentro do palácio". Gufus o observara nos últimos dias. Aquele homem circulava pelos corredores e era tratado com respeito, e às vezes com certo temor, por todos que cruzavam seu caminho. O jovem já estava dando meia-volta, quando ouviu o indesejado chamado.

— Venha até aqui, menino.

Gufus não era um menino. Era jovem, mas estava longe de ser uma criança, e não gostou nada da forma como foi convidado — ou, seria possível dizer, convocado — a juntar-se ao tal homem. Porém, o rapaz conhecia bem a delicadeza de sua situação e não arriscaria negar ou ignorar o convite. Caminhou devagar, já preparando a postura calma e respeitosa com a qual tratava a todos naquela cidade.

— Boa noite, senhor...

— Anii — respondeu ele, entre um gole e outro de alguma bebida que Gufus não soube identificar.

O homem tinha uma idade difícil de determinar. Não era jovem, era claramente mais velho que o Magnus, mas poderia ser um idoso em ótimo forma ou alguém de meia-idade já mostrando sinais do tempo. Seus cabelos castanho-escuros já apresentavam muitas mechas grisalhas, o que, no entanto, não lhe fornecia uma aparência desgastada; pelo contrário, era imponente. Uma barba longa, esta sim já bem grisalha, completava seu visual distinto. O homem pegou uma delicada taça de vidro com pequenos detalhes em ouro e serviu uma dose para Gufus. Dessa vez, ao contrário do que fizera em outras ocasiões, o rapaz não poderia simplesmente disfarçar e livrar-se da bebida.

— Obrigado, senhor Anii, mas eu não bebo.

O homem olhou para Gufus com certo olhar de desdém e disse apenas "Azar o seu", enquanto bebia a dose que havia servido para o convidado. Depois de esvaziar o copo, emendou, ainda mirando a paisagem e sem olhar nos olhos do outro.

— E não é "senhor Anii", é apenas Anii.

— Perdoe-me por essa indelicadeza — respondeu o jovem, com seu jeito comedido de sempre.

Dessa vez Anii se virou, se apoiou na balaustrada e ficou olhando Gufus de cima a baixo, como se o estivesse avaliando.

— Não precisa usar esse tom artificial comigo, menino.

— Minhas desculpas...

— E pare de pedir desculpas a todo momento.

Gufus não sabia como reagir àquela conversa e por pouco não respondeu com um "Desculpe-me". O homem então continuou a falar.

— Eu sei bem o que você faz e não o culpo por isso. No seu lugar eu faria o mesmo para não criar inimizades ou quebrar alguma regra ridícula de etiqueta.

Ele levantou a garrafa de um jeito displicente e, vendo que havia apenas uma pequena quantidade de bebida no fundo, bebeu tudo direto no gargalo. Em seguida, limpou a boca no tecido da túnica que vestia e continuou a falar.

— Pergunte-me o que deseja saber.

— O que eu estou fazendo aqui?

Gufus ficou espantado com a maneira inconsequente e arriscada como aquela pergunta havia saído da sua boca. Mas Anii não pareceu estranhar, e respondeu de forma bem objetiva.

— Você está aqui para saciar a curiosidade do Magnus sobre a sua terra natal.

Então era isso, ele era somente uma diversão temporária e logo seria descartado, Gufus pensou, tendo sido logo interrompido por Anii, que prosseguiu.

— Não pense que será preso ou morto, porque, pelo que eu conheço do Magnus, e eu o conheço bem, ele está concluindo a mesma coisa que eu.

— E o que seria essa conclusão?

— Isso não cabe a mim lhe dizer.

Gufus estava saindo daquela conversa mais confuso do que entrara, e Anii continuou.

— Sei que o Magnus lhe deu acesso a todas as bibliotecas de Capitólio, inclusive à dele. Vá até lá amanhã, e conversaremos melhor.

O homem se despediu com uma incomum demonstração de amabilidade, colocando a mão sobre o ombro de Gufus enquanto caminhava já se afastando. Para quem já não estava com facilidade para dormir, a expectativa de uma nova conversa no dia seguinte não ajudou em nada.

* * *

Gufus não dormiu bem — aliás, não dormiu praticamente nada. A curiosidade sobre as declarações pouco esclarecedoras da noite anterior o fez passar as horas noturnas pensando e fazendo perguntas para si mesmo. "O que o Magnus queria saber sobre Terraclara?" "Por que ele havia sido interrogado de forma tão cruel sobre a espada?" "Qual seria a tal conclusão à qual Anii se referiu?" O rapaz não podia simplesmente ignorar o risco que o acompanhava desde que foi arrastado da arena central, ainda nas terras dos freijar. Sua atual condição de "hóspede" do Magnus era incerta, e Gufus sabia muito bem disso, mas escapar de Capitólio parecia uma tarefa impossível. Sabia que dentro do palácio havia muitos olhos vigilantes sobre ele e muitas espadas prontas para defender o Magnus até mesmo de um olhar ameaçador. Mas, por enquanto, a única coisa que podia fazer era sobreviver um dia de cada vez e tentar manter o interesse do Magnus para que ele não fosse descartado. Ainda era muito cedo, e Gufus não quis parecer demasiadamente ansioso, tampouco indelicado, surgindo na presença de Anii logo na primeira hora da manhã. Não sabia bem qual era a função daquele homem no Consenso, mas sabia que ele era bem próximo do Magnus e ficou pensando nas poucas vezes que o vira circulando pelo palácio e como as pessoas o saudavam com respeito. Depois de comer alguma coisa e se lavar, Gufus foi ao encontro de Anii, e foi quando o jovem se deu conta de que não fazia a menor ideia de onde se localizava a tal biblioteca. Caminhando pelos corredores, acabou encontrando Anaya e resolveu lhe pedir ajuda.

— Bom dia, Anaya. Como você está nesta bela manhã de sol? — Ele a cumprimentou da forma mais efusiva, mas a resposta foi o oposto disso.

— Bom dia, senhor — respondeu a moça, baixando a cabeça e olhando para o chão enquanto seguia seu caminho.

— Espere um momento, por favor — pediu Gufus, enquanto a segurava pelo cotovelo. — Preciso de ajuda para chegar à biblioteca.

— É distante daqui, e talvez o senhor se perca — ela respondeu ainda sem olhar para ele.

— Não precisa me chamar de senhor e pode olhar para mim, eu já me lavei e penteei os cabelos — disse ele, tentando tornar aquele diálogo mais leve e agradável. — Acho que minha cara feia não está assustando ninguém.

Anaya, de maneira extremamente tímida e assustada, levantou os olhos e retribuiu com um sorriso quase imperceptível.

— Eu posso levá-lo até lá.

E os dois seguiram por diversos corredores, até saírem por um dos acessos laterais e avistarem um prédio próximo. A arquitetura do local era bem mais rebuscada do que as formas simples e os ângulos retos do palácio, por isso se destacava naquela paisagem. Era uma construção semicircular que parecia ter vários andares crescendo em semicírculos menores e menores até chegar a uma espécie de pequena torre. Em cada um desses andares havia um estreito balcão contornando a parte circular, além de algumas poucas janelas. O jardim que dava acesso a esse prédio era ornamentado com várias estátuas, muito parecidas com aquelas que Gufus vira no museu dias antes.

— Daqui o senhor pode seguir até aquela porta e já terá acesso à biblioteca — afirmou a jovem, enquanto já se afastava de Gufus.

— Obrigado, Anaya, você foi muito gentil — respondeu o rapaz. Ela já estava longe, andando em passos rápidos.

Gufus ficou pensando na reação daquela moça, que havia sido tão amistosa na primeira vez em que conversaram, e pensou em tentar descobrir algo sobre isso em sua prosa com Anii. Quando entrou no salão de entrada, viu uma série de estantes repletas de livros, pergaminhos e artefatos de pedra e metal — nada muito diferente do que já havia visto em Terraclara. Era uma biblioteca grande, certamente maior do que a dos Patafofa, que Gufus vira no Solar das Varandas. A arquitetura interior refletia aquela composição que lembrava a ele um bolo em camadas, daqueles que seu pai preparava para ocasiões especiais. Estava admirando o interior da biblioteca quando ouviu a voz familiar, usando uma expressão também familiar, ainda que indesejada.

— Venha até aqui, menino.

Anii estava sentado em uma cadeira grande, parecida com um trono, atrás de uma mesa também grande, sobre a qual havia alguns pergaminhos com aparência muito antiga. Gufus aproximou-se devagar e logo notou que a grande mesa estava sobre uma pequena plataforma de mármore, obrigando a olhar levemente para cima quem quer que se dirigisse ao seu ocupante. Era sutil, mas um sinal claro de hierarquia e dominância.

— Bom dia, Anii — saudou Gufus, ainda um pouco incomodado em usar o primeiro nome sem nenhum título ou forma respeitosa de tratamento.

— Bom dia, meu jovem rapaz — respondeu o outro, com tom levemente irônico, como se soubesse que a expressão "menino" incomodava seu convidado e a tivesse usado de propósito como uma brincadeira. Ele ofereceu a Gufus um tipo de chá que foi compartilhado enquanto ambos caminhavam até o centro daquela estrutura.

— Esse é o meu domínio — comentou Anii de forma pouco discreta, ao rodar lentamente o corpo, com uma das mãos estendidas.

Gufus não entendeu bem. "Será que ele era uma espécie de bibliotecário?", pensou. Logo em seguida sua pergunta não externada foi respondida.

— Você deve estar se perguntando se eu sou o bibliotecário do Magnus.

— Isso me passou pela cabeça.

— De certa forma eu sou, apesar de que há várias outras pessoas cuidando desse acervo. Minha função é um pouco mais específica.

— E eu posso perguntar qual seria essa função?

— Eu sou o escriba do Magnus, assim como fui de seu antecessor.

— E o que isso representa?

— Que eu registro a vida do Magnus e a glória do Consenso para as futuras gerações.

— Então o senhor é um escritor, e não apenas um leitor, correto?

— E existe diferença? — respondeu Anii, sorrindo e voltando a caminhar em direção à sua imponente mesa de trabalho.

Em cima da grande mesa, Gufus reconheceu um objeto que lhe trazia arrepios de pavor ao longo da espinha: o espadim dos Patafofa. Ele logo pensou que toda essa conversa amistosa era apenas uma outra forma de tortura sendo preparada minuciosamente para extrair dele alguma informação.

— Eu sei bem que não foram gentis com você quando o encontraram de posse dessa espada — comentou Anii, enquanto se sentava. Ele continuou, já com a espada em suas mãos. — Mas talvez você entenda o motivo quando eu lhe contar alguns detalhes que você certamente não sabe.

— Seria uma... — Gufus ia dizer mais uma daquelas frases cuidadosamente preparadas que havia aprendido a usar nas últimas semanas, mas lembrou-se das palavras do próprio Anii e mudou rapidamente o tom. — Eu gostaria de entender por que quase morri por conta dessa arma.

— Porque essa espada não deveria estar nas suas mãos em lugar tão distante.

E Anii contou algumas coisas muito interessantes, que fizeram Gufus pensar que ele tinha vivenciado uma coincidência daquelas que acontecem uma vez em muitas gerações.

* * *

O jovem voltou para a sua habitação levando duas coisas consigo: um livro grande, com encadernação em couro tingido de vermelho-escuro, e algumas histórias contadas por Anii. Gufus caminhava devagar, como se esses passos lentos o ajudassem a digerir a grande quantidade de informações recebidas. Quando chegou, havia uma refeição recém-posta na pequena mesa localizada abaixo da janela. Ele não estranhou, não se espantava mais com esse tipo de coisa. Tudo que acontecia dentro daquele palácio era monitorado e controlado.

Pensou o que poderia acontecer se ele simplesmente ignorasse aquela refeição e buscasse um banco de pedra em um dos jardins. Será que encontraria uma nova refeição esperando-o aonde quer que resolvesse ir? O rapaz pensava nisso, enquanto depositava, com esmero, o livro em cima da cama. Foi quando viu um pequeno rolo de papel cuidadosamente amarrado com uma fita dourada. Desenrolou aquele papel e encontrou um convite, um jantar seguido de apresentação musical à noite. Sabia que aquilo não era exatamente um convite e muito menos algo opcional, então começou a se preparar mentalmente para mais uma noite aborrecida. Quando Gufus se sentou à mesa e cheirou a comida posta para ele, seu corpo lembrou-o de que ele estava com fome, então devorou prazerosamente tudo o que lhe foi servido. Passou a tarde lendo avidamente aqueles registros históricos emprestados por Anii e, com isso, preencheu algumas lacunas, entendendo melhor o que lhe acontecera e por quê.

Capítulo XXIV

Quando Elaurius Magnus já estava consolidado como primeiro líder do Consenso, ele tomou para si a tarefa de disseminar e consolidar a essência dos Princípios Harmônicos entre todos os cidadãos e, especialmente, entre as forças militares. Um dos principais conceitos era que a vida de um cidadão vale muito, e as vidas de outros não valem nada, a não ser que essas pessoas estejam a serviço do Consenso. Por isso, cada gota de sangue derramado por um soldado era um desperdício imenso e não deveria ser encarado como normal. O Magnus fez com que todos os militares servindo ao Consenso entendessem que suas vidas eram mais importantes do que uma vitória passageira, pois isso poderia ser facilmente conquistado depois. Ele dizia que, por melhor que fosse a lâmina, uma espada não se cansa, mas o braço que a empunha, sim. Por isso a força militar do Consenso sabia que deveria lutar com preparação e estratégia, visando minimizar qualquer risco. Os soldados do Consenso não entravam em um campo de batalha para morrer. Por isso Elaurius incitara os soldados a valorizar a vida deles próprios, junto com a honra de servir e com o esplendor de vencer. Nenhuma vitória faria sentido frente ao sangue dos cidadãos, afinal a espada não sangra, mas o soldado, sim. O Magnus dizia que as forças que aumentavam e engrandeciam o Consenso não deveriam fazer isso à custa do seu sangue ou das suas vidas. Os soldados viam esse conceito como a maior forma de reconhecimento que seu líder poderia ter para com eles, então passaram a se autodenominar a Guarda do Magnus, aqueles que dariam sua vida para proteger o líder do Consenso. Anos depois da fundação do Consenso, quando um contingente de soldados se preparava para a conquista e anexação de mais um reino, o Magnus fez um discurso para os milhares que estavam de partida, enfileirados em uma das grandes avenidas radiais de Capitólio.

— Vão e tragam vitória, mas guardem seu sangue e suas vidas como os bens mais preciosos que o Consenso pode ter. Lembrem-se de que a espada não se cansa, a espada não sangra. A espada não escolhe quando parar de lutar. Isso é privilégio do guerreiro que a empunha.

A multidão foi ao delírio, e todos passaram vários minutos gritando e batendo espadas e escudos em honra daquele líder que os inspirava.

Já naquela época o armamento padrão de um soldado incluía uma espada longa carregada nas costas e um espadim preso à cintura. Enquanto se deslocavam rumo à batalha, muitos daqueles soldados foram gravando no metal estas palavras em idioma arcaico:

Na espada longa — *A espata non fatigare*.

No espadim — *A espata non sangrare*.

Essa prática foi se tornando comum entre os membros da agora autodenominada Magna Guarda, e, dali em diante, os mestres armeiros passaram a gravar cuidadosamente essas frases sempre que forjavam novas espadas para os soldados.

* * *

"Então o espadim dos Patafofa foi roubado da Magna Guarda", Gufus pensou, enquanto imaginava como e quando isso teria acontecido. Em seus pensamentos agora tudo fazia mais sentido. Quando o comandante da Magna Guarda pegou o espadim para matá-lo, ele imediatamente o identificou, por isso Gufus foi interrogado e torturado, para revelar como aquela arma havia chegado às suas mãos. Como um estrangeiro recém-chegado àquelas terras poderia estar usando uma antiga arma da Magna Guarda? E como essa arma tinha ido parar como enfeite acima da escrivaninha de Madis Patafofa? O rapaz não conhecia, ainda, todos os detalhes dos motivos pelos quais ele havia sido poupado e trazido para Capitólio, mas sabia que tudo aquilo tinha relação com aquela espada. Gufus não tinha resposta para essas perguntas e temia quando elas finalmente lhe fossem feitas.

Capítulo XXV

Depois do susto que passaram com os cavaleiros e o "banho de escorpiões", Teka e Osgald deixaram Osmond tomando conta da fogueira que prepararam para cozinhar a refeição. O pensamento na cabeça de Teka não parava de dizer: "Foi por pouco". Os dois adentraram o bosque, porque sabiam que o riacho devia correr ali perto e porque, para cozinhar, precisavam encher os cantis e uma panela. A caminhada foi curta, mas o suficiente para os dois conversarem um pouco sem a tensão que acompanhava aquela viagem nos últimos dias. Iam colhendo algumas frutas que pareciam morangos silvestres, enquanto falavam sobre coisas simples, porém queridas ao coração de cada um.

— Eu caminhava nas margens do Lago Negro junto com a Mia, e aproveitávamos para colher frutas. Os pêssegos são os melhores.

— Antes de a minha mãe morrer, eu ia com ela até o celeiro pegar ovos das galinhas e conseguir uns jarros com leite fresquinho daquele monte de vacas que tínhamos lá.

— O destino foi cruel conosco, mas eu ainda tenho esperança de rever minha mãe.

— É verdade, mas eu pude conviver com a minha mãe há até bem pouco tempo, ela esteve presente na minha vida por um período maior, e as minhas lembranças são recentes. — Osgald parou, como se, ao olhar para frente com o olhar perdido, pudesse de alguma forma ver a imagem da mãe. Depois continuou. — Eu quero muito presenciar o reencontro de vocês duas e sentir a sua felicidade como minha.

Teka sentiu o coração aquecer com o carinho que Osgald demonstrava, e ela sentia o mesmo. Esses meses passados juntos, por mais atribulados que tenham sido, serviram para que sentimentos inéditos surgissem para ela e para ele. Teka pôde perceber que os estereótipos eram questionáveis, como sempre. Osgald e seu pai compartilhavam uma forma de ver a vida mais próxima dos artenianos que dos freijar. Ainda que fossem guerreiros e levassem suas vidas baseados em um código de honra bem restrito, pai e filho não aprovavam a escravidão e entendiam que sua função como guerreiros do povo era servir. Osmond lutava diariamente com um sentimento de culpa por ter abandonado seu líder, Arne, mas o dever de ajudar aquela menina e assim pagar sua dívida de sangue com Gufus falava mais alto. Osgald devia a própria vida àquelas pessoas, até então desconhecidas, que se ergueram por ele contra todos os perigos, e essa dívida ele somente poderia pagar ajudando a encontrar Flora.

— Estou escutando as águas, o riacho deve ser logo ali — disse Osgald, enquanto puxava gentilmente Teka pela mão.

Eles caminharam assim, de mãos dadas, para não se separarem na escuridão da noite, mas o toque gentil daquela mão calejada pelo cabo da espada trazia mais do que segurança para Teka: trazia afeto. Tão logo se aproximaram da margem do riacho, viram que a vegetação se tornou mais baixa e que um campo com arbustos pequenos e um tipo de capim se estendia por praticamente toda a margem em ambos os lados. Foi Teka quem primeiro avistou aquelas luzes.

— Olha lá, um vaga-lume.

— Um não — respondeu o rapaz, balançando um dos arbustos. — Um montão deles.

A visão de um vaga-lume logo se tornou a de dois, dez, e Teka começou a caminhar entre a vegetação baixa, fazendo com que os pequenos insetos luminosos saíssem de onde estavam pousados e começassem uma revoada. Em pouco tempo eram dezenas, centenas de pequenas luzes piscantes envolvendo aquela moça de cabelos longos, que primeiro corria como uma criança pequena e depois começou a dançar entre os arbustos baixos. A cada movimento seu, mais e mais vaga-lumes alçavam voo, e o espetáculo trazia luz não só ao ambiente, mas ao ânimo de Teka. Ela tinha seu sorriso iluminado pelas pequenas luzes voadoras, que pareciam mágicas. Naquele momento pareceu que as energias de seu corpo e seu coração foram renovadas por aquele espetáculo que a natureza lhes proporcionava. No meio daquela sinfonia silenciosa de mil luzes dançantes, Teka brincava, rodopiando como se bailasse ao som de uma melodia alegre tocada por uma orquestra imaginária, até que parou cercada pelos pequenos pontos luminosos e notou que Osgald estava parado, observando.

— E então, vai ficar aí olhando? — Teka perguntou arfando depois de toda aquela dança.

— Estou olhando a coisa mais linda que eu já vi na minha vida — respondeu ele, enquanto se aproximava devagar.

— Esses vaga-lumes são incríveis, nunca imaginei que veria algo assim.

— Eu não estava falando dos vaga-lumes — disse já bem próximo a ela.

Osgald segurou as mãos de Teka com ternura, e bem devagar os dois se beijaram.

Capítulo XXVI

Se por um lado os alunos tinham que conviver com o Professor Rigabel e seu jeito distante e meio sádico, por outro havia mestres dedicados e muito queridos. Mia adorava as aulas de Ciências da Natureza não somente por ser uma disciplina instigante, mas porque o Professor Eleas era uma daquelas pessoas que simplesmente amavam o que faziam, transbordando esse amor pela profissão em aulas maravilhosas. Ligno Eleas era o professor mais velho do Orfanato e, segundo as brincadeiras dos alunos, havia cimentado a pedra fundamental na construção da escola. Brincadeiras à parte, ele já era professor quando Letla Cominato e Omzo Rigabel estavam cursando as séries fundamentais de estudo. Eleas havia sido convidado a ser diretor mais de uma vez e sempre recusou porque não queria que nenhuma outra atividade o afastasse da sala de aula. Os alunos reconheciam essa dedicação, sendo ele sempre homenageado nas cerimônias de graduação. Apesar de muito idoso, o professor tinha uma energia e empolgação que muitos colegas mais jovens nem sonhavam em demonstrar, e cativava alunos e professores com sua capacidade de sonhar, planejar e inovar. Recentemente ele havia adicionado mais uma aluna à sua lista de admiradores: Tayma.

Não era segredo para ninguém que a visitante de largo sorriso e longas tranças esvoaçantes era uma atleta bem-sucedida e uma amiga querida por muitos, além de povoar os corações de vários jovens apaixonados. Academicamente, porém, ela estava longe do seu sucesso social. Para Tayma, matemática, por exemplo, era abstrata demais, e estudar a história de Terraclara era uma tortura. Por outro lado, as ciências da natureza a atraíam, e o Professor Eleas ajudava a cultivar sua curiosidade. Muitas coisas que, durante toda a vida de Tayma do outro lado do Abismo, eram simples observações empíricas ganhavam explicação quando a menina estudava a vida e suas ramificações, assim como as regras da natureza que se aplicam aos fenômenos que ela conhecia e vivenciou. Ela achava tudo isso fascinante. Na última aula foi proposto que os alunos pesquisassem e apresentassem, na aula seguinte, algumas hipóteses para a mudança no ciclo das chuvas, ocorrida na Cidade Capital nos últimos anos. Essas hipóteses seriam avaliadas e discutidas pela turma, a fim de verificar se alguma teria base científica para ser investigada. Tayma ouvia essas coisas totalmente encantada e já saiu da sala com o cérebro quase explodindo de empolgação.

— Isso é sério? — perguntou Shayla, sua colega de turma, com um olhar de desprezo quando Tayma sugeriu uma reunião dos colegas após o término das aulas, para discutir o trabalho proposto pelo Professor Eleas.

— Sim — ela respondeu esbanjando charme sobre todos os que estavam à sua volta. — Podemos ir lá em casa para conversar e pesquisar.

— Por mais que eu adorasse ir até a sua casa — disse Yevanon, direcionando um olhar discreto para Mia —, hoje eu tenho que... ajudar meu pai. Ele quer me preparar para assumir os negócios da família.

— Eu não posso porque tenho que... ajudar minha mãe a cuidar dos meus irmãos.

— E eu tenho que verificar o ritmo de crescimento da grama no jardim.

— Eu tenho que... vamos lá, gente, alguma sugestão?

As risadas generalizadas do grupo finalmente fizeram Tayma concluir que estava sendo vítima de uma espécie de gozação coletiva.

— Demorou a perceber... — comentou Mia, acompanhando os amigos na brincadeira.

— Muito engraçadinhos, vocês todos — retrucou Tayma, simulando raiva e logo caindo na risada junto com os colegas.

Foi Oliri, chorando de rir, quem fez questão de lembrar a todos o que haviam combinado, e não tinha nenhuma relação com atividades acadêmicas.

— Agora falando de coisas realmente sérias e importantes — disse ele, com tom de ironia —, tudo certo para nossa festa na beira do lago?

Houve uma série de respostas afirmativas enquanto as pessoas iam se despedindo e tomando o caminho de casa. O rapaz se virou para Tayma e perguntou:

— Quer que eu passe na sua casa para irmos até o lago juntos?

— Não — ela disse em um tom propositalmente vago e desinteressado. — Eu vou com os meus irmãos.

Assim, ela pegou Mia pelo braço e seguiu o caminho de casa.

— Mas eu achei que você estivesse interessada nele — expôs Mia, ao pé do ouvido de Tayma.

— Eu estou, mas ele não precisa saber disso... ainda.

E as duas seguiram seu caminho até a casa dos Patafofa, fazendo planos para a festa que os alunos haviam organizado.

* * *

O baile anual era o evento mais aguardado e comentado pelos jovens da Cidade Capital, mas ainda era muito formal e organizado pela administração do Orfanato. Já a festa no Lago Negro foi organizada de improviso pelos alunos e era um ambiente totalmente informal. O local escolhido foi uma grande clareira bem próxima aos pessegueiros, onde, havia não muito tempo, Mia e Teka costumavam passear e colher frutas. Os alunos foram chegando aos poucos no fim da tarde, e logo algumas fogueiras foram acesas, e os mais esfomeados começaram a assar salsichas e batatas. Foi inevitável Mia lembrar-se de Gufus e pensar que ele chegaria à festa carregando um monte de pães e doces feitos pelo pai e logo pegaria um espeto para assar umas salsichas. Era um comilão e gostava de compartilhar com os amigos. A dor daquela perda era profunda e aparecia de vez em quando como uma pontada no peito.

— Vou aproveitar que ainda está calor e dar um mergulho — gritou Tayma no meio dos colegas, logo sendo seguida por muitos deles, que se jogavam nas águas límpidas do Lago Negro.

— Nunca vou entender por que esse lago tão limpo se chama Lago Negro — disse Marro, sentando-se ao lado de Mia.

Ela pensou na explicação histórica que poderia oferecer, mas preferiu simplesmente fazer um gesto silencioso com os ombros.

— E aí, não vai dar um mergulho?

Mia pensou que neste último ano sua relação com a água havia evoluído muito. Depois dos apuros que passou na viagem com Teka e Gufus, ela resolveu aprender a nadar e o fez com dedicação. Hoje, se fosse necessário, conseguiria nadar em águas calmas ou revoltas e salvar a própria vida, mas, ainda assim, entrar em um rio ou lago por prazer ainda estava longe, muito longe de suas preferências.

— Não — respondeu Mia. — Está ficando meio frio, e não quero me arriscar a ficar resfriada.

— Então vamos até a beira da fogueira comer alguma coisa e cantar.

Algumas pessoas haviam trazido instrumentos musicais, e a cantoria estava só começando. Oliri, Shayla e Elias, seu irmão, começaram a cantar uma canção alegre e bem conhecida, logo sendo seguidos pelos demais enquanto outros dançavam descalços na grama. Marro juntou-se a eles e, abraçando Elias, puxou um coro bem afinado.

— Aí, Tayma, o que está achando do grupo de estudos? — perguntou Oliri entre um verso e outro da canção.

— Você é um bobão. — Essa foi a resposta, acompanhada de um sorriso.

* * *

A tarde deu lugar à noite, e a animação da cantoria e da dança continuou por mais algumas horas. Em alguns cantos menos iluminados, alguns casais trocavam beijos, aproveitando aqueles momentos longe dos olhares de pais ou professores. Mia logo percebeu que ficara sozinha quando nem Tayma, Marro ou Oliri estavam por perto. Ficou pensando em como aquela noite poderia ter sido diferente se Teka e Gufus estivessem ali. Muitas vezes ela fantasiava sobre seu primeiro beijo e naturalmente pensava que Gufus seria o escolhido, mas agora, depois de quase um ano, essa lembrança parecia dissipar-se, e ela ficou com inveja dos casais que se formavam e da alegria que reinava naquela festa.

— Eu ofereço uma batata assada pelos seus pensamentos — disse Yevanon enquanto se sentava na grama, ao lado de Mia.

Ela, em um raríssimo impulso na vida, virou-se e deu um beijo rápido e tímido em Yevanon, que, surpreso, ainda teve tempo de fazer mais uma gracinha.

— Se eu soubesse que essa seria a recompensa, teria oferecido algo bem melhor do que uma batata assada.

E ficaram ali sentados perto da fogueira, com Mia encostando carinhosamente a cabeça no ombro de Yevanon.

* * *

A volta para casa foi bem mais ruidosa do que a vinda, todos conversando e rindo enquanto caminhavam de volta para a cidade. Conforme as pessoas iam chegando perto de suas casas, as despedidas alegres se sucediam, e em certo momento Mia, Tayma e Marro caminhavam quase saltitando, de braços dados e tentando coordenar os passos que se entrelaçavam. Como estavam errando miseravelmente essa coreografia improvisada, riram ainda mais de si mesmos, e foi assim que seguiram até a casa dos Patafofa.

Foi o fim de um dia feliz, de algumas semanas felizes, quase uma compensação pela tristeza do passado recente. E foi assim, ainda tomada pela leveza e alegria daquele dia maravilhoso, que Mia viu os pais chegando em casa quase ao mesmo tempo que ela. Imediatamente notou a expressão dos rostos de ambos, e seu coração pesou quando seu olhar encontrou o da mãe e logo soube que os dias alegres tinham acabado.

Capítulo XXVII

Quando a noite se aproximava, Gufus recebeu a visita de dois serviçais, que lhe trouxeram roupas, sapatos e prepararam um maravilhoso banho de banheira, na temperatura perfeita. Enquanto agradecia, ele perguntou por Anaya e recebeu simplesmente a resposta:

— Ela não está mais a seu serviço.

Essa resposta foi ao mesmo tempo enigmática e aterradora. Ele sabia muito bem como as coisas funcionavam no Consenso, e Anaya poderia ter sido simplesmente transferida para outra tarefa ou jogada do alto do penhasco. Precisava descobrir o que havia acontecido, mas isso teria que esperar porque ele não podia se atrasar para o jantar. Depois daquele banho de banheira com água levemente aromatizada, Gufus vestiu-se e, quando olhou no espelho, ficou impressionado com o que via. O traje era extremamente sofisticado, com bordados dourados contrastando com o tecido verde muito escuro. O corte das roupas parecia ter sido feito sob medida, com muitas e muitas provas, mas ninguém jamais havia feito isso. Pensava que os alfaiates daquela cidade eram mágicos ou tomavam suas medidas enquanto você dormia. Em seus pensamentos Gufus se imaginou exibindo o novo visual para as amigas. Teka diria: "Aí, hein, está bonitão!". Enquanto Mia iria dizer: "Pare com essas criancices e concentre-se no evento para o qual está indo". Sentia muita falta delas.

Toda a tensão daquela estadia na sede do poder do Consenso, todos os gestos e as palavras bem ensaiadas estavam tirando de Gufus suas características de informalidade e bom humor. Por isso aproveitava para imaginar que estava com suas melhores amigas e brincava mentalmente com elas. Além de Teka e Mia, quem também não saía de sua cabeça era Tayma. O pouco tempo que conviveram foi tão marcante, porque eles se entendiam, compartilhavam daquele jeito mais aberto em relação à vida e riam de si mesmos. Gufus sentia falta dela também. Essas lembranças sempre apertavam seu coração. Pensava nos pais e no tio, que estavam tão longe, sem saber o que ocorrera com ele. Pensava em Odnan, Malaika e sua família, sem saber se haviam conseguido fugir e se salvar da Magna Guarda. Pensava até mesmo no Orfanato, afinal seu convívio social por lá era frequente. Como estariam todos aqueles com quem se importava?

* * *

O jantar foi muito formal, com a presença de alguns rostos conhecidos e muitos desconhecidos. O Magnus estava presente, assim como Anii. Do outro lado da mesa, bem perto de onde Gufus havia sido acomodado, ele viu Maeki sentar-se de forma atabalhoada, quase se jogando na cadeira, vestindo um traje que parecia próprio para jardinagem e não para um jantar formal como aquele. Conversas banais e comentários frívolos foram trocados enquanto os pratos e bebidas iam se sucedendo. Como sempre, tudo era impecavelmente preparado e planejado e Gufus era servido com água fresca e sucos enquanto os demais consumiam vinho. Lá pelo terceiro prato o rapaz olhou para o lado e viu que Maeki o observava. Ele hesitou, mas resolveu seguir seus instintos e sorriu para ela. Dessa vez a menina retornou o sorriso, e os dois ficaram assim, à distância, trocando olhares e expressões faciais engraçadas cada vez que um prato horrível e sofisticado lhes era apresentado. Quando algum tipo de ave foi servida, ainda com as penas da cauda enfeitadas com pequenos ornamentos dourados, Gufus olhou para Maeli fazendo uma careta e ambos riram muito juntos, despertando a atenção do Magnus.

— Já faz algum tempo que não vejo minha filha assim tão bem-humorada — disse o anfitrião da noite.

Gufus não sabia exatamente como responder, mas logo viu Anii fazendo um gesto quase imperceptível com os olhos e os ombros, como se repetisse o que lhe havia dito antes: "Não precisa usar esse tom artificial, aja naturalmente". Gufus então respondeu ao homem mais poderoso do mundo de uma forma surpreendentemente informal e engraçada.

— É que nós pensávamos que essa ave preferia não estar usando adereços na cauda, e sim no pescoço... se ainda tivesse um.

Um breve e incômodo silêncio tomou conta da mesa até que foi quebrado por Anii, que começou a rir alto e sem qualquer moderação, seguido pelo Magnus, que riu de forma espontânea e relaxada, enquanto brindava ruidosamente com seu escriba. Todos na mesa os acompanharam e Anii ergueu o copo, como se cumprimentasse Gufus com um brinde à distância.

Em certo momento o Magnus se levantou e convidou a todos que o acompanhassem ao teatro onde haveria uma apresentação de música. Gufus pensou que seria uma atividade sem propósito para Maeki e tomou a liberdade de perguntar.

— Meu senhor, creio que sua filha não deva ter interesse no concerto. Eu teria sua permissão para ficar e lhe fazer companhia?

— Se ela assim o desejar, eu não tenho objeções.

Gufus acabara de arranjar um problema. Como iria saber se Maeki queria sua companhia se não conseguia se comunicar com ela? Pensou rapidamente e apontou para a varanda próxima ao salão de refeições enquanto pegava dois apetitosos doces da bandeja de sobremesas. Ela ficou indecisa e olhou para o pai como se pedisse permissão, e ele assentiu com a cabeça. Os dois, então, se afastaram do grupo de convidados e foram se sentar em um dos sofás que enfeitavam aquela varanda. Gufus sentia-se como um estrangeiro que não conhece o idioma local, porque Maeki não conhecia a língua de sinais. Ele deu uma dentada no doce e fez uma expressão de satisfação e, destacando o seu dedo do meio, passou a mão esquerda no rosto logo acima do queixo, como se estivesse escorregando o dedo na direção oposta. Inicialmente ela não entendeu bem, mas não foi difícil associar aquele gesto ao sabor delicioso do doce que estavam comendo. Gufus sinalizou para que ela também desse uma generosa mordida no doce e logo depois pegou sua mão e a orientou até que conseguisse repetir o gesto. Foi uma coisa tão simples, mas tão libertadora, que Maeki não conseguia se conter de tanta alegria. Foi quando Gufus apontou uma grande lambança de creme escorrendo pelo seu rosto, o que causou risos em ambos. A noite que começara de forma tão enfadonha e formal agora se transformara em uma sucessão de sorrisos e descobertas, conforme Gufus ensinava para Maeki algumas expressões em língua de sinais. Ninguém conseguiria entender a alegria da independência que aqueles pequenos gestos agora proporcionavam a uma pessoa presa, por toda a sua vida, ao silêncio e à falta de compreensão dos demais. Foi um dos melhores momentos da vida dela.

Capítulo XXVIII

Foram tantas informações novas e importantes, que aquela reunião rapidamente saiu de controle. A Zeladora havia convocado o Chefe Klezula, Malia Muroforte e o casal Patafofa para uma reunião de emergência.

— Será que isso é verdade?
— Qual foi a fonte dessas informações?
— Como podemos ter certeza de que não estamos sendo enganados?
— O que devemos fazer?

Essas e muitas outras perguntas sem resposta eram feitas de forma contínua e atabalhoada pelos participantes daquela reunião. Era como se fizessem as perguntas esperando que algo ou alguém surgisse magicamente com uma resposta.

Mas ainda não havia nenhuma.

* * *

Poucas horas antes, a Zeladora havia recebido uma mensagem bem incomum e dirigiu-se até a Casa Amarela para lá encontrar Aletha Hartel. Só então, com a visão daquela jovem mulher ferida, suja e com o olhar assustado, ela começou a ter a real dimensão do problema que enfrentaria. Inicialmente foi considerada uma reunião na sede da Zeladoria, mas Aletha não saía do leito do irmão, que lutava pela vida enquanto era tratado pelos médicos, e não sairia por ordem da Zeladora ou de quem quer que fosse. Madame Salingueta, então, usou todo o seu pragmatismo e requisitou uma sala da própria Casa Amarela para uma reunião. A sala escolhida tinha significado histórico e simbólico: era o antigo consultório de Almar Bariopta. Atualmente aquele espaço era preservado e a visitação era controlada para evitar danos ou desgastes, mas na sua condição de Zeladora não foi difícil utilizar aquele cômodo importante. Ainda que relutante, Aletha consentiu em afastar-se do leito do irmão, com a garantia de que seria chamada imediatamente frente a alguma mudança no seu estado. Com a chegada dos demais participantes da reunião, Aletha pôde contar tudo o que aconteceu e o motivo da sua urgência em falar com os líderes de Terraclara. Ela contou sobre o encontro com Uwe e Odnan, a carta do gigante e o esforço em mobilizar os freijar. Também contou sobre o plano de voltar correndo com a notícia e como isso quase havia custado a vida do seu irmão.

Ela mostrou a cópia da carta que Uwe havia feito, e Madis logo identificou a letra horrível do amigo.

— Essa é uma cópia fiel da carta original que levaram para os freijar — disse Aletha, ainda com os olhos fundos e os cabelos desgrenhados.

— E por que você não trouxe a carta original? — perguntou a Zeladora.

— Porque os freijar não acreditariam se vissem uma cópia.

— E eu tenho que acreditar, porque... — respondeu a líder, de forma bem antipática.

— Porque eu e meu irmão sangramos para trazer essa carta — Aletha respondeu revoltada, levantando a voz.

— E porque eu reconheço a letra do meu amigo Uwe — acrescentou Madis, encerrando aquela discussão inútil.

A Zeladora leu novamente aquela carta bastante confusa e preocupante.

... forças da Magna Guarda em direção ao Abismo. Levam equipamentos pesados, que provavelmente serão usados para abrir uma passagem pelo paredão.

O número de soldados não é grande, não deve ser superior a...

... conquista e incorporação das...

... sudeste...

... chegam até a Oitava Lua.

... dispostos a destruir tudo pelo caminho...

... defesa possível...

... rolos de manuscritos...

— E a menina Aletha viu o original desta tal carta? — indagou a Zeladora, ainda incrédula.

— Sim, eu vi e estava lá quando o Senhor Ossosduros fez essa cópia.

— E não havia mais nada legível?

— Não, senhora. A carta original estava queimada em vários pontos e em outros manchada, isso foi o que conseguimos ler.

— E esse gigante que trouxe a carta disse quem a enviou?

— Ele falou apenas que quem enviou foi o "amigo".

— Isso é muito irregular... — Madame Salingueta estava dizendo, quando foi interrompida bruscamente por Malia Muroforte.

— A Zeladora vai ficar duvidando da palavra dessa moça até que uma invasão ocorra, ou vai tomar alguma atitude?

O clima tenso entre aquelas duas mulheres de personalidade forte deixou o ar denso e pesado. Foi Amelia quem quebrou aquele clima ruim e tomou as rédeas da conversa, dando um rumo mais objetivo.

— Se a Zeladora me permite, gostaria de sugerir um plano de ação em três frentes.

— Pode falar — respondeu a Zeladora, com a sua expressão mais antipática, daquelas que haviam lhe rendido o apelido de Madame Cebola.

— Um grupo ficará responsável por seguir imediatamente até os túneis da Cordilheira e monitorar à distância o que está acontecendo, outro grupo vai preparar a evacuação da Vila do Monte, e o terceiro vai pesquisar os tais manuscritos e descobrir o que podemos fazer para nos defender... se é que podemos.

— Concordo em parte com você, Amelia — respondeu a Zeladora e, depois de sacar seu leque com estampas florais, continuou. — Nada de preparar evacuação, isso vai gerar pânico.

— Estou de acordo com a senhora Zeladora — disse o Chefe da Brigada Ormo Klezula e completou. — Criar pânico pode ser mais perigoso do que qualquer ameaça externa.

E duas forças de trabalho foram definidas naquele momento: uma liderada pelo Chefe Klezula, para intensificar a vigilância do Abismo, e outra liderada por Amelia Patafofa, para tentar descobrir o tal manuscrito.

* * *

E foi assim, ao retornar para casa, que Amelia viu a chegada da filha e dos irmãos Tayma e Marro. Ela notou a expressão alegre e ingênua dos três, e seu coração pesou quando seu olhar encontrou o de Mia, e ambas souberam que os dias alegres tinham acabado.

Capítulo XXIX

A manhã que se seguiu às mil luzes dançantes, como eles agora chamavam aquele momento mágico, foi tranquila, e todos saíram do bosque rumo à tal vila chamada Yun Durki. A caminhada foi leve, e eles esperavam chegar lá bem antes do fim do dia. Teka e Osgald ainda estavam sob a influência das emoções da noite anterior, e ambos podiam sentir os lábios um do outro, mesmo a distância. Os olhares e pequenos gestos entre eles não passaram despercebidos para Osmond, mas ele não disse nada; apenas ficou apreciando aquele amor juvenil florescer. Para Teka, havia um conflito de emoções, porque no fundo sempre achara que seu primeiro beijo seria com Gufus, e agora parecia que estava de alguma forma traindo o amigo morto, mas o sentimento que aflorava entre ela e Osgald era puro e forte.

No meio da tarde, após várias horas de caminhada, os viajantes notaram uma mudança no relevo, com pequenas protuberâncias brotando do chão. Não era nada que comprometesse o ritmo em que se deslocavam, mas chamou a atenção por ser uma paisagem diferente de tudo o que eles tinham visto na vida. Logo avistaram um pequeno povoado com algumas casas construídas por entre essas formações rochosas.

— Se isso é Yun Durki, não devemos ter problema em encontrar dois moradores no meio de uma população de uns poucos — disse Osmond, torcendo o nariz para aquilo que mal podia ser considerado uma vila.

Os três se aproximaram do lugar, que não tinha propriamente ruas, apenas espaços entre as poucas construções. Notaram que havia uma espécie de celeiro de tamanho exagerado em relação às demais casas, além de alguns cercados com animais. Provavelmente o meio de vida daquela gente era a criação de porcos ou cabras. Apesar de ainda ser dia claro, não havia ninguém do lado de fora, então resolveram bater em algumas portas. Na terceira tentativa, uma janela foi entreaberta, e um homem jovem usando uma espécie de túnica olhou para eles e falou alguma coisa em um idioma que não entenderam.

— Não entendi nada — afirmou Teka, impaciente. — Você fala o idioma comum?

A janela foi fechada bruscamente, e Osmond bateu de novo à porta.

— Nós somos pacíficos, estamos procurando Lepuxú e Lepaxá.

A única resposta que receberam foi o silêncio, e, após esperar um pouco, eles desistiram daquela casa e decidiram procurar mais. Quando se viraram, havia um grupo de dez ou quinze pessoas paradas olhando para eles. Não pareciam hostis, mas ninguém falava nada. Osgald tomou a iniciativa, talvez por ser mais simpático do que o pai e bem mais paciente do que Teka.

— Olá, meu nome é Osgald, e esses são meu pai, Osmond, e nossa amiga, Teka.

Ele usava um gestual bem tranquilo, apontando para os companheiros de viagem de forma lenta e tentando expressar que estavam aí em missão de paz.

— Procuramos Lepuxú e Lepaxá.

— E por que querem falar com eles? — indagou uma voz feminina vinda do meio daquele grupo.

— Precisamos de ajuda para resgatar minha mãe, que é prisioneira de alguém chamado Tirruá. — Teka intrometeu-se na conversa, colocando em risco a comunicação que Osgald havia conseguido entabular.

As pessoas daquele estranho grupo começaram a falar entre si usando o idioma que lhes era desconhecido, deixando os três viajantes visivelmente preocupados.

— Algum de vocês pode nos ajudar? — Teka mais uma vez tomou a iniciativa da conversa, mas agora em um tom emocionado e cansado.

— Venham conosco — disse a mesma mulher que já havia falado antes.

O pequeno grupo caminhou em direção ao celeiro, seguido pelos três visitantes e por mais pessoas que se juntavam à primeira aglomeração. Não pareciam ameaçadores, mas, se assim se revelassem, a desvantagem numérica preocupava a mente militar de Osmond. O celeiro estava quase vazio, com alguns sacos do que parecia ser milho, ferramentas e barris. Os habitantes locais fizeram um círculo em torno dos três estrangeiros e ofereceram água, que foi prontamente aceita como sinal de respeito pela hospitalidade.

— Quem são vocês e o que querem aqui?

As apresentações foram feitas, e logo Teka tomou a palavra.

— Minha mãe foi feita escrava pelos freijar e depois trocada para servir a essa tal Tirruá. Precisamos de ajuda para chegar até ela e resgatá-la.

— E como vocês pretendem fazer isso? — perguntou agora um homem que até então estivera calado.

— Da maneira fácil, de preferência — respondeu Osmond, mostrando um dos sacos de moedas que resgatara na estrada e logo alternando para o cabo de sua espada. Em seguida, completou: — Ou da maneira difícil.

Aquele interrogatório continuou por um bom tempo e, com exceção da origem de Teka em Terraclara, eles contaram com sinceridade tudo que lhes foi perguntado. Desta vez apenas um grupo de umas cinco pessoas formou um pequeno círculo enquanto falavam no idioma local. Logo, a mesma mulher que havia inicialmente falado com eles disse, com postura bastante formal.

— Não temos motivos para duvidar da pureza de suas intenções. — E, falando agora diretamente para Teka, emendou. — Vamos colocar os recursos de Yun Durki à sua disposição na busca pela mãe, afinal é para isso que existimos.

Osmond olhou para aquelas pessoas com uma expressão impaciente, fez um gesto como se apontasse para tudo o que estava dentro daquele celeiro, e não se conteve.

— Desculpem a sinceridade, mas vocês não parecem ter algum tipo de recurso que possa nos ajudar.

A mulher sorriu e disse apenas:

— Mas aqui não é Yun Durki.

Imediatamente ela fez um gesto, e uma grande porta de alçapão foi erguida do chão no meio do celeiro, dando acesso a uma escada esculpida em pedra. Os habitantes locais desceram e com gestos conduziram os três visitantes a fazer o mesmo. Depois de uma descida rápida dos degraus, chegaram a uma espécie de amplo salão subterrâneo iluminado por tochas, de onde vários corredores saíam em diversas direções, e dezenas de pessoas transitavam. A mulher virou-se para os três viajantes e falou:

— Eu sou Lepaxá, e esse é meu irmão, Lepuxú. Bem-vindos a Yun Durki!

Capítulo XXX

Gufus entrou quase correndo e de forma atabalhoada na biblioteca, o que atraiu alguns olhares de espanto daqueles que lá estavam. Ele se aproximou da grande mesa onde Anii estava trabalhando e disse para o escriba:

— Preciso de sua ajuda em um projeto muito especial.

— Bom dia para você também — respondeu Anii, sem tirar os olhos dos livros que estava analisando.

Gufus percebeu que, no tom aparentemente sério e rabugento do homem, havia uma ponta de humor amistoso. Gostava de Anii. Sabia que ele era apenas mais um típico representante do Consenso, que compartilhava daquelas crenças distorcidas de hegemonia e superioridade, mas ainda assim não conseguia deixar de simpatizar com o escriba. E, de alguma forma improvável, sentia que era recíproco. Anii ficou mais algum tempo escrevendo em silêncio sem olhar para Gufus, até que pousou calmamente a pena sobre a mesa e ritualisticamente arrumou as coisas sobre a grande bancada, antes de levantar os olhos para Gufus e perguntar:

— E que projeto especial é esse para o qual você precisa de minha ajuda?

— Quero escrever um livro que vai incluir muitas figuras, além de um pouco de texto.

— Hum... — Foi a única resposta que recebeu.

Gufus então explicou detalhadamente o projeto do *Manual de Língua de Sinais* que pretendia preparar para Maeki. Anii levantou-se e começou a caminhar devagar com as mãos atrás das costas, olhando de vez em quando para Gufus sem falar nada. Quando o rapaz ameaçou dizer mais alguma coisa, nem teve de pronunciar a primeira palavra e foi interrompido por um sinal de calado e apenas um som de "shhh". Depois de mais alguns passos, o escriba finalmente parou e falou apenas:

— Começamos amanhã neste mesmo horário. — E Anii retomou seus afazeres sem voltar a olhar para Gufus.

* * *

Para quem imaginou que seria uma tarefa fácil, Gufus teve uma desagradável constatação de que, definitivamente, não seria. Mesmo com os ajudantes designados por Anii para fazer os desenhos dos gestos, descrevê-los corretamente já foi uma tarefa gigantesca. Além disso, ele não conseguia se lembrar de todos os detalhes que havia aprendido e não tinha como consultar os livros disponíveis em Terraclara. Depois de vários dias com produtividade baixa, Anii redirecionou o projeto de forma mais eficiente. Gufus deveria registrar tudo o que lembrasse enquanto estivesse se comunicando com Maeki e ensinando língua de sinais para ela, então deveria estar sempre munido de papel e pena. Após cada encontro, ele deveria imediatamente procurar os ajudantes e registrar da forma mais didática possível cada letra, cada palavra e cada expressão. Dessa maneira, o conteúdo do *Manual de Língua de Sinais* seria estruturado e testado antes de por fim ficar pronto.

— Mas isso pode levar meses! — disse Gufus, visivelmente aborrecido com o longo tempo que a tarefa iria requerer.

— E por acaso você tem coisa melhor para fazer? — retrucou Anii, mais uma vez sem levantar os olhos do material que estava escrevendo.

Não, ele não tinha, e isso o estava corroendo de tédio e medo do futuro. Depois do entusiasmo inicial das pessoas em relação a Gufus, os convites para passeios, jantares, concertos e outras atividades sociais foram ficando mais raros, o que certamente não o incomodava. Por outro lado, o rapaz não estava alheio ao fato de que o interesse das pessoas estava relacionado diretamente ao interesse do próprio Magnus em relação àquele visitante de além do Abismo. Já haviam se passado várias semanas, e o líder não o convidava para uma daquelas conversas nem enviava material de leitura. Ao mesmo tempo, essa ausência abriu espaço para que Gufus e Maeki pudessem ter encontros diários, nos quais ele lhe ensinava tudo o que conseguia lembrar e anotava imediatamente tudo o que lembrava para ser redigido e desenhado pela equipe de Anii. Maeki escrevia o tempo todo, fazendo perguntas e expressando dificuldade nessa ou naquela expressão da língua de sinais. Combinando a escrita com a nova forma de comunicação que estava aprendendo, ela revelou-se uma menina brilhante, com uma inteligência multifacetada e ávida por aprender. Ela também se mostrou, ainda que de maneira não intencional, uma pessoa carente de amor e carinho que guardava uma ternura infinita em seu coração, sem ter como compartilhar. Gufus passou a ver em Maeki uma espécie de irmã mais nova com quem poderia dividir seu coração puro e sua alegria quase infantil. E foi exatamente isso que ambos encontraram em meio à frieza das paredes do palácio: um grande amor fraternal.

Capítulo XXXI

— Sua cidade é incrível, nunca imaginei que algo assim fosse possível — disse Osgald para os irmãos Lepuxú e Lepaxá, visivelmente impressionado.

— Não é nossa cidade, não somos reis ou coisa parecida — respondeu Lepaxá.

— É uma cidade de muitas pessoas, muitas culturas e muitas histórias — acrescentou Lepuxú.

Quando os irmãos chegaram lá, a cidade subterrânea já existia, apenas em escala menor. Algumas dezenas de pessoas moravam ali em dois níveis abaixo do solo e em condições bem precárias. Lepuxú e Lepaxá adotaram a cidade como sua nova casa e logo assumiram papel de liderança entre aqueles refugiados, que já naquela época se escondiam do Consenso. Quando estão na superfície, cidades e seus habitantes ficam visíveis, chamando a atenção indesejada dos soldados da Magna Guarda, mas no subterrâneo é possível esconder-se, quase desaparecer e assim ficar em segurança. Ao chegarem a Yun Durki, os irmãos encontraram condições precárias e começaram a trabalhar com os poucos habitantes nas prioridades: ar, água e comida. No passado o ar da cidade era malcheiroso, insalubre, e muitos acabavam doentes só por respirar. Começaram cavando novos túneis para trazer ar fresco para baixo e levar o ar carregado da respiração das pessoas para cima. Água foi um desafio menor, porque cavar poços já estando abaixo do nível do solo era mais fácil do que o normal. Esses poços serviam, ainda, como fontes de ar fresco bem disfarçadas, afinal, da superfície, se alguém puxasse um balde, iria retirar água normalmente, sem nunca imaginar o que havia lá embaixo. Mas plantar e criar animais naquela caverna era um desafio grande demais. A solução foi criar uma versão falsa de Yun Durki na superfície, onde algumas pessoas seriam responsáveis pelas plantações e pela criação de cabras. Os mesmos celeiros que escondiam as passagens para a cidade serviriam para armazenar comida e comercializar o que não consumiam. Esse plano funcionou bem e, em poucos anos, já viviam com certo conforto, atraindo mais moradores, a grande maioria refugiados do Consenso ou dos traficantes de escravos. Depois de décadas a população já estava na casa dos cinco mil e já podia se considerar razoavelmente segura e independente.

— Se estiverem com fome, comam alguma fruta ou pão de ontem, porque aqui só acendemos o fogo à noite, para evitar que colunas de fumaça das chaminés denunciem nossa localização.

Essa explicação simples que receberam de Lepaxá demonstrava como aquelas pessoas estavam bem-adaptadas.

— E quantos andares há atualmente? — perguntou Osmond, curioso com o número de túneis que via em várias direções.

— É uma boa pergunta — respondeu Lepuxú e logo acrescentou — Algo em torno de dez a doze andares, mas isso inclui os pisos principais e alguns níveis onde só há umas poucas habitações.

— Não sei se conseguiria viver assim — afirmou Osmond, com um olhar perdido para as pessoas que circulavam de um túnel para outro.

— Se a alternativa fosse ficar acorrentado a uma coleira de metal, acho que conseguiria e ficaria muito feliz — retrucou Lepuxú.

— E vocês têm armas, conseguem se defender?

— Sim, temos armas, mas nossa principal defesa é o labirinto de corredores e portas que podemos fechar sobre nossos inimigos, caso eles decidam invadir.

Lepuxú resolveu encerrar aquela conversa e mostrou aos visitantes onde poderiam ficar hospedados e descansar.

— Mais tarde conversaremos sobre sua missão de resgate e como poderemos ajudar — completou ele, encerrando aquele passeio.

Capítulo XXXII

A vida naquela cidade era confortável, isso Gufus não podia negar, mas a constante sensação de incerteza fazia com que ele dormisse mal, sempre na expectativa de que soldados o levariam para uma cela ou pior. Naquela noite, depois de mais um passeio guiado por desconhecidos falastrões, ele só queria tomar um banho, colocar uma roupa confortável e dormir pesadamente. Já não via Anaya havia algum tempo e imaginava se era normal ou se ela tinha sido punida por conversar com ele. Uma serva estava na sua habitação quando ele chegou, mas pelos cabelos loiros sabia que não era Anaya. Quando ela se virou, Gufus sentiu um turbilhão de emoções e não acreditava no que seus olhos viam.

— Liv — disse ele, em um sussurro tão baixo, que duvidava que ela tivesse ouvido.

A filha do líder dos freijar fez um sinal de silêncio levando o dedo indicador à boca e saiu do quarto assim que mostrou ao rapaz suas roupas limpas dobradas sobre a cama. Ela não disse nada, mas dirigiu os grandes olhos azuis para aquela pilha de roupa de forma bem expressiva. Quando Liv se afastou, Gufus notou que, antes atlética, a freijar estava bem mais magra e mancava bastante ao caminhar. O jovem rapidamente olhou a pequena pilha de roupas e encontrou uma folha de alguma árvore, com a seguinte mensagem: "Torre sul. Agora".

Ele logo trocou de roupa para vestir alguma coisa mais discreta, e Liv havia pensado nisso quando levou para ele um conjunto de calça e túnica em tons cinzentos, bem mais discretos que o traje com o qual passara o dia. Gufus não sabia que torre era aquela, então tomou o caminho dos corredores que levavam até a ala sul do palácio. Depois de perambular um pouco, avistou uma entrada bem apertada que dava acesso ao que parecia ser uma escada caracol. Subiu naquela espiral de degraus até que foi surpreendido por um par de mãos que o puxaram para uma sombra.

— Por que demorou tanto? — perguntou Liv, enquanto dava dois vigorosos beijos nas bochechas de Gufus.

* * *

— Esse é o plano — disse a moça, após explicar em detalhes como planejava fugir de Capitólio e voltar para casa.

Não era um plano ruim, na verdade era de uma simplicidade que levou Gufus a ficar imaginando o que eles estavam deixando de lado.

— E, antes que você comece a procurar defeitos no meu plano — afirmou ela, enquanto olhava rapidamente, para ver se ainda estavam sozinhos —, eu já passei muitas horas procurando falhas e acredito que vá funcionar.

Gufus mais uma vez notou a dificuldade de Liv em se movimentar, e ela percebeu, matando sua curiosidade antes mesmo de ele perguntar.

— Essa não será minha primeira tentativa de fuga — ela respondeu enquanto removia o calçado do pé direito.

Gufus notou horrorizado que a ponta do seu pé, incluindo todos os artelhos, havia sido cortada. Liv logo explicou que na primeira tentativa de fuga havia sido capturada, e sua punição foi rápida e pública, para que nenhum outro escravo ousasse pensar em fugir. Agora ela estava em uma espécie de liberdade vigiada, e qualquer outra investida seria punida com a morte.

— Mas como você vai se arriscar de novo, podendo ser morta?

— Prefiro morrer tentando fugir a ficar mais tempo limpando o chão que esses porcos pisam.

Ela era freijar e, pelo pouco que Gufus havia convivido com aquele povo, entendia bem o que se passava na cabeça de Liv.

— Fique atento, porque, da próxima vez que eu entrar em contato, nós vamos fugir.

Ela já estava se despedindo quando Gufus falou:

— Você ainda não me disse como veio parar aqui.

Capítulo XXXIII

Já fazia quase um ano desde aquele fatídico Festival da Oitava Lua. Arne não guardava boas lembranças da conversa que teve com Aulo Galeaso, comandante da guarnição local da Magna Guarda.

* * *

Depois da luta entre Gufus e Osgald ter terminado com aquela pequena demonstração de rebeldia, alguns soldados levaram o estrangeiro para ser executado, e o Comandante Galeaso foi conversar com Arne. Como líder dos freijar, Arne era responsável pelo comportamento coletivo do seu povo, mas não poderia ser responsabilizado pelas atitudes de uns poucos rebeldes ou arruaceiros. E foi isso que ele tentou explicar quando o Comandante entrou, com cavalo e tudo, em sua luxuosa tenda.

Galeaso não fez menção a apear do cavalo e ficou ali, naquela posição elevada, escutando os argumentos de Arne. Depois de ouvir as desculpas e justificativas do chefe dos freijar, sua única reação foi dirigir-se a Thyra, esposa de Arne, e dizer apenas:

— Vinho.

Levou um tempo assustadoramente longo para beber a caneca de vinho, enquanto olhava o interior da tenda que havia sido montada especialmente para o Festival. Depois usou um lenço que trazia preso no pulso esquerdo, para limpar sua boca. Esses momentos foram de extrema tensão para Arne e Thyra, porque a antecipação do que estava para ocorrer os torturava.

— Vejo que recentemente você teve uma sensível melhoria no seu padrão de vida.

Enquanto falava, o Comandante conduzia o cavalo negro em um sutil movimento circular, como se estivesse em uma plataforma giratória no centro da tenda. E continuou:

— Da última vez que nos vimos, não havia tanta opulência. — E olhou diretamente para Thyra, que estava usando joias e ouro em cordões, brincos e pulseiras.

— Meu senhor — Arne tentou responder de forma convincente, mas seu nervosismo o entregava —, os negócios estão indo bem, e o meu povo prospera sob a benevolência do Consenso.

— Verme mentiroso! — gritou Galeaso, enquanto arremessava a caneca de vinho em direção ao casal.

Desceu do cavalo já com o espadim em punho e com um gesto brusco colocou Thyra de joelhos, pressionando a ponta afiada contra seu pescoço.

— Conte a verdade.

E Arne contou tudo sobre as flechas, as joias e as fogueiras.

* * *

Durante esses meses, a antes imponente figura de Arne foi se deteriorando, consumido pela culpa e pelo arrependimento. Sua esposa mal falava com ele, e o olhar de desprezo dela era mais afiado do que o gume de uma lâmina. O líder dos freijar ainda inspirava respeito em seu povo, mas sentia que havia perdido a admiração e o amor de muitos, se não da maioria. O castigo que o Comandante Galeaso havia imposto não atingiu apenas Arne, mas várias outras pessoas. Ao todo, Galeaso exigiu que dez famílias freijar entregassem um filho cada, com idades entre dez e dezessete anos. Esses jovens foram levados como servos e poderiam ou não ser devolvidos às suas famílias algum dia, tudo dependeria da obediência que pais e filhos demonstrassem no futuro. A visão de sua filha Liv sendo levada acorrentada pelos soldados povoava os pesadelos de Arne, e a esperança de vê-la retornar algum dia era tudo o que ele ainda tinha.

Capítulo XXXIV

Em diferentes sociedades existem lendas assustadoras que tiram o sono das crianças e fazem com que elas tenham medo do escuro, de portas fechadas, de sombras e de uma variedade de outras manifestações físicas desse terror. Um medo compartilhado por crianças de qualquer lugar do mundo é o de serem separadas dos pais e nunca mais verem sua família. Seja pelo Povo Sombrio ou pelos monstros do lago, é comum que crianças sintam um pânico quase palpável de serem separadas, à força, do amor da sua família. Isso pode causar pesadelos ou dificuldades de dormir, temendo que as entidades malignas venham roubar a criança. Na maioria das vezes esses medos são reflexos de uma ansiedade de separação dos pais e não têm base real. Mas não nesta parte do mundo. Aqui crianças e adolescentes desaparecem nas mãos de traficantes de escravos que sequestram as vítimas nas estradas e às vezes dentro das próprias casas. É um terror constante com o qual as crianças têm que conviver, o pavor de serem capturadas, vendidas como escravas e nunca mais verem seus pais. Por isso, quando os mais velhos querem promover o medo, cantam para as crianças menores:

Tirruá, Tirruá
Cuidado, que ela vem te pegar.
Se você dormir, não vai mais acordar.
Ela vem à noite e vai te levar.

Essa canção infantil refletia o medo de ser separado dos pais e jogado em uma vida de escravidão e sofrimento. Naquele lugar não era uma lenda, era um aviso.

* * *

Lepuxú e Lepaxá estavam à mesa dividindo uma refeição simples com seus convidados e foram mais uma vez solicitados a falar sobre a vilã que presumivelmente mantinha Flora como prisioneira. A conversa começou com uma perspectiva histórica, quando comentaram que a natureza humana não gosta do vácuo e que o vazio de poder naquela região esquecida pelo Consenso abriu espaço para que bandos de malfeitores tomassem conta de tudo, até a chegada daquela que iria unificar, pela força e pelo sangue, o controle das atividades criminosas. Seu bando chegou de forma avassaladora, criando algumas alianças e esmagando quaisquer oposições. As marcas de Tirruá eram a extrema crueldade e frieza. Seu reinado de terror naquela região começou há muitos anos, mas a origem da sua maldade era bem anterior.

— Vocês podem nos contar? — perguntou Teka, e logo acrescentou. — Preciso saber o que vamos enfrentar.

E assim, Lepuxú e Lepaxá contaram tudo o que sabiam sobre aquela vilã.

* * *

O casamento de Hordatú e Relestiá foi uma união de amor. Ao contrário do que os pais de ambos queriam, eles não seguiram as indicações matrimoniais das famílias e optaram por se casar com quem realmente amavam. Mas isso teve um preço. Segundo a tradição do seu povo, ao desobedecer à escolha matrimonial da família, o casal não teria direito a nenhum dos bens, terras ou ajuda e, mais do que isso, teriam que se mudar para um lugar onde as tradições locais não se aplicassem. O casal aceitou seu destino de bom grado, porque tinham um ao outro e o seu amor. Mudaram-se para uma região longe do contato com suas famílias e juntos construíram um lar que logo seria completado com uma filha. O nascimento da menina foi excruciante para Relestiá, que sofreu por quase dois dias antes do parto, e a visão daquele bebê estava longe do que o casal esperava. Seu rosto era deformado, levemente afundado bem no centro, e o pequeno nariz parecia ter sido amassado por um rolo de macarrão. Mas o amor dos pais transcende qualquer coisa, e o bebê foi amado e cuidado. Seu nome significava exatamente isso, "amor perfeito", ou, no idioma daquele povo, Tirruá.

Logo no início, a pequena Tirruá chorava quase o tempo todo, mal se alimentava, e estava ficando fraca. Ela chorava dia e noite, trazendo desespero aos pais, que não sabiam o que fazer. Eles levaram a filha até uma cidade próxima onde havia médicos e boticários, mas ninguém conseguiu curar ou pelo menos fazer aquele bebê melhorar. O desalento dos genitores estava sendo amplificado pelo cansaço, já que ninguém mais conseguia dormir com o sofrimento da menina, dia após dia, noite após noite. Quando já havia pouca esperança, o acaso veio em seu socorro. A deformação de Tirruá estava fazendo com o pequeno nariz da bebê tivesse dificuldade em respirar, e um dos médicos fez pequenos cortes nas narinas, para aumentar a passagem do ar. Quando uma atadura foi amarrada em seu rosto, a menina parou de chorar. Parecia que a pressão amenizava de alguma forma a dor que ela sentia. Foi um alívio inesperado, e logo a única filha do casal voltou a comer, a se desenvolver e a crescer. Porém, ficara dependente das bandagens e, sempre que eram removidas, a dor voltava — e com ela o choro desesperado. Com o tempo, Hordatú confeccionou uma atadura de couro que ficava colocada acima e embaixo do nariz, apertando os ossos do rosto e levando alívio para a criança. O preço, porém, foi alto, pois o uso contínuo daquela peça foi deformando o rosto da menina, afundando ainda mais a parte central, o que lhe dava uma aparência de grão de feijão. Suas feições deformadas fizeram de Tirruá motivo de escárnio por parte das outras crianças, e ela foi ficando cada vez mais reclusa. Seus pais foram os primeiros a notar que coisas estranhas aconteciam na vizinhança e na própria casa. Cavalos foram encontrados vagando com os olhos removidos, carcaças apodrecidas de animais foram achadas nos poços de fazendas próximas, e duas crianças da vizinhança morreram queimadas enquanto dormiam, quando o fogo inexplicavelmente tomou conta do sótão da casa onde moravam. Tirruá, então com doze anos, estava cada vez mais reclusa, quando veio a notícia que iria mudar a vida de todos: depois de tantos anos, sua mãe estava grávida novamente.

A chegada dos gêmeos foi um momento de enorme alegria para Hordatú e Relestiá, ao virem aquelas carinhas rechonchudas de um menino e uma menina. Eles tentaram incluir Tirruá naquela alegria familiar, mas só conseguiram desprezo e mais distanciamento. Por mais que os pais amem seus filhos da mesma forma, eles também são humanos. Enquanto os bebês cresciam amáveis e felizes, Tirruá era só amargura e maldade. Esse ciclo fazia com que a família se aproximasse cada vez mais dos gêmeos relegando a filha mais velha ao esquecimento. Quando as crianças tinham oito anos, Tirruá já era adulta, e os pais a encarregaram de tomar conta da casa enquanto iam ao mercado negociar os produtos da fazenda. O casal deveria ficar o dia inteiro fora de casa, mas a sorte lhes sorriu naquele dia, e os dois encontraram um negociante na estrada que comprou todos os seus produtos, permitindo que voltassem em poucas horas. Quando chegaram em casa, encontraram os gêmeos amarrados a uma coluna de madeira que sustentava o telhado da casa. Cada um tivera o dedo anelar da mão esquerda decepado e estavam ali, sangrando e chorando. Os pais ficaram loucos quando viram Tirruá segurando uma faca ensanguentada, e correram em socorro dos filhos mais jovens. Hordatú foi surpreendido com a mesma faca que havia mutilado as crianças, e Relestiá com um pesado pedaço de madeira arrancado de um móvel da casa. Nunca mais Tirruá foi vista naquela região, e os gêmeos, agora órfãos, foram criados por um casal vizinho, os mesmos que haviam perdido os filhos em um incêndio anos antes.

* * *

— E foi assim que perdemos nossa possibilidade de usar anéis em todos os dedos — comentou Lepuxú, colocando sua mão esquerda sobre a mesa sendo seguido por Lepaxá que fez o mesmo.
— Que piada de mal gosto — disse ela, segurando com carinho a mão do irmão. — E é uma piada velha.
— É, eu sei que é velha, mas nem sempre tenho a oportunidade de contá-la para pessoas novas, tenho que aproveitar.
— Perdemos nossos pais, nossa infância e por pouco não perdemos nossas vidas. Fomos acolhidos e amados por outras pessoas, por isso decidimos que a maldade precisa ser combatida com bondade — completou Lepuxú, segurando a mão da irmã.
Os dois ficaram ali um pouco em silêncio, sob o olhar espantado de Teka, Osgald e Osmond, que agora entendiam melhor o que estavam por enfrentar.

Capítulo XXXV

Mia e Amelia já vinham pesquisando fontes, histórias e lendas sobre a fundação de Terraclara e sobre a misteriosa inscrição no espadim, mas a informação recém-recebida trouxe uma urgência que ninguém esperava. Na mesma noite em que chegava da festa no lago, Mia foi informada dos novos fatos e juntou-se à mãe em uma reunião improvisada com a Diretora Cominato. Depois de ler o bilhete para Mia e os dois irmãos visitantes, a diretora deu um tempo para que todos digerissem aquela informação. Tayma foi a primeira que falou.

— Mas, se eles estão marchando para o Abismo, vão passar pelas nossas terras.

— E, pelo que diz a tal carta, destruir tudo e todos pelo caminho — comentou Marro, visivelmente desesperançoso.

— Ainda temos tempo, pelo menos até a Oitava Lua — disse Amelia, tentando trazer um pouco de ânimo para a conversa.

— Tempo para quê? — retrucou Tayma, já bastante descontrolada.

— Para nos preparar do lado de cá e do lado de lá — respondeu Mia, usando uma expressão que a irmã adotiva utilizada com frequência em momentos mais leves.

E foi assim que Amelia, Mia, a Diretora Cominato, Marro e Professor Rigabel se juntaram em um grupo de pesquisa para uma tarefa quase impossível: tentar encontrar no passado uma alternativa para o futuro. E encontraram, ou quase.

* * *

A casa dos Patafofa foi transformada em uma espécie de sede improvisada da busca pela defesa contra a invasão. Não era a única frente de trabalho, porque poderiam nem encontrar nada e precisavam de alternativas. Enquanto o Chefe Klezula liderava a vigilância em todos os possíveis pontos de observação no Abismo, Arkhos Sailu foi convidado a voltar à Brigada e liderar as estratégias de defesa. Se houvesse uma invasão em massa do Consenso, todos sabiam que não tinham a menor chance contra a Magna Guarda, mas precisavam pensar em alternativas para retardar seu avanço e salvar o maior número possível de vidas.

Na casa dos Patafofa aquele improvável grupo passava dias e noites recolhendo e vasculhando livros, manuscritos e inscrições em metal e pedra. Os membros da equipe haviam encontrado pouca coisa, exceto pelas frases *A espata non fatigare, a espata non sangrare* e uma referência misteriosa a alguma coisa chamada de *Ingresso Defensio*. Não tinham muita coisa.

— Nós não temos nada — disse Rigabel, largando um grande e empoeirado livro sobre a mesa, ocasionando um estrondo que acordou os demais, que naquela altura da madrugada já estavam cochilando.

— Temos, sim — afirmou Mia enquanto entrava na sala de jantar, agora com sua grande mesa transformada em área de trabalho, cheia de livros abertos e tantas outras coisas sobre ela.

A jovem trazia um livro pequeno, de capa de couro, com transcrições muito antigas de escritos ainda mais antigos, e tratou de explicar o que trazia em mãos. Mia estava acompanhada de Marro, que declarou de forma triunfal.

— Podem largar todo esse material, porque o que precisamos está aqui, neste livrinho.

Eles explicaram que haviam pedido à Madame Cebola acesso ao prédio da Zeladoria, onde poderiam encontrar algum documento ou pista, algum cofre, alguma porta escondida, afinal o edifício era muito antigo. Marro teve essa ideia e contou à Mia sem compartilhar com os demais. Com a ajuda da Zeladora, eles foram explorar possíveis esconderijos para documentos antigos e, depois de muitas horas de busca, encontraram um pequeno risco no chão que destoava das tábuas perfeitamente lixadas e enceradas daquele escritório. Encontraram uma estreita porta que se abria secretamente, revelando um armário escondido atrás da parede. Lá, dentre outras coisas, encontraram um pequeno livro e vasculharam seu conteúdo até achar indicações do que estava descrito como "os segredos do paredão de pedras", incluindo referências a um Portal de Elaurius e ao *Ingresso Defensio*.

— O problema é que as últimas páginas foram arrancadas, e não conseguimos avançar mais, nem desvendar os tais segredos — comentou Marro, com o olhar cansado.

— E em qual local da Zeladoria vocês encontraram esse livro? — perguntou Amelia, já com algumas olheiras profundas sobressaindo de seus belos olhos.

— No escritório que foi usado por muito tempo por alguém que vocês conhecem bem — respondeu Mia, misteriosa, mas deixando claro o que queria dizer.

E todos os presentes naquela sala se entreolharam de forma preocupada, antecipando o que deveria ser feito.

Capítulo XXXVI

Em uma das ocasiões em que resolvera passear pela cidade, Gufus arriscou sair e voltar ao palácio por conta própria, sem estar escoltado por nenhum dos indesejados acompanhantes que por vezes insistiam em ser cicerones. A área central onde estava localizado o palácio era o centro de um longo complexo de avenidas radiais e inúmeras ruas que de forma transversal cruzavam as quatro avenidas. Muitas pessoas andavam, algumas usavam pequenas carruagens e umas poucas estavam a cavalo. Gufus reparou que várias delas traziam junto de si animais de estimação, alguns bem típicos, como cães e gatos, e outros exóticos, como grandes aves com plumagem colorida, lagartos e até mesmo uma espécie que ele não conhecia, com uma pequenina tromba. Alguns desses bichos usavam roupas e joias em um espetáculo bem estranho de ostentação. Ele caminhou até uma das muitas fontes que enfeitavam a cidade e reparou que o grande espelho d'água continha uma pequena quantidade de peixes coloridos nadando displicentemente enquanto enfeitavam a fonte que alimentava o lago. Gufus olhou em volta, e foi inevitável lembrar-se de quando estava sendo levado para Capitólio e esperava encontrar um lugar sombrio, cheio de fogo e monstros circulando pelas ruas cobertas de sangue. Os monstros podiam não se parecer como tal, mas estavam ali, e o sangue não cobria as avenidas, mas certamente serviu para pavimentá-las. Caminhou por entre as ruas repletas de prédios baixos com pequenas sacadas e muitas jardineiras suspensas com flores, até que viu uma espécie de estabelecimento comercial com produtos de panificação expostos em prateleiras. Imediatamente se lembrou do pai e das maravilhas que saíam da sua padaria, então ficou ali em frente com o olhar perdido até que foi abordado de forma um tanto rude por uma mulher que deveria ser a proprietária do local. Ele saiu rapidamente dali sem saber se havia feito alguma coisa errada, mas na dúvida afastou-se na direção oposta e notou que se aproximava das grandes estruturas circulares que observara em companhia do Magnus. Resolveu adentrar aquele corredor formado pela sequência de anéis de pedra e, olhando agora de perto, notou que cada uma daquelas peças era uma obra de grande cuidado artístico. Havia figuras em relevo e textos contando não só a vida do líder do Consenso ao qual se referiam, mas um recorte da história daquela sociedade em cada período ali retratado. Havia outras pessoas passeando naquele local, mas nenhuma parecia se importar com o que estava retratado em cada anel de pedra, todas apenas aproveitavam a paisagem e o efeito de túnel que os círculos proporcionavam. Gufus desistiu de fazer o caminho completo porque, ao contrário dos demais, queria ter tempo de fazê-lo com atenção e retornaria depois. Já de volta à margem do lago por onde passara no caminho de vinda, ouviu um ruído um pouco fraco, mas perceptível. Na margem do lago que enfeitava aquela paisagem, havia um gatinho preto, um filhote muito pequeno que provavelmente havia se desgarrado da mãe. Estava tremendo e era muito magrinho, já devia estar perdido há algum tempo e logo morreria de fome ou de frio. Gufus pegou o gatinho no colo e tentou mantê-lo aquecido no calor do próprio corpo enquanto o enrolava com o tecido da sua túnica. Apressou o passo, retornou ao palácio o mais rapidamente possível e, lá chegando, foi em busca de ajuda no único local onde se sentia acolhido.

— Preciso de ajuda — disse o rapaz, enquanto adentrava o prédio da biblioteca.

— Esta frase está se tornando repetitiva e cansativa — respondeu Anii, como sempre sem levantar os olhos do que estava lendo.

— Preciso salvar a vida desse gatinho.

— Hum... — Foi a resposta que mais uma vez recebeu, mas desta vez o olhar de Anii saiu dos livros, diretamente para o pequeno volume peludo enrolado nas roupas de Gufus.

O escriba saiu de trás da grande mesa, observou o filhote agora de perto e foi logo dizendo que precisariam de leite e alguma coisa para alimentar o animal. Gufus e Anii saíram em direção à área dos serviçais, onde este chamou um jovem que levava comida sabe-se lá para onde e mandou que providenciasse leite de cabra fresco imediatamente.

Anii foi até outra área do palácio, encontrou uma mulher um pouco mais velha e lhe pediu alguma coisa que Gufus não entendeu exatamente o que era. Rapidamente a mulher voltou com uma luva de couro bem fina, sofisticada, a cortou e costurou de forma que um dos dedos fosse a única coisa sobrando na amarra do punho. Anii buscou uma pequena garrafa de porcelana, encheu com leite e amarrou a luva recém-costurada no bocal. Pouco tempo depois os dois estavam colocando pequenas quantidades de leite dentro daquela garrafinha e, através de um pequeno furo no dedo da luva, o gatinho mamava com entusiasmo, sorvendo o líquido com rapidez.

— Viu como eu fiz? — perguntou Anii para Gufus.

— Sim, e acho que consigo repetir o processo.

— Mantenha a garrafa e a luva sempre limpas, para evitar que o leite fique azedo, e peça mais a qualquer serviçal.

— Pode deixar, terei o máximo de cuidado — respondeu ainda sentado com o gatinho em seu colo.

— Mantenha o ambiente aquecido, porque, mesmo em uma temperatura amena, um filhote pode morrer de frio.

Gufus estava espantado não só com o conhecimento, mas com a engenhosidade de Anii em rapidamente improvisar tudo aquilo, e deixou escapar um comentário.

— Você não deixa de me surpreender, nunca imaginei que soubesse cuidar de filhotes abandonados.

— E você pensa que todos aqueles livros servem para quê? Enfeite?

Essa reposta lhe trouxe ótimas recordações de quando ouviu Mia dizendo alguma coisa muito parecida sobre os livros da sua biblioteca.

O ronronar suave daquele pequeno gatinho no colo de Gufus era tão gostoso e reconfortante, não só pelo som, mas pela suave vibração que produzia. Esse constante rom-rom fazia Gufus sentir-se bem, em paz, como se seu coração estivesse sentindo frio e fosse aquecido por aquele ronronar baixinho. Ao sentir aquela fraca, porém constante vibração junto ao seu corpo Gufus teve uma daquelas ideias maravilhosas que batem em nossa cabeça de vez em quando. Esses pensamentos foram interrompidos com o comentário de Anii, já na porta, saindo da habitação de Gufus.

— Ah, e isso não é um gatinho, é uma gatinha.

Capítulo XXXVII

Amelia e Madis se lembravam muito bem daquele lugar escuro cheio de corredores onde ficaram fazia quase um ano. Havia, ainda, uma memória olfativa, como se o cheiro fosse tão único, tão característico, que eles saberiam onde estavam mesmo que estivessem com os olhos fechados. Optaram por realizar aquela pequena incursão em um grupo reduzido, mas, além da Zeladora, Malia Muroforte também fez questão de estar presente. Quando o Chefe Klezula conduziu o grupo, ele também se lembrou do que fizera e, ainda que estivesse seguindo a lei, o arrependimento de ter levado tristeza a pessoas essencialmente boas e bem-intencionadas era duro para um homem justo como ele. O grupo aproximou-se da cela e logo viram o prisioneiro sentado em uma cadeira, lendo alguma coisa à luz de uma vela que pouco iluminava o ambiente.

— Eu estava esperando essa visita já há algum tempo, vocês demoraram muito — disse Roflo Marrasga, com a inconfundível voz, que agora despertava sentimentos bastante sombrios naqueles que o visitavam.

O ex-Zelador estava mais magro, o que destacava ainda mais seu nariz. Além disso, aparentemente estava mantendo o cabelo longo, e isso fazia sua aparência não ser das melhores. Ele não se levantou, apenas movimentou a cadeira, arrastando-a e produzindo um barulho irritante no chão de pedra da cela. Aquele homem cruzou as pernas, trançou as duas mãos como se segurasse o joelho e ficou ali por algum tempo observando cada um dos visitantes. Foi ele mesmo quem quebrou o silêncio ao se dirigir à Malia Muroforte.

— Vejo que você ainda não morreu de velhice. Mas que decepção.

— E você ficou ainda mais feio com essa cicatriz que lhe dei — respondeu ela, sem titubear.

— O prisioneiro deve se dirigir aos visitantes com o devido respeito — interveio o Chefe Klezula.

— Se não, o quê? — rebateu Marrasga, de forma irônica. — Vai me prender?

Madis resolveu recolocar aquela conversa em um padrão mais adequado e objetivo.

— O senhor sabe o porquê da nossa visita?

— Eu imagino — disse o ex-Zelador, ainda mantendo a mesma pose desinteressada e logo completando. — Querem que eu os ajude com os segredos do paredão de pedras e do Abismo.

Madis notou que aquele era um momento crucial na conversa e não poderia deixar que Malia ou os demais ditassem o ritmo da negociação. Ele rapidamente retomou a palavra e sinalizou com a mão para Amelia, que entendeu e passou a discretamente controlar os demais com pequenos gestos e apertos de mão.

— E de onde vem toda essa certeza? — perguntou Madis, tentando direcionar o que falavam.

— Pelo simples fato de os cidadãos mais ilustres de Terraclara descerem a este buraco imundo. — E dessa vez olhando diretamente para Amelia. — Se bem que alguns de vocês podem simplesmente estar querendo matar as saudades.

Era um jogo de palavras e de persistência que Marrasga fazia muito bem, mas Madis também era um especialista e não se deixou levar.

— Fico impressionado com a sua imaginação fértil, mas isso é uma das marcas de pessoas inteligentes.

— Mas eu não estou imaginando. Sei que vocês precisam de mim e sei o porquê.

— Então diga-nos, já que sua sabedoria está tão acima da nossa.

— Mas é claro que direi tudo o que vocês querem saber — falou Marrasga, levantando-se da cadeira pela primeira vez antes de continuar, dessa vez de pé com as mãos nas costas e olhando para a parede, sem encarar os visitantes. E acrescentou: — Mas tudo na vida tem um preço, e o meu até que é bem baixo.

Madis pensou que chegara muito rapidamente àquela parte da conversa e logo imaginou que o prisioneiro estava querendo acelerar sua barganha, fosse porque já não aguentava mais a prisão, fosse porque sua informação poderia ser perecível, e ele perderia qualquer vantagem. Madis não perdeu tempo.

— Desculpe-nos, mas acho que nossa visita lhe passou uma impressão errada. Nós não queremos informações suas; apenas queremos dizer que, mesmo após ter atentado contra o governo de Terraclara, você nos possibilitou conhecer o *Ingresso Defensio*.

Marrasga não se virou, apenas continuou de costas para as pessoas, encarando a parede do fundo da cela, por isso ninguém viu seus olhos arregalados e a mordiscada que ele deu nos próprios lábios. Apenas Madis notou um sutil aperto das mãos entrelaçadas nas costas do seu interlocutor, durante aquela conversa que mais parecia um balé detalhadamente coreografado. Aproveitando a vantagem do momento, ele acrescentou mais um pouco de imaginação naquele blefe improvisado.

— Viemos agradecer o que você, ainda que inadvertidamente, fez por nós, e dizer que por conta disso o Chefe Klezula vai lhe proporcionar algumas horas adicionais de banho de sol.

Malia já estava abrindo a boca para comentar alguma coisa, quando foi interrompida por um gesto sutil, mas bem direto, de Madis. Marrasga estava espantado e começando a ficar apavorado. O único trunfo que achava ter estava se desfazendo, e ele precisava agir muito rápido.

— Então vocês já descobriram os segredos do paredão de pedra... nada mau para um bando de amadores.

O breve silêncio que se fez foi suficiente para dar um novo alento ao prisioneiro, o qual se virou para os visitantes e continuou.

— Sabem o que eu acho? Que vocês não sabem de nada, não têm informação nenhuma e querem arrancar alguma coisa de mim.

Ele parou por alguns instantes e caminhou até a grade da cela, encostou seu rosto entre duas barras de metal e completou:

— Mas de graça não vão conseguir nada.

A Zeladora, então, entrou na conversa, atrapalhando o plano que Madis estava conseguindo improvisar.

— E o que você tem para oferecer que pode valer alguma coisa?

— Eu tenho as páginas que estão faltando, e sem elas vocês não vão conseguir nada.

— Mas o que você quer em troca eu não tenho autoridade para oferecer.

— Mas eu não pedi nada, Senhora Zeladora.

— Você quer liberdade, e isso eu não posso dar.

— Estou preparado para aceitar uma alternativa.

— E que alternativa seria essa?

— Exílio.

Madis tentou retomar o controle daquela negociação, pressionando Marrasga.

— Não vamos nos comprometer com nada a não ser que você nos mostre que pode realmente ser útil.

— Mas você não pode se comprometer com nada, Madis — respondeu o ex-Zelador, com um sorriso bem discreto no canto da boca. — Até onde eu sei, minha conversa é com a única pessoa que pode me oferecer alguma coisa: a Zeladora.

Era um vilão, um traidor, um monstro que trouxera tanta dor a tantas pessoas só por ambição, mas todos precisavam admitir que ele era muito inteligente e perspicaz. Com uma só frase Marrasga havia descredenciado Madis como seu interlocutor e colocado a Zeladora na desconfortável posição de assumir um compromisso. E foi isso que ela fez.

— Está bem, Marrasga. Ofereça alguma coisa que possa dar credibilidade à sua história, e eu lhe ofereço um acordo.

Ele contou o que existia nas páginas faltantes do manuscrito que Mia e Marro haviam descoberto, naturalmente deixando os detalhes mais importantes de fora. A primeira parte era bem vaga, sem maiores detalhes; falava sobre o segredo do paredão de pedra, que era uma forma de honrar Elaurius e deixar aberta a porta da sua lealdade. A segunda parte, já bem detalhada, falava sobre um segundo segredo que os antigos chamavam de *Ingresso Defensio*, capaz de proteger Terraclara.

— Mas é só isso? — perguntou Madis, quando Marrasga encerrou a breve explicação.

— Ah, não. Há muito mais, mas, se eu contar agora, vocês sairão daqui com tudo, e eu ficarei sem nada.

Frente a um silêncio desconfortável que se instalou no corredor em frente àquela cela, Marrasga jogou sua cartada final.

— Eu quero ser levado com vocês até os túneis dentro da Cordilheira e lá revelarei o que sei, sob a condição de ser enviado para o exílio do outro lado do Abismo.

Pouco tempo depois ele estaria acompanhando a comitiva até a Cordilheira Cinzenta.

Capítulo XXXVIII

Os encontros quase diários com Maeki davam a Gufus, além de alguma coisa para fazer, um alívio na sua situação incerta. Ele era um prisioneiro ou um convidado? Essa dúvida martelava em sua cabeça, e Anii nunca respondia a essa pergunta, sendo sempre evasivo e misterioso: "Isso não me cabe comentar", dizia. Conforme as semanas iam se passando, o *Guia de Língua de Sinais* ia tomando forma, e Maeki revelou-se uma aluna excepcional. Depois de cuidar da gatinha por alguns dias, Gufus resolveu fazer uma surpresa para a aluna e amiga. Gufus encontrou a menina no lugar de sempre, uma área cercada de varandas bem perto da biblioteca, e os dois começaram mais uma aula. Ainda com dificuldade, mas melhorando a cada dia, ele lhe disse:

— Hoje vamos falar sobre animais.

Ela respondeu com entusiasmo, ainda se confundindo um pouco com os gestos.

— Feliz. Amo bicho.

Gufus abriu um livro emprestado por Anii com figuras de vários animais e começou com um cachorro, apontando para a figura e depois levando a mão ao rosto com os dedos semiesticados, como se estivesse simulando o focinho do animal. Maeki aprendeu com facilidade, e sua expressão facial era da mais pura felicidade. O rapaz seguiu mostrando vários animais e como dizer cada um deles. Ele mesmo não se lembrava de alguns menos comuns, mas conseguiu cobrir o básico do que ela precisaria para o dia a dia.

Por fim, Gufus ensinou o gesto para gato, levando a mão direita para perto do rosto, entre o nariz e a boca, e fazendo um movimento de abertura dos dedos polegar e indicador enquanto afastava a mão do rosto. Maeki repetiu o gesto algumas vezes, sem entender bem a qual animal aquilo se referia. Quando ela fez o tradicional gesto de dúvida, claramente dizendo: "Mas que animal é esse?", Gufus pediu que ela esperasse e foi rapidamente ao encontro de Anii. Logo os dois retornaram trazendo uma pequena cesta e dentro dela a gatinha de pelagem negra que Gufus havia encontrado. Ele, então, repetiu o gesto que havia ensinado à menina e apontou para o filhote.

— Presente — ele disse em seguida, fazendo um gestual bem complexo trançando os dedos com se imitasse um laço.

Ela não entendeu, e ele apelou para uma lousa que usavam para escrever e desenhar sempre que necessário:

— Esse é um presente para você. Uma gatinha.

Os olhos levemente repuxados de Maeki brilharam e logo ficaram cheios d'água. Ela era, talvez, a criança mais rica do mundo, mas não recebia presentes afetuosos como aquele. Sua vida era dura e fria como as paredes de mármore daquele palácio. A menina levou a gatinha ao colo e pela primeira vez sentiu o leve ronronar que o animalzinho emitia. Só quem já teve o prazer de conviver com um gatinho sabe como aquele som é acompanhado de uma vibração leve e calmante. Foi nisso que Gufus pensou: ela não precisaria escutar a alegria e o carinho da gatinha, ela poderia sentir.

— Obrigada — ela gesticulou olhando para Gufus.

— Ei, eu ajudei também — disse Anii com um gracejo, sendo logo traduzido por Gufus. Em seguida, o escriba recebeu um terno sorriso de agradecimento.

Gufus perguntou se Maeki tinha algum nome em mente para a gatinha, e sua expressão de dúvida claramente dizia que não.

— Eu posso dar uma sugestão? — perguntou Anii, enquanto se aproximava da lousa e começava a escrever o seguinte:

"Esses dias eu estava estudando escritos de um povo que viveu há muito tempo em uma ilha a nordeste do continente, os si-pan-gos. Esse povo já havia se dispersado quando o Consenso lá chegou, e o que temos são estátuas e gravações em pedra. Seu idioma era complexo, baseado em símbolos, e eu me deparei com um símbolo que, pelo que pude entender, designava locais onde havia água em abundância. Como a gatinha foi encontrada à beira do lago e estava bem molhada, pensei que seria um bom nome para ela. Em nosso idioma esse símbolo se pronuncia simplesmente Umi."

Quando Anii acabou de escrever, o sorriso estampado no rosto de Maeki já antecipava que sua sugestão havia sido aceita, e a gatinha, além de ter sido adotada, ganhara um nome: Umi.

Aquele momento de alegria e descontração foi interrompido ao ouvirem uma voz bastante conhecida vinda da varanda.

— Então é aí que vocês se escondem — disse o homem mais poderoso do mundo.

A chegada do Magnus trouxe uma interrupção na conversa e uma mudança na postura de todos.

— Como se fosse possível esconder-se do Magnus — respondeu Anii, com um misto de respeito e ironia.

— E o que temos aqui... — falou o Magnus, enquanto se aproximava de Maeki, que ainda carregava Umi no colo.

Ele aproximou-se da filha, fez um rápido afago na gatinha e se dirigiu a Anii.

— Vejo que meu escriba está com muito tempo livre, talvez precise de mais um pouco de trabalho.

De forma surpreendente, Anii respondeu:

— Já trabalhei demais, inclusive para seu pai, agora mereço um pouco de descanso.

E ambos riram ruidosamente, sob o olhar incrédulo de Gufus. Ele sabia que Anii tinha grande proximidade do Magnus e que eles falavam abertamente um com o outro, sem maiores cerimônias, mas fazer isso em público, na frente de um prisioneiro, foi de certa maneira espantoso para ele.

— E, você — disse o Magnus, virando-se para Gufus —, venha comigo. Faz tempo que não conversamos.

E, sem esperar resposta, continuou caminhando em direção ao jardim, seguido por um assustado Gufus.

Capítulo XXXIX

Enquanto Osmond e Osgald seguiam fascinados com a arquitetura e com a infraestrutura daquele lugar, Teka estava mais interessada nas pessoas. Havia homens e mulheres, crianças, jovens e velhos, de muitas cores, muitos idiomas e muitas culturas, todos ligados pela tragédia. Um grupo estava reunido em torno de uma fogueira e cozinhava alguns caldeirões de comida para o jantar. Como só podiam acender as fogueiras à noite, as refeições ocorriam mais tarde do que o habitual, já que sua preparação acontecia somente após o pôr do sol. Conversavam, riam e compartilhavam um jarro de alguma bebida não identificada. A jovem arteniana pensou que, de todas aquelas pessoas tão diferentes entre si, ela era a única que veio do outro lado do Abismo, e gostaria muito de se juntar àquele grupo e contar sua história, mas sabia que não podia.

— Se quiser se juntar a eles, será bem-vinda — disse uma voz feminina vinda de trás de onde Teka estava.

Passado o susto inicial, Teka retribuiu o sorriso de Lepaxá e aceitou seu convite para sentar-se em um dos bancos esculpidos na pedra que dava forma àquela cidade.

— Vocês têm uma comunidade bastante... diferente — Teka mediu as palavras, porque lhe faltou um adjetivo que ilustrasse o que sentia.

— Sim, somos diferentes da maioria das pessoas porque compartilhamos o trabalho, o companheirismo e, principalmente, a esperança.

— Esperança de sair daqui?

— Não precisamente de sair daqui, mas de encontrar o seu lugar de direito.

— Mas não é a mesma coisa?

— Não exatamente.

Lepaxá apontou para um casal que estava cortando legumes perto do caldeirão de comida.

— Aqueles dois são irmãos; foram levados da sua família quando eram bem pequenos, mas ainda têm esperança de regressar para a terra natal.

— E por que eles não saem daqui e vão para a terra de onde vieram?

— Porque eles têm apenas lembranças vagas da casa, dos pais e de alguns detalhes da paisagem. Não sabem de onde vieram.

Teka ficou pensando em como seria cruel saber que não pertenciam àquele lugar, mas não saber para onde ir, a fim de encontrar seu povo e sua família.

Lepaxá depois apontou para um homem de olhos puxados, pele clara mas não muito branca, que estava em companhia de uma mulher de pele escura e cabelos lisos, muito parecida com Malaika. Perto deles havia três crianças de idades próximas, todas bem jovens, com aparências que mesclavam os traços do pai e da mãe.

— Aqueles dois sabem de onde vieram, mas se conheceram aqui e formaram uma família. Para eles não faz sentido partir em uma busca incerta por uma terra distante.

— Mas eles não sentem falta de sua terra, suas famílias, sua cultura?

— Claro que sentem. Se você me perguntasse qual é o sentimento predominante nesta cidade, eu diria que é exatamente esse.

Lepaxá levantou-se e juntou-se ao grupo que conversava enquanto preparava a refeição. E então, sem que ninguém esperasse, ela pediu:

— Uma canção!

Várias canecas se encontraram em brindes, enquanto várias pessoas repetiam:

— Uma canção!

— Sim, uma canção!

E foi a própria Lepaxá quem puxou a cantoria, logo acompanhada por alguns instrumentos musicais que foram sendo trazidos.

Terra das águas
Do rio e do lago
Terra dos barcos
Seu rumo é tão vago

O caminho de casa
O caminho do lar
Não tenho uma estrada
Só posso sonhar

E logo uma outra voz cantou um novo verso daquela canção.

Morros de pedra
E solo cinzento
Oásis de água
E o rio tão lento

O caminho de casa
O caminho do lar
Não tenho uma estrada
Só posso sonhar

E novos versos foram sendo cantados, sempre intercalados pelo mesmo refrão. Apesar de ser uma melodia triste em tom menor, havia um certo ritmo alegre que contrastava com a saudade. Lepaxá afastou-se do grupo, que continuou cantando, e voltou para onde havia deixado Teka, a qual estava emocionada, com uma pequena lágrima escorrendo pelo olho direito.

— Essa canção não tem uma letra definitiva, apenas o refrão — disse a líder daquele povo. — As pessoas vão acrescentando aquilo do que sentem falta e, quando alguém nos deixa, suas palavras acabam evanescendo como a fumaça que sai da fogueira.

— É linda. — Foi a única coisa que conseguiu responder.

— Quem sabe você e seus amigos não acrescentam duas novas histórias a essa canção. Uma dos freijar e a outra... bem, essa eu vou esperar para escutar de você.

E Lepaxá saiu daquele local caminhando em direção a um dos túneis, e logo sua imagem se perdeu entre a luz de uma tocha e outra.

* * *

— Se vocês todos são fugitivos, estão fugindo do Consenso? — perguntou Osmond para os irmãos, enquanto compartilhavam uma refeição.

— Preferimos o termo refugiados a fugitivos, mas, sim, todos aqui estão fugindo do Consenso ou de coisas piores — respondeu Lepuxú.

Teka pensou o que poderia ser pior que o Consenso e nem precisou perguntar para ter sua curiosidade atendida.

— E acreditem em mim: há destinos ainda piores do que a servidão do Consenso — acrescentou Lepuxú, antes de explicar a que ele estava se referindo.

Lepuxú contou sobre a ascensão do domínio de Tirruá, que passou de um simples bando de ladrões para uma força de crime organizado que dominava toda aquela região. Eles traficavam escravos, sequestravam crianças para esse fim e as adestravam com chicote e mão de ferro. Essa era sua principal fonte de renda, mas eles também controlavam o fluxo do comércio local cobrando taxas impagáveis e exigindo um pedágio para quem quer que quisesse circular entre os vilarejos. As punições para quem desobedecia eram cruéis e imediatas.

— Pode ser horrível, mas não vejo nada muito diferente ou pior do que o Consenso nos impõe — interrompeu Osmond, ainda não convencido.

— Para o Consenso, nós somos como uma ferramenta ou animal de fazenda, mas pelo menos eles entendem que as ferramentas precisam de manutenção e os animais devem ser bem tratados. Tirruá não pensa assim; ela é a coisa mais próxima da personificação da maldade que vocês poderão encontrar — respondeu Lepaxá, segurando forte a mão de Osmond.

— E como vocês conseguem se esconder dessas duas forças poderosas apenas esburacando uma cidade no chão? — indagou Teka, com sua falta de sutiliza habitual, e logo completando. — Ou vocês acham mesmo que ninguém sabe da sua existência aqui?

— Tirruá sabe muito bem onde nos escondemos, mas a Magna Guarda, não — respondeu Lepuxú, enquanto se servia de um caldo de carne e legumes com aparência pouco convidativa, mas cheiro até que apetitoso.

— Então, mesmo escondidos da Magna Guarda, sua sensação de segurança é falsa, pois Tirruá pode invadir a qualquer momento — disse Osmond, insistindo nos aspectos estratégicos daquela operação de esconde-esconde.

— Mas para isso ela teria que cruzar o rio ao sul, e isso ela não pode fazer — argumentou Lepaxá e, frente à expressão intrigada dos três visitantes, explicou o porquê de o rio ser uma fronteira segura. — Há muito tempo o governador-geral daquela região sabe das atividades do bando de Tirruá e mantém os olhos virados em outra direção, porque simplesmente não tem recursos para controlar tudo. Um acordo foi feito entre as duas partes: Tirruá poderia operar livremente ao sul do rio, receber e enviar mercadorias para outras partes por intermédio de mercadores, mas seu bando nunca poderia cruzar nenhuma das pontes — caso contrário, receberiam uma visita indesejada da Magna Guarda. Esse acordo já estava valendo por décadas e, até aqui, serviu bem a ambas as partes.

— Mas por que o todo-poderoso Consenso fez um acordo com essa meliante? — quis saber Osgald, até então calado, apenas absorvendo os fatos que estavam sendo expostos.

— O Consenso é, sim, a maior força desta terra, mas não é tão poderoso quanto eles querem nos fazer pensar — afirmou Lepaxá, com uma expressão misteriosa, como se quisesse trazer um suspense à sua explanação. Depois de um gole de água, continuou. — Nenhuma força consegue vigiar e controlar tudo e todos ao mesmo tempo, e a temida Magna Guarda é bem menor do que nossos senhores supremos nos fazem acreditar.

Essa declaração foi inesperada e trouxe uma confusão para os pensamentos, especialmente de Osmond. Ele havia passado sua vida servindo às lideranças freijar e lambendo as botas de representantes do Consenso como o Comandante Galeaso e o Governador Cario. Tudo isso tinha como essência a certeza de uma ação rápida e impiedosa da Magna Guarda frente a qualquer deslize ou desobediência. Todos acreditavam que havia uma força tão grande, tão abrangente e tão impiedosa, que mesmo um pequeno desvio de comportamento seria identificado e punido imediatamente. Agora, escutando essas palavras e lembrando-se de Pencroft, o barqueiro que mal sabia falar o idioma comum e não parecia muito preocupado com isso, esses pensamentos novos começavam a fazer algum sentido.

— Mas não se iludam com o que estamos dizendo agora — completou Lepaxá, como se soubesse da confusão mental que havia causado. — A Magna Guarda ainda é forte, implacável e precisa ser temida.

— Mas nós podemos cruzar o rio? — perguntou Teka.

— Sim, podem, mas não devem. — Dessa vez, quem respondeu foi Lepuxú, em tom solene, lembrando a Teka o jeito disciplinador do Professor Rigabel, como se ele estivesse ali.

— Mas foi para isso que viemos, não faz sentido voltar.

— Se vocês forem, correm um risco real de não voltarem.

Esse bate-boca inútil entre Teka e Lepuxú continuou por algum tempo até que foram interrompidos por um impaciente Osmond.

— Chega! — ele disse de forma ríspida, mas logo abrandou o tom de voz. — Nós viemos aqui resgatar uma mulher, e é isso que faremos.

Se vocês puderem nos ajudar ficaremos muito gratos, mas, se não puderem, agradecemos sua acolhida e já vamos embora.

— Posso lhe oferecer duas coisas — disse Lepaxá, com um tom de voz resignado, uma vez que notara a disposição irrevogável daqueles três em seguir adiante. — Um mapa e algumas recomendações de como abordar a minha irmã.

— Na verdade três coisas — acrescentou Lepuxú. — Também oferecemos um abrigo seguro no retorno... se conseguirem voltar.

Teka pensou que já não era a primeira vez que escutavam "se conseguirem voltar" durante aquela viagem, e isso já estava passando de assustador para tedioso.

Capítulo XL

O pouco tempo em que ficaram juntos antes de cruzar para o outro lado do Abismo foi dedicado a extrair de Marrasga as informações prometidas. O grupo que iria cruzar o túnel 26 era numeroso, mas o ex-Zelador ficaria preso, sob os cuidados do Chefe Klezula, na cela improvisada em uma das inúmeras câmaras de pedra dentro da mina.

— Eu quero cruzar o Abismo com vocês, caso contrário não falarei mais nada — disse Marrasga, quando soube que ficaria ali dentro daquele buraco na pedra.

Madis, um homem quase sempre calmo e com reações tranquilas mesmo em situações extremas, surpreendeu a todos ao reagir a mais uma das ameaças daquele crápula que agora estavam deixando preso.

— Então façamos o seguinte — declarou Madis, sacando uma faca da cintura e segurando Marrasga pelo pescoço. — Eu corto sua língua agora, e você para de nos ameaçar com o seu silêncio!

Depois de um instante de falta de reação coletiva, o tio de Gufus, Arkhos Sailu, segurou Madis e o afastou do agora assustado Marrasga.

— Você vai ficar para nos ajudar — disse Letla Cominato, entrando na conversa com mais calma, mas ainda de forma dura — ou não haverá nada para você. Nada.

Marrasga não tinha escrúpulos, mas era inteligente o bastante para saber que naquele momento ele estava em desvantagem e precisava reconquistar seu espaço de negociação.

— Está bem, está bem — concordou, enquanto se recompunha depois do ataque inesperado de Madis. — Eu vou contar tudo o que sei.

Naturalmente era mentira; ele não se atreveria a contar tudo e ficar sem nenhum trunfo futuro, mas precisava entregar alguma coisa, alguma informação adicional que pudesse ser útil para eles.

Os demais também sabiam que era mentira. Tinham certeza de que Marrasga iria apenas compartilhar alguma informação parcial ou incompleta, e guardar algo para usar em uma negociação final. Ainda assim, ficaram na expectativa de receber alguma informação útil e não ficaram de todo decepcionados.

O ex-Zelador contou que, nas páginas que havia arrancado e depois memorizado, havia citações com diferença no detalhamento. A informação sobre o tal *Ingresso Defensio* era bem mais detalhada e descrita como uma espécie de segredo ou arma secreta da qual ninguém do outro lado tinha conhecimento. Ao mesmo tempo, as informações sobre o tal portal eram vagas, talvez propositalmente, para esconder alguma coisa, mas a própria palavra "portal" já indicava que poderia haver uma passagem de um lado para outro do Abismo.

Frente aos insistentes pedidos para mais detalhes, a única resposta que receberam foi: "Estou com muita dor de cabeça, deve ser o ar viciado dessa mina. Não consigo mais falar nada agora".

Madis olhou para os demais, e não era preciso ler pensamentos para saber o que ele estava pensando. Aquele homem manteve a calma e pediu que Marrasga fosse bem amarrado e levado para algum lugar seguro.

E assim, com essas poucas informações em mãos, o grupo que iria cruzar o Abismo começou sua jornada.

Capítulo XLI

Foi uma caminhada curta, mas para o velho escriba pareceu uma peregrinação aos piores confins do mundo. Anii era um cidadão do Consenso e leal ao Magnus, isso nunca foi motivo de dúvida em sua vida. Um pensamento mais crítico, porém, foi amadurecendo em sua cabeça ao longo dos anos, após ler, pesquisar e registrar tantas coisas. No fim, tudo se reduzia à vida e ao respeito que temos em relação às suas diferentes manifestações. Somos aquilo que pensamos e fazemos, e cada vez mais o escriba tinha certeza de que nenhuma filosofia de superioridade poderia mitigar o fato de que cada um é o único responsável por todas as suas ações. Ele nunca se mostrou abertamente contra os Princípios Harmônicos, mas tentou levar bom senso e humanidade aos aconselhamentos que oferecera ao Magnus e, antes, ao pai deste. Naquela manhã cada passo dado até seu destino foi pesado, arrastando a essência dos dramas diários que vivenciava e, especialmente, da notícia que tinha que dar. Ficou parado por alguns instantes antes de bater na porta.

Esperou mais um pouco.

Mas, enfim, bateu.

Gufus nunca havia recebido a visita de Anii em sua habitação, e estranhou que fosse visitado logo cedo.

— Bom dia — ele disse saudando o escriba.

— Hum... não poderia chamar esse dia de bom.

— O que aconteceu? — perguntou Gufus, agora assustado, sem saber o que poderia estar acontecendo e sempre muito consciente de sua frágil situação naquele palácio.

— Hoje pela manhã, dez servos foram executados — respondeu Anii, de forma solene, com as sobrancelhas levemente abaixadas.

Gufus não sabia o que dizer; muitas perguntas foram se formando em sua cabeça, mas nenhuma fazia sentido, e ele tinha medo de perguntar a coisa errada. O escriba lhe poupou do esforço e acrescentou mais detalhes.

— São todos da região de onde você veio, e, pelo que sei, você conhecia pelo menos uma daquelas pessoas.

Gufus ainda não conseguia articular nenhuma pergunta ou comentário, e ficou ali, escutando a narrativa de Anii.

— Uma serva já havia tentado fugir anteriormente e foi severamente punida por isso, mas desta vez ela feriu um cidadão enquanto se recusava a servi-lo.

Gufus sabia muito bem que ferir um cidadão do Consenso era punível com a morte e, se a ação tivesse sido proposital, toda a família ou grupo social sofreria a mesma pena. Anii continuou contando os acontecimentos.

— A serva foi imediatamente presa e condenada, junto com outros nove conterrâneos, todos freijar. Como a agressão foi considerada proposital, todos os membros daquele grupo foram executados junto com ela.

Gufus sabia quem era, e, mesmo que ele estivesse errado, todos foram condenados. Ainda assim perguntou.

— Você sabe o nome dela?

— Não, mas ela tinha uma deficiência no pé direito e não conseguia andar muito bem.

"Liv", Gufus pensou, sem dizer seu nome em voz alta.

— Lamento trazer essa notícia logo cedo, mas eu o conheço bem, e, se você soubesse disso em outra ocasião, sua reação poderia ser, digamos, inadequada.

Anii levantou-se e tentou ser empático e encorajador, colocando sua mão no ombro de Gufus enquanto se retirava da habitação.

Liv estava morta.

Mas seu plano de fuga não havia morrido com ela.

Capítulo XLII

Teka, Osmond e Osgald seguiram o caminho desde Yun Durki de forma tranquila, sem nenhum susto ou obstáculo. Isso foi um fato inédito e permitiu que o trio gastasse o tempo de cavalgada conversando e rindo, coisa que não faziam havia tempos. Os irmãos Lepuxú e Lepaxá tinham, com muita hesitação, orientado o caminho e cedido um mapa que os levou até o rio. Depois de cruzar a ponte, não havia propriamente um mapa, apenas informações organizadas a partir de depoimentos de alguns fugitivos. Daquela ponte em diante os três viajantes estariam nos domínios de Tirruá e expostos aos riscos sobre os quais os irmãos exaustivamente alertaram.

— Se conseguirem chegar até a presença da nossa irmã, lembrem-se de que a única coisa que rivaliza com a maldade dela é sua ganância.

— Escondam seu ouro e joias, mas levem alguma coisa como amostra, para aguçar seu interesse.

— Não tentem argumentar de forma humanitária com ela, isso não adianta.

— Não tentem usar a força ou intimidá-la, mas não se deixem intimidar, pois ela pode farejar medo e vai usar isso contra vocês.

— Negociem com ela, mas lembrem-se: ela vai trair vocês, estejam preparados para isso.

As orientações recebidas foram levadas a sério e por isso eles deixaram os sacos com ouro e joias em um esconderijo perto da ponte, em uma antiga construção de pedras que agora estava em ruínas, apenas alguns muros e algumas colunas que já não tinham um telhado para sustentar.

Depois, eles cruzaram o rio ao anoitecer, para poderem cavalgar na relativa segurança da escuridão até que estivessem mais perto de algum acampamento ou fortificação. Avançaram bastante e resolveram parar por um par de horas e descansar até o amanhecer. Osmond foi acordado pelo brilho do sol refletido em uma espada junto ao seu rosto. Quando quis se levantar, foi contido por algumas botas sobre seu peito e a ponta de uma lança próxima ao seu olho direito. Os demais acordaram com esse movimento, mas também foram contidos pelos homens e mulheres armados que os cercavam.

— Mas o que temos aqui? — Perguntou o homem que parecia liderar aquele bando. — Um grupo de escravos fugitivos.

— Nós não somos escravos... — Osgald começou a dizer, mas foi calado com um chute nas costelas.

— Agora são. — Foi a resposta que recebeu do homem que ria alto, acompanhado dos seus companheiros.

— Nós viemos negociar a compra de uma escrava — disse Osmond, e logo foi calado quando uma mulher de cabelos bem curtos colocou o pé sobre a sua boca.

— Comprar uma escrava? — indagou aquele que aparentava ser o líder. — E vão pagar como? — completou, enquanto esvaziava as sacolas que encontraram.

Osmond conseguiu se livrar, virando o rosto para o lado e conseguiu a atenção do grupo.

— Eu represento um comprador muito rico que vai banhar sua chefe em ouro e acho melhor vocês me levarem até ela, ou Tirruá vai ficar muito decepcionada por perder toda essa riqueza.

Aquele comentário foi preciso e oportuno, trazendo para aquele diálogo dois elementos que Osmond sabia que eram valorizados naquelas terras: a ganância e o medo. Depois de conversar com a mulher de cabelos curtos, o líder do grupo mandou amarrar e vendar os três viajantes, que foram arrastados, atados aos cavalos que agora eram usados pelo bando. O caminho não foi tão extenso, mas a forma como foram arrastados e as constantes quedas no chão pedregoso exigiram um enorme sacrifício. Chegaram a algum lugar onde ouviram outras vozes e foram amarrados de costas sentados no chão, onde ficaram por muito tempo. Não viam nada, mas escutavam pessoas falando em diversos idiomas e eventualmente no idioma comum. Em algum momento alguém trouxe água no que lhes pareceu uma espécie de concha, e os prisioneiros conseguiram beber alguns goles que saciaram parcialmente sua sede.

    A espera foi longa, e, quando finalmente foram levados de onde estavam, temiam que poderiam estar indo para a presença de Tirruá ou para algum tipo de prisão, e nenhuma das duas perspectivas era muito animadora.

Capítulo XLIII

— Você visitou recentemente o caminho com os túmulos de meus ancestrais, mas não caminhou através das glórias de todos eles. Posso saber o porquê?

Gufus ficou espantado no começo, mas logo se lembrou de que até sua respiração deveria ser monitorada naquela cidade. Depois da trágica notícia da morte de Liv, ele estava ainda mais atento a possíveis deslizes. Como havia aprendido de forma bastante dolorosa, não deveria mentir, então respondeu rapidamente.

— Eu estava um pouco disperso e resolvi voltar em algum outro dia, para refazer aquele caminho com a atenção devida.

O Magnus estava esperando alguma desculpa socialmente aceitável e ficou surpreso com a sinceridade do jovem hóspede.

— E como está sua capacidade de atenção neste momento? — ele perguntou sem parar de caminhar.

Gufus parou um instante para pensar e logo respondeu.

— Bem melhor do que naquele outro dia.

— Então vamos fazer um passeio — disse o Magnus, ainda caminhando, mas agora mudando de direção.

Os dois chegaram a uma das diversas entradas daquele palácio, que de tão grande parecia a Gufus que nunca conseguiria conhecer totalmente. Olhava com curiosidade para aquilo que aparentava ser uma entrada coberta com telhas brancas, um anexo de uma pequena estrada contornando o palácio. O jovem olhava tudo com muita curiosidade, e, como se lesse seus pensamentos, seu companheiro de passeio disse:

— Você deve estar pensando que nunca vai conhecer todo esse palácio. Bem, eu vivi aqui minha vida inteira e ainda não o conheço.

Tão logo chegaram sob a área coberta de telhas brancas, uma pequena carruagem adentrou o local, e um cocheiro uniformizado desceu saudando o Magnus batendo a mão no peito.

— Pode deixar, hoje eu mesmo vou conduzir.

O homem olhou para os lados como se estivesse buscando aprovação para o que estava acontecendo e logo cedeu seu lugar na condução do pequeno veículo. Gufus ouviu um certo sussurrar enérgico e notou algum movimento ao largo, mas logo sua atenção se voltaria ao caminho que tomavam e à incrível suavidade daquele veículo. Parecia que estavam flutuando, sendo levados por nuvens em vez de sobre uma carroça. Alguns guardas com aqueles reluzentes capacetes e coletes metálicos pareciam um pouco confusos enquanto se moviam à frente da carroça que seu líder máximo conduzia tranquilamente.

— De vez em quando, é bom fazer algo inesperado para deixar a todos mais atentos e preparados para surpresas — comentou o Magnus, enquanto seguia descendo a colina central.

Mais uma vez Gufus oscilava entre o medo e a curiosidade. O homem ao seu lado o convidara para um passeio e fazia comentários casuais como se fossem colegas. Entre sorrisos forçados e respostas bem-pensadas, Gufus foi se deixando levar pelo improvável cocheiro, até saírem dos domínios do palácio e adentrarem uma das avenidas radiais que rasgavam a cidade. As reações das pessoas quando viam quem conduzia aquele veículo iam do completo descrédito à mais emocionante surpresa. Algumas delas se aproximavam com mais entusiasmo e eram prontamente afastadas pelos guardas em uniformes brilhosos. Outras simplesmente gritavam pelo nome do líder ou jogavam flores em sua direção. O Magnus ia tranquilamente guiando em baixa velocidade a pequena carruagem aberta, acenando para as pessoas de forma sutil, quase imperceptível. Quando chegaram à face oeste da colina, ele estacionou e, antes que os guardas pudessem fazer qualquer coisa, saltou da carruagem e caminhou em direção às pessoas que agora o cercavam. Um casal estava com uma criancinha bem pequena, e o Magnus pediu para segurá-la no colo. Foi assim, segurando aquela menina que usava uma leve túnica esverdeada, que ele se dirigiu às pessoas que se aglomeravam ao redor.

— Cidadãos, peço que me permitam um pouco de privacidade, pois estou educando uma pessoa que não teve a oportunidade de conhecer as nossas glórias passadas — disse isso e olhou discretamente para Gufus antes de continuar. — Por isso lhes peço que deixem esse glorioso caminho livre para que eu possa ministrar essa aula.

Dito isso, ele beijou a testa da criança e a devolveu para os pais antes de seguir caminhando na direção do primeiro anel de pedra, sob aplausos e gritos de "Magnus, Magnus, Magnus!".

— Vai ficar aí parado? — ele perguntou virando levemente o rosto na direção de Gufus, ainda abismado com o que estava vivenciando.

Enquanto caminhavam pelo trajeto que agora parecia mágico, Gufus pensava em como tinha trilhado aqueles mesmos passos havia pouco tempo e agora parecia realmente que seguia uma rota totalmente diferente. A presença do todo-poderoso líder do mundo caminhando alguns poucos passos à sua frente parecia atribuir uma certa aura mística ao que via, como se aquela presença fosse tão forte, tão impactante, que modificasse a percepção do que estava à sua volta. Eles pararam algumas vezes para que o Magnus pudesse comentar sobre eventos históricos mais e mais antigos, conforme seguiam gradativamente até o primeiro círculo. Era uma verdadeira viagem no tempo, e Gufus em dado momento começou a se recriminar por estar tão maravilhado com o que via e ouvia, a ponto de esquecer toda a barbárie por trás de cada registro histórico, de cada glória do Consenso, todas gravadas em pedra para a eternidade. Quando chegaram ao topo daquele caminho, a visão de cima para baixo era ainda mais espetacular. A sequência de todos aqueles círculos de pedra acompanhava o suave declive da colina banhada pelo sol da tarde, que já se dirigia preguiçoso para o merecido descanso da noite. Gufus notou que aquele primeiro anel de pedra era rodeado por três grandes placas de granito no chão, formando três vértices de um triângulo imaginário. Em duas delas havia inscrições com nomes que ele já conhecera dos livros: Hanner e Raripzo. Essas lajes de pedra tinham textos escritos e figuras em relevo incluindo os rostos dos dois mais leais companheiros que ajudaram Elaurius a instaurar o Consenso. A terceira estava danificada, como se houvesse sido propositalmente raspada e arranhada por ferramentas, tornando impossível ler o que um dia fora escrito e representado naquela laje.

— Aqui descansa o fundador do Consenso e o autor dos princípios que norteiam a nossa sociedade — disse o Magnus, sobre o primeiro círculo de pedra. — E aqui estão enterrados seus companheiros mais leais. — disse apontando para as duas lajes circulares no chão que estavam intactas.

Internamente Gufus se contorcia de curiosidade para perguntar sobre a terceira laje de pedra, mas achou mais seguro apenas esperar que o Magnus seguisse com sua aula de história.

— Aqui sob esse círculo descansa Elaurius — e, apontando agora para as duas lajes de pedra, completou. — E ali descansam Hanner e Raripzo.

O Magnus caminhou uns poucos passos até a laje circular danificada e emendou:

— Mas aqui não há ninguém sepultado.

Virou-se então para Gufus aproximando o rosto do dele de forma incômoda, e depois de um silêncio constrangedor perguntou:

— Você sabe por quê?

Não havia resposta possível para aquela pergunta que não expusesse Gufus a alguma situação potencialmente desconfortável ou até perigosa. Mas ele já havia adquirido certo traquejo em se esquivar de situações como aquela, após todos os meses vivendo no centro do poder do Consenso.

— Eu estava esperando que o senhor pudesse me contar — ele respondeu de forma diplomática e ainda conseguindo manter o interesse de ambos na conversa.

— Este túmulo está vazio porque seu ocupante não morreu aqui.

Foi uma resposta ao mesmo tempo óbvia e enigmática. Gufus sabia muito bem o jogo que seu interlocutor estava jogando, por meio de perguntas estranhas e respostas vagas, mas esse jogo ele ainda estava aprendendo a jogar.

— E nós sabemos quem era e onde morreu? — perguntou, tentando direcionar o Magnus a uma resposta mais direta e concreta. E conseguiu, ainda que trouxesse mais questionamentos.

— Ah, sim, sabemos. Aqui seria o descanso final de Tenar, mas ele morreu bem longe daqui, além do Abismo e da Cordilheira.

E, antes que Gufus pudesse tecer algum comentário ou fazer uma pergunta, o Magnus deu alguns passos na direção da beira do caminho e, de costas para Gufus, falou.

— Você tem se perguntado o que faz aqui em Capitólio, se é um prisioneiro ou um escravo, mas acho que já concluiu qual é a resposta. — E virando para Gufus, completou. — Você e sua gente são os seguidores de Tenar ou, como vocês se intitularam, os súditos de Arten.

Capítulo XLIV

Quando Teka olhou para a mulher que estava no fundo da sala, sentada em uma grande poltrona em uma espécie de palanque, sabia que estava diante de alguém que desfrutava de grande autoridade, uma espécie de rainha. O que mais chamou sua atenção, porém, foi o fato de que aquela criatura tinha a aparência de um pesadelo. Era claramente uma mulher com idade bem avançada, e seus cabelos muito brancos pareciam encardidos, quase amarelados, eram ralos e escorriam de sua cabeça em pequenos nichos intercalados com áreas de calvície. Sua pele parecia um velho pergaminho que havia sido deixado ao sol, com rugas profundas e rachaduras. Usava uma espécie de túnica muito branca que cobria todo o seu corpo com um tecido leve de linho, além de sandálias de couro em seus pés pequenos. Seu rosto era deformado, como um grão de feijão, onde a testa e o queixo se projetavam para frente enquanto a parte central era mais funda, presa em uma espécie de tira de couro que passava acima e abaixo do nariz, atada fortemente por trás da cabeça.

Ainda amarrados e amordaçados, os viajantes esperaram enquanto a velha acompanhava o interrogatório de um homem de meia-idade e aparência forte. Depois de muitas perguntas acompanhadas de violência, os capangas que seguravam o homem disseram à chefe que ele havia contado tudo e que já sabiam onde estavam escondidos os escravos fugitivos.

— Ele contou tudo, já estamos mandando alguns homens recolherem a família que fugiu — disse um dos mal-encarados interrogadores.

— Qual é a função desse homem? — perguntou a mulher.

— Ele carrega lixo e esgoto para fora — respondeu um deles.

— Podem levar de volta para o trabalho — ela disse apontando displicentemente para o homem. — Sua tarefa já é punição suficiente.

Mas, assim que os dois brutamontes o levantaram, ela os interrompeu e disse, enquanto se aproximava novamente do homem.

— Esperem... para carregar baldes de esgoto, ele não precisa dos dois olhos. — E, em um gesto brusco, arrancou o olho esquerdo do homem com uma faca pequena e afiada.

O homem gritava de dor e desespero e, achando que ainda corria riscos, tentou argumentar.

— Por favor senhora, tenha piedade, eu contei tudo, eu juro. Por que você fez isso?

— Ora, uma garota precisa se divertir de vez em quando — ela disse em meio à risada mais medonha que o trio de viajantes já tinha escutado.

Os homens levaram o escravo ferido para fora daquele cômodo, e foi quando Tirruá se virou para o grupo que tinha acabado de ser trazido para sua presença. Ela parecia pequena e frágil, mas, quando se dirigiu a eles, mostrou postura e voz de comando marcantes.

— Vocês já estão mortos, então não se preocupem com as suas insignificantes esperanças de vida.

Ela desceu do palanque sem ajuda, com surpreendente agilidade, e caminhou devagar em direção aos três prisioneiros. Conforme se aproximava, foi possível ver com mais detalhes seu rosto deformado, fazendo quase o formato de uma lua minguante. Mas não era a deformidade que mais assustava, e sim a expressão fria e profunda emanando dos seus olhos e que parecia cruzar aquele cômodo para atravessar cada um deles.

— As pessoas tentam, ainda que sem sucesso, sair daqui. Mas fazer o esforço que vocês fizeram para entrar foi uma coisa inédita e despertou minha curiosidade.

Tirruá agora estava bem próxima aos três prisioneiros e segurou o rosto de Teka com a mão enrugada e unhas bem-cortadas e pintadas de um tom de vinho escuro. Ela ficou um tempo assim, segurando o rosto da menina e virando-o de um lado a outro, como se estivesse avaliando um produto no mercado.

— Jovem e bonita, deve valer um bom dinheiro — e, após cheirar uma mecha dos longos cabelos da prisioneira, completou. — Você está com sorte, vai viver por mais um dia.

Tirruá fez um gesto para um dos capangas que estavam na sala, e as mordaças dos três foram retiradas. Uma concha de água foi dividida entre os três sedentos prisioneiros, antes que as perguntas fossem feitas.

— Eu vou perguntar algumas coisas bem simples e espero respostas também simples e diretas. Se tentarem mentir ou omitir alguma coisa, eu vou saber. — E dando as costas aos prisioneiros por um breve momento fez uma pausa antes de completar. — Acreditem, eu vou saber.

Os três se entreolharam, e foi Osmond quem fez um gesto afirmativo com a cabeça para os demais. O importante agora era ficar vivo.

— De onde vocês vieram?

— Eu e meu filho somos freijar e vivemos à beira do Grande Abismo, ela é uma tral que compramos para nos ajudar.

A resposta pareceu ser satisfatória, porque nada aconteceu.

— Por que vieram até aqui?

Mais uma vez Osmond tomou a palavra.

— Viemos resgatar uma serva que soubemos que estava em seu poder.

— E por quê?

— Porque ela é esposa de um homem muito rico que ofereceu uma recompensa em ouro e joias para levá-la de volta.

Osmond estava jogando um jogo perigoso, mas muito inteligente. Ele estava moldando a história a fim de que fosse mais plausível para alguém como Tirruá. Se dissesse que estava ali por uma questão de honra, para ajudar a encontrar a mãe da jovem amarrada ao seu lado, provavelmente já estaria caído no chão, sangrando. Tirruá andava de um lado para outro, avaliando se a história seria verdadeira ou não. Mandou amordaçar os dois homens e se dirigiu diretamente a Teka.

— E por que você foi trazida com eles?

Teka foi rápida no pensamento e seguiu a linha de respostas que Osmond havia estabelecido.

— Porque, quando eu era pequena, trabalhei na casa da mulher que eles estão buscando e posso ajudar a identificá-la.

— E como é o seu nome, menina?

— Teka... Teka Patafofa.

— Patafofa — disse Tirruá, em meio a um sorriso irônico. — Que nome ridículo.

Com outro gesto, mandou amordaçar novamente Teka e remover a mordaça de Osgald.

— E como é o nome dessa mulher que vocês estão buscando?

Osgald não sabia exatamente o que responder. Devia mentir e inventar alguma coisa? Ou simplesmente dizer o nome de Flora? Sua hesitação lhe rendeu uma cotovelada nas costas, desferida por um dos capangas. Ele dobrou o corpo para frente e, mesmo em meio à dor, teve tempo de pensar.

— Flora Ossosduros — respondeu o rapaz, com a voz rouca e ainda arfando pela dor.

Uma mulher que estava na sala até então apenas assistindo ao interrogatório aproximou-se de Tirruá e sussurrou alguma coisa em seu ouvido.

— Levem os dois para a masmorra e deixem a menina no depósito.

Esse breve momento na antecipação de serem separados foi de pânico para Teka. Será que ela seria vendida como escrava e nunca mais veria sua família e sua casa? E o que iria acontecer com Osmond e Osgald? Ainda estava perdida nesses pensamentos, quando foi agarrada e levada como um fardo nas costas de um dos homens, sabe-se lá para onde.

Capítulo XLV

— Você sabia disso o tempo todo? E não me disse nada? Pensei que nós éramos...

— Amigos? — Foi a pergunta desconcertante que Anii fez como resposta à enxurrada de indagações e exclamações que Gufus estava fazendo desde que adentrou a biblioteca.

Surpreso com as consequências daquele questionamento e da resposta que hesitava em ouvir, Gufus parou com aquele discurso e ficou ali, parado no meio do saguão da biblioteca, arfando como se estivesse exausto, enquanto via Anii caminhando na sua direção ao mesmo tempo que sinalizava para as pessoas que lá estavam para deixarem o recinto. O escriba era um homem alto, e seus cabelos grisalhos, cortados curtos e penteados para trás, não davam sinal de calvície. Mais uma vez Gufus se pegou pensando em qual seria a idade daquele homem. Se ele havia trabalhado para o pai do Magnus, não poderia ser jovem, mas tinha muita energia para ser um ancião. Lembrou-se do avô já falecido, que terminou a vida já com o corpo e a mente em decadência. Pensou no velho barqueiro Battu, que, com as mãos calejadas, constantemente tirava o cabelo do rosto marcado pelo sol. Não conseguia ver os sinais da idade avançada em Anii, mas ela estava lá, um lembrete constante do passar do tempo e da mortalidade. Com toda a tranquilidade que a idade geralmente oferece às pessoas mais velhas, o escriba aproximou-se de Gufus e convidou-o a sentar em um dos degraus que levavam à sua mesa de trabalho.

— Primeiro eu vou responder à pergunta mais importante de todas e a única que realmente importa: sim, eu sou seu amigo.

Ao jovem visitante pareceu que aquela declaração tão singela tinha arrebentado uma represa de emoções que estavam sendo mantidas muito bem guardadas havia meses. Desde a sua captura e tortura, as cicatrizes físicas haviam sumido ou estavam bem-cuidadas, mas as verdadeiras feridas estavam bastante profundas em sua mente e seu coração. Gufus não tinha notícias das amigas, tampouco da família de Odnan. Não fazia ideia do que estava acontecendo em Terraclara, e pensava que seus pais deveriam estar desesperados, sem notícias suas há tanto tempo. Era um estranho em um lugar estranho, e precisava atuar diariamente como um personagem muito bem-construído, para conseguir sobreviver a mais uma noite e recomeçar na manhã seguinte. Todas essas emoções brotaram de uma só vez. Ele abraçou Anii, e ficaram ali durante algum tempo, sem falar nada.

Quando finalmente conseguiu articular algumas palavras, Gufus disse apenas que estava com fome. Anii lhe ofereceu um sorriso amistoso e respondeu:

— Então vamos comer. Agora que você tocou no assunto, eu também estou faminto.

* * *

— Para alguém que come pães e doces como você, é incrível que seja tão magro.

— Já ouvi esse comentário algumas vezes.

A refeição foi servida em uma mesa de um dos muitos jardins internos do palácio. Gufus comeu como há muito não fazia e pediu que lhe trouxessem pães e doces dos mais variados. Ele mesmo descreveu para um dos cozinheiros uma das especialidades do seu pai, mas o pequeno doce de laranja estava apenas razoável em comparação com os maravilhosos bons-bocados que seu pai preparava. Ainda assim, foi uma refeição maravilhosa e uma sobremesa que fechou com chave de ouro aquela comilança.

Quando os pratos e talheres foram recolhidos, Anii serviu-se mais um pouco de vinho e, olhando para o fundo daquela taça, começou a contar o que Gufus realmente queria saber.

— Você há pouco estava me perguntando grosseiramente se eu sabia de alguma coisa, e eu tenho certeza de que sei do que você estava falando.

— Eu não queria... — Mas o rapaz não continuou a frase; sabia que Anii entendera muito bem.

— As suspeitas começaram quando a tal espada foi trazida até mim por um político obscuro e bastante desagradável, responsável por governar a região próxima ao Abismo. — Anii fez uma pausa bem típica dos seus monólogos e continuou. — Foi nesse momento que sua vida foi poupada e que começamos a investigar a origem daquela arma ancestral.

Gufus quase soterrou o escriba com uma sequência de perguntas incompletas e sobressaltadas, do tipo "como?", "quando?", "por quê?", e foi logo interrompido com outra pergunta:

— Você vai me deixar contar a história ou vai ficar me interrompendo?

Gufus calou-se, e Anii pôde, finalmente, contar ao jovem amigo tudo o que ele sabia, enquanto caminhavam devagar de volta para a biblioteca.

* * *

— Quando Elaurius tomou o poder, foi aclamado com adjetivos como "o grande", "o magnífico", "o admirável", "o magno". Naquele momento sua liderança incontestável foi fundamental para o estabelecimento do novo regime. Ele começou a divulgar os Princípios Harmônicos, cuja principal linha mestra era que os cidadãos eram merecedores de tudo que aquela terra poderia proporcionar. O rei e os antigos mestres foram eliminados ou subjugados, e foi criado um conselho para aconselhar Elaurius na governança. As discussões eram exaustivas, porque nenhuma decisão era tomada por simples maioria, era preciso haver consenso. O consenso entre aquelas pessoas, invariavelmente, apontava para o bem-estar e a riqueza dos cidadãos, mesmo que isso representasse tomar, escravizar ou reprimir qualquer outro grupo ou civilização. Quem não era cidadão tinha, no máximo, o direito à vida enquanto fosse de interesse do novo regime. Nos primeiros anos essa concepção de cidadão levou a um grande censo, para registrar aqueles que seriam de raça pura e separar qualquer outra origem ou etnia. Aos poucos, a antiga capital do reino foi sofrendo essa purificação, tornando-se o lar daqueles que originalmente formariam o Consenso. Conforme o novo regime se estabilizou, surgiram as necessidades de recurso e mão de obra, e com isso Elaurius, já agora conhecido como Magnus, cunhou e divulgou o conceito do espaço magno, que basicamente reforçava que tudo e todos sob o céu pertenciam ao Consenso e, se o Estado precisasse de algum recurso, ele tinha o direito natural de usar o que fosse necessário para garantir não só a sobrevivência, mas a beleza e a harmonia.

"Assim começou a expansão do Consenso sob a bota e a espada da Magna Guarda, que pouco a pouco tomou o controle de todas as regiões e populações conhecidas. A prosperidade era tamanha, que Capitólio passou por uma reforma quase integral, com o plano urbanístico que hoje a define. As avenidas, os palácios e os monumentos surgiam em meio à construção de residências e prédios públicos e comerciais cada vez mais sofisticados. Além de Elaurius, Raripzo, Hanner e Tenar também desfrutavam de poder e influência muito grandes. O filho do Magnus casou-se com a filha de Hanner, e logo um herdeiro para o Consenso chorava nos corredores do recém-construído palácio. Tudo estava magnificamente consolidado, visando harmonia e beleza para os cidadãos.

"Porém, Tenar estava insatisfeito. Ele era o maior expoente de um movimento tímido de divergência com as políticas de conquista e eugenia. As reuniões entre aqueles líderes, ao contrário do que professavam, não eram um verdadeiro consenso. Tenar era constantemente vencido nas argumentações e forçado a aceitar os aspectos mais nocivos dos Princípios Harmônicos. Com os anos, e após a morte de Raripzo,

Hanner tornou-se cada vez mais a principal influência sobre o Magnus, e Tenar foi sendo relegado a uma importância secundária. Sua crescente insatisfação o levou a pedir ao Magnus que o enviasse para explorar terras distantes e desabitadas, a fim de, assim, aumentar o poder e a abrangência do Consenso. Influenciado por Hanner, o Magnus não só permitiu, mas ordenou que essa fosse uma espécie de expedição colonizadora, na qual diversas famílias simpatizantes de Tenar foram enviadas com ele, em uma grande mobilização de pessoas e recursos. Ele e algumas centenas de outras pessoas partiram bem no início da primavera, rumo à Grande Cordilheira sobre a qual ouviram rumores. Nunca mais ninguém teve notícia deles.

"Com a morte de Elaurius e a ascensão de seu filho ao poder, a influência do velho Hanner sobre o genro foi muito grande, fortalecendo as políticas originadas dos Princípios Harmônicos e relegando Tenar à condição de covarde, traidor que abandonara o Consenso."

— Mas ele traiu o Magnus?

— De certa forma, sim — respondeu Anii, depois de pensar por alguns momentos. — Se você renega os princípios do Consenso, está traindo o povo e seu líder.

— Mas ele nunca fez nada para prejudicar o governo ou o Magnus, fez?

— Claro que não, mas a história fez dele um vilão.

— E como você sabe que ele não foi?

— Porque meu trabalho é saber de tudo — retrucou o escriba, com um olhar misterioso e um sorriso bem discreto nos lábios.

Anii pegou dois livros grandes e pesados, ricamente encadernados, e ordenou que um servo os levasse à habitação de Gufus.

— Eu mesmo poderia levar os livros.

— Não, porque você vai levar outra coisa.

O escriba dirigiu-se até sua mesa de trabalho e trouxe um objeto embrulhado em um rico manto de veludo com bordados. Gufus nem precisava desembrulhar para saber do que se tratava, mas o fez assim mesmo, por consideração ao amigo.

— Essa espada já lhe trouxe muita tristeza e dor. Mas agora deve ficar com você, é um desejo do Magnus.

— Por quê?

— Porque provavelmente essa espada era de algum dos seguidores de Tenar ou, quem sabe, dele próprio, e é adequado que fique com um de seus descendentes.

— Eu não sei... — Mas foi interrompido pelo escriba.

— Essa é a vontade do Magnus, e a vontade dele não se discute.

Gufus embrulhou novamente a espada e se despediu do amigo, mas, quando já havia caminhado alguns passos, voltou-se e perguntou:

— Mate uma curiosidade minha: Magnus é o nome dele ou seu título, como Zelador ou Rei?

— Você complica coisas simples desnecessariamente — respondeu o escriba, já se levantando para retornar à biblioteca. — Ele é o Magnus, assim como eu sou o Anii.

Dito isso, o homem se sentou, despediu-se de Gufus e abaixou os olhos para os muitos documentos sobre sua mesa, deixando o amigo com muitas respostas, mas ainda com algumas perguntas por esclarecer.

Capítulo XLVI

Teka ficou apavorada quando alguns homens mal-encarados foram buscá-la apenas algumas horas após ela ser trancafiada em um galpão escuro e malcheiroso. Naquele galpão havia apenas mais umas quatro ou cinco pessoas, todas mantidas acorrentadas e distantes umas das outras, mas parecia que ali caberiam dezenas de pessoas. Ela não sabia se isso era bom ou ruim. Será que estavam passando por um momento de baixa procura por escravos? E, se fosse isso, o que poderia representar? Seria morta em vez de vendida? Ou ao contrário: será que a procura estava tão grande, que aqueles traficantes não conseguiam sequer atender à demanda e por isso o galpão estava vazio? E, nesse caso, isso seria bom ou ruim? Teka ficou afundada nesses pensamentos, sem saber ao certo o que iria acontecer com ela, com Osgald e com o pai dele. Pelo que ela ouviu, os dois teriam sido levados para a masmorra e, pelo que estava vendo ao seu redor, se aquele galpão era ruim, imagine a tal da masmorra. Os pensamentos rodopiavam em sua cabeça, mas o que mais a incomodava era ter chegado tão perto de encontrar sua mãe, e agora ver todo aquele esforço jogado fora. Tentou se acalmar recuperando lembranças boas, como se estivesse lendo um livro, e imediatamente se lembrou do beijo entre a dança dos vaga-lumes. Estava realmente apaixonada por Osgald e sentia que era recíproco. E foi assim, perdida nesse turbilhão de pensamentos, que escutou o chamado rude que a recolocou na dura realidade.

— Você aí, menina bonita — disse um dos brutamontes. — Vem comigo.

O pânico tomou conta de Teka, imaginando que estava sendo levada para um comprador e que a partir daquele momento seria uma escrava pelo resto da vida. Sua boca ficou ainda mais seca, e caminhava entre empurrões dos homens que vieram lhe buscar. Conforme andavam pelos corredores pouco iluminados, ela percebeu que voltava à mesma sala onde, ao fundo, Tirruá estava sentada em sua poltrona, manuseando alguns papéis. Teka foi levada até uns cinco passos de distância do pequeno palanque de onde sua captora a olhava, tendo sido colocada de joelhos, com as mãos amarradas atrás das costas. Foi quando começou um pequeno monólogo.

— Deixe-me contar o que vai acontecer e o que não vai acontecer. Você não vai ser ferida, porque é uma mercadoria valiosa se continuar intacta, o que não quer dizer que eu não possa lhe infligir dor e sofrimento. Posso fazer isso sem deixar cicatrizes.

Teka já estava tão apavorada, que mais essa ameaça não teve tanto efeito quanto Tirruá pensou que teria, só que ela não sabia disso. A velha facínora então continuou.

— Você vai me dizer a verdade porque, se não disser, eu vou saber. Enquanto você estava presa, eu fiz algumas pesquisas — disse a mulher, jogando displicentemente os papéis em cima da mesa.

Teka agora ficou apreensiva, sem saber o que Tirruá havia descoberto ou se ela estava apenas blefando para obter informações.

— Eu não vou te matar, porque você ainda vai me render um bom dinheiro, mas eu posso matar seus amigos de uma forma tão lenta e dolorosa, que você vai escutar os gritos deles em sua cabeça pelo resto da vida.

Neste momento Tirruá olhou para Teka e sorriu. Um sorriso é uma manifestação de alegria, contentamento, carinho ou solidariedade, mas, vendo aquele rosto deformado e aquela expressão que parecia de um animal enlouquecido, Teka ficou muito mais assustada do que ouvindo todas as ameaças daquela mulher. Aquele breve momento ficou gravado na sua memória, e muitos anos depois ainda teria pesadelos com o olhar arrepiante que presenciou.

— Teka Patafofa — disse Tirruá, sem tirar os olhos de uma folha de papel que contemplava. — Que nome estranho. — Ela então levantou os olhos e fixamente encarou Teka, antes de falar. — Se é que esse é realmente o seu nome.

Será que ela já sabia que Teka havia usado o nome da prima? Ela pensou antes de responder, mas seguiu mantendo a mentira.

— Na verdade meu nome é Temitilia Katerina Patafofa, mas, para simplificar, todos me chamam de Teka.

Tirruá fez uma expressão de desprezo e deboche antes de comentar mais para si mesma do que para Teka:

— Fica cada vez pior...

O interrogatório então continuou.

— Quem é a tal mulher que vocês vieram procurar?

— Flora Ossosduros.

— E por que você foi trazida nessa busca?

— Porque, quando eu era criança, trabalhei para a família Ossosduros e sou a única que já viu aquela mulher.

— E de onde é essa rica família Ossosduros?

— Eles vivem ao sul das terras dos freijar e produzem vinho e azeite.

— Nunca vi ninguém ficar rico vendendo vinho...

— Eles têm uma casa muito grande, muitos servos, cavalos e vivem com bastante luxo.

— Quanto eles estão pagando para vocês recuperarem essa tal de Flora?

— Isso eu não sei, sou apenas uma tral...

Teka foi interrompida quando Tirruá levantou-se bruscamente derrubando a poltrona onde estava sentada. A mulher caminhou até a beira do palanque e disse em tom de voz baixo, porém cheio de raiva.

— Essa foi a primeira e última mentira que você contou. Mais uma, e essa conversa termina, junto com as vidas dos seus amigos.

— Nós três somos sócios — Teka disse em um rompante de imaginação que poderia salvar aquela conversa, ou condená-la de vez. — E o pagamento será uma sacola cheia de ouro para cada um.

— E por que os dois grandões precisariam de você? — perguntou Tirruá, enquanto voltava a se sentar na poltrona recolocada por um dos seus capangas.

— Porque é verdade que eu sou a única que a conheço.

— E de quanto ouro estamos falando?

Teka tentou demonstrar apontando com o nariz para uma almofada que havia caído perto dela durante o rompante de raiva da sua interrogadora.

— Daquele tamanho, uma sacola para cada um.

A velha ficou calada um tempo, fazendo contas de cabeça sobre o enorme lucro que poderia ter com essa transação.

— E como será o pagamento?

— Assim que entregarmos a mulher ao seu marido, Uwe Ossosduros.

Teka estava montando uma história tão complexa, que pensou que precisaria rememorar tudo aquilo várias vezes, para não cair em contradição no futuro.

Tirruá virou-se para o outro lado sem olhar para Teka durante um tempo e, sem qualquer aviso, fez um sinal para um dos homens, que arrastou a jovem para fora. Em sua cabeça, Teka estava otimista, porque achava ter conseguido falar a linguagem que aquelas pessoas mais utilizavam: a ganância. Pensou que a velha traficante devia estar fazendo contas naquele exato momento, imaginando quanto iria lucrar com aquela transação. E estava.

Capítulo XLVII

Os sentimentos das pessoas naquela fila que se arrastava para longe de Terraclara eram ao mesmo tempo conflitantes e muito parecidos. A informação trazida por Aletha e seu irmão era estarrecedora e colocava em risco tudo o que haviam passado gerações construindo. Mas saber das intenções do poderoso Consenso permitiria um mínimo de preparação, ainda que tímida, perto do poderio do inimigo. Porém, mais importante do que as grandiosas ações e ameaças, havia preocupações muito mais íntimas para todos. Mia segurou forte as mãos de Tayma e de Marro, sem saber exatamente o que esperar, mas, intuitivamente, compreendia que estavam em perigo. Os irmãos Tayma e Marro, depois de uma temporada feliz e despreocupada em Terraclara, agora voltavam com pressa, tentando chegar em casa antes que os perigos mortais chegassem primeiro. Mia, por sua vez, tinha a esperança de que Teka já estivesse em companhia do pai e, quem sabe, trazendo sua mãe com ela. Naquele momento seu pensamento se voltou ao homem magro com cicatriz no rosto que viajou com eles desde a capital e que agora aguardava preso nas galerias da Cordilheira. Pensou que tudo de ruim que havia acontecido a ela, sua família e amigos originou-se na ambição desmedida daquele homem. Se Marrasga nunca tivesse tentado tomar o poder com o plano das fogueiras, o mundo exterior não saberia da existência de Terraclara, e eles continuariam vivendo suas vidas tranquilas, sem se preocupar com o Consenso ou qualquer outra ameaça externa. Porém, olhando para os lados e sentindo o aperto forte das mãos dos seus novos irmãos adotivos pensou que, se nunca tivessem cruzado o Abismo, Tayma e Marro não seriam parte da sua vida. Ao mesmo tempo, Gufus ainda estaria vivo, e Teka estaria ali de mãos dadas com ela. Mia sutilmente sacudiu a cabeça, como se este gesto simbólico afastasse tantos pensamentos conflitantes para bem longe.

— Estamos quase lá — disse Aletha, que liderava a fila.

Eles optaram por usar a passagem do túnel 26 por ser de mais fácil acesso, e colocá-los mais próximos das terras de Odnan e Tarkoma. Aletha havia utilizado aquela passagem na expedição que quase tirou a sua vida e a de seu irmão, então tinha uma boa noção do que esperar do lado de fora. Até onde a jovem sabia, os soldados inimigos ainda não tinham identificado aquela passagem e, com alguma sorte, seria possível seguir até aquele porto seguro. Arkhos Sailu fechava a estranha fila, com certa dificuldade em esgueirar-se e equilibrar-se munido de espadas e lança, mas ele foi convocado para aquela expedição como o principal especialista em armamentos e combate, logo precisava estar preparado. Seu aluno nos últimos meses, Marro, havia evoluído muito, mas ainda precisaria do apoio de alguém mais experiente, por isso eles seguiam em posições opostas da fila, Marro logo atrás de Aletha e Arkhos na retaguarda.

* * *

Todos conseguiram cruzar o Abismo com alguma dificuldade e logo estavam se escondendo entre os arbustos já do outro lado. Aletha alertara sobre a presença dos vigias inimigos e sobre as armadilhas de espetos de metal que foram espalhadas no chão. Encontraram várias no caminho e foram recolhendo todas, para terem uma trilha limpa de retorno. Antes de Aletha e Magar cruzarem o Abismo de volta a Terraclara, Uwe e Odnan haviam combinado que todos os dias, um pouco antes do anoitecer, estariam esperando em uma pequena gruta escondida, sem nenhuma fogueira acesa, o que dificultava um pouco encontrar o local. O sol já estava escondido entre as árvores, e a escuridão tomava seu lugar como um véu que aos poucos ia sendo estendido por sobre aquele bosque. Aletha estava com dificuldade em achar o ponto de encontro, e isso trazia uma ansiedade que em breve se tornaria desespero, na expectativa de terem que passar uma noite naquele caldeirão de perigos. Ouviram um som baixo e não identificado, parecia que alguém tentava chamar sua atenção. Olharam em volta, mas a escuridão já não ajudava em nada a identificar de onde viera aquele som.

— Ei, aqui.

A voz sussurrada estava vindo de algum ponto à sua direita, e Aletha foi na frente, para verificar. Deu alguns passos na escuridão, com muito cuidado e tentando caminhar em silêncio, como uma onça em busca da caça, até que foi agarrada, e uma mão tapou sua boca. Ela pisou forte no pé do agressor e deu uma cotovelada em sua barriga, conseguindo se livrar do abraço que a imobilizava. Sacou uma adaga e, quando ia cravar a lâmina no pescoço do homem, foi imobilizada por uma mão forte, que agarrou seu antebraço.

— Calminha aí, Aletha.

— Bapan! — ela disse com a voz muito mais alta do que gostaria.

O quase embate se transformou em um abraço apertado. Desde que Aletha e seu irmão cruzaram o Abismo de volta para Terraclara, eles não tiveram notícias do companheiro de travessia. Ela tinha quase certeza de que o amigo estava morto, e agora eles estavam ali novamente, escondendo-se dos soldados.

— Você trouxe uma escolta bem interessante — disse Bapan, enquanto olhava para os companheiros de viagem. Mas logo interrompeu qualquer saudação ou confraternização, dizendo em voz baixa: — Venham atrás de mim em fila, mantenham as cabeças baixas e não façam barulho.

Caminharam por algum tempo, até que saíram dos arbustos e seguiram uma estrada estreita que Mia reconheceu na hora. Estavam bem próximos daquela que foi sua segunda casa por algum tempo, há um ano. Como sempre, quem primeiro apareceu para saudar os visitantes foi o grande cachorro branco.

— Pequeno Urso! — Falou Marro, já sendo derrubado no chão e coberto de baba pelas lambidas do cachorro, que em seguida desviou sua atenção para Tayma. Sua alegria por reencontrar aquelas pessoas era expressa em uivos agudos e muita agitação enquanto pulava e corria entre os recém-chegados.

— Vamos logo para dentro de casa — chamou Bapan, ainda preocupado em ficar exposto a olhos e ouvidos indesejados.

Aquela varanda tão familiar logo se tornaria o palco de mais reencontros, quando Tayma e Marro viram seus pais e avós novamente. A emoção foi grande, e as palavras inicialmente faltaram, enquanto apenas se abraçavam, se beijavam e seguravam os rostos uns dos outros como se tentassem ter certeza de que aquela presença era real.

— Minha sobrinha está diferente, quase não a reconheci.

— Tio Uwe. — E dessa vez foi Mia quem correu ao encontro do tio, abraçando-o. Ela nem lhe deu tempo de falar nada e já foi logo crivando-o de perguntas.

— Onde está a Teka? Eles já voltaram? E tia Flora?

Uwe disse apenas o que sabia, que Teka ainda estava fora tentando encontrar a mãe e que ele ficou preso na casa de Odnan depois que a Magna Guarda cercou o lugar.

— Lamento não ter uma boa notícia para dar — disse ele, segurando o rosto da sobrinha com ternura —, mas pelo menos não tenho nenhuma má notícia.

A sessão de abraços e beijos continuou por mais alguns minutos, até que todos entraram na casa para um merecido descanso e uma deliciosa refeição. Ali dentro encontraram Vlas, o armeiro que Mia já conhecia, e conheceram o gigante que todos estavam chamando apenas de "Amigo", porque parecia que ele se identificava com essa denominação. Antes, durante e depois da farta refeição tiveram tempo de contar as novidades de um lado e do outro do Grande Abismo, o que tomou um longo tempo, mas ninguém estava pensando em dormir cedo, mesmo. Foi um momento de reencontros, o primeiro de outros que se seguiriam, ainda que eles não soubessem disso.

Capítulo XLVIII

Osmond e o filho estavam jogados em uma cela abafada e muito úmida. Era difícil até respirar. Cada um deles estava amarrado em uma cadeira de metal, e seus pés afundados em água que cobria um palmo de toda a superfície da cela. Aquela água era imunda, cheirava mal, e por vezes era possível ver coisas flutuando que era até melhor nem saber do que se tratavam. Não sabiam ao certo se estavam lá havia poucas horas ou dias. Seus estômagos se contorciam de fome, e os dois sofriam de sede, porque tiveram que dividir uma concha d'água, e foi só isso que receberam desde que foram jogados naquele local. Depois de uma espera que pareceu interminável, quatro homens entraram e os agrediram para que caíssem no chão, então foram amarrados e praticamente arrastados até uma espécie de galpão. Chegando lá, avistaram Teka, que, apesar de amarrada, parecia estar bem e até mesmo limpa. Em seguida foram posicionados em uma parte bastante escura do galpão, em frente a uma parede iluminada pelos raios de sol do que parecia ser da tarde. Tirruá surgiu por detrás deles e disse:

— Deixe-me contar o que vai acontecer e o que não vai acontecer.

Teka pensou imediatamente que aquela mulher não tinha a menor imaginação, usando as mesmas frases de efeito, mas logo constatou o óbvio. Ela não ameaçava ninguém, simplesmente dizia o que esperava dos outros e as consequências de não ser atendida. Seu reino de terror foi muito bem construído, e todos os que conviviam com ela sabiam o que aconteceria se ela fosse contrariada.

— Vocês ficam aqui no escuro para não serem vistos, e algumas mulheres vão entrar e ser posicionadas naquela parede sob os raios do sol. Vocês vão olhar para cada uma delas e me dizer quem é a tal Flora.

Tirruá caminhou de um lado a outro na frente dos três prisioneiros e continuou.

— Se mentirem ou tentarem me enganar, vocês dois terão a morte mais horrível que um ser humano pode suportar — disse ela, apontando para pai e filho, e logo se virando para Teka. — E você já sabe o que posso fazer sem desvalorizar a mercadoria.

Atendendo a um gesto da patroa, alguns asseclas começaram a trazer mulheres que pareciam realmente muito assustadas. Uma delas era alta e aparentava ter cabelos claros, ainda que o grisalho fosse predominante em sua cabeça; duas tinham cabelos escuros já com muitos fios brancos se destacando; e a última se parecia muito com Malaika, com a pele mais escura, porém com cabelos muito negros e lisos. Ela era bem mais jovem dos que as demais.

Osmond e Osgald não sabiam o que fazer, pois nunca tinham visto Flora e podiam apenas imaginar sua aparência. Naturalmente a jovem de pele escura não tinha idade suficiente para ser mãe de Teka, quanto às demais, eles não arriscariam um palpite. Teka não pensava em mais nada, apenas olhava para uma das mulheres que havia entrado mancando, usando um avental encardido. Não conseguia acreditar no que seus olhos estavam vendo, e lembrou-se de um quadro que enfeitava uma das lareiras do Castelo Ossosduros, onde havia uma pintura do casal na época do casamento. Teka não tinha lembranças nítidas da mãe, apenas algumas impressões e sentimentos. Ela não se lembrava daquela mulher, apenas montou uma figura imaginária com base naquele quadro e nas conversas com o pai e a tia. Mas não era possível ignorar os olhos verdes de uma das mulheres, os mesmos retratados naquela pintura, iguais aos da jovem que agora os fitava. A emoção nublava seu raciocínio, mas precisava pensar rápido.

— E então, qual delas?

— Se eu disser, você vai matá-los e me vender, então não vejo vantagem em ajudá-la — respondeu Teka, com toda a calma que conseguiu reunir.

Tirruá não estava esperando uma resposta como aquela e ficou bastante perplexa, ficando calada por alguns instantes, o que foi suficiente para Osmond completar.

— A recompensa só será paga para nós, então não adianta nos matar e levá-la até o marido.

O freijar foi calado com um soco de um dos capangas, o que no fim das contas foi ótimo, porque ele poderia contar uma história diferente de Teka e estragar tudo. Ela rapidamente assumiu o protagonismo daquela conversa.

— Já lhe disse que nós três fomos contratados juntos, e cada um vai receber um saco de ouro quando levarmos a mulher conosco. — A menina ficou esperando um tapa ou um soco, e, como não aconteceu nada, continuou. — Quem não estiver presente na entrega não receberá nada.

— Pois eu acho que vou matar os três, levar a cozinheira até o marido e receber mais do que três sacos de ouro — retrucou Tirruá, com uma expressão satisfeita, de quem havia finalizado e vencido aquela discussão.

Quando tudo parecia mal encaminhado, foi Osgald, que até então estava calado, quem salvou o dia:

— Se você for sozinha ou mandar alguém que não seja um de nós, além de não receber ouro algum, ainda vai ser submetida ao código de honra dos freijar.

Teka e Osmond ficaram calados, confusos, mas escutando mais aquela história fantasiosa.

— E o que seria esse código de honra dos freijar? — Tirruá parecia estar se divertindo escutando aquelas histórias.

— É o direito de sangue — ele respondeu misturando tradições antigas com mentiras, para tentar sair daquele impasse com vida. Ele aproveitou que a traficante parecia entretida e finalizou. — O acordo foi feito com meu pai e, enquanto esse acordo estiver vigente, nós todos somos parte da mesma família, e o direito de sangue vai exigir que você, e quem quer que seja, morra para vingar o nosso sangue.

Osmond e Teka esperaram, tensos, pela reação de Tirruá, que não veio. Ela ficou pensativa, provavelmente avaliando como lucrar com aquela situação. A velha traficante conhecia um pouco de tradições de outros povos e sabia vagamente sobre a fixação dos freijar em códigos de honra.

— Liberte-nos, mande seus homens nos acompanharem, e lhe daremos um saco de ouro — interveio Osmond, retomando a liderança daquela discussão.

— Ainda prefiro ficar com tudo — respondeu Tirruá.

— Mas assim vai acabar ficando sem nada.

— Eu fico com os três sacos de ouro quando vocês entregarem a mulher, e meus homens não matam vocês. O que lhe parece essa versão do acordo?

— Se nos matar nas terras dos freijar, vai ter que enfrentar Arne e seu exército. Nosso líder nunca deixaria sem resposta uma agressão como essa.

— Está bem. Meio a meio, e vocês partem amanhã para devolver a esposa desse tal Uwe "Ossoduros".

Tirruá não tinha qualquer intenção de cumprir o acordo: iria ficar com todo o ouro, matar os dois e ainda vender a menina como escrava — um lucro excepcional.

— Estamos combinados assim — respondeu Osmond.

Ele sabia que Tirruá estava mentindo. Não haveria ouro, tampouco direito de sangue, mas havia ganhado um tempo precioso para tentar se livrar daquela prisão.

Capítulo XLIX

A leitura dos dois livros que Anii mandara entregar para Gufus foi lenta e cansativa. Havia muitas informações, mas a maioria delas inútil. Uma parte, porém, foi muito elucidativa, porque trazia o relato de um soldado que havia se perdido do grupo de Tenar. Depois que este saiu em sua expedição colonizadora com seus seguidores, aconteceu uma ruptura no Consenso, sob a influência de Hanner. Os seguidores de Tenar foram considerados traidores por abandonar os desígnios do Magnus e os Princípios Harmônicos. O relato daquele soldado perdido dizia que Tenar havia encontrado uma nova terra e que ele e seus seguidores decidiram se esconder da possível hostilidade do Consenso. O que nem os registros históricos do Consenso nem os de Terraclara contavam era o que realmente havia acontecido quando as primeiras pessoas chegaram às novas terras além do Abismo. Essa história se perdeu em tradições orais, que se tornaram lendas e depois foram desaparecendo com o tempo.

* * *

Já havia meses desde que Tenar e o grupo de colonizadores exilados haviam saído das terras do Consenso, até que avistaram uma cordilheira bem alta e logo notaram que sua base era uma grande fenda no chão, um verdadeiro abismo. Quando os primeiros batedores voltaram da beira daquele abismo, trouxeram a notícia de que era um obstáculo intransponível — todos, menos um. Um dos mais leais ajudantes de Tenar era, também, o melhor e mais sorrateiro batedor de todo aquele grupo. Quando ele finalmente retornou ao acampamento dos colonizadores, contou histórias de uma passagem difícil e perigosa, que atravessava por sobre o abismo e transpassava a montanha. Ele contou o que viu — histórias de uma terra com muito sol e um grande lago próximo ao outro lado da cordilheira — e incentivou a expedição a cruzar o Abismo e explorar aquela terra nova. Ele foi celebrado entre os companheiros, e seu nome, já esquecido e perdido entre tantas alvoradas e poentes, foi posto de lado enquanto todos gritavam o apelido que agora denominava o melhor e mais cuidadoso dos batedores: Patafofa!

Quando todos conseguiram cruzar o abismo e chegar às novas terras, ficaram esperançosos com o que viram, especialmente com o sol e o clima ameno. Aquela era uma terra clara e aparentemente fértil. Não foi difícil tomar a decisão de permanecer e depois construir um novo reino, comandado por Tenar e seus principais ajudantes. Havia um receio de que o Magnus tivesse interesse em dominar aquele novo território e um medo ainda mais profundo de que Hanner convencesse seu líder de que eles eram fugitivos e traidores. Por isso, adotaram novos nomes para que não corressem o risco de que alguém os denunciasse ao Consenso. Assim, o principal construtor adotou para si o nome Muroforte, o mestre ferreiro tornou-se Ossosduros e assim por diante — até que Tenar Tharur também mudou seu nome, e todos os demais prestaram seu respeito ao líder, declarando-se os súditos de Arten.

Arten reinou por muitos anos e Terraclara tornou-se uma espécie de reino escondido, mas ele nunca abandonou sua lealdade e seu amor por Elaurius. Antes de morrer, além de ter consolidado seu povo naquela nova terra, Arten decidiu construir uma passagem permanente na Cordilheira e uma ponte para que outros pudessem chegar até eles. Esse portal foi decorado pelos artesãos do clã Mão de Clava com uma imagem em relevo de Elaurius, o Magno, ficando lá por muito tempo sem nunca ter sido usado, até que o medo e a desconfiança fizessem com que os descendentes daqueles primeiros colonizadores o escondessem colando pedaços de pedra por sobre a imagem de Elaurius e bloqueando o portal.

* * *

Esse acesso perdido para o coração de Terraclara foi, por gerações, um segredo bem-guardado que agora estava à disposição do Magnus para usá-lo em seus planos. O que nem Gufus nem Anii sabiam era que o portal de Elaurius era apenas um dos segredos do paredão do Abismo; eles ignoravam completamente o *Ingresso Defensio*.

Interlúdio

De lados opostos do Abismo, duas forças se preparavam para o inevitável confronto, e o mais extraordinário era que ambas contavam com informações de origem ancestral que, acreditavam, poderiam levá-los à vitória.

Anii e seus muitos recursos haviam descoberto o Portal de Elaurius, um legado do passado remoto deixado por Tenar. Eles esperavam entregar ao Magnus uma informação vital para uma eventual conquista.

Do outro lado, o improvável grupo formado por Mia, sua mãe Amelia, Omzo Rigabel e Letla Cominato estava no limiar de descobrir o que era o tal *Ingresso Defensio* e esperava encontrar uma informação vital para uma eventual defesa.

Ambos estavam certos, de certa forma.

Ambos estavam errados, de certa forma.

Os dois lados trabalhavam com informações incompletas e logo seriam confrontados com essa realidade.

Capítulo L

Teka foi novamente separada de Osmond e Osgald, mas dessa vez foi levada para uma cela diferente, onde já estava acorrentada outra mulher, um pouco mais velha do que ela, mas ainda bem jovem. Os capangas a acorrentaram e saíram sem falar nada, deixando Teka e sua nova companheira na penumbra.

— Olá, meu nome é Stella, e o seu?

Teka estranhou aquela amabilidade, mas por outro lado foi a primeira coisa gentil que escutava desde sua chegada àquele lugar horrível.

— Eu sou Teka.

— Eu ouvi os guardas dizendo que você é freijar, mas você não é loira nem tem os olhos azuis.

O comentário foi feito de forma bondosa, e o tom de voz de Stella era amistoso. Apesar de não querer revelar nada sobre si mesma, o fato de não ser freijar era óbvio, estava estampado em suas feições e no cabelo negro.

— Não, não sou.

Stella, apesar de parecer mais velha, tinha atitudes infantis e logo se aproximou de Teka como uma menininha de seis anos faria.

— Estou tão feliz de ter alguém para conversar! — Ela disse enquanto segurava as mãos de Teka. — Nem sei há quanto tempo estou aqui sozinha.

— Qual foi o seu crime para estar presa aqui?

— Crime nenhum. Estou aqui esperando para ser entregue ao meu dono.

Aquela afirmação foi feita de forma tão natural, que chocou até a raiz dos cabelos de Teka. Stella comentava sobre o seu destino de escrava tão naturalmente quanto uma pessoa dizendo que vai comprar alguma coisa no mercado. Ela falava muito, parecia mesmo que estava tentando compensar o tempo de solidão com a companhia recém-chegada. Ela contou que havia sido capturada pelo bando de Tirruá e levada para aquele lugar havia muitos meses, não sabia ao certo quantos. Algumas semanas atrás ela foi exibida junto com outros escravos em um leilão, e um homem velho e calvo a comprou por uma boa quantia. Ele disse que iria terminar uma viagem de negócios e no caminho de volta passaria para buscar a mercadoria adquirida.

E lá estava Stella, sendo mantida naquela alcova, esperando o dia em que seria entregue ao novo dono. Ela falava sem parar: contou sobre sua vida, sua família de fazendeiros e como eles deviam estar preocupados com o seu desaparecimento. Depois de falar muito, ela quis saber sobre Teka.

— Você é bonita. Tem namorado?

Surpreendida com a pergunta ela simplesmente respondeu negativamente com um gesto de cabeça.

— E de onde você vem?

As duas foram interrompidas com a chegada de um dos homens de Tirruá. Ele trazia um pouco de comida e dois copos d'água, que mais pareciam ter saído de uma poça de lama, mas a fome e a sede fizeram com que ambas comessem e bebessem tudo rapidamente. Depois da refeição, pareceu que o ímpeto de conversar tinha se acalmado, e as duas se recostaram nas paredes de pedra. Foi Stella, mais uma vez, quem retomou a conversa.

— A coisa da qual mais vou sentir falta é de disputar corridas com meus irmãos e depois mergulhar no rio.

Teka sentiu-se mais solta e livre para falar, afinal estava sendo bom compartilhar um pouco com aquela jovem que em breve iria para um destino tão terrível.

— Eu sinto falta dos meus amigos e da escola.

— Escola... eu nunca fui a uma escola. Como é lá?

Teka contou sobre o Orfanato, sobre Mia, Gufus, sobre o detestável Professor Rigabel e sobre o Decatlo. Em pouco tempo ela se viu tomada de emoção e saudade, mas não falou nada sobre a família. Falou sobre o Lago Negro, sobre a cidade e sobre muitas outras coisas da terra natal.

— Mas que lugar incrível, queria muito conhecer um dia. Como é o nome do seu reino?

— Terraclara — respondeu Teka. Ainda que racionalmente soubesse que não devia falar nada, queria deixar aquela escrava com alguma coisa boa em que pensar nos dias sombrios que viriam.

— Se eu me comportar bem, vou pedir ao meu dono para visitar os freijar em Terraclara.

— Nós não somos freijar, nossa terra fica além do Abismo... — Teka interrompeu o que estava dizendo e logo percebeu o quanto estava sendo irresponsável ao comentar sobre sua origem.

Teka virou-se para o lado e tentou dormir, evitando, assim, falar demais.

* * *

Na manhã seguinte, dois mal-encarados entraram e soltaram as algemas que prendiam Stella.

— Vamos logo, seu dono chegou para buscar a mercadoria.

Ela olhou para Teka de forma resignada e acenou, despedindo-se da companheira de cela. A porta foi fechada e deixou para trás apenas os pensamentos de como seria horrível a vida de escravidão que esperava por aquela moça tão doce e inocente. Teka não costumava se render a pensamentos negativos, mas agora era oficial: odiava Tirruá.

* * *

— Então essa é a verdade — disse Tirruá, com um sorriso de satisfação. Ela falava mais consigo mesma do que com a pessoa que estava com ela. — Uma terra nova além do Abismo, intocada pelo Consenso, cheia de oportunidades.

Se não fossem tão opacos, seus olhos poderiam até estar brilhando pela excitação.

— Terraclara... — disse a velha, como se o nome daquele lugar antecipasse seus planos.

Tirruá olhou a mulher jovem que também estava na sala e fez um gesto quase carinhoso, apertando as bochechas rosadas da moça, declarando, antes de sair daquela sala.

— Muito bem, muito bem. É por isso que você é a minha preferida e número dois em comando, Stella.

Capítulo LI

Depois de várias semanas sem contato com o Magnus, Gufus recebeu um convite para tomar café da manhã. Chegando ao local indicado encontrou uma pequena mesa redonda, com comida, leite e sucos de frutas. O Magnus já estava lá, à sua espera, o que lhe causou aquela sensação incômoda de "será que deixei o homem mais poderoso do mundo esperando?". Como sempre acontecia, a recepção foi informal, e nenhuma reprimenda foi feita pelo atraso.

— Sente-se aqui e vamos comer — disse o Magnus, enquanto se jogava em uma das cadeiras. — Acordei com um apetite voraz hoje.

O bom humor do seu companheiro de refeição, como sempre, trouxe à cabeça de Gufus sentimentos contraditórios. Era ótimo que seu anfitrião estivesse feliz e satisfeito, o que ocasionaria momentos mais tranquilos. Mas, se o líder do Consenso estava feliz, provavelmente alguém em alguma outra parte do mundo estava sofrendo miseravelmente. Depois de dispensar os serviçais, ele começou a comer e beber, falando apenas:

— Sirva-se, sirva-se, a comida está excelente.

Começaram a comer, e entre uma garfada e outra o Magnus comentou.

— Soube que você ficou um pouco incomodado com a revelação das origens do seu reino.

Ele até pensou em corrigi-lo sobre a designação "reino", mas nem se deu a esse trabalho.

— Sim, senhor. Foi de certa forma... inusitado.

— Boa escolha de palavras — respondeu com um sorriso nos lábios.

Gufus se permitiu entrar naquele clima e riu também. O Magnus logo prosseguiu, como sempre falando mais do que escutando.

— Não precisa ficar fazendo discursos e moldando palavras.

Ele molhou um pedaço de pão em uma tigela de azeite e elogiou o sabor refinado do produto.

— Esse azeite veio da região próxima ao Abismo, e, tão logo provei essa maravilha, ordenei que toda a produção fosse trazida para cá.

Gufus imediatamente pensou em Odnan e Tarkoma recebendo a incômoda visita dos guardas com uniformes negros e recebendo ordens para direcionar todo o estoque e produção futura de azeite para Capitólio. Ele não conseguiu esconder os sentimentos, que devem ter ficado estampados em sua face.

— O que preocupa você?

— Os fazendeiros que produziram esse azeite agora ficaram sem nada.

— Mas as terras, as oliveiras e quem produz o azeite pertencem ao Consenso, eu só mandei buscar o que é meu.

O homem levantou-se, deu alguns poucos passos em volta da mesa e mudou o tom de voz, ficando um pouco mais sério e didático.

— Se você realmente se dispuser a ser um cidadão, precisa abraçar os Princípios Harmônicos.

— Acho que o senhor entende que, para alguém como eu, que vivenciou o outro lado desse conceito, não é assim tão simples.

— Mas os Princípios são simples, se você os compreender sem restrições e noções preconcebidas.

Ainda que um pouco temeroso, Gufus confiava no que Anii havia lhe dito, que ele não deveria se conter ao falar com o Magnus, deveria apenas ser respeitoso. E assim continuou questionando o Líder de Tudo Que Existe Entre o Céu e a Terra.

— Mas e as pessoas fora do Consenso, elas não têm direito a nada?

— Não há pessoas fora do Consenso.

Gufus entrou naquele jogo de palavras, já um pouco mais solto das restrições que havia imposto a si mesmo.

— Perdão, deixe-me corrigir minha pergunta: e os habitantes que não são cidadãos, eles não têm direito a nada?

O Magnus deu um suspiro discreto, mas, como estava disposto a educar aquele jovem tão promissor, prosseguiu explicando o que, para ele, era óbvio.

— Olha para este pedaço de pão — disse o líder do Consenso, enquanto pegava uma fatia apetitosa de cima da mesa. O trigo é cultivado e regado, ele cresce sob o sol que ilumina nossas terras e um dia vai chegar à sua mesa em forma de pão.

O Magnus fez uma pausa bem teatral enquanto mordia um pequeno pedaço. Em seguida, continuou a explicação.

— O trigo, a água que o irrigou, o sol que iluminou seu crescimento e aqueles agricultores que o colheram existem para que nós possamos desfrutar deste resultado.

Frente ao olhar ainda marcado de dúvidas que notou em seu interlocutor, o Magnus acrescentou.

— Nós não desprezamos o trigo, nem a água, nem aqueles que o plantaram e colheram. Tudo isso existe para que o pão chegue à nossa mesa.

— Mas e as pes... — E Gufus logo se corrigiu — os habitantes que o plantaram, eles não têm direito a comer?

— Mas é claro que sim. Da mesma forma que o trigo precisa de água e os cavalos precisam de pasto, os agricultores podem comer o que quiserem, depois de prover as necessidades dos cidadãos.

— E esses agricultores... — Mas foi interrompido pelo Magnus.

— Você pensa na vaca quando bebe um copo de leite? — E ele mesmo respondeu à própria pergunta. — É claro que não. Você quer o leite em sua caneca, e para isso a vaca precisa estar viva e alimentada.

— E se esses agricultores não tiverem o suficiente para viver dignamente e se revoltarem?

— Serão mortos da forma mais horrenda e pública possível.

O Magnus, de pé, recostado na mesa de mármore e madeira, serviu-se de outro pequeno pedaço de pão e bebeu alguns goles em uma requintada caneca de metal. Quando acabou, estava com um leve "bigodinho de leite" e riu de si mesmo enquanto se limpava com um guardanapo bordado. Gufus quase não podia conter seu espanto com a postura informal do grande líder. O poderoso homem caminhou alguns passos, sentou-se novamente na pequena cadeira e fez sinal para que o rapaz o acompanhasse, sentando-se ao lado.

— Mas nós não queremos matar as vacas, nem as abelhas, nem os agricultores — ele disse agora mudando novamente o tom e ficando ainda mais sério —, por isso é preciso conhecer os Princípios Harmônicos, neste caso o Controle do Rebanho.

O Magnus chamou um dos serviçais, e rapidamente um livro estava em suas mãos. Ele, calma e didaticamente, leu o Princípio do Controle do Rebanho[1] em voz alta.

— "A chave do domínio não é a punição depois que algo errado acontece, ainda que devamos usar pessoas e situações para dar o exemplo e mostrar o que acontece com quem desafia os desígnios do Consenso. Porém, o mais importante não é fazer isso de forma direta e violenta — afinal, precisamos manter o rebanho saudável e funcional. É necessário criar um condicionamento coletivo tão poderoso, que a própria ideia de revolta nem seja considerada. Entre os seres inferiores, devemos garantir que, desde o seu nascimento, seja natural criar indivíduos limitados, reduzindo e restringindo sua educação àquilo que é necessário para atender aos cidadãos. O conhecimento deve ser limitado porque o indivíduo inculto não tem maiores expectativas, e seu pensamento estará limitado a preocupações materiais e medíocres, e não ao ato de se revoltar. Se eles estiverem condicionados e conformados, serão felizes do seu jeito."

— Mas isso, isso... — Gufus nem conseguia articular as palavras, frente à monstruosidade que acabara de escutar, mas ainda conseguiu argumentar.

— E esses indivíduos não podem ter esperança de uma vida melhor?

— Esperança é uma coisa fútil, esperança é para os fracos, que não têm ousadia de fazer acontecer.

E assim o café da manhã e aquela aula foram encerrados.

Capítulo LII

Havia dois grupos distintos. Na frente, iam cinco capangas de Tirruá escoltando Teka, Osmond e Osgald, que cavalgavam amarrados e amordaçados. Bem atrás, a mesma mulher de cabelos curtos escoltava Flora, que, além de amarrada, estava com os olhos vendados. O progresso em direção a oeste era lento e em certos momentos margeava o rio, sem nunca cruzar aquela fronteira. Teka estava desesperada. Estava tão perto, havia avistado sua mãe, e agora eles seguiam prisioneiros em direção a uma mentira que provavelmente iria levar todo o grupo à morte. Eles estavam mentindo e sabiam que Tirruá também estava. Tinham sido inteligentes na estratégia, mas encontraram uma adversária à altura. As instruções da mulher para a escolta daquele grupo foram muito claras: levá-los até as terras dos freijar, receber a recompensa, matar os homens e, se possível, trazer a jovem de volta para ser negociada. Osmond pensava em formas de escapar, mas nada parecia possível. Só podiam mesmo contar com a sorte, e esbarraram nela da maneira mais inesperada, na forma de uniformes negros.

Depois de horas de uma caminhada lenta sob o sol intenso, foi necessária uma parada para descansar os cavalos e procurar uma sombra. Naquele ponto em que estavam, perto da margem do rio, havia uma pequena praia onde ele fazia uma curva, e pessoas e animais podiam descansar e beber água fresca. A mente de Osmond funcionava de modo frenético, imaginando maneiras de escapar. Ele calculou que, se seguissem pela margem do rio, estariam perto da ponte que tinham cruzado havia dois dias e de lá seguiriam para a segurança de Yun Durki. Mas como se libertar? Essa era a pergunta que valia quatro vidas. Um dos homens aproximou-se de Osgald, tirou sua mordaça e lhe deu um pouco de água, logo depois fez o mesmo com Osmond, que aproveitou e disse:

— Preciso me aliviar.

— Pode urinar aí mesmo. — Foi a resposta que recebeu.

— A situação é um pouco pior, vocês não vão gostar do cheiro se eu fizer nas calças. — Foi sua resposta rápida e sagaz.

Bastante contrariado, o homem o conduziu para longe do grupo e ficou por perto, com a espada na mão.

— Pode se aliviar, mas, se tentar qualquer coisa, vou rasgar sua barriga de um lado a outro.

Osmond fingiu estar atrapalhado com as mãos amarradas, simulando que caía desequilibrado ao tentar tirar as calças. Se não fosse uma situação extrema, seria até uma cena engraçada. Relutante, mas sem paciência de assistir àquela cena grotesca, o capanga soltou as mãos de Osmond, que imediatamente pulou sobre ele. Os dois começaram a lutar. Os ruídos chamaram a atenção dos demais, que correram em socorro do parceiro. Enquanto isso a luta chegou à margem do rio, e, quando Osmond derrubou seu oponente com uma sequência de socos, foi surpreendido com a chegada dos outros que vieram em socorro do companheiro. O freijar foi imobilizado e colocado de joelhos nas águas geladas, pronto para ser executado.

— Eu disse que, se tentasse alguma coisa, eu iria te cortar no meio — disse aos berros o capanga, sangrando pela surra recebida de Osmond. — Agora você vai morrer, vai morrer!

— Vocês aí, o que está acontecendo? — gritou uma voz desconhecida, vinda da outra margem.

Um pequeno contingente da Magna Guarda estava parado do outro lado do rio e assistia ao enredo que se desenrolava na margem oposta. Surpreendidos pela chegada dos soldados, os homens de

Tirruá ficaram sem ação, dando a Osmond a oportunidade de que precisava.

— Socorro, eles estão levando duas cidadãs como prisioneiras — ele berrou enquanto apontava para Teka, que ainda estava amarrada e amordaçada.

Esse apelo foi forte para os soldados, ninguém podia aprisionar ou fazer mal a um cidadão, aquilo era impensável. O líder dos soldados sacou sua espada e forçou seu cavalo a atravessar o riacho, seguido dos demais. Mesmo com água bem rasa tiveram alguma dificuldade, o que deu a Osmond a oportunidade de sair correndo, jogar-se aos pés de Teka e berrar.

— Por favor, ajudem, eles fizeram a minha senhora de prisioneira.

O tipo físico de Teka era bem comum, e ela poderia tranquilamente se passar por uma cidadã do Consenso, ao contrário dos louros, negros e outras etnias que formavam aquele grupo. A confusão armada permitiu a Osmond falar para o homem com quem há pouco estava lutando.

— Acho melhor vocês fugirem, eles não gostam que mexam com a sua gente.

— Mas vocês não são do Consenso.

— Você quer tentar explicar isso para a ponta daquelas espadas?

Os capangas de Tirruá montaram rapidamente em seus cavalos e saíram velozmente, levando com eles os cavalos dos prisioneiros. Osmond só teve tempo de sussurrar alguma coisa para Teka, antes dos soldados chegarem.

— Você está bem? — perguntou o primeiro soldado dirigindo-se para Teka.

— Sim, estou. Ainda bem que vocês chegaram — respondeu ela, já instruída por Osmond.

— Quem são vocês, o que fazem aqui?

— Eu sou Temitília, filha do Comandante Galeaso, e aquela é minha tia — ela disse apontando para Flora, que estava caída um pouco longe, ainda amarrada e vendada.

O soldado olhou para Osmond e Osgald, e naturalmente deduziu que aqueles louros de olhos azuis não poderiam ser cidadãos. Teka foi rápida e não deu chance a dúvidas.

— Esses são nossos servos freijar que nos acompanhavam ao encontro de meu pai.

— Agora está tudo bem, vamos escoltá-las — respondeu o soldado.

— Não — falou Teka, entrando de cabeça em seu papel recém-criado. — Vocês precisam perseguir e capturar aqueles homens. Sua audácia precisa ser punida como lição.

Frente a uma certa indecisão dos soldados, ela ainda acrescentou:

— Meu pai gostaria de ver as cabeças daqueles que ousaram nos raptar.

— Mas não podemos deixá-la aqui...

— Vão logo, estamos seguras aqui, protegidas pelos nossos servos, e vocês podem nos buscar quando voltarem. Vão!

Os cinco soldados saíram galopando seus cavalos negros, em perseguição ao bando de Tirruá deixando para trás os quatro incrédulos ex-prisioneiros.

— Acho que gastamos toda a sorte das nossas vidas hoje — comentou Osgald, ainda sem acreditar no que havia acabado de acontecer.

— Vão, corram seguindo a margem do rio — disse Osmond para Teka e Osgald. — Eu vou soltar a senhora Flora, e seguimos logo atrás.

E, antes que Teka pudesse abrir a boca para expressar qualquer oposição, ele concluiu:

— Agora não podemos nos dar ao luxo de perder tempo com reencontros.

Osgald puxou Teka pelas mãos, e seguiram correndo pela margem do rio, enquanto Osmond foi desamarrar e tirar a mordaça e a venda que cobriam Flora.

— Meu nome é Osmond, e aquele que está correndo lá na frente é o meu filho.

— Alguém vai me explicar o que está acontecendo?

— Depois — ele respondeu enquanto cortava o restante das amarras e a arrastava correndo pela areia e pelos pedriscos da margem do rio.

Correram muito, até que seus corpos cansados exigiram uma parada e encontraram abrigo relativo em uma pequena depressão, não muito longe da ponte que os levaria à segurança. Teka e Osgald chegaram primeiro, e logo depois Osmond e Flora se juntaram a eles. O grupo se permitiu alguns minutos de descanso, e dessa vez Teka finalmente pôde falar com a mãe.

Capítulo LIII

Quando deixou a companhia do Magnus, Gufus decidiu procurar por Maeki e conversar um pouco. Ele a encontrou com Umi no colo, afagando a gatinha com uma expressão infeliz e sinais de choro recente. Ele juntou os três dedos do meio da sua mão direita para baixo deixando o polegar e o dedo mínimo esticados. Quando se aproximou de Maeki ele encostou o polegar no queixo e girou a mão, de forma que o dedo mínimo fosse para baixo.

— Triste? — perguntou.

Gufus não teve uma resposta direta, apenas um gesto que ele não entendeu bem. Depois a viu levantar-se e caminhar para longe dele, levando a gatinha no colo.

Ele caminhou na direção oposta até chegar à biblioteca e avistou Anii cercado de outros três bibliotecários ou escribas (ainda se confundia com essas funções) falando baixo e gesticulando muito. Ele decidiu não incomodar o amigo, e deu meia-volta para sair daquele salão, quando ouviu sua voz.

— Mal chegou, e já está indo embora sem ao menos me cumprimentar?

— Eu vi que você estava ocupado e decidi ir embora.

—Se eu estou ocupado ou não e quais são minhas prioridades, quem decide sou eu.

Com um gesto, Anii dispensou os ajudantes que o cercavam e fez um sinal para Gufus aproximar-se. Assim que o rapaz o fez, foi recebido com o seguinte comentário:

— Sabe por que eu não permito comida aqui dentro deste recinto?

O escriba se levantou, apoiou as mãos no tampo da mesa e ele mesmo respondeu.

— Porque atrai insetos que podem danificar meus preciosos livros.

Gufus não estava entendendo nada, até que Anii, com um gesto de cabeça, apontou para o peito do amigo, que estava coberto de migalhas.

— Vá lá fora sacudir esse resto de café da manhã não consumido.

Frente à bronca amistosa de Anii, Gufus lembrou-se de quantas vezes escutou coisas parecidas das amigas Mia e Teka. Teve um momento de nostalgia e tristeza e ficou perdido entre lembranças e preocupação com as duas. Logo foi interrompido por Anii, que havia saído do salão da biblioteca e se aproximava de Gufus no jardim externo.

— Sua chegada me salvou de companhias tediosas e me permitiu esticar um pouco as pernas aqui do lado de fora. Obrigado.

— Disponha sempre — ele respondeu de forma brincalhona.

— Pelo jeito, a comilança com o Magnus foi boa.

Gufus não disse nada, mas sua expressão facial já foi suficiente para Anii dar uma resposta àquela pergunta não feita.

— Já lhe disse uma vez: parte do meu trabalho é saber de tudo.

— Foi uma experiência ao mesmo tempo didática e estarrecedora.

— Já imagino que ele deva ter lhe confrontado com alguma prática ou conceito que você considera abominável.

— Exatamente isso.

— Já parou para pensar que você pode estar errado?

— Já, claro. E certamente não estou.

— Um pouco arrogante de sua parte, não acha?

— Não, apenas consciente.

Anii não esperava aquela resposta e ficou surpreendentemente sem palavras, o que deu a Gufus a oportunidade de mudar de assunto.

— Deixando as filosofias de lado, eu hoje em curto espaço de tempo convivi com um Magnus radiante de felicidade e uma Maeki profundamente triste.

— E você acha que eu sei o porquê disso.
— Claro, afinal, parte do seu trabalho não é saber de tudo? — retrucou de forma irônica.
— Sim, eu sei, e ambos os sentimentos têm a mesma origem.
— E o que aconteceu?
— Para que você entenda, vou precisar contar uma história.
— E por que isso não me espanta? — Gufus respondeu já se preparando para mais uma das histórias de Anii.

* * *

Antes mesmo de ser entronizado como o Magnífico, o Admirável, o Magno Líder de Tudo Que Existe Entre o Céu e a Terra, o atual Magnus conheceu Hierene, a mulher mais doce e ao mesmo tempo mais pragmática que Anii já havia visto. Ela era de uma família de boas relações com todos aqueles importantes e influentes no Consenso, mas não frequentava eventos sociais, limitando-se a recitais de música. E foi em um desses eventos que eles se conheceram, e a afinidade nasceu imediatamente. Hierene não era a primeira opção para ser a esposa do futuro líder do Consenso, mas aos poucos todos viram como ela completava o jovem herdeiro e lhe dava tranquilidade e equilíbrio. Havia até mesmo certa preocupação com a aparência de um futuro herdeiro, devido aos traços exóticos de beleza da noiva, com seus olhos puxados. Casaram-se e logo tiveram uma filha, que foi muito bem recebida com amor e carinho. Os problemas vieram a seguir, quando Hierene não engravidou novamente, e Maeki foi diagnosticada como surda. A única herdeira do Magnus não poderia ser uma mulher, ainda mais, surda. A felicidade do casal foi sendo abalada pelas cobranças sobre a continuidade da dinastia, e não faltaram sugestões de divórcio, mas o casal era muito apaixonado, então essa hipótese foi descartada de forma definitiva. Algum tempo depois Hierene adoeceu misteriosamente e em pouco tempo estava morta. Isso deixou um viúvo arrasado e uma filha incompreendida e quase abandonada. Por muito tempo o Magnus resistiu à ideia de um novo casamento, apesar da insistência e do aconselhamento de muitas pessoas próximas, inclusive Anii.

Alguns meses antes de Gufus ser trazido para Capitólio, o Magnus enfim se casou de novo, durante uma cerimônia simples em uma ilha do litoral leste. Sua esposa ficou morando em um palácio naquela ilha em vez de vir para a capital do Consenso. Por isso Gufus tinha a impressão de que o Magnus desaparecia de tempos em tempos, todas as vezes em que ele ia visitar a esposa. Agora finalmente um herdeiro do sexo masculino havia nascido e parecia saudável e forte — alguém para continuar a dinastia e um dia ser aclamado como o Magnus.

*   *   *

— E é por isso que o Magnus está tão radiante de felicidade, e Maeki está triste e sentindo-se cada vez mais abandonada.

Gufus tentou se colocar no lugar da amiga, rejeitada como filha por ser mulher e surda, um lembrete constante da mãe morta e um problema sem solução, até agora. Com a chegada de um novo herdeiro, Maeki seria mantida como uma figura exótica, quase um animal de estimação, até o momento em que seu meio-irmão chegasse ao poder. Sentiu muita tristeza pela amiga e ainda mais desprezo pela instituição do Consenso.

— Imagino que neste momento você esteja com pena de Maeki e com raiva do Magnus — comentou Anii, como sempre parecendo ler os pensamentos de Gufus.

— Mais ou menos isso.

— Nenhum dos dois sentimentos é saudável. O primeiro não é saudável para ela, Maeki é inteligente e forte, não precisa que sintam pena dela.

— E o segundo?

— Não é saudável para você.

Anii se dirigiu à porta da biblioteca, retornando ao trabalho, e, antes de se afastar, disse uma última coisa para Gufus.

— Está chegando a hora de você tomar algumas decisões sobre o seu futuro por aqui, faça isso com sinceridade e cuidado.

Capítulo LIV

Teka não acreditava que estava olhando para sua mãe, mas o espanto era muito maior do outro lado daquela troca de olhares.

— Eu esperei, e esperei... — Uma pausa bastante pungente no que a mulher dizia tornou aquele momento ainda mais dramático, e ela continuou — mas ninguém veio.

— Mamãe, todos pensavam que você estava morta. Eu visitava seu túmulo todos os anos.

— Mas eu não morri, e eu esperei...

Para os dois freijar que observavam aquela cena, parecia o oposto do que imaginaram. Osmond, especialmente, pensava que, se reencontrasse o filho depois de todos aqueles anos, palavras não seriam necessárias. Mas não era isso que viam. A cada passo que Teka dava em direção a Flora, esta parecia afastar-se ainda mais. A filha tentou mais uma vez aproximar-se e, pelo menos, segurar as mãos daquela a quem havia procurado tão arduamente.

— Não — disse Flora, de forma surpreendentemente rude. — Não venha me dar a mão agora, quando eu precisei, ninguém veio em meu socorro.

Depois, como se seus sentimentos confusos aflorassem de forma descontrolada, ela começou a chorar convulsivamente, balbuciando palavras como "escrava", "esperança" e "desespero".

Teka estava confusa, oscilava entre palavras ternas e uma tentativa malsucedida de explicação, e foi Osgald quem conseguiu amenizar aquele momento tenso e estranho.

— Madame Flora, minha mãe morreu há pouco tempo e, se eu pudesse, por um momento que fosse, abraçá-la novamente, não o desperdiçaria por nada neste mundo.

E o rapaz segurou as mãos de mãe e filha, tentando fazer uma espécie de ponte entre elas, puxando-as levemente ao encontro uma da outra. Foi como se um laço há muito rompido fosse refeito. O longo abraço que se seguiu foi uma das cenas mais emocionantes que qualquer pessoa já presenciara, e seria contado em histórias e canções no futuro.

* * *

— Mas o que você está fazendo aqui sozinha, onde está o seu pai?
— Ele... não pôde vir.
— O que houve? Ele está morto?
— Não... é que ele...
— Conte-me logo, minha filha, o que aconteceu com o seu pai?
— Ele está preso, junto com os meus tios.

Flora oscilava entre confusão e incredulidade. A cada parte da história que Teka tentava contar, a mãe interrompia com perguntas e exclamações naturais para quem esteve tanto tempo afastada.

— Como assim, o Salingueta é o Zelador? O joalheiro?
— E por que ele está tramando contra a assembleia?
— Quem prendeu seu pai e seus tios? Amelia está bem?
— Você e sua prima cruzaram o Abismo sozinhas? Mas isso é um absurdo!
— Quem é esse tal Gufus que morreu?

Foi um diálogo lento e cansativo, que se arrastou por mais tempo do que Osmond pretendia ficar parado ali onde estavam. Em certo momento ele interrompeu a conversa.

— Vocês duas vão ter o resto da vida para conversar, agora precisamos partir.

— E quem o senhor pensa que é para dar ordens a mim e à minha filha? — perguntou Flora, recuperando por um breve momento o tom da senhora do Clã Ossosduros.

— Eu sou aquele que vai garantir seu retorno seguro, assim como dos nossos filhos. Meu nome é Osmond, dos freijar, e aquele é o meu filho Osgald.

— Eu sei bem que vocês são freijar. Passei muito tempo nas mãos de seu povo e lembro perfeitamente como vocês tratam os trals.

Teka interrompeu aquela conversa ríspida e tratou de explicar quem aqueles dois eram e o que haviam feito por ela. Depois dessa breve explanação, Flora acalmou-se, mas ainda olhava com desconfiança para pai e filho. Partiram com pressa, tentando chegar o mais rápido possível à ponte que cruzaram quando vieram de Yun Durki, mas a sorte que os havia acompanhado até então realmente pareceu ter acabado quando viram um grande grupo de capangas de Tirruá se aproximando com arcos e disparando uma chuva de flechas. Estavam tão perto da segurança, e agora parecia tão longe.

Capítulo LV

A tradição era muito antiga e seguida fielmente por todos os líderes do Consenso. Sempre após o nascimento de um herdeiro, um novo círculo de pedra começava a ser construído, e o Magnus oferecia perdão a condenados que estivessem aguardando a pena. A seu critério, alguns condenados seriam salvos naquela manhã. Era um ritual estranho e, ao mesmo tempo que dava esperança aos condenados, era totalmente aleatório. O Magnus poderia salvar qualquer um, independentemente da penalidade a que tivesse sido condenado. O clima era de celebração, as pessoas nas ruas gritavam pelo seu líder e reagiam felizes à notícia de um herdeiro para dar continuidade àquela dinastia que, para os cidadãos do Consenso, representava beleza e harmonia.

Anii insistiu que Gufus participasse da cerimônia, e ele não teve como negar o convite que na verdade era uma intimação. Em uma das faces da colina central onde se localizava o palácio, havia uma espécie de mirante, uma grande plataforma onde o Magnus podia olhar sua cidade, e seus cidadãos podiam vê-lo. Como Gufus acompanhou o escriba na cerimônia, acabou ficando em uma posição privilegiada, perto de outros líderes e de burocratas de alta patente. A manhã estava clara, com poucas nuvens no céu e temperatura amena — perfeita para uma grande aglomeração popular —, e a população compareceu em peso. Apesar da notícia já ter sido divulgada informalmente, todos esperavam o anúncio oficial pela boca do próprio líder e irromperam em gritos e aplausos quando ele apareceu na borda daquele mirante. Depois de pedir silêncio às pessoas presentes, o Magnus usou as palavras tradicionais que anunciavam o nascimento de um herdeiro:

— Magnus contínuo!

Esse foi o estopim para que os gritos e aplausos fossem retomados, junto com a agitação de bandeiras de todos os tamanhos, com o fundo branco e o círculo dourado, símbolo do Consenso.

Gufus achava que já não se espantaria mais com as manifestações populares naquela cidade, mas não pôde deixar de ficar boquiaberto com o que via. Era uma verdadeira catarse de pessoas celebrando a continuidade do seu magnífico modo de vida. Passados minutos de aclamações, o Magnus sentou-se em uma cadeira esculpida na pedra daquele mirante e fez sinal para que a segunda parte da cerimônia fosse iniciada. Apesar de ser uma oportunidade de perdoar alguns condenados, o ritual era, tipicamente, humilhante. Um por um, os condenados eram içados, amarrados em cordas por todo o corpo, até a altura onde o Magnus podia ter uma visão próxima. Um homem muito velho, com seus poucos cabelos grisalhos esvoaçando lia o histórico do delito e da penalidade imposta. Quando o Magnus queria perdoar, ele jogava uma flor branca para a multidão; quando a penalidade era mantida, ele simplesmente não fazia nada, e o condenado era imediatamente levado para a aplicação da pena, fosse qual fosse.

Depois de vários içamentos sem manifestação por parte do Magnus, um dos convidados presentes aproximou-se e sussurrou alguma coisa em seu ouvido. A primeira flor branca foi atirada, seguida de gritos da multidão: "Magnus, o misericordioso".

Gufus cochichou ao pé do ouvido de Anii:

— Nós podemos pedir clemência para os prisioneiros?

— Bem, pedir nós podemos. — Foi a resposta irônica que recebeu.

A sequência de homens e mulheres sendo içados e baixados continuou até que uma mulher jovem, de pele escura e longos cabelos lisos, foi trazida até ele. Gufus a reconheceu na hora: era Anaya, a criada que o atendera quando chegou àquela cidade.

— Essa serva já foi punida anteriormente por comportamento inadequado e postura desrespeitosa — disse o homem velho, que lia as acusações —, e agora foi flagrada falando em público de forma depreciativa sobre o luxo do vosso palácio.

Gufus rapidamente associou o que ocorreu com ele mesmo. Ele insistira em conversar com Anaya, e ela correspondeu com algumas conversas e muita simpatia. Depois mostrou sinais de mudança de comportamento e logo sumiu da sua vista. "Será que ele havia sido o causador de sua punição", pensava em desespero. Logo o velho prosseguiu com a leitura.

— Por sua impertinência e falta de respeito, terá a língua cortada para que nunca mais possa levantar a voz de forma desrespeitosa.

Quando ouviu a sentença, Gufus chegou a dar um pequeno passo adiante, mas foi contido pela mão forte de Anii, que o segurou e, em seguida, caminhou até onde estava o grande líder, cochichando alguma coisa em seu ouvido. O Magnus escutou e, após um olhar maldoso para Anii, jogou uma flor branca em direção à multidão. Anaya estava salva.

— Por sua culpa, o Magnus acha que eu tenho algum interesse nessa moça — comentou Anii, visivelmente contrariado. — Você está me devendo por essa.

O interminável desfile de pessoas sendo içadas e tendo suas esperanças destruídas pela falta de reação do Magnus prosseguiu até que o último condenado surgiu à frente do pequeno grupo que estava no mirante. As acusações eram tão absurdas, que Gufus custou a acreditar. Aquele homem havia sido condenado à morte porque era idiota, inútil, desastrado e, com o seu jeito estabanado, quebrava muitas coisas, dando prejuízos. Além disso, consumia uma grande quantidade de comida. Recentemente ele havia derrubado um engradado cheio de garrafas e acabou ferindo um cidadão que passava pelo local, tendo sido preso imediatamente. Gufus ficou esperando atentamente, para ver se a mão daquele poderoso líder iria se mover e pegar uma flor. Quando notou que nada aconteceria, precipitou-se em direção ao trono de pedra e implorou pela vida daquele condenado.

— Eu concedo seu pedido, mas dê um fim a esse aborrecimento ambulante e tire-o das nossas vistas quanto antes. — Essa foi a resposta que recebeu, enquanto uma flor branca era retirada do cesto.

A última flor branca foi atirada, e novamente a multidão respondeu com admiração enquanto via o Líder de Tudo Que Existe Entre o Céu e a Terra levantar-se, caminhar até a beirada do mirante e, com um gesto súbito, apontar para uma das entradas da cidade, disparando como resultado um urro conjunto, alto e acompanhado de uma forte batida em tambores. Os olhos se voltaram para a entrada sul de Capitólio e, sob as estátuas de Hanner e Raripzo, os primeiros soldados com uniformes negros foram avistados sobre seus cavalos. A sua entrada na cidade foi uma surpresa. Geralmente os grandes desfiles antes e depois das campanhas militares eram divulgados com antecedência e representavam momentos marcantes para os habitantes da capital do Consenso. Dessa vez o Magnus surpreendeu a todos, ao autorizar a entrada daquela tropa de centenas de soldados logo após a cerimônia do perdão. A marcha da Magna Guarda era famosa, admirada pelos cidadãos e temida pelos inimigos. Centenas de bandeiras com a representação do círculo dourado ladeavam os grupos de soldados. Quando se aproximavam dos conterrâneos, em saudação ao seu líder marchavam em um compasso de 1,2,3,4 sendo que, a cada reinício da contagem em 1, os tambores largos e altos marcavam com uma percussão grave o urro dos soldados.

— SUM!

E, na sequência da contagem daquela marcha, os soldados gritavam em uníssono:

— FORTIS, MANUS, MAGNUS!

"Somos fortes, somos a mão do Magnus", era o que diziam em linguagem arcaica. As centenas de vozes, as batidas dos tambores, o ruído das botas batendo forte no chão a cada passo, tudo aquilo oferecia um espetáculo que entusiasmava os cidadãos que jogavam flores aos seus pés.

O que se dizia entre todos os habitantes das terras conquistadas era que, por mais apavorante que fosse, era melhor escutar os brados da Magna Guarda, porque ainda poderia haver chance de rendição. Quando o ataque vinha de forma silenciosa, a morte era certa.

— Magnus, Líder de Tudo Que Existe Entre o Céu e a Terra, eu, Aulo Galeaso, o saúdo e coloco meu sangue e minha vida ao seu dispor.

Ao ouvir aquele nome, um misto de pânico e aversão tomou conta de Gufus. Por causa da arrogância daquele homem ele foi torturado e separado de seu povo. Por causa dele e só dele. O primeiro impulso foi de se afastar — o instinto de preservação falava mais alto —, mas o que ele fez foi caminhar o máximo que pôde em direção ao gradil que cercava o mirante, para poder olhar melhor o homem que lá estava, montado em um magnífico cavalo, cujo pelo negro brilhava sob os raios de sol, que disputavam espaço com algumas poucas nuvens. Ele era o único que não usava lenços cobrindo o rosto, e olhava para cima com expressão altiva e orgulhosa.

— Comandante Galeaso, eu saúdo a você e a todos que o seguem.

— SEGUIMOS O MAGNUS! — Foi a resposta ensaiada que todos os soldados emitiram em uma só voz.

— Ofereço a glória de conquistar uma terra nova, ainda desconhecida para nós, abrindo caminho por um obstáculo aparentemente intransponível — disse o Magnus, em direção ao Comandante e às suas tropas.

Ao ouvir aquilo, Gufus teve uma sensação estranha, suas pernas ficaram bambas, e ele quase desabou, mas foi apoiado por Anii, que estava ao seu lado e notou aquela reação. Era uma reação física a algo que ele nem sabia definir. Medo. Antecipação. Culpa. Tantos sentimentos passavam por aquela jovem cabeça, que ele não conseguia lidar com aquilo tudo. Eles iriam atacar Terraclara.

A encenação era bem-preparada e, depois de ouvir o que seu líder tinha a dizer, o Comandante Galeaso virou-se para a tropa e gritou:

— Homens e mulheres que ostentam o uniforme desta Magna Guarda, vocês aceitam a missão oferecida pelo Magnus?

A reação foi em uma só voz, os gritos ecoaram em toda a cidade, as pessoas mais próximas sentiram o deslocamento de ar, e todos aqueles que assistiam se viam tomados por uma excitação que beirava a histeria coletiva. A resposta não poderia ser diferente:

— SIM! — Foi o grito que ecoou por toda a cidade.

E os soldados sacaram seus espadins, erguendo-os de forma que brilhavam com o reflexo dos raios de sol que teimosamente penetravam as nuvens. Era mais do que um ritual, era uma encenação perfeita, convincente, capaz de envolver aqueles que a apoiavam e aterrorizar aqueles que ousassem se opor. Os momentos de silêncio que se seguiram reforçaram ainda mais aquele clima, até que o Magnus pegou sua própria espada e a levantou também. Todos, os soldados e a multidão que assistia, irromperam em aplausos e gritos que duraram por minutos. Depois disso, Aulo Galeaso saudou mais uma vez seu líder e conduziu aquele grupo pela larga avenida que dava acesso ao portal sul de Capitólio, guardado pela colossal estátua de Elaurius Magnus, que era saudada por cada fileira de soldados batendo forte no peito conforme passavam. Aquela surpreendente cerimônia havia acabado e todos retomaram suas rotinas. Todos, menos um.

Capítulo LVI

Osmond e Flora correram em uma direção, enquanto Teka e Osgald correram na outra. A estratégia de dividir a atenção dos seus perseguidores foi bem-sucedida. Teka olhava a mãe correr pelo lado direito e logo sumir da vista dos arqueiros, escondida na entrada do pequeno bosque enquanto ela mesma e Osgald seguiam pela esquerda. Os quatro faziam uma espécie de rota em curva que começava e terminava no mesmo ponto, quando dois corriam por um lado e os outros pelo outro. Dali bastaria uma pequena corrida até a ponte e passariam para o outro lado, onde sabiam que os capangas de Tirruá não iriam. Continuaram em zigue-zague e por pouco, muito pouco, quase conseguiram se safar.

O grito de Osgald foi abafado, gutural, mas, quando caiu, Teka soube que ele havia sido atingido gravemente. Ela ainda conseguiu arrastá-lo um pouco até a proteção de uma pedra e viu duas flechas cravadas, uma em sua coxa e a outra próxima ao pé.

Tentando retomar o fôlego, Teka olhava em volta e viu que estavam bem perto das árvores. Faltava tão pouco. Ela fez o que tinha que fazer, então logo quebrou e puxou as duas flechas em meio a gritos de dor contidos de Osgald.

— Eles já estão descendo a colina e vão chegar em instantes — disse Teka para o agora caído e ferido Osgald.

Ela sabia bem que ele mal conseguiria andar, ainda mais correr. Mas era isso que precisavam fazer para se salvar. Era essa força que ela iria tentar dividir com ele, mas Osgald sabia bem que não poderia.

— Eu não posso — ele disse em meio a um gemido de dor. — Você tem que correr como nunca e encontrar meu pai, ele vai te proteger.

— Mas eu não vou abandonar você.

— Mas, se não corrermos, não vai dar tempo de escapar, vai logo, e eu vou em seguida — respondeu Osgald, mentindo para tentar convencer Teka a ir ao encontro dos demais.

Teka entendeu o que ele estava fazendo; sabia que ele não iria com ela e que provavelmente ia tentar atrasar os perseguidores com o sacrifício da própria vida.

— Então eu acho que nós vamos morrer, porque eu não vou abandonar você — ela disse enquanto, com muito esforço, colocava Osgald de pé.

— Eu não posso ver você morrer — e tentou se levantar com esforço e dor, mas caiu. — Eu, eu... não consigo correr...

— Mas eu consigo — disse Osmond, enquanto chegava até eles em um pulo, depois de correr desde a beira do bosque.

Ele pegou o filho, jogou-o por cima do ombro como se fosse um saco de farinha, tomou fôlego e disse para Teka.

— Corra, corra como louca, como nunca correu antes. — E partiu na direção das árvores, carregando o peso do amor de pai em seus ombros.

Encontraram Flora escondida atrás de algumas árvores, e Teka a pegou pelo braço, arrastando-a sem falar nada. A distância até o rio e a ponte de pedra por onde vieram era pequena, podiam conseguir. Tinham que conseguir. Teka puxava a fila, seguida de Flora, e um pouco atrás Osmond empregava todas as forças do seu corpo naquela corrida pela vida com o filho nos ombros. Conseguiam ouvir as vozes dos perseguidores bem próximos a eles, mas já estavam cruzando a ponte. Tão logo chegaram ao outro lado, abrigaram-se na antiga construção de pedras em ruínas, cujos muros seriam mais do que suficientes para protegê-los das flechas inimigas. Flora jogou-se na grama, completamente exausta, e Teka soltou o ar dos pulmões, como se estivesse prendendo a respiração, e arfava com o corpo curvado para frente. Tinham conseguido.

Depois de praticamente derrubar o filho, Osmond desabou no chão, e foi quando viram as flechas cravadas em suas costas. O sangue escorria, tingindo sua roupa de vermelho. O freijar tentou falar alguma coisa, mas o sangue brotou de sua boca, fazendo-o se engasgar.

— Pai... — Foi a única coisa que Osgald conseguiu dizer enquanto se arrastava e tomava o homem gravemente ferido nos braços.

— Tudo o que um pai quer é ver os filhos se tornarem pessoas dignas e honradas — murmurou Osmond, perto do ouvido de Osgald —, e eu vivi o bastante para ter orgulho do homem que você se tornou.

Osgald não conseguia falar nada, articular uma palavra que fosse era penoso até que ele, finalmente, conseguiu se despedir do pai.

— E tudo que eu sempre quis foi ser um homem bom como você.

— Então acho que posso morrer em paz.

E Osmond ficou ali por mais alguns instantes, segurando forte a mão do seu único filho, até que não teve mais forças e fechou os olhos pela última vez, ainda nos braços daquele a quem dera a vida para proteger.

Capítulo LVII

Gufus ficou sem saber o que fazer.

Ele havia falado demais, deveria ter morrido sem dizer nada.

Ele havia condenado Terraclara.

Ele havia condenado a todos aqueles que amava à escravidão ou morte.

Perdido no meio desses pensamentos, ele avistou Maeki, que discretamente acenava para ele. Sua fluência na língua de sinais havia melhorado muito, mas ainda assim ela tropeçava em algumas palavras.

— Encontrar jardim, comida, risos.

Gufus levou um tempo para entender que ela queria encontrá-lo no mesmo jardim onde tinham pela primeira vez se comunicado em língua de sinais. Depois que ela saiu, ele esperou um pouco e já estava deixando aquele mirante, quando uma mão pesada caiu sobre seu ombro.

— Está pensando em fazer alguma besteira, meu amigo? — perguntou Anii, como se aquele gesto segurasse o amigo e o impedisse de tomar alguma atitude impensada.

— Não, vou procurar Maeki e conversar um pouco.

— Tome cuidado.

— Com o quê? — Gufus perguntou intrigado.

— Com você mesmo, com as coisas perigosas que pode falar ou fazer.

Gufus não disse nada; apenas fez um gesto com a cabeça, como se concordasse, e já ia saindo, quando foi novamente interrompido pelo escriba.

— Antes de encontrar Maeki, venha comigo até a biblioteca, a primeira versão do *Manual de Língua de Sinais* ficou pronta, e você poderá entregar para ela.

Ainda que Gufus estivesse com pressa, não lhe restou alternativa a não ser ir com Anii até a biblioteca, para pegar o livro antes de se encontrar com a amiga. Os dois caminharam de forma desesperadoramente lenta, até que, por fim, chegaram, e o rapaz pôde ver o resultado concreto do trabalho que esteve realizando junto com Anii e sua equipe nos últimos meses. O livro havia sido encadernado de maneira que novas páginas pudessem ser acrescentadas, e trazia ricas ilustrações feitas pelos assistentes do escriba. Era um presente que poderia mudar a vida de Maeki, caso mais pessoas se dispusessem a aprender aquela língua. Por alguns instantes Gufus esqueceu o conflito interno frente ao ataque à sua terra natal e ficou encantado com o bem que poderia fazer a uma pessoa tão doce e incompreendida como Maeki.

— Obrigado, obrigado. — Foi só o que conseguiu dizer.

— Não agradeça a mim, agradeça às pessoas, especialmente aos artistas, que dedicaram tempo para produzir essas ilustrações.

— Farei isso, mais uma vez obrigado.

— E você pode pedir para qualquer um deles para desenhar outras coisas e acrescentar páginas ao manual, nem precisa falar comigo antes.

— Farei isso com certeza.

— Agora vá encontrar Maeki e entregue esse presente, que, acredite, será o melhor de todos que ela já recebeu na vida — disse Anii, enquanto se levantava. — Eu preciso sair para atender um chamado do Magnus, em seu escritório.

Gufus saiu apressado e ainda teve que andar bastante naquele palácio imenso, até chegar ao jardim onde encontraria Maeki. Chegando lá, não viu ninguém e pensou que havia demorado tanto que ela havia desistido e ido embora. Logo uma pequena pedra o atingiu nas costas, e ele pôde ver a amiga meio escondida atrás de uma das esculturas que adornavam o lugar. Ela gesticulou nervosamente para que ele a seguisse, e logo este se viu entrando em uma porta camuflada por um painel de madeira que levava a um corredor escuro e estreito. Estava em uma espécie de passagem secreta e pensou que deveria haver muitas delas nesse palácio. Maeki se movia com agilidade, e em pouco tempo os dois pararam atrás de mais uma porta. Ela saiu primeiro e o chamou para segui-la e entrar no recinto. Gufus reconheceu aquele ambiente como a mesma sala com uma mesa sobre um tapete felpudo, de intrincada tapeçaria colorida. Foi lá que ele conhecera o Magnus havia tanto tempo, que parecia uma vida inteira, ainda que tenha se passado pouco menos de um ano. Maeki arrastou o amigo pela mão, até a mesa de madeira onde alguns documentos repousavam, à espera de quem os lesse. Ela virou-se para Gufus e disse:

— Ler. Rápido.

Ele começou a manusear os documentos e logo identificou um plano de batalha proposto por Galeaso, com várias anotações feitas depois, provavelmente pelo próprio Magnus. Havia muitos detalhes, e ele tentou memorizar o máximo de informações que conseguiu. O horror sobre algumas das coisas que lia perturbava sua concentração, mas Gufus sabia que precisava manter o foco em entender o máximo que pudesse. Maeki estava próxima a ele, pronta para retornar à passagem secreta se alguém aparecesse, mas foi Gufus quem escutou passos largos e firmes se aproximando. Ele rapidamente recolocou todos os documentos em suas posições originais e afastou-se da mesa antes do Magnus adentrar aquela sala seguido de vários homens com uniformes.

— Posso saber o que vocês fazem no meu escritório?

Gufus teve que pensar muito rápido e inventar uma desculpa, mas a prática leva ao aprimoramento, e ele passou os últimos meses fazendo isso constantemente, por isso sacou logo uma desculpa convincente.

— Meu senhor, eu pedi a Maeki que viesse aqui em sua procura, para que pai e filha pudessem receber o presente que preparei para ela.

— Estou esperando — disse o Magnus, com um misto de reprovação e curiosidade.

— Este é o *Manual de Língua de Sinais* — ele disse enquanto oferecia o livro solenemente, com um gestual bem típico que aprendera naquela cidade. — Este manual vai permitir que sua filha se comunique com outras pessoas que se dispuserem a aprender esse idioma.

O Magnus pegou o livro, folheou algumas das páginas e logo o fechou de forma desinteressada. Em seguida, passou o material para as mãos de Maeki e virou-se novamente para Gufus.

— Ainda não entendi o porquê de vocês estarem aqui na minha sala de trabalho sem convite ou autorização.

— Meu senhor, eu apenas me vi tomado pela excitação e quis fazer uma surpresa para ambos, entregando o livro a pai e filha.

— E como você sabia onde eu estaria?

— Eu disse a ele quando ele foi buscar o livro — respondeu Anii, que estava atrás do grupo de militares que acompanhavam o Magnus.

O poderoso líder do Consenso caminhou em silêncio até sua mesa, manuseou alguns documentos que lá estavam e pareceu convencido.

— Está tudo bem. Agora saiam, porque eu preciso me reunir com meus assessores.

Quando Gufus e Maeki já estavam saindo pela porta, o Magnus ainda acrescentou.

— E, Gufus — ele o chamou sem olhar diretamente para o jovem hóspede e fitando um documento que lhe havia sido entregue por um dos soldados disse: — não abuse da minha hospitalidade.

Sem ter nada para responder, ele apenas fez um gesto com a cabeça antes de sair em companhia da amiga. Enquanto os dois caminhavam, Maeki ia folheando o manual, e um sorriso iluminava os corredores por onde passavam. Quando chegaram perto da habitação de Gufus, eles se despediram, e ela lhe deu um longo e agradecido abraço. Ela não precisava dizer nada, mas o fez assim mesmo, levando a mão direita até a cabeça e a afastando em direção ao amigo:

— Obrigada.

Gufus saiu apressado em direção a seu quarto, tentando rememorar tudo o que havia lido naqueles documentos. Em meio a tantas informações preocupantes, havia uma que lhe trazia esperança: ele tinha tempo.

Capítulo LVIII

Esperaram por várias horas até terem certeza de que nenhum perseguidor ousaria quebrar o acordo e cruzar a ponte. Nesse tempo Osgald ficou junto ao corpo do pai sem dizer nada, apenas olhando com um olhar perdido no horizonte.

— Por favor, me perdoe — pediu Teka, ainda com os olhos cheios d'água.
— Pelo quê? — ele perguntou.
— Por causar a morte do seu pai.
— Você não é culpada de nada.
— Sim, eu sou. Se vocês não viessem comigo ainda estariam vivendo suas vidas tranquilamente.
— Mas, se não fosse por Gufus, Mia e você, eu estaria morto há muito tempo, e isso teria sido um tipo de morte para o meu pai.

Eles se abraçaram e ficaram um tempo assim sem falar nada, apenas sentindo o bater dos corações um do outro. Flora os interrompeu, de forma quase ríspida.

— Precisamos juntar lenha e dar a ele o funeral digno que um homem corajoso e honrado merece.

Ela convivera com os freijar por muito tempo e conhecia seus costumes. Osmond deveria ser cremado em uma grande fogueira, sob o olhar dos seus pares, que honrariam seu nome e seus feitos. Não havia um grande número de pessoas para fazer isso, mas ainda assim o funeral deveria ser digno. Mãe e filha se encarregaram de montar uma fogueira grande ali mesmo, naquelas ruínas, e logo após o anoitecer coube a Osgald começar a cerimônia.

— Osmond, filho de Osgorn, pai de Osgald. — Neste momento ele parou e ficou alguns segundos em silêncio, respirando pesadamente, reprimindo o choro que teimava em querer se mostrar, mas encontrou forças e continuou. — Filho honrado dos freijar, soldado fiel de Arne, que sempre respeitou a vida, ainda que tivesse que tirá-la. Um homem justo descansa para sempre aqui hoje.

Depois foi a vez de Teka.

— Osmond, filho de Osgorn, pai de Osgald, que, sem esperar recompensa ou agradecimento, ajudou uma estranha a vencer perigos e encontrar sua mãe perdida. Um homem generoso descansa aqui hoje.

Flora não o conheceu bem, mas soube pela filha do que ele havia feito por ela e fez questão de honrar o morto.

— Osmond, filho de Osgorn, pai de Osgald, que ajudou estranhos e deu sua vida pelo futuro de outros. Um homem de imensa coragem descansa para sempre neste lugar.

Osgald acendeu a fogueira e ficou pensando se a intensidade daquelas chamas seria vista do outro lado do rio por aqueles que haviam disparado as flechas responsáveis por tirar a vida do pai. Foi Teka quem rompeu o silêncio e disse em voz baixa aquilo que passava pela cabeça de todos, enquanto apoiava Osgald não só física, mas também emocionalmente, em seu coração agora destroçado.

— O sangue de um homem bom correu nesta terra hoje.

E os três ficaram lá assistindo às chamas se erguendo em honra daquele homem bom.

Capítulo LIX

Durante aquela invasão ao escritório do Magnus junto com Maeki, Gufus teve que ler tudo muito rapidamente, o que foi ótimo, porque, caso contrário, teria sido pego em flagrante manuseando documentos que ele nem deveria saber que existiam. Tentou fixar tudo na sua cabeça, mas havia muitas anotações rabiscadas nos documentos, e ele ficou um pouco confuso. Mas o principal ele sabia, que era a previsão de chegar à beira do Abismo Dejan na época da Oitava Lua. Foi uma sensação estranha ver a coincidência daquela data com o festival onde sua vida havia mudado para sempre. Havia informações sobre equipamentos de invasão e um número indefinido de soldados, afinal Gufus não entendia nada daquelas denominações: divisão, batalhão, pelotão e mais um monte de outros jargões militares estranhos para ele. Pelo tempo e alguns números que viu, fez uma estimativa entre mil e cinco mil soldados, o que não era nada preciso, mas era o que podia fazer no momento. Depois do choque inicial ele ficou pensando em como poderia avisar ao Zelador sobre aquela invasão e também a Odnan e sua família, afinal aquela tropa provavelmente iria invadir passando por suas terras. Colocou a cabeça sobre o travesseiro e ficou um bom tempo sem pegar no sono até que os olhos foram ficando pesados e acabou adormecendo até acordar no meio da madrugada ainda intranquilo, atordoado pelos pensamentos em sua cabeça.

A manhã seguinte trouxe novidades e uma solução inusitada para o problema que o destino havia colocado em suas mãos. E Gufus aproveitou aquela oportunidade de forma criativa e corajosa. Em menos de dois dias havia conseguido o impossível: burlar o rigoroso esquema de segurança de Capitólio e avisar sua gente.

Capítulo LX

A primeira semana após aquele desfile militar havia se passado, logo veio a segunda semana — e a terceira também já se aproximava. Enquanto estava se corroendo de preocupação, tudo o que Gufus via era alegria e muitas comemorações. As celebrações pelo nascimento do herdeiro do Magnus não ficaram limitadas ao perdão dos prisioneiros ou ao desfile das tropas que partiram rumo a Terraclara. Houve festas, banquetes, música e dança por toda a cidade, durante vários dias. Depois de quase três semanas inteiras de festejos, o Magnus reuniu diversos convidados ilustres para jogos ao longo de todo o dia e um banquete à noite. Gufus já não se espantava com as atitudes imprevisíveis do seu anfitrião e, por isso, não estranhou o convite, mesmo sendo um pobre desconhecido frente aos outros convidados. Esse evento ocorreria em mais uma parte que Gufus desconhecia no palácio: um pátio descoberto e cercado de mesas e cadeiras abrigadas do sol por um telhado delicado nas laterais que parecia apoiar-se magicamente sobre finas colunas de madeira adornadas com figuras em relevo. Durante todo o dia houve disputas de arremessos de lanças, lutas corporais e até um esporte muito estranho no qual dois times chutavam uma espécie de bola em direção ao campo adversário, tudo isso acompanhado de saudações ao Magnus e, é claro, muitos brindes com bebidas vindas de todas as partes daquele grande domínio. Gufus lembrou-se do Festival da Oitava Lua na terra dos freijar e de como se sentira mais confortável e acolhido naquele dia distante do que agora, entre os dominadores de todas as terras conhecidas. Ele ficou discretamente à margem daquela celebração, comendo e conversando pouco, mantendo-se quase invisível, até que o Magnus acabou com a sua tranquilidade.

— Gufus, venha até aqui — disse o homem mais poderoso do mundo conhecido, já aparentando estar sob o efeito de muito álcool.

Visivelmente contrariado, o rapaz caminhou até onde seu anfitrião estava sentado, ao lado de muitas caras desconhecidas, exceto por Anii.

— Daqui a pouco vamos ter a disputa de espadas, e quero que você enfrente um dos nossos jovens cadetes, usando a espada que lhe trouxe até aqui.

Mais uma vez aquela maldita arma surgia para atrapalhar sua vida. Gufus pensou que iria derreter aquele espadim na primeira oportunidade e transformá-lo em alguma coisa útil, como talheres.

— Será uma honra — ele respondeu com formalidade, e logo acrescentou. — Mas creio que eu não seja páreo para um cadete do seu magnífico exército.

— Não se preocupe, porque hoje ninguém vai morrer, no máximo alguns cortes ou dentes perdidos — ele respondeu rindo enquanto entornava mais uma taça de alguma bebida não identificada.

Logo Gufus foi cercado por alguns servos, que o prepararam colocando uma espécie de armadura leve de couro, proteções para os braços e pernas, e um capacete leve, também de couro. O espadim dos Patafofa foi trazido até ele e mais uma vez, quase um ano depois, Gufus se via na mesma situação: ia lutar com um desconhecido para o deleite de bêbados que estavam assistindo.

Seu adversário não era muito maior do que ele um pouco mais musculoso, mas de uma maneira geral parecia ter sido escolhido por ter a mesma estatura. Ambos usavam o mesmo armamento: um espadim e um daqueles pequenos escudos com forma de retângulo com as extremidades arredondadas, preso ao braço esquerdo por amarras de couro, equipamento padrão da Magna Guarda. Um homem mais velho com um uniforme estranho, diferente daquele da Magna Guarda, aproximou-se dos dois e começou a falar alto, como se estivesse fazendo uma apresentação teatral.

— Deste lado, Goran Aleu, cadete da terceira ordem da Magna Guarda.

Muitos aplausos seguiram a reverência que o jovem cadete fez ao Magnus e a toda a plateia.

— Do meu outro lado, Gufus Pongolino, que nasceu em terras distantes, mas foi acolhido pelo Magnus, em sua infalível sabedoria.

Os aplausos foram menos entusiasmados, mas pelo menos o rapaz não ouviu vaias nem insultos.

— Essa luta é de três pontos, ou seja, o primeiro que atingir o corpo do adversário por três vezes sairá vencedor.

Gufus e Goran aproximaram-se do centro do pátio e cumprimentaram-se de forma tímida antes de se afastarem alguns passos e começarem a lutar.

A primeira investida de Goran foi rápida, direta, e Gufus nem teve tempo de pensar antes de ser atingido na lateral da cabeça, que felizmente estava bem protegida pelo capacete. Um pouco zonzo e surpreso Gufus afastou-se o máximo que pôde, para evitar uma nova investida surpresa. Dessa vez os dois ficaram um bom tempo trocando golpes, e Gufus se defendia, como podia, da técnica do adversário. Imaginou que os cadetes treinavam por anos antes de ingressar nas tropas, e a técnica de luta era refinada, como uma sequência detalhada de movimentos ofensivos e defensivos que pareciam ser treinados à exaustão. Mesmo sem o fator surpresa da primeira vez, em pouco tempo o cadete da Magna Guarda conseguiu marcar mais um ponto, dessa vez dando uma estocada no peito de Gufus, que, se não fosse pelo colete, já estaria morto. Ambos se afastaram um pouco para beber um gole d'água, e uma voz bem conhecida se fez ouvir, vindo por trás.

— Você já mostrou que não é covarde nem fraco, agora deixe-o marcar logo o terceiro ponto e saia deste pátio sem se machucar — disse

Anii, enquanto oferecia a Gufus uma toalha para secar um pouco o suor do rosto.

— Obrigado pelo conselho — ele respondeu arfando pelo cansaço —, mas tem uma coisa que você ainda não sabe sobre mim... — Foi interrompido pelo chamado do apresentador e árbitro daquela luta.

Lembrando-se do que aprendera em seus treinos com o tio Arkhos em Terraclara, ele pensou que toda aquela técnica apurada do seu adversário tinha um ponto fraco: ele provavelmente não esperava o inesperado, então, assim que o árbitro deu o sinal, Gufus correu em direção ao oponente, jogou-se no chão e, deslizando por baixo das pernas de Goran, o atingiu no joelho e o derrubou. Tomado pelo espanto, o cadete não acreditava no que havia acontecido e, tão logo a luta foi reiniciada, foi novamente surpreendido com um golpe rápido e inusitado, quando Gufus pulou usando uma das colunas de mármore como plataforma para um dos pés, enquanto o outro atingia Goran no peito, derrubando-o e permitindo mais um golpe de espada, desta vez nas costas. Mais uma pausa foi feita, e, enquanto descansavam, Gufus removeu o pequeno escudo em formato de retângulo que estava firmemente atado ao seu braço e o empunhou como se fosse uma segunda espada. Mais uma vez seu oponente foi surpreendido com aquela mudança, mas agora estava preparado e não se deixou atingir tão rapidamente. Gufus golpeava alternando entre estocadas do espadim e golpes brutos com o pequeno escudo. Os dois já estavam cansados, e Goran resolveu pôr um fim àquele *ballet,* partindo para cima com a espada apontada para frente e o braço com o escudo defendendo seu peito. No meio daquela investida, Gufus atirou seu pequeno escudo nos pés de Goran, que caiu de forma espalhafatosa no chão e só pôde sentir a ponta afiada do espadim dos Patafofa golpeando seu peito antes que pudesse pensar em se levantar. Os aplausos foram um pouco menos efusivos do que ele merecia, mas foram suficientes para mostrar que a plateia havia subestimado aquele novato. Gufus ajudou o adversário a se levantar, o cumprimentou e voltou para seu canto. Enquanto bebia água, recebeu de Anii uma maçã e logo deu uma mordida com bastante vontade.

— Você estava dizendo que havia uma coisa que eu ainda não sei sobre você — comentou Anii, com aquele habitual jeito meio irônico.

Depois de terminar de mastigar a primeira dentada que havia dado na maçã Gufus respondeu apenas:

— Detesto perder. — E logo deu mais uma mordida com vontade na fruta.

* * *

Mais tarde, durante o jantar, o Magnus o saudou.

— Sua luta foi impressionante, e aquele espadim realmente emite um lindo som quando se encontra com outra lâmina.

Gufus agradeceu, inclinando levemente a cabeça para frente, e o Magnus continuou.

— Você deveria visitar o campo de treinamento perto da cidade — ele disse entre uma garfada em algum tipo de salada e um gole de vinho. — Você pode ter talento, mas ainda tem muito o que aprender com os nossos soldados.

— Obrigado pelo convite, vou me sentir honrado.

— Vá quando quiser, aproveite para visitar seu adversário e dê a ele uma revanche da luta de hoje.

* * *

Assim, pensando em qualquer desculpa para nunca ter que colocar os pés em um campo de treinamento da Magna Guarda, Gufus voltou para sua habitação, onde foi surpreendido por Anaya.

— Desse jeito você vai se meter em encrencas de novo, e eu não sei se vou poder te ajudar — disse ele, quando encontrou a serva esperando perto da porta.

— Vem comigo — sussurrou a moça.

A última coisa que ele queria agora era andar mais ou se esconder, mas aceitou o convite e a seguiu até uma espécie de despensa, onde entraram e ficaram tão apertados, que mal precisavam sussurrar para se fazerem escutar.

— Eu tenho informações sobre o ataque à sua terra natal — ela disse.

— Eu já sei e já tomei providências para avisar meu povo há vários dias, pode ficar tranquila.

— Não, você não sabe de tudo e precisa saber.

— Então me conte logo.

— Desde sua chegada aqui, você foi convidado a participar de muitos jantares, muitos passeios e muitas conversas com o Magnus e com uma infinidade de pessoas que mal conhecia.

— Sim, isso aconteceu... — Mas Gufus foi interrompido com uma mão sobre sua boca.

— Fica quieto e me deixe falar, não temos muito tempo.

Gufus concordou com um gesto de cabeça, e ela continuou.

— Todas essas conversas tinham o objetivo de reunir informações — ela disse de forma bem enfática. — Você estava sendo interrogado por meses sem saber.

Gufus ficou confuso e incrédulo ao mesmo tempo, mas deixou que Anaya prosseguisse.

— Com base em todas as informações reunidas em horas e horas de conversa, foi preparado um plano para tomar o poder no seu reino.

Anaya detalhou aspectos da sociedade de Terraclara e a forma como se daria a conquista. Depois que os soldados cruzassem o Abismo, começariam a prender e matar todos os líderes de clãs e o Zelador — afinal, "o rei deve morrer", diziam os Princípios Harmônicos. Depois de consolidar o poder, todas as famílias teriam suas origens vasculhadas, e alguns poucos, que fossem realmente e sem sombra de dúvidas descendentes puros do grupo de Tenar, seriam declarados cidadãos se jurassem lealdade, enquanto os demais ficariam relegados a servos. Terraclara seria transformada em mais uma província do Consenso, e um tal de Cario declarado seu governador-geral.

Gufus escutava Anaya com atenção, pensando que as informações que ele havia recolhido antes estavam incompletas, mas o cenário ainda iria piorar. De acordo com o relato de Anaya, a Magna Guarda iria atacar de sudoeste para nordeste, começando a destruição por aqueles que, segundo eles, conspiraram com os habitantes do outro lado do Abismo. Seria uma lição exemplar: entrariam pelas terras de Odnan e depois chegariam às terras dos freijar. Tudo seria devastado.

— E como você descobriu tudo isso?

— Eu voltei a servir dentro do palácio e tenho tido acesso a várias reuniões onde esse plano tem sido discutido.

— Então a situação é pior do que eu imaginava.

— Ah, é muito pior do que você pensa — ela disse com os olhos arregalados, e acrescentou — Os pesquisadores que trabalham com Anii encontraram um manuscrito antigo que fala do segredo da Cordilheira e um portal para o seu reino. Segundo eles, essa passagem é grande o bastante para a travessia de muitas tropas, e vão invadir de forma arrasadora.

O pensamento de Gufus estava cheio de culpa. Eles agora sabiam de coisas até então desconhecidas e descobriram tudo isso porque ele falou mais do que devia. A culpa era sua, então ele precisava fazer alguma coisa, pensava.

— E, depois que eles conseguirem conquistar seu reino, você não terá mais utilidade — afirmou Anaya, assustada, e completou — O que não serve é descartado.

— Mas eu agora partilho da hospitalidade do Magnus — retrucou tentando buscar alguma esperança. — Isso deve valer alguma coisa.

— E você realmente acreditou que o homem mais poderoso do mundo estaria interessado em você? — A pergunta foi naturalmente retórica, mas serviu de alerta, como um balde de água fria, logo complementado por Anaya, com uma expressão de urgência. — Fuja enquanto pode.

Gufus mais uma vez se encontrava em uma situação aparentemente sem saída. Ele voltou para a sua habitação com a cabeça dando voltas de preocupação, mas logo pensou em uma solução que o próprio Magnus havia, inadvertidamente, jogado em suas mãos. Era uma ideia simples, tão simples, que ele custou a acreditar que daria certo.

Capítulo LXI

— Recebemos a visita de um grupo de soldados que buscavam duas cidadãs do Consenso que foram raptadas. Vocês sabem de alguma coisa sobre isso? — perguntou Lepaxá, quando Teka, Osgald e Flora voltaram a Yun Durki.

— Talvez — respondeu Teka, de forma dissimulada —, mas tenho certeza de que, se havia alguma cidadã em poder da quadrilha de Tirruá, ela já foi libertada.

— Acho que já está na hora de vocês confiarem em nós e contarem a verdade — respondeu Lepaxá, segurando as mãos de Teka.

A filha do clã Ossosduros enfim contou para Lepuxú e Lepaxá toda a verdade sobre Terraclara e o motivo de terem empreendido aquela viagem. Ainda que já desconfiassem que a história deles fosse mentirosa ou incompleta, os dois ficaram muito surpresos com o que ouviram a respeito de um grande reino sem rei, localizado depois da Grande Cordilheira.

— E vocês até o ano passado nunca tinham sequer ouvido falar no Consenso? — indagou Lepuxú, ainda um pouco incrédulo.

— Não. Para nós, o outro lado do Abismo era uma terra inóspita, onde habitavam lendas.

— E vocês acham que vão conseguir manter a Magna Guarda longe dos seus domínios?

— Isso eu não sei, mas, se eles quiserem cruzar o Abismo Dejan com um exército, vão ter que entrar rastejando, um por um.

— Isso os deixa em uma situação muito boa de defesa, praticamente elimina qualquer vantagem que o Consenso possa ter sobre vocês.

— Por isso queremos voltar logo para casa.

— Vocês têm um local maravilhoso para voltar e chamar de lar, o que é muito mais do que a maioria de nós jamais terá.

Flora, que até então era apenas uma espectadora daquele diálogo, se prontificou a intermediar a acolhida de refugiados que chegassem a Terraclara, mesmo sem ter qualquer autoridade para isso.

* * *

A convite dos irmãos que lideravam daquela cidade subterrânea, os três viajantes ficaram alguns dias esperando as coisas se acalmarem e aguardando Osgald se recuperar dos ferimentos, antes de empreenderem a viagem de volta. Nesse meio-tempo eles souberam de vários grupos da Magna Guarda seguindo na direção dos domínios de Tirruá. A situação da mulher definitivamente não deveria estar muito confortável no momento. "Bem-feito", pensou Teka, ainda ressentida com a venda da escrava Stella.

Teka e Flora aproveitaram esse tempo para se reconectar, e a filha gastou horas e horas contando para a mãe o que acontecera nos últimos anos. Já Osgald estava arrasado e encontrou na companhia de Lepuxú e Lepaxá um certo alívio, enquanto tinha oportunidade de contar sobre os freijar e consequentemente sobre seu pai. A canção cantada em volta da fogueira acabou ganhando mais um verso, entoada com muita emoção e certa melancolia coletiva, como aquela trazida pelos primeiros ventos do inverno.

Cinzas do guerreiro
Jogadas no altar
De honra da terra
Para onde não vai voltar

O caminho de casa
O caminho do lar
Não tenho uma estrada
Só posso sonhar

* * *

Aquela estadia tranquila foi interrompida quando Lepuxú e Lepaxá souberam de uma grande força militar a caminho do Abismo, e os visitantes decidiram voltar com urgência. Depois de muitas despedidas e agradecimentos, os três viajantes deixaram Yun Durki com a promessa de manter um canal aberto de comunicação e um fluxo de refugiados. Um guia local foi indicado para levá-los com rapidez até onde poderiam pegar o barco de volta. O barqueiro que lhes dera uma carona na vinda havia dito que passava regularmente naquele pequeno porto improvisado à beira do deserto de sal, e o trio acreditava ter que esperar pouco até conseguirem um transporte de volta. Teka e Osgald se lembraram com carinho do incrível passeio que fizeram esquiando sobre o sal junto ao barco de Pencroft, mas desta vez estavam cortando caminho e, com a ajuda dos guias, chegaram rapidamente ao pequeno porto. Não deram muita sorte, e tiveram que esperar um dia e uma noite até o mesmo barqueiro aparecer por lá.

— Achei que vocês não iriam voltar.

— Somos teimosos — respondeu Teka.

— E onde está aquele grandão barbudo?

— Meu pai está morto — respondeu Osgald, com a voz firme, como se deixasse claro que aquele assunto não seria mais comentado.

O barqueiro não perguntou mais nada, e Osgald questionou se havia um caminho mais reto e menos perigoso até a hospedaria onde haviam deixado os cavalos. Com o início do degelo, já era possível chegar até lá pelo rio, e os três foram apresentados a um outro marinheiro que poderia levá-los. Ele cobrou uma quantia exorbitante, mas os levou bem mais rápido até o mesmo local onde, pela primeira vez, haviam recebido uma pista concreta sobre Flora.

* * *

— Espero que meus cavalos estejam em melhor forma do que quando os deixei aqui — disse Osgald, enquanto segurava um saquinho de moedas na mão esquerda e a espada na mão direita.

O susto do dono da estalagem que fora contratado para abrigar e cuidar dos três cavalos foi épico. Ele estava dando como certo que os três nunca voltariam e já fazia as contas de quanto dinheiro poderia ganhar com a venda dos magníficos animais. Ele tinha anunciado um leilão para dali a duas semanas, quando venderia os cavalos pela melhor oferta.

— É claro, é claro, eu cuidei deles melhor do que cuido da minha pobre mãezinha, tão velhinha.

— Para o seu bem e o da sua mãezinha, eu espero que esteja dizendo a verdade.

Os viajantes foram levados até o estábulo, onde encontraram os três cavalos em bom estado, bem alimentados e com pelo escovado. Teka ficou um bom tempo acariciando Companheiro do Amanhecer, aliviada por encontrar o cavalo vivo e saudável. Depois de comprar alguns mantimentos partiram em direção ao Monte Aldum, que, mesmo daquela distância, se fazia visível como um rei dominando o horizonte. A viagem agora seria mais rápida, e logo os três chegariam à casa de Odnan.

Capítulo LXII

Gufus passou o dia seguinte aos festejos e à luta de espadas planejando e escrevendo. Sabia o que precisava fazer, sabia que era necessário fazer tudo muito rápido e sabia que, se não tivesse sucesso, muita gente morreria ou seria escravizada. Em perspectiva, ele agora pensava que o risco de ser capturado e morrer era justo e bem-calculado. Esperou a saída do Magnus para mais uma viagem ao encontro da esposa e do filho recém-nascido. Essas ausências demoravam sempre cerca de duas semanas, tempo suficiente para que ele realizasse seu plano ou morresse tentando. No dia anterior ele escreveu duas cartas e tentou escrever uma terceira. A primeira, deixou aos cuidados de um dos servos do Magnus, sabendo que seria lida apenas depois do seu retorno. A segunda, deixaria em algum posto avançado do Consenso e levaria dias ou até semanas para ser entregue a Anii. A terceira era a mais difícil de todas e, depois de rascunhar várias vezes, queimou a última versão na lareira e decidiu por não escrever nada.

* * *

Mais tarde, naquele mesmo dia, Gufus procurou um dos servos do palácio e disse que, no dia seguinte bem cedo, queria um cavalo selado e um mapa para chegar ao centro de treinamento da Magna Guarda. Frente às perguntas e sugestões que lhe foram feitas insistentemente, ele lembrou que agora desfrutava do status de cidadão e usou o mesmo tratamento que tantas vezes havia presenciado e desaprovado.

— Não me recordo de ter pedido sugestões, tampouco creio que lhe deva satisfações — ele respondeu ao servo, de forma bem ríspida. — Agora providencie o que mandei, ou vou arranjar alguém que o faça.

Em seguida, ele deu às costas ao homem e seguiu à procura de Maeki.

* * *

Gufus encontrou a amiga segurando o *Manual de Língua de Sinais* e praticando alguns gestos. Ele foi recebido com um largo sorriso e um abraço e retribuiu para aquela que havia se tornado uma espécie de irmã caçula.

Ele estava com pressa, por isso não tinha tempo para tentar se comunicar e repetidamente corrigir e ensinar Maeki na língua de sinais. Usou um pedaço de papel que levara, e escreveu.

"Vou me ausentar por um tempo; se precisar de ajuda, peça ao Anii."

"Aonde você vai?"

"Em uma missão, que pode demorar um pouco."

Ele estava sendo propositalmente vago, porque não podia revelar seu intuito, mas também não queria mentir para ela.

"Quando você volta?"

"Não sei."

Ela mudou a expressão facial para uma mistura de emburrada e triste. Ele tomou o cuidado de recolher o papel onde escreveram as mensagens e, antes de sair, com os dedos indicador e médio apontados para ela, fez o gesto para a palavra "irmã". A menina ainda estava com raiva, e lhe deu as costas sem responder.

* * *

Gufus passou a noite praticamente sem dormir, pensando, repensando e planejando os passos do dia seguinte. Um detalhe inusitado passou pela sua cabeça no meio da madrugada: iria precisar de dinheiro.

Mas onde conseguiria moedas? Desde que chegou àquela cidade, teve suas necessidades atendidas sem nunca se preocupar com esse aspecto financeiro. Na verdade, ele não se lembrava sequer de ter visto dinheiro desde que chegara. O rapaz caminhou até a área dos serviçais, e, como esperado, não havia ninguém acordado para ver que ele vasculhava potes e baús, em busca de algumas moedas que pudessem ser utilizadas na compra de alguma mercadoria, sem sucesso. Onde iria conseguir dinheiro? Bem, seguindo a lógica aprendida nos últimos meses, bastava pedir, e foi isso que ele, relutantemente, fez na manhã seguinte.

* * *

O sol tinha raiado havia bem pouco tempo, quando Gufus chegou ao estábulo para buscar o cavalo que havia pedido. O mesmo servo estava lá, e o animal ainda não estava totalmente preparado. Gufus fingiu um pequeno ataque de fúria, fazendo o pobre homem se esquivar, na expectativa der ser agredido.

— Deixe que eu termino de selar o cavalo, seu idiota — ele disse com muito pesar, porque não tratava ninguém daquela forma. E logo completou — enquanto eu finalizo o trabalho que *você* deveria ter feito, vá buscar algumas moedas para eu levar na viagem.

O homem chegou a iniciar uma frase, que foi logo interrompida por um grito de Gufus:

— Vá logo!

Aquilo lhe machucava o coração, mas não tinha alternativa a não ser incorporar o papel de cidadão do Consenso. Quando o servo voltou, trazia um pequeno saco de tecido com moedas variadas, que Gufus displicentemente colocou em um bolso. Ele afastou-se do estábulo em direção à saída da cidade que levaria ao centro de treinamento, mas logo entrou em uma das ruas laterais que cortavam a cidade e saiu passando sob a gigantesca estátua de Elaurius Magnus. Agora bastava seguir o mesmo plano de fuga que Liv havia traçado, mas não teve tempo de executar — o mesmo plano que, pouco mais de duas semanas antes, ele mesmo havia posto em andamento, sem saber ao certo se funcionaria. Gufus ainda pensou em olhar para trás e ter um último vislumbre daquela cidade e da estátua que a guardava, mas decidiu olhar apenas para frente, com foco total no futuro. E foi assim que o filho de um padeiro conseguiu enganar os poderosos cidadãos do Consenso e sua Magna Guarda, seguindo, dessa forma, o rumo traçado por Liv meses antes, em direção àquilo que tanto ele quanto ela mais queriam: voltar para casa.

Capítulo LXIII

Madis e Mia estavam nas cercanias da casa de Odnan, examinando os cavalos de que dispunham e conversando sobre as alternativas. Agora que já haviam coordenado esforços com Odnan e Malaika, era a hora de cruzar o Abismo de volta e tentar, dentro daquelas galerias sombrias e frias, desvendar os segredos que lhes proporcionariam alguma defesa. Deixaram Letla Cominato e o Professor Rigabel encarregados de organizar os materiais e as fontes de consulta que haviam trazido, apesar de, sem a ajuda de Marrasga, não terem muitas esperanças de progresso. Pouco depois, Uwe, Marro e Tayma juntaram-se a eles e ficaram avaliando as opções de armamento. O arsenal que Uwe e Vlas haviam construído era pequeno, mas suficiente para armar algumas centenas de guerreiros e tentar enfrentar a Magna Guarda. Era uma esperança que naquele momento parecia fantasiosa e ingênua, mas era o que tinham. Ficaram ali ainda por um tempo, manuseando algumas amostras das espadas e dos arcos, pensando se haveria alguém para manusear aquelas armas quando a hora finalmente chegasse.

* * *

Teka, Flora e Osgald estavam já bem próximos da Cordilheira Cinzenta, e a sombra do Monte Aldum se projetava de forma grandiosa sobre eles. Um mercador usando trajes tipicamente freijar passou por eles, e aparentemente não reconheceu nenhum dos viajantes.

— Saudações, amigos — disse ele formalmente, como era de se esperar de um estranho na estrada.

— Saudações — Osgald respondeu tomando a frente da pequena comitiva de três cavaleiros. — Meu nome é Sten — ele disse usando um nome falso.

— Vejo que estão indo na direção das terras do senhor Arne.

— Sim, estamos regressando de uma viagem de negócios — confirmou o rapaz, tentando dissimular a situação.

— Imagino que vocês saibam das restrições de comércio impostas pelo Consenso — comentou o mercador, enquanto olhava com curiosidade os três viajantes, que aparentemente não traziam nenhuma mercadoria.

— Na verdade não sabemos, estamos fora há muito tempo.

— Se quiserem comprar alguma mercadoria, precisam ir até o entreposto e, se quiserem vender, serão inspecionados pelos soldados.

— Na verdade, nossa missão já foi cumprida — retrucou Osgald, de forma rápida e sagaz, e em seguida completou. — Já entregamos nossas mercadorias e agora trazemos os lucros para o senhor Arne e seus vizinhos da casa de Odnan.

— Hum... então sua situação é complicada, pois imagino que estejam trazendo o pagamento, e isso será confiscado no entreposto.

— E há alguma forma de passar sem sermos molestados?

— Ah, se vocês tiverem ouro, sempre se pode comprar uma passagem segura — insinuou o mercador, com os olhos brilhando de ganância.

— Sim, temos ouro. — Osgald respondeu batendo em uma das sacolas presas na lateral da sela do cavalo, mas logo puxou levemente sua espada da bainha, só o suficiente para que o metal ficasse visível e acrescentou: — E também temos aço para garantir nossa segurança.

— Meu senhor, apenas me diga se prefere passar primeiro pelas terras do vinicultor Odnan ou direto para a casa de Arne. O preço é o mesmo.

* * *

Depois de visitar os estábulos e manusear algumas armas, aquele pequeno grupo que se reunira à volta de Mia e Madis resolveu voltar e tomaram a pequena estrada que dava acesso à casa de Odnan. Caminhavam lentamente e despreocupados, quando viram um movimento ao longe. A visão estava prejudicada pela incidência do sol poente, mas notaram que eram três cavaleiros e que eles haviam acelerado a cavalgada ao avistá-los. Sacaram suas espadas e arcos, e ficaram ali, no meio da estrada, esperando o inevitável. Esse momento de tensão foi rápido, mas pareceu demorar muito, logo seguido por um grito alto, que determinou os acontecimentos que se seguiram.

Capítulo LXIV

Desde que embarcara em um dos navios de transporte de gelo, Gufus não enfrentou maiores dificuldades, afinal, para todos os efeitos, era um cidadão do Consenso. Ficou surpreso em perceber como essa condição lhe permitiu navegar, pegar um cavalo e depois outro, usando as moedas que levara. Essa vivência foi ao mesmo tempo educativa e assustadora. Tendo vivido em Terraclara longe da influência do Consenso, não tinha a exata noção de que um cidadão tinha que ser atendido em tudo e nunca poderia ser contrariado. Ele dolorosamente incorporou aquele papel, sabendo que cedo ou tarde, provavelmente mais cedo, sua fuga seria notada e iriam em seu encalço. Mas, até o momento, corria tudo muito bem. A parte final da jornada foi a mais difícil, e Gufus ficou sem acreditar que, depois de percorrer todo aquele caminho sem maiores dificuldades, não conseguiria chegar em casa. Bem próximo das terras dos freijar, ele avistou uma barreira na estrada onde havia uma espécie de entreposto controlado por soldados que revistavam e liberavam algumas carroças com mercadorias. Pelo que ele pôde ver ao longe, uma revista minuciosa estava sendo feita, e foi possível presenciar um mercador sendo espancado e sua carga espalhada no chão. Estava tão perto e agora tão longe. Pensou em algumas alternativas e seguiu por algumas trilhas em direção nordeste, apenas para constatar que havia patrulhas praticamente ao longo de toda a extensão do Abismo. Ele contou com a ajuda de uma noite sem lua e muitas nuvens no céu para rastejar por um caminho que parecia ter sido trilhado por animais selvagens. Depois de soltar seu cavalo, levou apenas o espadim muito bem-embrulhado preso às costas e se arriscou por entre um bosque de arbustos e árvores baixas. Tão logo começou seu caminho, teve dois espetos de metal cravados na perna direita e na mão esquerda. Não fazia ideia do que eram aquelas peças cheias de pontas, mas rapidamente notou que não eram espinhos, e sim armadilhas para quem, como ele, tentava entrar naquela região ou sair dali sem autorização. Fez um curativo improvisado rasgando um pedaço de tecido da camisa e assim protegendo sua mão. Seguiu o caminho com cuidado triplicado, rastejando para tentar se desviar das pequenas armadilhas metálicas, até que chegou a uma clareira, onde parou para descansar até o amanhecer. Uma voz alta e bastante hostil interrompeu seu descanso falando alguma coisa em um idioma que ele não entendeu, mas sabia que era freijar. Gufus respondeu no idioma comum.

— Procuro por Arne, líder dos freijar — disse Gufus, com tom de voz firme, pois sabia que funcionava bem entre aquele povo.

— E quem quer falar com ele? — perguntou o homem alto de cabelos loiros, longa barba e uma cicatriz no rosto que Gufus imaginou se não seria uma lembrança de alguma disputa de espadas.

— Gufus Pongolino, da família de Tarkoma e Odnan.

— Nenhum desses nomes me é conhecido, então acho que vou matar você aqui mesmo.

— Eu trago notícias sobre a filha dele, Liv.

A menção à filha de Arne pareceu mudar instantaneamente a postura e a disposição do homem, que agarrou Gufus pelo braço e o conduziu por um caminho já mais largo e bem-conservado. A caminhada foi longa e cansativa, até que chegaram a um vilarejo que Gufus não havia conhecido em sua primeira visita, há um ano. Eram casas de madeira, ornamentadas com peças gravadas em relevo nas vigas que sustentavam os telhados inclinados. Uma das construções era bem maior do que as outras, e ele logo imaginou que seria a casa do líder daquele povo. Os dois pararam na porta, e o homem com a cicatriz falou com um guarda que estava na frente da casa. Este sumiu, entrando por uma porta de madeira também ricamente trabalhada em pequenos relevos com inscrições e desenhos. Em poucos instantes Arne e sua esposa saíram da casa correndo, escancarando a porta com força e seguiram em direção a Gufus. O rapaz estranhou a aparência de Arne, que parecia ter envelhecido vinte anos nesses meses desde que o vira pela última vez. Quando os dois se aproximaram, não houve nenhum tipo de saudação, apenas um comentário de espanto.

— Mas... você está morto — disse Arne, chocado.

— As notícias sobre minha morte foram exageradas e precipitadas.

— E o que você sabe sobre minha filha? — perguntou Thyra, segurando as mãos de Gufus.

Era um momento para o qual ele pensou que havia se preparado, mas estava enganado. Nada poderia prepará-lo para os olhos cheios de esperança daquela mãe — esperança que ele estava prestes a destruir.

As pessoas foram se aproximando formando um círculo em volta daquele trio. Poucos escutaram o que Gufus lhes disse, mas todos escutaram o choro desesperado da mãe que acabara de descobrir o destino da filha. Arne caiu sobre os joelhos e ficou ali, olhando para o chão, enquanto todas as pessoas ao redor se calavam em respeitoso silêncio. Gufus sabia um pouco sobre os valores da sociedade freijar, o suficiente para oferecer uma versão um pouco mais próxima do que se esperaria de uma morte honrosa, na perspectiva daquelas pessoas.

— Sei que não serve de consolo, mas Liv caiu lutando bravamente enquanto tentava sua liberdade.

Arne levantou-se, colocou a mão sobre o ombro de Gufus e continuou calado; fez apenas um leve gesto com a cabeça quando olhou nos olhos daquele que havia voltado da morte apenas para lhe trazer tão trágicas notícias. Além de Liv, o pai da jovem soube que outros nove servos freijar também haviam sido mortos, mas não sabia seus nomes nem as circunstâncias da morte deles. Gufus tinha que seguir seu caminho até a casa de Odnan, já havia cumprido seu dever para com a memória de Liv e agora precisava encontrar a família que o acolhera há um ano. Ele pediu alguns suprimentos para um dos guardas perto da casa de Arne e foi surpreendido por Thyra, que se aproximou dos guardas e deu suas ordens.

— Você e você, levem esse estrangeiro até onde ele precisa ir, usem o disfarce de mercador de vinho.

Ela virou-se para Gufus com os olhos ainda vermelhos e disse o que estava em seu coração.

— Sou grata por você ter vindo contar sobre o destino da minha filha e dos demais filhos dos freijar, mas nada disso teria acontecido se não fosse pela sua maldita gente e a ganância do meu marido.

Ele ficou espantado com aquela reação e tentou responder alguma coisa, mas foi logo interrompido por Thyra.

— Vamos levar você em segurança até onde quer ir, depois disso nossa dívida estará paga. Nunca mais ponha os pés em terras dos freijar.

E foi assim, disfarçado de mercador de vinho, que ele deixou aquele lugar e seguiu para sudoeste, até ser deixado na entrada da pequena estrada que dava acesso à casa de Odnan.

Capítulo LXV

— MIAAAAAAAAAA!!!!!!!

Foi o grito que todos ouviram, levando-os a um estado de espanto, mas ainda de prontidão para a batalha. Quando um dos cavaleiros se destacou do grupo e galopou ainda mais rápido, a confusão na cabeça de todos aumentou. Aquela figura até então indistinta saltou do cavalo e saiu correndo na direção do grupo, jogando-se sobre Mia e derrubando-a no chão.

— TEKAAAAAAAAAA!!!!!! — Foi o grito que escutaram na sequência.

Dali em diante, o restante daquele dia foi uma sucessão de momentos marcantes, quando todas aquelas pessoas que se amavam puderam estar juntas pela primeira vez.

* * *

Uwe e Flora ficaram conversando longe da casa, perto de onde os vinhedos começavam. Ela já sabia que o marido, apesar de considerá-la morta há tantos anos, não se casara novamente, tampouco abandonara sua memória. Durante todo esse tempo, Flora temia ter sido esquecida e substituída, mas agora sentia que seu lugar como mãe e esposa nunca deixou de existir. Os dois ficaram ali por muito tempo, e por vezes um tocava o rosto do outro, como se tentassem ter certeza de que aquela presença era real. De longe, os demais apreciavam aquela cena como se fosse uma espécie de presente; estar ali para testemunhar o reencontro dos dois foi, para a maioria daquelas pessoas, uma experiência enternecedora, que ficaria na memória. Ninguém ouviu o que Uwe e Flora conversaram, e cada um imaginou as frases que o casal apaixonado, agora reunido, poderia estar dizendo um para o outro.

— Nunca te esqueci.
— Nunca perdi a esperança de rever você.
— Nossa filha cresceu gentil e inteligente.
— O lar da família nos espera.
— Meu amor por você me fez suportar esse tempo.
— Vamos ficar juntos para sempre.

Não se sabia quais palavras apaixonadas e aliviadas estariam sendo trocadas, mas, na mente e nos corações dos que estavam assistindo de longe àquela cena, uma coisa especial estava acontecendo.

* * *

Enquanto isso, Mia e Teka não desgrudavam. Parecia que precisavam contar de uma só vez todas as novidades de um ano, e intercalavam conversas com longos abraços. Em algum momento Teka contou sobre as mil luzes dançantes e o beijo em Osgald. Mia primeiro fez uma cara de espanto, e depois riram muito quando cochicharam alguma coisa nos ouvidos uma da outra. As meninas eram duas partes de um todo que só fazia sentido assim, quando estavam juntas e agora, depois de quase um ano, finalmente se reencontraram.

* * *

Tayma e Marro tiveram um reencontro diferente com seus pais e avós. Apesar da saudade que sentiram, na cabeça dos irmãos aquele foi um período de afastamento feliz, pois puderam aprender coisas e conhecer pessoas de uma forma que nunca teriam tido em sua terra natal. Para os dois, foi como um período de estudos em outro país, uma espécie de intercâmbio. Marro sentou-se na frente da casa, abraçado a

Pequeno Urso, enquanto ouvia sua irmã, sempre muito mais comunicativa, falar sem parar, tentando resumir tudo o que viram e fizeram naquele ano passado em Terraclara. Os pais e avós escutavam aquilo cheios de alegria pela experiência que os meninos tiveram e, é claro, pelo regresso deles.

* * *

Amelia e Flora ainda pareciam um pouco distantes e desconfortáveis, o que causava estranheza em todos os demais. Parecia que Amelia simplesmente se recusava a acreditar que o retorno da irmã era verdade. Madis a levou para dar uma caminhada, e os dois conversaram muito tentando entender, sem muito sucesso, o que passava naquela cabeça. Amelia resumiu seu sentimento para que Madis pudesse entender a situação.

— Naquele dia fatídico no túnel 26, todos se lamentavam porque um marido havia perdido sua amada esposa e uma filhinha pequena ficou órfã, mas parece que ninguém se deu conta de que eu tinha perdido minha única irmã.

Madis finalmente entendeu o sentimento da esposa, que temia aceitar aquele retorno, por medo do sofrimento pelo qual passou. Ele resolveu dar tempo e todo o espaço de que ela precisava para se acostumar àquela situação, e Amelia, no seu tempo, finalmente se permitiu acreditar que a irmã tinha voltado.

* * *

Osgald ficou bastante isolado em meio a todos aqueles encontros, abraços e recordações. Para ele, o retorno foi amargo, um sentimento de vazio como nunca havia sentido na vida. Não tinha mais família, não sabia como seria recebido de volta pelo seu povo e somente agora se permitiu racionalizar aquela situação, então não ficou mais tranquilo. Temeu que o breve momento vivenciado com Teka pudesse se transformar apenas em uma lembrança e voar para longe, como os vaga-lumes que iluminaram aquela noite. Ele estava recostado em uma árvore, com o olhar perdido nesses sentimentos, quando ouviu a voz de Flora bem ao seu lado.

— Você deve estar muito triste, e eu não vou ser leviana de dizer que entendo como você se sente, porque eu não entendo. Ninguém entende.

— Sempre pude contar com meus pais ao meu lado, e agora, em tão pouco tempo, os dois se foram — ele respondeu com a voz rouca de quem tentava esconder um choro contido, e completou — Estou sozinho.

— Não — disse ela, segurando as mãos de Osgald. — Você agora é parte da nossa família e nunca estará sozinho.

Os dois se abraçaram, e ele se permitiu chorar pela primeira vez.

* * *

Mais tarde, quando se preparavam para o jantar, a noite estava clara, e uma brisa fria tomava conta do local. Foi então que o gigante se levantou de forma brusca, esbarrando em todos que estavam em seu caminho. Ele andou alguns passos na direção da estrada que dava acesso à casa, apontou para frente e gritou bem alto:

— Amigo!

Capítulo LXVI

Aquele dia há pouco mais de três semanas ainda estava bem vivo na memória de Gufus. Durante a cerimônia com o Magnus ele havia ajudado a salvar a vida de Anaya e do último condenado e, na sequência, ainda presenciara o impressionante desfile da Magna Guarda, quando ficara sabendo que Terraclara seria invadida. Ao salvar a vida daquele homem condenado por ser inútil e dar muitos prejuízos, o Magnus havia sido bem claro em dizer que era responsabilidade de Gufus resolver o problema daquele indesejado. Ele não fazia a menor ideia do que deveria ou poderia fazer. Agora, porém, sua prioridade era avisar ao Zelador o que os esperava, então ficou concentrado nesse desafio até que foi lembrado por um mensageiro sobre sua responsabilidade em solucionar o problema do prisioneiro.

No mesmo dia, foi levado até um pequeno pátio de paredes de pedra com chão de terra batida, onde um homem enorme estava preso. Tentou conversar com ele.

— Olá, meu nome é Gufus.

O prisioneiro se encolheu todo em um canto, visivelmente assustado, e o rapaz voltou a falar com ele, usando o tom de voz mais calmo e amigável possível.

— Calma, eu sou amigo.

— Amigo — ele respondeu.

— Sim, eu sou seu amigo. Como é o seu nome?

— Amigo.

— Sim, eu sei, nós somos amigos, mas como é o seu nome?

O gigante apontou para Gufus e com um sorriso singelo disse:
— Amigo.

Gufus riu e sentiu-se bem na companhia do gigante, que só agora ele tinha a oportunidade de ver de perto.

— Está bem, eu sou seu amigo, e você é o meu amigão — disse, rindo.

O grandalhão riu também e tentou se aproximar de Gufus, mas foi contido por uma corrente presa em um grosso aro de metal que envolvia seu pescoço.

— Tragam água e comida para esse prisioneiro e tirem essa coleira de metal, ele não é um animal!

Suas palavras não foram muito bem recebidas pelos carcereiros que tomavam conta daquele local, mas eles sabiam que estavam lidando com uma pessoa próxima ao Magnus, e fizeram o que ele mandou. O gigante comeu e bebeu com muita voracidade e, quando terminou, abraçou Gufus em agradecimento, no que foi contido pelas lanças e pelos chicotes dos carcereiros.

— Parem com isso, ele não está me atacando!

O prisioneiro recolheu-se a um canto e ficou ali, acuado, até que Gufus se aproximou e pegou em sua mão. A aparência do gigante era realmente estranha: além do tamanho, suas pernas pareciam desproporcionais e arqueadas, os cabelos eram ralos, quase careca e um dos seus olhos era levemente deslocado para baixo. Sua expressão, porém, era inocente e até mesmo doce. Gufus não conseguia ver ameaça ou risco iminente naquele homem, então se sentou no chão, ao lado dele.

— Eu preciso te tirar daqui, mas para onde vou te mandar?

— Casa — disse o gigante, enquanto apontava para o peito de Gufus.

— E onde é a sua casa?

— Casa — ele repetiu mais uma vez apontando para Gufus.

— Ah, sim, entendi — respondeu rindo. — Você quer que eu te leve para a minha casa.

— Casa. — O gigante voltou a repetir, agora abraçando Gufus e acrescentou — Amigo.

— Bem que eu gostaria de ir junto com você para lá.

Naquele momento Gufus teve um pensamento tão intenso quanto um lampejo. Foi uma daquelas sensações de entendimento de um problema complexo com uma solução simples. Poderia resolver dois problemas de uma vez, se conseguisse organizar um plano rapidamente.

Gufus afastou-se do gigante e dirigiu-se aos carcereiros.

— Esse prisioneiro é minha responsabilidade, então ninguém mais deverá ter acesso a ele. — Depois de tanto tempo convivendo com os cidadãos do Consenso, ele aprendeu a usar uma certa voz de comando e logo acrescentou. — Vocês deverão lhe dar comida e água. E limpem este espaço; aqui não é um chiqueiro.

Dito isso, ele dirigiu-se novamente ao gigante e disse apenas:

— Eu volto logo.

* * *

— Sim, senhor, podemos desenhar o que nos pediu — respondeu um dos artistas que trabalhava para Anii e que tinha ordens de atender às solicitações de Gufus.

Não houve questionamentos porque, desde que começaram a redigir o *Manual de Língua de Sinais*, Gufus havia pedido os mais diversos e inusitados desenhos, então uma ilustração de uma cordilheira e o retrato falado de um homem de pele escura e longas tranças grisalhas não pareceram nem mais nem menos estranhos do que tantas outras coisas que haviam feito para ele. Combinou de buscar os desenhos no fim do dia e, enquanto isso, precisava pensar em como colocar o plano de Liv em ação.

* * *

O porto fluvial que abastecia Capitólio com mercadorias vindas de várias partes daquele vasto império tinha um ponto diferente e bastante característico: as barcaças que traziam gelo. Todas as bebidas geladas e os sorvetes que os habitantes daquela cidade desfrutavam dependiam das grandes pedras de gelo que eram trazidas diariamente em barcos dedicados apenas a esse fim. Depois de descarregar a carga gelada, as embarcações logo retornavam em um fluxo constante para buscar novas pedras de gelo cortadas dos lagos congelados. Liv trabalhou um tempo naquele porto e identificou uma oportunidade de sair da região de Capitólio se escondendo nos porões vazios das barcaças que retornavam em busca de novas cargas. Era um plano simples e genial — afinal, devido à urgência de desembarcar a mercadoria e logo partir para buscar mais gelo, aquela parte do porto tinha um movimento frenético e pouco vigiado, mesmo porque ninguém pensava em vigiar grandes blocos de gelo. Liv certamente teria tido sucesso se não tivesse sido capturada e morta antes de colocar seu plano em ação. Mas ela ainda poderia salvar uma vida e ajudar Gufus a avisar seus conterrâneos sobre o perigo que se aproximava.

* * *

Naquela noite, Gufus, já de posse dos desenhos que havia encomendado e de uma carta escrita às pressas, voltou ao encontro do gigante.
— Amigo. — Foi recebido com entusiasmos pelo grandão.
— Amigão — respondeu, sem esconder sua simpatia pelo gigante.
Gufus levou comida, e os dois fizeram uma refeição juntos sentados no chão. Ele então pegou o primeiro desenho que mostrava a Cordilheira e começou a instruí-lo.
— Quando você sair do barco, olhe e procure esta montanha — disse ele, apontando para uma representação bem razoável do Monte Aldum destacando-se da Cordilheira Cinzenta.
O gigante pegou o desenho e fez uma cópia no chão de terra, usando um garfo que Gufus havia levado. Parecia ter uma ótima memória.
— Isso mesmo, você deve ir para lá assim que sair do barco.

Amigão concordou com a cabeça e apontou para o desenho do monte.
— Quando chegar perto da montanha, procure por Tarkoma. — E Gufus mostrou o retrato falado que mandara fazer do velho patriarca. Optara pelo ancião devido à sua figura incomum, com longas tranças de cabelos grisalhos contrastando com a pele muito escura. Assim seria mais fácil para o gigante encontrá-lo. — Você deve procurar por Tarkoma e entregar esta carta — ele disse passando ao gigante uma pequena bolsa de couro com um documento em seu interior.
— *Takoma* — ele respondeu.
— Isso mesmo, entregue isso a Tarkoma, é muito importante.
— *Takoma, impotante.*
Agora vinha a parte mais delicada daquela operação: tirar o gigante dali e colocá-lo em um barco.

* * *

Na manhã seguinte Gufus voltou ao local do cativeiro e orientou os carcereiros a recolocarem a coleira presa à corrente e levou o gigante até uma carroça. Os dois homens obedeceram, mas fizeram questão de ir junto. Provavelmente estavam orientados a garantir que a ordem de se livrar do gigante seria cumprida. Gufus disse para o cocheiro seguir até o porto, e eles fizeram todo o caminho sem trocar nenhuma palavra. Lá chegando, o rapaz puxou o gigante pela corrente até um grande barco a remo que precisava de mão de obra de muitos remadores em seu porão. Naquele momento as grandes pedras de gelo já haviam sido descarregadas, e as barcaças se preparavam para seguir viagem de volta. A sincronização precisava ser perfeita. Gufus orientou Amigão a ir até o grande barco a remos e, conforme haviam combinado, ele arrancou a coleira e fugiu correndo, jogando-se das docas nas águas escuras daquele porto fluvial. Os estivadores e marinheiros ainda procuraram algum soldado para atirar flechas, mas logo notaram as bolhas se extinguindo e concluíram que aquela aberração não sabia nadar e tinha se afogado. Ficaram por um tempo procurando o corpo, mas não havia nada à vista. Enquanto procuravam por um enorme corpo flutuando, ninguém notou que uma das barcaças havia sido abordada e um grande clandestino subira a bordo. Até aquele momento o plano de Liv tinha funcionado perfeitamente, o resto dependeria de Amigão conseguir chegar ao seu destino.

* * *

E foi assim, apenas algumas semanas atrás, que Gufus começou a salvar Terraclara.

Capítulo LXVII

O gigante correu e abraçou Gufus, levantando o amigo e quase o esmagando.

— Calma aí, Amigão, desse jeito você me amassa — ele disse rindo e levando o grandalhão a rir também.

— *Takoma, impotante.*

— Sim, sim, fico muito feliz que você está aqui entre amigos.

— Amigos — respondeu o homem, apontando para o grupo antes de serem literalmente atropelados por Mia e Teka, que correram na direção deles e derrubaram Gufus em meio a um abraço desajeitado.

— Assim vocês me matam — ele disse meio sufocado pelos abraços simultâneos das amigas.

— Você não está morto! — retrucou Mia, sem acreditar no que via.

— Por enquanto, não — respondeu Gufus, rindo.

— Mas eu vi você morrer... — ponderando Teka, soltando aquele abraço triplo e se levantando, ainda incrédula e totalmente chocada.

— Foi por pouco, mas eu não morri.

Depois disso as perguntas foram se sucedendo sem chance de ele pensar em responder. Como? Quando? Quem? Por quê?

Enquanto isso, os demais foram se aproximando, e todos celebravam o retorno daquele cuja morte foi lamentada por quase um ano. Abraços, cumprimentos e olhares de espanto foram trocados, até que Tayma veio correndo e se jogou sobre ele enquanto lhe dava um beijo.

— Por essa eu não esperava — disse Teka no ouvido de Mia, enquanto levantava uma sobrancelha e cruzava os braços em desaprovação.

Seu tio Arkhos não acreditava no que via, ele segurava o sobrinho pelos ombros e não conseguia articular uma palavra sequer. Por fim ele simplesmente abraçou Gufus e parecia não conseguir desgrudar daquele que amava como a um filho.

Foi quando Osgald se aproximou e parou a alguns passos de Gufus. Seu olhar era enigmático, e Teka temeu por uma reação emocional negativa frente à morte do pai, por isso aproximou-se de ambos na antecipação de algum problema, mas presenciou exatamente o contrário.

— Gufus Pongolino, eu não fui o causador da sua morte, e isso traz alegria ao meu coração.

— Pode ter certeza de que traz muito mais alegria ao meu — ele respondeu bem-humorado, sem saber dos acontecimentos recentes e da morte de Osmond.

Teka aproximou-se dos dois e interrompeu aquele momento tenso.

— Você tem muita coisa para saber — disse ao amigo.

— E vocês também — respondeu Gufus, dirigindo-se ao grupo como um todo.

— Fique tranquilo, nós recebemos a carta — respondeu Madis, apontando para o gigante, que estava ali perto, devorando alguns cachos de uvas.

— Quem bom, porque eu trouxe mais novidades, e nenhuma delas é boa.

Capítulo LXVIII

Toda aquela tensão diante da iminente invasão trouxe um efeito estranho à chegada de Gufus. Um retorno dos mortos de uma pessoa tão querida, em outras condições, seria motivo de uma grande festa, com muitos abraços e histórias sendo contadas entre reações emocionadas, mas isso não ocorreu. Infelizmente não era momento para festejar, e sim para se preparar.

— É preciso tirar as pessoas do caminho da Magna Guarda — disse Gufus, visivelmente preocupado com a urgência da tomada dessas ações.

— E o que eu faço com a minha casa? — perguntou Atsala.

— Construímos outra — respondeu Tarkoma, enquanto abraçava a esposa.

— Mas e os vinhedos? E as oliveiras? — Dessa vez foi Odnan quem começou a questionar.

— Pegue suas melhores mudas, e vamos começar um negócio juntos em Terraclara — respondeu Madis.

— Mamãe — falou Marro, com aquela habitual postura calma e centrada —, precisamos avisar às pessoas ao sul.

— É verdade — acrescentou Malaika. — Meu povo tem duas vilas ao sul daqui, bem no caminho da Magna Guarda.

— Eu vou — afirmou o rapaz, sendo logo respondido pela mãe.

— Não, *nós* vamos.

O clima era de derrota antecipada, as pessoas se olhavam como se estivessem fugindo apenas para postergar um pouco o momento da morte. Foi Uwe quem mudou o rumo daquele estado de espírito derrotado.

— Eu e meu amigo Vlas passamos meses produzindo armas suficientes para aparelhar um pequeno exército... fizemos isso à toa? Não há ninguém disposto a empunhar uma espada?

— Meu povo tem uma tradição guerreira muito antiga — respondeu Malaika, já montada em um cavalo grande, pronta para partir e avisar sua gente. Em resposta à provocação de Uwe, disse ainda: — Deixe as armas prontas, que eu trarei os guerreiros para empunhá-las.

E saiu, junto com Marro, em uma cavalgada insana, já com a noite espalhando seu véu de escuridão sobre o caminho.

* * *

Vlas correu para avisar os moradores da pequena vila próxima, enquanto Osgald insistia em voltar e convencer Arne a fugir.

— Eu estive com ele e com sua esposa, Thyra — disse Gufus, dissuadindo Osgald daquela ideia. — Eles sabem exatamente o que está acontecendo e, se revolveram ficar, nem eu nem você podemos fazer mais nada.

— Mas aquele é o meu povo — afirmou o freijar, com profunda tristeza.

— Se eles escolherem morrer, não morra com eles. — Foi a resposta de Gufus.

* * *

Mesmo antes da chegada do contingente da Magna Guarda que marchava para conquistar Terraclara, já existia uma guarnição que vigiava a extensão do Abismo desde as terras de Odnan até o nordeste nas terras dos freijar. Seria impossível evacuar as pessoas sem alertar aqueles soldados. Não sabiam exatamente se era uma companhia com cinquenta combatentes ou um batalhão com quase mil. Deviam se preparar para o pior e contar com a inteligência. Uwe estava à frente daquele plano, e suas palavras foram simples e pragmáticas.

— Nosso objetivo não é derrotar esse grupo de soldados, e sim ganhar tempo para que as pessoas atravessem o Abismo.

— Mas isso pode levar dias — argumentou Madis.

Trazer pessoas pela estreita e perigosa passagem do túnel 26 era uma tarefa incrivelmente difícil. Fazer a travessia, uma pessoa de cada vez, era uma empreitada que beirava o impossível, mas eles tinham que tentar. O mais provável era que as tropas fizessem o caminho pelo sul, passando pelas terras do povo de Malaika e pelo vilarejo próximo, até chegar perto da fazenda de Odnan. A prioridade deveria ser evacuar as pessoas que estivessem nesse caminho. Cada um pegou um cavalo, e todos saíram em direções diferentes com o objetivo de avisar ao máximo de pessoas possível.

— Mas as pessoas terão medo de atravessar o Abismo — argumentou Odnan. — Como vamos convencê-las?

— Diga que a alternativa é enfrentar a Magna Guarda — disse Gufus, entrando naquela discussão. — Isso deve ser bem convincente.

* * *

Mia, Amelia e Madis foram os primeiros a cruzar o Abismo de volta, porque tinham que retomar o trabalho e descobrir como usar o tal *Ingresso Defensio* e já levaram com eles a primeira leva de refugiados que vieram da vila próxima, junto com Teka e Flora. Logo começaram a chegar mais pessoas, e, com elas, os relatos de movimento da Magna Guarda. A caminhada desde a casa de Odnan até a passagem para o túnel 26 não era tão curta, e em vários trechos eles estariam expostos, caso os soldados resolvessem acabar com aquele êxodo. O mais incrível de tudo foi que realmente o medo da travessia era maior até do que o terror que as pessoas tinham pelos soldados de uniformes negros. Muitos habitantes preferiram buscar abrigo, sem deixar suas casas, a arriscarem a travessia. Mas muitos outros atenderam ao chamado e chegavam trazendo bens pessoais e até animais. Tudo era deixado no chão, junto com as lágrimas de quem às vezes deixava as únicas posses que juntaram ao longo da vida. Também não era permitido levar animais — afinal, aquela passagem não era nem uma ponte, e sim um conjunto de correntes que cruzavam o Abismo balançando com o vento forte que sempre soprava por lá. Ao contrário da esposa, Malaika, Odnan não era um guerreiro, era um agricultor, um homem dos vinhedos e das oliveiras. Ela o convenceu a cruzar o Abismo junto com Tayma e os velhos Tarkoma e Atsala. Ele relutou e só aceitou quando a esposa, já montada no cavalo e prestes a partir, sussurrou em seu ouvido:

— Você é o melhor pai do mundo, não me perdoaria se nossos filhos ficassem órfãos por causa do orgulho masculino. Vá!

E ele foi, mas levou Pequeno Urso amarrado às costas, afinal o cachorro era parte da família e nunca iria abandoná-lo.

— *Cachouo* — disse o gigante, apontando para Odnan carregando o cão como uma mochila.

Disse isso e transferiu Pequeno Urso para suas costas, carregando-o com facilidade enquanto seguiam para o que achavam que seria a segurança.

* * *

Toda essa movimentação não passou desapercebida pelo contingente de soldados que havia ficado encarregado de vigiar o Abismo e as terras próximas. Logo um grupo de trezentos partiu na direção sul, seguido de perto de outro contingente de mesmo número que cercou pelo nordeste, fazendo uma pinça. Uma longa fileira de mais cem soldados foi avançando pelo centro ao longo do rio, fechando, assim, o cerco a todos aqueles que agora se movimentavam.

* * *

Gufus e seu tio Arkhos ficaram do lado de fora da passagem, organizando o fluxo de refugiados e vigiando os movimentos da Magna Guarda. O amanhecer deu lugar ao meio-dia, e o ritmo lento da travessia daqueles fugitivos não era compartilhado pelos bem-treinados soldados do Consenso, que avançavam de forma organizada e rápida. O primeiro ataque veio pelo centro, com uma longa linha de soldados empurrando a pequena multidão de refugiados na direção do rio. A gritaria generalizada dos que fugiam oferecia àquela cena um tom de pesadelo, que era exatamente a estratégia da Magna Guarda: vencer pelo medo. A multidão tentou, então, fugir para o sul, na direção da casa de Odnan, quando foi surpreendida pelo outro contingente de soldados que marchavam naquela direção. A carnificina era iminente, as pessoas já se olhavam em despedida.

Capítulo LXIX

Já na segurança das galerias internas, bem fundo dentro das entranhas da Cordilheira, a responsabilidade pela segurança de todos não caía sobre os ombros de guerreiros ou estrategistas, e sim sobre a diretora de uma escola, um professor de história, sua melhor aluna (ainda que ele nunca admitisse) e uma pesquisadora. A Diretora Cominato se lembrou de uma frase que leu no roteiro de uma peça de teatro: "A pena é mais poderosa que a espada"[2]. Mia e Amelia haviam reunido uma grande quantidade de materiais de referência e sentiam-se muitas vezes perdidas em meio a tantas fontes de pesquisa. Naquele momento retomaram a análise de um pedaço de metal que fazia referência a um escrito antigo, e logo associaram ao painel de pedra que haviam visto no fundo daquele salão escavado na montanha. Mia viu algumas marcações e vincos na parede que indicavam uma passagem, e ela chamou por todos para ajudar a empurrar. A porta de pedra rangeu, resistiu, mas acabou cedendo, descortinando uma câmara mais ampla, de onde saíam alguns corredores. Bem ao fundo, havia uma espécie de mesa ou balcão com vários símbolos gravados em relevo e uma série de alavancas e grandes peças redondas de metal que pareciam relógios. Mia, Amelia, Letla Cominato e o Professor Rigabel logo correram para aquela espécie de painel, na tentativa de acionar alguma coisa que ainda não sabiam o que era. Tiveram medo de experimentar alguns daqueles controles, até que viram na lateral uma alavanca posicionada bem separada das demais e, em vez de símbolos, tinha uma inscrição em idioma arcaico: *calibrato*. Ao lado, uma espécie de vaso comprido e vedado como se nunca tivesse tido uma tampa ou abertura.

— Bem, se isso serve para fazer a calibração, pode ser um teste sem riscos para nossa vida — disse a Diretora Cominato.

— Ou então vai nos matar a todos aqui dentro, para testar se está bem calibrada — respondeu o Rigabel, com o seu jeito mal-humorado e irônico de sempre.

— Só há um jeito de descobrir — disse Amelia, enquanto puxava a alavanca com muita dificuldade, sob o olhar apavorado dos demais.

E logo descobriram.

Capítulo LXX

Os refugiados olhavam para todos os lados, pensando em alguma escapatória, e em desespero alguns se jogaram na correnteza do rio. Os soldados, em seus uniformes negros e rostos cobertos, avançavam em ordem e com disciplina mortal. Do sul veio o primeiro grito de esperança, quando ouviram a voz de Malaika, com os cabelos presos, cavalgando rápido e liderando um grupo de homens e mulheres arath, que atiravam flechas enquanto se aproximavam em um rápido galope. Ela puxava um coro de centenas de vozes que repetiam:

— *Aj Nahin*!

A surpresa foi tamanha, que a primeira reação da Magna Guarda custou para acontecer, dando tempo para os guerreiros de pele marrom e cabelos negros se colocarem entre o grupo de fugitivos e os soldados inimigos.

Pouco antes, Malaika, liderando o grupo, havia encontrado Uwe e para todos se armarem, o grupo fez bom uso do pequeno arsenal que os dois haviam produzido. Marro, muito contrariado, havia sido levado com Vlas para um abrigo, e, na sequência, seguiram na primeira oportunidade de cruzar o Abismo. Uwe armou-se com um longo machado forjado com todo cuidado nos meses em que passara manejando fornalha, fole e bigorna. Ele cavalgava logo atrás de Malaika e partiu para a batalha a fim de defender aqueles que não podiam fazê-lo.

* * *

O primeiro encontro dessas duas forças foi épico, quando a fúria arrebatadora do grupo de guerreiros arath liderados por Malaika encontrou a disciplina e ordem da Magna Guarda. Os arath eram ferozes e atacavam de forma errática, em meio a gritos, enquanto usavam lanças, machados e espadas contra seus oponentes. Os soldados de uniformes negros não estavam acostumados a enfrentar tamanha fúria descontrolada, e sua reação seguiu o disciplinado treinamento que tiveram ao longo de anos. O barulho de aço se chocando com aço, os gritos dos feridos e um cheiro metálico de sangue no ar davam àquele pequeno campo de batalha uma atmosfera terrível. Ainda que em menor número, a Magna Guarda era uma força incrivelmente bem-preparada, então logo se reagrupou e resistiu ao ímpeto dos inimigos, enquanto esperavam reforços que sabiam que viriam.

Malaika liderou um grupo indo direto rumo aos soldados, enquanto Uwe tomou a frente de outro grupo, a fim de cercar e proteger os refugiados. Um terceiro grupo juntou-se a eles, fazendo uma espécie de corredor para que as pessoas fugissem em precária segurança. A Magna Guarda resistia de forma organizada, mas sem perder o ímpeto, e cada pequeno ataque dos uniformes negros era eficaz em ferir muitos adversários. Em alguns momentos, quando estavam a alguma distância dos oponentes, sacavam suas espadas longas das costas e combatiam mantendo-se em um alcance limitado para as armas inimigas. Quando a batalha se tornava mais próxima, os soldados trocavam e passavam a usar os espadins mais curtos, mas igualmente mortais.

Do ponto de vista dos adversários, o suor que escorria, muitas vezes com sangue, tingia as túnicas e incomodava os olhos. Em certos momentos, a proximidade com o inimigo era mínima, e as pessoas se acotovelavam em desespero, tentando se defender sem acertar por engano algum aliado.

Era um caos de gritos, dor e aço.

* * *

Para Malaika e seus seguidores, parecia que o plano de batalha improvisado estava funcionando, até que ouviram um grito vindo do nordeste:

— SUM!

E os soldados que estavam cercados pelo grupo de Malaika responderam:

— FORTIS!

E logo um reforço de soldados em uniformes negros irrompeu naquele campo de batalha, rompendo a formação inimiga e empurrando todos de volta para o sul. Os recém-chegados se integraram aos que já estavam por lá, e rapidamente a Magna Guarda retomou a formação de combate e seguiu atropelando seus inimigos. Foi uma boa tentativa daqueles corajosos guerreiros improvisados, mas agora só restava fugir para as terras de Odnan e tentar levar a luta para os vinhedos. Porém a Magna Guarda não era a mais poderosa força militar sem ter méritos próprios. Um pequeno grupo havia se destacado e começado um incêndio no vinhedo, usando as antigas e preciosas videiras de Tarkoma como combustível, o que, além de fogo, produziu muita, muita fumaça.

A rota de escape havia sido interrompida, e agora só lhes restava ficar e enfrentar o inimigo superior e, provavelmente, a morte.

Capítulo LXXI

Os momentos que se seguiram ao acionamento do misterioso mecanismo foram de suspense. Inicialmente não aconteceu nada, e Amelia pensou que não havia feito nada que resultasse em alguma ação real. De repente um ruído incômodo como um rangido foi aumentando, até que o vaso comprido se rompesse em muitos cacos e seu conteúdo escuro e viscoso escorresse para fendas que, até então, ninguém notara. Depois disso, um silêncio bem-vindo e uma calmaria tomaram conta do ambiente.

— Então é só isso? — Perguntou Rigabel, com desdém.

Como se atendendo ao chamado do antipático professor, o barulho recomeçou, desta vez mais alto, parecendo que todo o cômodo rangia ao mesmo tempo, e algumas paredes tremeram, liberando poeira e detritos no ambiente. Logo o ruído terminou da mesma forma que começara.

Rigabel até pensou em fazer outra das suas observações, mas a expressão facial dos demais já o advertia para ficar calado.

— O que será que aconteceu? — perguntou Mia, visivelmente confusa e cansada.

— O que foi eu não sei, mas foi forte o bastante para sacudir essa montanha.

Ficaram assim por alguns minutos, até que alguns guardas da Brigada chegaram esbaforidos, com informações que ninguém imaginaria.

Capítulo LXXII

Malaika e seus companheiros tentavam organizar uma linha de defesa — o objetivo era proteger os fugitivos. Uwe, por sua vez, pensava que tinha cometido o maior erro da sua vida, convocando aquelas pessoas a fugirem. Se tivessem ficado em suas casas, talvez algumas sobrevivessem, agora iriam morrer todos juntos, imprensados entre as espadas da Magna Guarda e o fogo. Ele se lembrou de uma conversa que tivera com Gufus na noite anterior e de uma frase que ele citou: "A esperança é para os fortes". Sim, havia esperança porque lutavam pelo que era certo, lutavam para defender aqueles que não podiam se defender sozinhos, e, bem no fundo, Uwe sabia que quem havia ficado para trás provavelmente já estava morto, todos massacrados pela passagem daqueles soldados. E foi com essa esperança oferecendo força ao seu coração que ele viu o grupo de guerreiros louros com espadas longas e escudos redondos, vindo do norte como uma onda que varria a Magna Guarda em sua direção. Ele viu quando Malaika reagrupou seus guerreiros e partiu de encontro aos soldados em uniformes negros, que agora, entre duas forças que os atacavam, estavam ficando manchados de vermelho.

Arne liderava aquele ataque, seguido de um grande número de guerreiros freijar — incluindo Osgald, que cavalgava ao seu lado. A teimosia do jovem em apelar para Arne havia funcionado, e o homem havia conseguido transformar a tristeza estática em desforra. Liv e outros nove filhos dos freijar haviam sido mortos, e agora isso seria vingado. Os freijar eram grandes e barulhentos, fazendo a Magna Guarda se virar naquela direção, deixando desguarnecida a retaguarda ao sul. Foi um grande erro, porque Malaika levou seus guerreiros naquela direção e, dos dois lados, eles pressionaram a tropa inimiga até que os poucos restantes fugissem.

* * *

Algumas dezenas de soldados da Magna Guarda fugiram margeando o Abismo, buscando alguma segurança, até que seu caminho foi cortado por uma sombra escura, a qual se moveu no céu rapidamente e logo se converteu em um enxame de flechas metálicas voando do paredão da Cordilheira e se cravando bem à frente deles. Foi uma visão aterradora, e por pouco aquela chuva mortífera de metal não os aniquilou totalmente. Durante algum tempo ficaram parados, olhando para o que parecia uma plantação de onde ramos de metal brotavam do chão onde as flechas haviam se cravado. Foi suficiente para que as forças combinadas de Malaika e Arne chegassem de ambos os lados e encurralassem os soldados.

Capítulo LXXIII

De uma das fendas de observação no paredão, Amelia, Mia, Rigabel e Letla se acotovelavam para tentar ver o que haviam causado. Os guardas que estavam de vigia disseram que por um instante o sol foi coberto por uma nuvem e logo aquelas flechas metálicas começaram a se cravar no chão do outro lado do Abismo.

— Então é isso — disse Mia, quase sussurrando. — *Ingresso Defensio* é na verdade uma arma.

— Uma arma muito poderosa — disse o Professor Rigabel.

— Uma arma terrível — completou Amelia.

* * *

— Matem todos — gritou Arne, como se tivesse fogo em seus olhos.

— Não — respondeu Malaika, colocando-se, com seu cavalo, entre os freijar e os soldados inimigos.

Arne chegou a caminhar com a espada em punho na direção de Malaika, mas a mulher sacou sua própria espada e deixou claro que não era apenas uma agricultora. Ele relutou, e ela aproveitou para dissuadi-lo da ideia.

— Deixe-os ir, para que contem aos demais que não somos indefesos.

— Até parece que isso vai deter a Magna Guarda.

— Não precisamos disso, só precisamos atrasar o ataque para podermos fugir.

— E é isso que somos, covardes que fogem?

— Não, somos sobreviventes.

E ela então mandou desarmar os soldados inimigos e lhes deu uma das flechas metálicas que voaram da Cordilheira.

— Diga aos seus comandantes que há muito mais de onde estas vieram.

Enquanto os soldados fugiam, Uwe se aproximou de Malaika e falou:

— Nós não sabemos se há mais flechas para nos defender.

— É verdade, mas eles também não sabem disso — ela respondeu colocando a mão cansada no ombro do amigo.

Malaika levou o cavalo até uma pequena elevação e orientou aquele grupo tão eclético de guerreiros e refugiados.

— Quem estiver armado fique aqui perto de mim, e vamos fazer uma barreira de proteção. Os demais, sigam Uwe em direção ao outro lado do Abismo.

— Mas eu posso ficar e lutar — Uwe respondeu bastante contrariado.

— Dentre os que estão aqui, somente você já cruzou esse Abismo antes, preciso que você oriente o êxodo e garanta que essa batalha não tenha sido em vão.

Ele não disse nada, apenas a saudou da forma tradicional, com a mão no peito e depois a estendendo para frente.

— Ah, uma pergunta — emendou Uwe, enquanto se afastava. — O que quer dizer "Aj Nahin"?

— Em uma tradução aproximada, quer dizer: "Que não seja hoje". — Ela respondeu e completou — meu povo costuma dizer isso antes da batalha. Um dia eu lhe conto essa história com calma.

* * *

— Vejam, as pessoas estão cruzando o Abismo! — disse a Professora Cominato, com entusiasmo.

— E nós precisamos voltar e entender aquele mecanismo antes que o inimigo retorne — completou Mia, sempre séria demais para alguém tão jovem.

E voltaram para aquela câmara de pedra escura e suja, a fim de tentar entender o que fazer.

— Mandem buscá-lo e traga-o até nós o mais rapidamente possível — ordenou Amelia para os guardas que estavam por perto.

Não precisou dizer quem era a pessoa que estava mandando buscar; todos sabiam que ele estava lá por algum motivo, e agora seria a oportunidade de usar seu conhecimento para alguma coisa positiva — ou pelo menos assim esperavam.

Capítulo LXXIV

A marcha da Magna Guarda em direção ao Abismo era lenta, não havia pressa nem era preciso cansar os homens sem necessidade. Na frente do grupo iam os Ursos, como eram conhecidos os enormes soldados criados para servir de escudo humano e de carregadores. Os Ursos eram criados em uma comunidade a leste, onde, no passado, os conquistadores do Consenso haviam encontrado uma vila com grande incidência de pessoas com mais de dois metros de altura. O Consenso resolveu transformar aquela população em uma espécie de criadouro de gigantes para servir em batalha, usando armaduras pesadas e capacetes com chifres, com o objetivo de aterrorizar os inimigos. Havia Ursos com dois metros e dez, dois metros e vinte, e todos eram fortes como os animais que lhes deram o nome. Os casais eram determinados pelo administrador local, com o objetivo de obter o máximo de filhos de estatura gigante. Porém esses casamentos em um grupo pequeno de famílias às vezes resultavam em problemas de saúde ou deformidades nos recém-nascidos. Esses bebês por vezes eram simplesmente descartados ou às vezes utilizados para trabalhos manuais, como servos.

Os Ursos iam na frente, empurrando as grandes catapultas, seguidos dos soldados. No meio daquela formação, iam o Comandante Galeaso e o Governador Cario. O plano era simples: descobrir onde exatamente se localizava a passagem que fora descoberta por Anii e abrir caminho até aquela nova terra. Uma grande conquista para o Magnus e para o povo do Consenso. Deveriam chegar logo; apenas mais dois dias de marcha, e estariam no local de acampamento onde os Ursos iriam montar as catapultas. Essa marcha calma e ritmada foi interrompida quando os batedores voltaram com notícias. Rapidamente a tropa interrompeu seu avanço, enquanto esperava que um grupo de soldados encontrados adiante fosse interrogado pelo Comandante.

* * *

— E vocês foram superados numericamente por aqueles insetos? É essa a sua justificativa? — perguntou Galeaso, visivelmente irritado.

— Sim, mas... — Um dos soldados mais graduados tentou responder, mas foi logo interrompido.

— Então, se um bando de mosquitos o cercar, você vai sair simplesmente gritando como uma criancinha?

— Meu senhor, fomos surpreendidos...

— Foram surpreendidos porque foram incompetentes!

A fúria de Galeaso só aumentava, ele andava de um lado para o outro e às vezes parava, com a respiração ofegante, como se estivesse travando uma luta interna para não punir os soldados ali mesmo, com a ponta da sua espada.

— E no fim vocês fugiram... covardes, vocês desonram esse uniforme!

— Eles tinham uma arma secreta — disse um dos outros soldados, que parecia menos impressionado com o ataque de fúria do Comandante.

— Que arma?

Eles descreveram a nuvem de flechas metálicas que escureceu o céu e impediu sua passagem, por sorte não matando todos eles. O militar entregou ao Comandante a flecha de metal que trouxeram. Galeaso ficou pensativo, considerando as implicações do que estava sendo relatado enquanto manuseava a tal flecha suja de terra.

— Tirem seus uniformes e voltem para Capitólio — ordenou aos homens que haviam fugido.

— Mas, Comandante, nós queremos nos juntar a vocês e combater... — Mas foi interrompido aos gritos.

— Vocês desonraram esse uniforme fugindo, não os quero na minha tropa. Saiam da minha frente agora!

Os soldados, agora em desgraça, se afastaram, enquanto os demais lhes davam as costas conforme passavam. O tempo traria redenção a eles, mais rápido do que imaginavam.

*   *   *

Galeaso ordenou que a marcha fosse retomada, mas agora em ritmo acelerado. Queria montar as catapultas no dia seguinte e começar o ataque. O inimigo não era tão despreparado como ele havia imaginado, então precisava ser rápido e certeiro. Chegaram rápido à beira do Abismo e já não encontraram ninguém, apenas aquele vazio caótico que sucede uma evacuação. O Comandante não quis perder nem um minuto, e ordenou que os Ursos posicionassem as catapultas. Agora era a hora do sangue dos inimigos escorrer por aquele abismo imundo.

Capítulo LXXV

O primeiro impacto foi sentido por todos, ainda que não soubessem do que se tratava. Ouviram um som abafado porém forte, seguido de um leve tremor. Alguns acharam que poderia ser um desmoronamento ou até mesmo uma explosão de gás como a que havia explodido o túnel 26 que vitimou Flora, dez anos atrás. Passado o susto, continuaram caminhando pela galeria quando veio um novo som seguido de tremor.

E mais outro.

E outro a seguir.

Madis quase caiu com o tremor causado pelo último impacto. Uma pequena chuva de detritos caía do teto do túnel, e o medo foi tomando conta das pessoas pelo desconhecimento sobre o que poderia estar acontecendo.

* * *

O Comandante Galeaso observava tudo e instruía pessoalmente os líderes de cada grupo, cada um responsável por uma das catapultas. Ele acompanhava o impacto dos projéteis de pedra que castigavam incansavelmente a face da montanha e notou uma diferença sutil no aspecto de uma de suas encostas. As rachaduras pareciam seguir uma direção artificial, diferente do estrago que as pedras fizeram no restante do paredão. Ele instruiu os líderes dos batalhões a redirecionar a mira da artilharia para o mesmo ponto e realizar dois disparos sequenciais na mesma direção. Essa ordem levou um tempo para ser cumprida, enquanto moviam as grandes estruturas de madeira para novas posições e novos ângulos de disparo. Enquanto isso, Galeaso saboreava uma caneca de vinho produzido ali mesmo, naquela região, mas essa bebida parecia ser muito superior à que havia provado no passado. Ele fez uma espécie de anotação mental para descobrir a origem daquele vinho e tomar para si toda a safra. Teve tempo para esvaziar sua caneca algumas vezes e comer alguns pedaços de pão embebidos em azeite, enquanto pensava em como aquela campanha iria terminar. A única coisa da qual tinha certeza era que sua antiga tranquilidade havia acabado, só não sabia o quão pior as coisas ficariam. Como odiava aqueles porcos de cabelos loiros por terem precipitado toda aquela confusão! Fez outra nota mental: se continuasse sendo o comandante militar daquela região, faria questão de atormentar a vida daqueles bárbaros com os maiores requintes de crueldade.

— Comandante, as catapultas foram redirecionadas — disse um dos líderes de batalhão, enquanto se aproximava da tenda onde Galeaso desfrutava seu vinho.

— E estão esperando o quê? Disparem!

* * *

Desta vez o impacto pareceu mais forte e concentrado em dois choques maiores e mais intensos, quase simultâneos. Mia, que até então estava tentando manter a concentração enquanto estudava as inscrições, chegou a cair do pequeno banquinho onde se sentara e temeu pela integridade das peças que estava manuseando. Felizmente as inscrições estavam intactas, o que não se podia dizer sobre seus cotovelos, que haviam absorvido o impacto.

* * *

Na face da Cordilheira, os pedaços de pedra começaram a cair inicialmente de forma tímida, mas sem interrupção. Primeiro veio o ruído de rachaduras que aumentavam, e depois pedaços cada vez maiores de pedra começaram a descolar do paredão, caindo em direção ao Abismo. Era como se um revestimento de ladrilhos gigantes e disformes começasse a se soltar de uma parede e a cair ruidosamente. Mesmo os até então inabaláveis soldados da Magna Guarda começaram a correr, com medo de que toda a montanha desabasse sobre eles. O desmoronamento seguia causando um ruído muito alto e contínuo, além de muita poeira, que fazia uma cortina que bloqueava a visão de quem estava acompanhando aquele espetáculo assustador. Por fim ouviram dois ruídos diferentes dos anteriores, como se duas árvores monumentais caíssem ao chão, derrubadas pelo machado de um lenhador gigante. A cortina de poeira foi aos poucos sendo dissipada pelas fortes correntes de vento que eram constantes na beira do Abismo e, conforme ia se evanescendo, revelava uma visão tão inesperada, que causou um silêncio espantado nas centenas de soldados que agora miravam aquele paredão de rocha.

* * *

— O que está acontecendo? — perguntou Amelia, com os olhos arregalados e ainda em choque, imaginando se ainda iriam sucumbir soterrados sob toneladas de pedra.

O que ouviram foi inesperado e assustador, e o que sentiram fez parecer que a montanha estava ruindo sobre suas cabeças. Mas, passado algum tempo, tudo voltou à calmaria habitual, e tanto o teto quanto as paredes continuavam firmes, sem representar risco aparente. Não sabiam o que ocorrera, mas, no fundo, sabiam que aquilo era ruim.

* * *

Galeaso, um homem frio, que dificilmente se abalava com o que via ou ouvia, levantou-se da cadeira, largando a caneca de metal no chão. Ele caminhou para frente empurrando os soldados em seu caminho, até chegar a um ponto no qual tivesse uma visão melhor. Conforme a poeira dos detritos ia se dissipando, um contorno humano gigantesco foi tomando forma do outro lado do Abismo. Ele chegou a pensar que haviam despertado algum monstro de pedra e, instintivamente, deu alguns passos para trás. Porém, logo percebeu que o que avistava era uma escultura em relevo na encosta da montanha, representando o rosto de um homem. Logo abaixo daquele colossal rosto havia um arco de pedra, como um portal aberto na encosta da montanha, rente ao Grande Abismo. Nas laterais desse arco, duas fendas muito altas pareciam ter sido cavadas por uma ferramenta precisa, deixando uma marca profunda em cada lado de onde foram extraídas as peças de pedra. Na base de cada uma daquelas fendas, agora estavam apoiados dois longos monolitos, atravessados por sobre o Abismo e apoiados na rocha do outro lado. Pareciam dois obeliscos, um de cada lado do portal, em forma de pilar, mas sem a ponta afiada, deitados horizontalmente sobre o Abismo. Ao longo de cada um havia orifícios cavados em intervalos regulares. Essas pedras agora atravessavam o Abismo como duas pontes muito estreitas.

Galeaso não acreditava no que via. Eles haviam descoberto uma passagem viável por sobre o Abismo e através da montanha. A figura esculpida em relevo era de Elaurius Magnus, e os dois monolitos se debruçavam sobre o Abismo como um presente do primeiro grande líder. Ele ficou olhando em silêncio por mais alguns momentos e virou-se para os homens, soltando um grito entusiasmado que foi imediatamente acompanhado pelas centenas de soldados que lá estavam. Todos eles pensavam a mesma coisa: "A vitória está próxima. A vitória está aqui".

Capítulo LXXVI

Dos pontos de observação, era possível assistir aos soldados da Magna Guarda construindo uma ponte usando como suportes os dois grandes monolitos que haviam tombado cruzando o Abismo. Aqueles soldados também eram grandes construtores, haviam sido treinados para construir pontes, andaimes e plataformas, tudo o que pudesse ser útil nas conquistas. O trabalho era contínuo e, enquanto alguns carregavam grandes toras de madeira, outros as cortavam em tábuas grossas, e outro grupo as depositava e fixava nas laterais da ponte. Era tudo muito rápido, muito eficiente, muito coordenado. Em um tempo incrivelmente curto, uma grande ponte de madeira agora ligava os dois lados do Abismo. Passadas tantas gerações, agora havia uma passagem viável e permanente cruzando aquela fenda mortal.

* * *

Depois da demonstração não intencional daquela arma macabra, porém muito poderosa e intimidadora, foi Gufus quem propôs uma abordagem direta usando aquele momento de dúvida das forças inimigas sobre o poder da arma. O rapaz havia convivido com aquela gente por cerca de um ano e tinha uma boa noção de como suas mentes distorcidas funcionavam. Sabia o que fazer. Era hora de, mais uma vez, lançar uma flecha com uma mensagem para o outro lado do Abismo.

* * *

Uma flecha foi pintada de branco e carregava um pequeno pergaminho enrolado. Foi disparada com todo o cuidado, para ser vista pelos soldados do outro lado, mas sem parecer o início de um ataque. As instruções eram simples: se concordassem com uma reunião, deveriam acender três fogueiras no mesmo local onde a flecha caíra. Nesse caso, representantes dos dois lados se encontrariam na manhã seguinte, no meio da ponte recém-construída pelos soldados.

* * *

Ainda havia certa agitação nas tropas da Magna Guarda, agora posicionadas um pouco afastadas da recém-construída ponte. Não havia tecnologia bélica no Consenso capaz de fazer aquela chuva de flechas, e os soldados não portavam grandes e grossos escudos porque simplesmente não era necessário. Não havia mais reinos encravados em fortalezas ou castelos aptos a atirar flechas em uma quantidade que os obrigasse a usar escudos. A verdade é que estavam totalmente despreparados para o que viram. Quando uma única flecha branca cruzou o Abismo e cravou-se elegantemente entre duas catapultas, houve um breve momento de pânico entre os soldados, achando que encarariam uma nova chuva de lanças. Mas foi apenas uma.

O pergaminho foi levado ao Comandante Galeaso, e este a mostrou ao Governador Cario.

Naquela noite, três fogueiras foram acesas no mesmo local onde a flecha caiu.

Capítulo LXXVII

Aulo Galeaso era um homem de meia-idade, acostumado à vida da Magna Guarda e, nos últimos anos, habituado a ser um comandante respeitado. Aspectos políticos e de posição social nunca foram sua prioridade — aliás, até bem pouco tempo atrás ele estava muito feliz com o relativo sossego que aquela região distante lhe proporcionava. Os freijar e demais habitantes eram, por assim dizer, mansos. Raramente a Magna Guarda era acionada, e suas rondas e eventuais desfiles militares serviam bem ao objetivo de mostrar que eles estavam lá, a postos e vigilantes. Tudo isso mudou há cerca de um ano, quando as fogueiras foram identificadas ao longo do Abismo e, logo depois, ele precisou intervir naquela reunião asquerosa que os inferiores faziam anualmente. Foi necessário tomar vários banhos seguidos para tentar se livrar da sensação de sujidade por ter estado ali, entre aquele bando de animais bêbados. Mas o pior foi ter que sair da sua habitual e tão adorada sensação de isolamento, para em pouco tempo encontrar-se em Capitólio portando aquela espada ancestral. Para Galeaso, ao contrário de muitos dos seus colegas, estar na presença do Magnus e seus conselheiros era um incômodo. E nem mesmo todo o ritual de partida das tropas de Capitólio fazia alguma diferença. Mas ele servia ao Magnus, e sua lealdade não conhecia limites, por isso atender ao chamado do líder era mais do que uma obrigação; era uma coisa tão natural e necessária quanto respirar.

Assim, quando recebeu do governador-geral o convite para uma reunião com representantes do outro lado do Abismo, Galeaso sentiu uma profunda repugnância e ao mesmo tempo teve uma sensação ruim. Algo ainda mais incômodo estava por vir.

* * *

Cario, governador-geral daquela região, era um político medíocre que jamais havia conseguido galgar posições de importância no Consenso, como conseguira seu irmão, que era o Grande Almirante da Frota. Os dois irmãos tinham pouca diferença de idade, mas muita diferença de personalidade, o que levou um deles para o caminho da política e o outro para o mar e, no caso deste, logo para uma posição de destaque, que lhe concedia prestígio junto ao próprio Magnus. Já o Governador Cario foi jogado naquela função há vários anos e ainda não havia conseguido uma promoção para outra província ou para um cargo na administração na capital. Ao contrário do Comandante Galeaso, a calmaria constante e a falta de situações desafiadoras não eram um prêmio para Cario, e sim um castigo imposto por sua inabilidade política de tecer relacionamentos entre os mais influentes e poderosos do Consenso. Com isso, apesar de nunca ter cometido erros ou decepcionado seus superiores, acabou sendo jogado naquele fim de mundo. Quando houve toda aquela comoção em torno da espada e seu portador, há cerca de um ano, foi Cario quem tomou a frente e evitou que o jovem visitante fosse executado. Ele tinha recebido o relatório das mãos de um dos assistentes de Galeaso e pediu para ver a tal espada. Apesar de nunca ter servido à Magna Guarda, Cario não era de todo ignorante quanto a armamentos e à história do Consenso. Foi ele quem rapidamente a identificou como um objeto forjado há gerações e foi ele quem pensou em investigar o assunto. Enquanto o portador da lâmina era mantido prisioneiro, Cario viajou rapidamente até Capitólio e lá, junto com Anii, constataram que era uma arma muito mais antiga do que haviam imaginado, talvez até do tempo da fundação do Consenso. Ela foi levada até o

Magnus, e em poucos dias o prisioneiro já estava na capital para ser interrogado. Cario teve uma oportunidade de se destacar naquele episódio e sabia que isso não passaria desapercebido pela alta administração do Consenso.

Por tudo isso, quando ele recebeu o inusitado convite para uma reunião com representantes do outro lado do Abismo, sentiu que uma oportunidade estava batendo à sua porta e ao mesmo tempo teve uma sensação boa. Algo ainda mais afortunado estava por vir.

Capítulo LXXVIII

Quando chegaram ao início da recém-construída ponte, Cario e Galeaso viram do outro lado um pequeno grupo de pessoas. As instruções haviam sido claras: seriam permitidos apenas os líderes e um grupo de no máximo cinco acompanhantes. A estratégia de Gufus foi seguida à risca pelos líderes de Terraclara que lá estavam. Ele havia compartilhado muitas informações que ajudaram a montar uma intrincada rede de conteúdos pensados para confundir o inimigo.

"Eles não estão acostumados a receber ordens dos que consideram seres inferiores, então devemos fazer isso desde o primeiro momento, já na comunicação que vamos enviar com a flecha."

O Comandante Galeaso desde o início ficou chocado e enojado com a audácia daqueles vermes em pedir sua presença e ainda ditar regras, mas o Governador Cario queria aproveitar aquela oportunidade e, se tivesse que fazer esse tipo de sacrifício, então seria isso o que faria. Galeaso e Cario seguiram pela ponte acompanhados de cinco guardas em seus característicos uniformes negros e lenços cobrindo o rosto. Do outro lado viram uma movimentação que logo se revelou como quatro pessoas carregando uma espécie de toldo ou barraca e fixando-o no chão de madeira da ponte. Os homens rapidamente voltaram e colocaram três cadeiras lado a lado, sob a sombra. Em seguida dois homens e uma mulher foram caminhando calmamente e se sentaram nas cadeiras.

"Façam de tudo para confundir as cabeças deles. Montem um verdadeiro palco para essa reunião, mostrem sofisticação e usem artifícios teatrais."

Logo três taças de alguma bebida foram servidas aos representantes de Terraclara que, ainda em silêncio, brindaram entre si e beberam em pequenos goles enquanto olhavam para seus interlocutores, que àquela altura variavam entre o espanto e a revolta.

— Mas que absurdo é esse? — perguntou Aulo Galeaso, em tom de voz alto. E continuou. — Não vamos ficar aqui...

"Eles estão acostumados a serem os únicos a ditar regras e cobrar posturas respeitosas daqueles que consideram menos que humanos. Façam com que sintam o mesmo."

Galeaso foi interrompido por um gesto ao mesmo tempo inesperado e até impensado, quando Malia Muroforte levantou-se da cadeira por um instante e, com uma expressão facial bem sisuda, daquelas que as mães usam para chamar a atenção dos filhos, fez um sinal de silêncio para Galeaso, enquanto voltava a sentar-se e terminava sua taça de bebida. Na sequência ela disse, simplesmente:

— Agradecemos sua presença e abrimos formalmente nossas negociações. — Sua expressão era séria, porém o tom de voz era calmo.

A resposta de Aulo Galeaso não foi tão calma.

— Cale-se, verme, como ousam trazer uma mulher para essa conversa, e quem disse que isso é algum tipo de negociação?

"Eles vão, em algum momento, perder a paciência e tratar vocês como eles realmente pensam que vocês são: animais, insetos que não deveriam sequer respirar sem consentimento do Consenso. Nessa hora, é importante responder à altura."

— Cale-se você, seu porco vestido de armadura! — respondeu Uwe, de forma surpreendente, lembrando-se das instruções de Gufus. — Quem você pensa que é, para dirigir palavras assim a tão honrada cidadã?

A estratégia estava funcionando. Galeaso não sabia o que responder, e foi o Governador Cario quem assumiu a conversa.

— Quem de vocês é o seu líder supremo?

— Nenhum de nós — respondeu Madis. — A Zeladora tem outras responsabilidades mais importantes e nos delegou essa negociação, enquanto está tranquilamente aguardando nossa resposta na segurança de seu palácio.

Era uma grande mentira. Madame Cebola estava bem próxima, em relativa segurança dentro das galerias das minas, esperando o desfecho daquela conversa. E... palácio? Não havia palácio do Zelador em Terraclara.

— Nós só falaremos com o seu líder — declarou Cario, surpreso e já irritado.

— *Nossa* líder — retrucou Madis, dando ênfase na designação feminina. E continuou — Posso saber qual de vocês é o seu líder supremo?

— Nosso líder está no conforto da nossa capital, muito acima dessas questões — respondeu o Governador Cario.

— Então creio que estamos na mesma situação — disse Madis, com um olhar entediado. Se vamos falar com subalternos nem tenho certeza de que essa conversa deva continuar.

"Mantenham o jogo equilibrado, nunca permitam que eles os rebaixem em nenhum aspecto da conversa e nunca mostrem inferioridade ou admitam ser impressionados com as palavras grandiloquentes dos seus oponentes."

Foi uma jogada arriscada de Madis. Naquele momento os dois interlocutores do Consenso poderiam simplesmente dar as costas e abandonar a conversa, destruindo totalmente a única chance que tinham de conseguir uma saída menos sangrenta para aquele conflito. Mas funcionou.

— Entendo que vocês falam pelo seu líder — respondeu Cario —, e assim podemos seguir essa conversa.

Eles notaram que mais uma vez Cario usara a designação líder no masculino e dessa vez tiveram certeza de que foi proposital, para marcar uma posição. Não estavam enfrentando pessoas estúpidas, tampouco inexperientes.

— Vocês pediram essa reunião, e nós graciosamente concordamos — disse o governador, com um tom de voz condescendente, tomando o controle daquela conversa.

"Mantenha-os encurralados o tempo todo. Essas pessoas dominam o mundo conhecido e vão facilmente dominar a conversa."

— Acho que há um problema de entendimento — disse Malia, entre um gole e outro de sua taça. — Nós é que fomos bastante elegantes e benevolentes em oferecer essa reunião.

— Eu não vou ficar aqui escutando esse inseto velho dizendo asneiras no meu ouvido — respondeu Galeaso, com rispidez, mostrando claramente que a estratégia do trio estava funcionando bem.

— Ofenda qualquer um de nós mais uma vez, somente mais uma vez, e sua miserável existência vai terminar de forma dolorosa no fundo deste abismo! — Ameaçou Uwe, levantando-se rispidamente da cadeira enquanto arremessava a taça para fora da ponte nas profundezas do Abismo Dejan.

"Não demonstrem medo ou subserviência. Não abaixem a cabeça frente aos insultos e ameaças que vão ouvir."

Galeaso já estava partindo para um confronto físico com Uwe, quando foi segurado pelo braço. Cario disse alguma coisa no ouvido do Comandante, que, em um gesto brusco, livrou-se da mão que o agarrava firmemente e deu um passo para trás.

— Os homens vão ficar medindo sua masculinidade, ou podemos começar a conversar? — perguntou Malia, enquanto se levantava batendo ruidosamente a bengala nas tábuas do chão da ponte.

— Vocês nos chamaram para conversar — respondeu o governador —, então digam o que têm a dizer.

Madis assumiu a palavra e usou toda a sua maestria em negociações para levar aquela conversa na direção que eles queriam.

— Nossa sociedade é regida por valores muito rígidos e muito importantes para nós, sendo a valorização da vida o maior deles. Qualquer vida, a minha vida, a sua... Nós não tiramos uma vida de forma leviana.

Madis falava de forma contínua, não dando a chance de ser interrompido pelos seus interlocutores do Consenso. Ele foi apresentando uma série de fatos e uma série muito maior de mentiras que teriam que ser bastante convincentes para enganar seus adversários.

— Sua existência é há muito conhecida por nós, apenas os deixamos em paz por nossa decisão e conveniência.

Mas que grande mentira! Até cerca de um ano atrás, só existiam lendas do Povo Sombrio. Mas Madis continuou, com um discurso bem-estruturado e sem pausas.

— Nunca interferimos na sua sociedade por opção, até que vocês chegaram às nossas portas com seu exército e suas armas rudimentares.

Rudimentares? As catapultas que derrubaram as paredes e revelaram o portal eram uma maravilha da engenharia militar do Consenso. E ele prosseguiu, de forma brilhante.

— Ainda assim, nós não usamos nossa superior capacidade de defesa, porque respeitamos a vida acima de tudo, mas isso tem um limite, e esse limite já foi estabelecido.

Madis fez uma pausa programada, esperando que seus interlocutores caíssem na elaborada trama, e eles fisgaram a isca.

— E que limite seria esse? — perguntou o Governador Cario.

— Estamos sobre ele neste momento – Madis respondeu.

— Você quer dizer que não podemos cruzar o Abismo? — questionou Cario, logo completando. — Este e todos os territórios, bem como tudo o que está neles, pertencem ao Consenso, e podemos ir aonde quisermos, com a graça do Magnus.

— Então conhecerão o seu amargo fim — respondeu Madis, com um tom de voz cuidadosamente preparado, que demonstrava ao mesmo tempo resignação e firmeza.

— Olhem em volta. — Galeaso apontou para as tropas que estavam dispostas ao longo da beira do Abismo. — A Magna Guarda é invencível e vai abrir caminho até onde quisermos.

— Vocês acham que somos indefesos? — perguntou Malia, com uma expressão de altivez, beirando a arrogância. Ainda de pé, ela deu um passo para trás e levantou a bengala como se fosse uma seta sinalizando o caminho. — Atrás dessas paredes de pedra há uma força militar muito maior do que a sua, e armas que vocês nem sonham existir.

Era outra mentira monumental, mas bem-calculada; afinal, os inimigos não sabiam o que estava atrás daquele paredão.

— Mas o que vocês estão vendo é apenas uma pequena fração das nossas tropas — respondeu Galeaso.

— E o que isso importa, se vocês terão que se espremer por uma passagem estreita pelas rochas? — comentou Uwe, que até então estava estranhamente calado. — Seus números não representarão nada, seus soldados vão cair como moscas e sua derrota vai ser tão avassaladora, que seu reino cairá em seguida.

— E nosso armamento superior vai derramar em uma enxurrada o sangue dos seus soldados pelas bordas do Abismo, sem que uma gota de sangue arteniano seja desperdiçada — completou Madis, em mais uma mentira descarada, mas que ele sabia que teria um forte efeito nos adversários.

"*Se tiverem oportunidade, mostrem que o sangue dos soldados do Consenso corre o risco de ser derramado em quantidades que vão tingir o chão. Esse é um ponto crítico no modo de vida daquela gente.*"

A pequena demonstração daquele sistema de defesa ancestral havia sido bem impressionante. Ninguém — de um lado ou de outro — sabia a extensão e o poder daquele maquinário que disparava chuvas de flechas, mas do lado de Terraclara havia um blefe bem-elaborado e do lado do Consenso um temor pelo poder desconhecido. Malia, então, aproveitou o momento tenso e fez a jogada final daquele estruturado jogo de mentiras.

— Nossa proposta é simples: saiam daqui e mantenham uma faixa livre de presença militar em toda a extensão de sombra projetada pela Cordilheira, quando nasce o sol. Façam isso, e todos voltarão vivos e ilesos para suas famílias.

— Absurdo, a Magna Guarda não se curva... — Mas Galeaso não pôde continuar com seu acesso de fúria, porque foi novamente interrompido por Cario.

— E se não aceitarmos esses termos?

Malia, em um gesto cuidadosamente pensado, fez um aceno para que os demais a seguissem e começou a caminhar em direção ao paredão de pedra. Ela se virou lentamente e respondeu usando palavras que sabia que teriam impacto nos seus interlocutores.

— Então despeçam-se de suas famílias e preparem seus rituais funerários.

Malia, Uwe e Madis seguiram caminho, deixando para trás os incrédulos representantes do Consenso. Chegaram ao túnel, e, logo que passaram, a barricada foi refeita. Havia sensações conflitantes em todos os três, mas, apesar da tensão, achavam que tinham sido bem-sucedidos.

— E agora? — perguntou a Zeladora.

— Agora nós aguardamos e torcemos para que nosso embuste tenha surtido efeito — respondeu Madis, abraçado com Amelia e Mia.

Não precisaram aguardar muito.

Capítulo LXXIX

— Você não está pensando em recuar, está, Cario? — perguntou o Comandante Galeaso, incrédulo diante da possibilidade de o governador aceitar a proposta feita pelos representantes de Terraclara.

— Para você, é governador — ele respondeu retomando sua autoridade. E logo completou — E sim, estou pensando em recuar.

A perspectiva de ser o responsável por um massacre sem precedentes não estava nos planos de Cario. Ele sabia muito bem que o Magnus prezava pela vida dos cidadãos, e a coragem e ousadia dos membros da Magna Guarda nunca deveriam prevalecer sobre o sangue derramado. Não era necessário ser um gênio militar para entender que uma passagem estreita era uma armadilha mortal, mesmo para um exército maior e mais bem armado. Eles seguiram as ordens e abriram um portal para o outro lado, que os habitantes locais chamam de Terraclara, mas não esperavam ser recebidos com uma chuva de flechas e uma grande força militar. Cario ficou imaginando a chacina de ondas e mais ondas de soldados sendo atingidos por chuvas de flechas, e aqueles que conseguissem cruzar a ponte seriam mortos tentando atravessar a estreita passagem. Era uma situação sem vitória. Ele só precisava pensar em como fazer isso sem parecer uma derrota vergonhosa, e sim um sacrifício para preservar o precioso sangue dos soldados da Magna Guarda.

— Aulo — ele disse usando o primeiro nome do Comandante Galeaso como forma de reafirmar sua autoridade —, organize a retirada das tropas.

— Mas...

— Sem interrupções — emendou Cario, e então começou a escrever uma carta, fazendo um gesto para que o comandante saísse de sua tenda, enquanto dava uma última instrução. — E destrua aquela ponte antes de retirar os soldados.

O Governador Cario começou, então, a escrever uma carta ao Magnus contando o que descobrira a respeito do poderio militar de Terraclara e louvando sua própria estratégia em assegurar que as vidas dos soldados fossem poupadas. Quando acabou, ficou muito orgulhoso de si, porque havia conseguido montar uma narrativa na qual ele mesmo havia sido o grande herói protetor das vidas dos cidadãos, contrariando o ímpeto bélico e suicida do Comandante Galeaso. Cario estava feliz e esperançoso com o resultado daquela comunicação e teria a oportunidade de enviar a mensagem bem a tempo de ser convidado para as celebrações de outono, que aconteceriam em Capitólio nas próximas semanas. Já se imaginava aproveitando a companhia do Magnus, enquanto aguardava o anúncio de uma merecida promoção. Chamou um dos ajudantes e entregou a carta para que fosse despachada imediatamente, usando tantos cavalos quantos fossem necessários para fazê-la chegar quanto antes às mãos do Magnus. Mas ela nunca chegou.

Capítulo LXXX

De todas as coisas que Malia, Uwe e Madis contaram aos representantes do Consenso, a maioria eram mentiras deslavadas, mas uma era verdade. A valorização da vida é muito forte entre todos os artenianos. Por isso, a utilização da Arma Suprema — era assim que as pessoas a estavam chamando — em sua plenitude seria praticamente impensável. O pouco que viram foi aterrorizante pela sua capacidade de matar tantas pessoas ao mesmo tempo. Era um mecanismo construído com genialidade, mas seu objetivo era ao mesmo tempo pragmático e trágico. Centenas, talvez milhares de soldados poderiam ser mortos a cada disparo daquele dispositivo incrivelmente bem-construído, o que fazia da Arma Suprema o pesadelo supremo.

— Eu nunca poderei ordenar o uso daquela monstruosidade — disse a Zeladora Handusha Salingueta, enquanto falava com o irmão, em um dos raros momentos de privacidade que tiveram nos últimos meses.

— E se eles resolverem cruzar a ponte e chegar ao portal? Vamos fazer o quê? Nos render?

— Talvez possamos retardar o seu avanço ou bloquear novamente a passagem. Deve haver um jeito de fazer alguma coisa que não seja um massacre.

— Já parou para pensar que o massacre pode ocorrer de qualquer maneira, mas os massacrados seremos nós?

— Então eu estarei pronta para nos render e tentar salvar a vida de todos.

— Uma vida de servidão?

— Pelo menos será uma vida.

A privacidade que eles imaginavam desfrutar mostrou-se ilusória quando Malaika, que estava sentada no chão próxima a eles, entrou na conversa de forma inesperada.

— Quando vocês ainda estavam se matando na Guerra dos Clãs, o meu povo vivia em harmonia, eram arquitetos, agricultores, professores, e agora, depois que foram dominados pelo Consenso, veja o que sobrou...

Malaika olhou para baixo, pesarosa, como se pudesse atravessar o chão de pedra e mirar uma realidade diferente daquela em que viviam. Em meio ao silêncio que se fez após seu comentário inesperado, ela acrescentou.

— Hoje somos o quê? Serviçais que vivem para ter o que comer por mais um dia. É isso que vocês querem para sua terra e para seu povo?

Os dois irmãos Salingueta se entreolharam, refletindo sobre o depoimento dramático de Malaika sem ter como responder ou argumentar.

Um dos guardas da Brigada entrou correndo no local onde estavam e interrompeu aquele momento aos berros.

— Zeladora, Zeladora! — Ele parou para tomar fôlego, deixando o clima de tensão ainda maior, e logo prosseguiu, enquanto falava com os dois irmãos. — Vocês precisam vir comigo agora.

* * *

Era uma visão tão impensada, que nem em suas previsões mais otimistas os artenianos haviam antecipado o que seus olhos agora tinham a oportunidade de ver: uma retirada em massa da Magna Guarda. Gufus, Teka e Mia se acotovelavam junto aos demais, para encontrar um espaço que os permitisse ter um vislumbre daquele grupo de soldados marchando de forma organizada enquanto se afastavam da beira do Abismo. O grupo dos gigantes, em seus capacetes com chifres e pontas metálicas, fechava a fila, tocando os enormes tambores e as longas cornetas douradas.

— Minha irmã vai ganhar uma estátua ao lado do Bariopta — declarou o ex-Zelador Parju Salingueta, visivelmente empolgado com a vitória obtida sem derramamento de sangue.

— Depois de hoje, eu mesmo vou ajudar e esculpi-la — comentou Madis, rindo.

— Deixem para comemorar depois — disse Malia, a voz da razão naquele momento.

Quando os soldados estavam já longe, um grupo dos gigantes de armadura tocou fogo nas gigantescas catapultas que há bem pouco tempo fizeram chover pedras no paredão e revelaram o portal. Em minutos havia várias fogueiras muito altas, cada uma formando uma coluna de fumaça, e juntas emanavam um cheiro acre de derrota.

— Eu faria a mesma coisa no lugar deles — afirmou Uwe. — Não deixaria minhas armas para o inimigo.

A incerteza e o temor frente às possíveis reações do exército que ora se retirava aos poucos davam lugar para o alívio. Aquela sensação de que, depois de um grande susto ou terror, o corpo todo relaxa ao mesmo tempo tomava conta daqueles que estavam agora assistindo à retirada dos soldados em seus uniformes negros.

* * *

Gufus era talvez o mais aliviado de todos, uma vez que suas informações sobre o Consenso haviam direcionado as negociações. Ele havia lido os Princípios Harmônicos e tido várias conversas com o Magnus, então sabia que uma gota de sangue derramado de um cidadão do Consenso era um preço que eles só pagariam como última alternativa. Estavam acostumados a infligir dor e sofrimento, não a sangrar. De que valeria arriscar a vida de todos aqueles soldados somente para cruzar uma ponte e invadir de forma precária o território de Terraclara?

Gufus imaginou que esse seria o pensamento dos comandantes daquela invasão, e estava certo. Poderia agora voltar para casa, ver os pais e tentar não os matar de susto, achando que estariam vendo um fantasma. Estava perdido em seus pensamentos quando Teka pulou em suas costas como se brincasse de cavalinho.

— Agora é que notei que você está mais fortinho — disse ela, enquanto apertava os músculos do braço do rapaz.

— O bastante para te derrubar — respondeu Gufus, jogando a amiga no chão e em seguida sentando-se na barriga dela. — Você se rende? — perguntou ele, rindo.

— Mia, me ajuda aqui! — chamou a menina, entre risos.

— Ai, vocês não mudaram nada, continuam sendo duas crianç... — Mas Mia não conseguiu terminar a frase quando foi agarrada por Gufus e derrubada no chão, junto aos dois.

E ficaram assim, divertindo-se do jeito como sempre fizeram, aproveitando a companhia uns dos outros, sob os olhares alegres e um pouco ciumentos de Tayma, Marro e Osgald.

Aquele dia tenso e histórico acabava aos poucos, e o cheiro de fumaça proporcionado pela queima das catapultas parecia ser o único vestígio do que se passara.

Capítulo LXXXI

Do lado de fora, a noite caía de forma suave, como um véu de seda escura flutuando na brisa fresca, e que aos poucos ia se depositando sobre o Abismo e as terras circundantes. Todos preferiram passar a noite no acampamento improvisado dentro da galeria recém-descoberta e, com isso, ter tempo para pensar nas decisões que os aguardavam. Após a Batalha dos Vinhedos — como agora estava sendo chamada — e do grande embuste que levou à retirada da Magna Guarda, os próximos problemas a resolver seriam internos. Muitos estrangeiros fugiram para Terraclara, e havia uma expectativa de que muitos outros ainda batessem à sua porta em busca de abrigo. Isso era um tema que a Zeladora Salingueta já estava antecipando.

O tio de Gufus pediu que voltassem juntos, a fim de que Arkhos preparasse os corações de Alartel e Silba para encontrar o filho dado como morto há um ano. Apesar da ânsia em retornar e rever os pais, o rapaz acabou concordando que seria a melhor estratégia para evitar que ambos caíssem duros no chão com o susto de vê-lo chegar de repente.

Teka, por sua vez, era só alegria, agora que tinha recuperado a mãe e o amigo, ambos tidos como mortos, e estavam todos juntos, em segurança. Ela deixou o pai e a mãe sozinhos porque os dois tinham muito o que conversar, e ficou com Mia e os tios. As primas falavam sobre tudo o que havia ocorrido no Orfanato e gastaram um bom tempo debatendo a mudança de comportamento de Oliri.

— Quero ver a cara dele quando vir Gufus vivo e saudável — comentou Teka, com um tom ainda incrédulo ante a redenção do antigo oponente.

— As pessoas mudam — disse Mia, com o seu habitual ar mais adulto e contemporizador —, principalmente quando aprendem com seus erros de forma dolorosa.

— Dolorosa vai ser a bofetada que eu vou dar naquele imbecil, se ele se meter comigo.

Foram interrompidas por Gufus, que se aproximou e sentou-se entre as duas, empurrando-as de maneira brincalhona.

— Quem vai levar um bofetão? — Ele perguntou enquanto mastigava um pedaço de alguma coisa que, com muito boa vontade, poderia ser chamada de pão.

— Você, se continuar me espremendo — respondeu Teka, empurrando o amigo.

Os olhares do trio se fixaram na família de Tarkoma, que estava aglomerada em um canto, na companhia de Pequeno Urso e de Amigo. Até bem pouco tempo atrás, apesar de estarem sob o domínio do Consenso, suas vidas eram tranquilas. Agora aquelas pessoas haviam perdido tudo: sua casa, seus vinhedos, os pastos e as plantações. Mas, ao contrário de outras famílias, pelo menos estavam todos juntos e todos bem.

— Será que valeu a pena? — questionou Mia, baixinho, apenas para que ouvidos próximos a escutassem.

— Não sei — disse Teka, com o olhar ainda fixo naquela família, que também era sua.

— Vocês não fazem ideia do que estão falando. — Gufus entrou naquela conversa com um tom incomumente sério. — Sair de baixo das botas do Consenso sempre valerá a pena.

Um silêncio incômodo tomou conta do grupo, e os três ficaram ali, descansando, preparando-se para no dia seguinte voltar e desfrutar da paz conquistada de forma supreendentemente fácil.

* * *

A noite com algumas nuvens esparsas criava um ambiente perfeito para que centenas de soldados avançassem sorrateiros, em direção à ponte de madeira. Seu deslocamento era lento, porém preciso e constante. Quem quer que estivesse vigiando o outro lado do Abismo poderia facilmente confundir o farfalhar de algum arbusto com o efeito do vento que corria constante. A ausência da luz da lua não foi uma coincidência. Quando os planos de ataque foram traçados, essa baixa luminosidade foi levada em consideração; afinal, aqueles uniformes negros e os lenços no rosto não eram apenas símbolos: eram ferramentas de camuflagem.

Não muito distante de onde Mia, Gufus e Teka estavam conversando, dois vigias mantinham seus olhos, já cansados e sonolentos, fixos no outro lado do Abismo. Um deles chegou a pensar ter visto algum movimento, mas provavelmente era o vento carregando algum galho ou um animal noturno. Esse foi seu último pensamento antes de ser atingido por uma silenciosa e certeira flecha vinda de um arco em local desconhecido. O outro vigia chegou a tomar fôlego para gritar, mas foi atingido por outra flecha e caiu ao lado do companheiro. Não havia mais ninguém vigiando aquele ponto específico.

* * *

Uwe e Flora juntaram-se à família de Tarkoma e Odnan e tentaram lhes dar um pouco de alento e esperança.

— Vocês sabem que são minha família também — disse Uwe, enquanto servia um copo de vinho para o velho Tarkoma —, e membros das famílias não abandonam uns aos outros.

— Não queremos caridade — rebateu Atsala, que era a mais abalada e revoltada dentre todos os membros da família.

— E quem falou em caridade? — disse Madis, entrando na conversa sem ser convidado. — Eu sempre quis entrar na produção de vinhos de qualidade e agora quero ser seu sócio.

— Vocês sabem quanto tempo um vinhedo leva para se desenvolver e começar a produzir? — comentou Odnan, bem desanimado.

— Não — respondeu Madis. — Não entendo nada de vinicultura, e é por isso que eu preciso que vocês sejam meus sócios.

— Vamos ver, vamos ver... — retrucou Atsala mais uma vez, bem desanimada.

Todos ali estavam exaustos daqueles dias de luta e só queriam repousar antes de reiniciar sua vida em poucas horas. Mal sabiam que ainda teriam que enfrentar uma última provação, talvez a maior de todas.

* * *

O Comandante Galeaso estava à frente dos seus homens e postara-se junto ao grupo central, bem defronte à ponte e ao portal. Esperou pacientemente ser informado do posicionamento de todos os demais grupos de soldados, e, até então, ninguém havia notado que uma força de ataque estava se posicionando. Seu plano até agora se mostrava eficaz. Quando o último grupo se posicionou, o Comandante deu a ordem de atacar. Os soldados da Magna Guarda não soltaram o seu tradicional urro; seguiram de forma silenciosa seu inabalável caminho.

* * *

O Chefe da Brigada, Ormo Klezula, estava inquieto. Não havia motivo imediato, mas ele achava muita sorte que o embuste preparado com a ajuda do menino Gufus tivesse funcionado tão bem. Klezula era um homem pragmático e não acreditava em sorte, por isso sua intranquilidade o induziu a fazer mais uma ronda, levando-o até a barricada na entrada da ponte. Estava tudo calmo, sem sinal de qualquer perigo, então ele se permitiu relaxar um pouco. Ele resolveu levar um pouco de comida para os vigias que estavam do lado de fora e, quando passou pela barricada improvisada, viu os dois guardas caídos em poças de sangue. Naquele momento pensou que realmente não havia sorte.

* * *

Do lado de fora, os soldados da Magna Guarda escutaram os gritos de alerta do Chefe Klezula e viram a movimentação dos inimigos. Haviam sido, finalmente, descobertos.

— Que corja de animais incompetentes — sussurrou para si mesmo Aulo Galeaso. — Só agora notaram que estamos chegando.

Em seguida ele mesmo puxou o coro, já que não fazia mais sentido tentar se esconder.

— SUM! — gritou, e logo veio a resposta que fez tremer o chão, ecoando no paredão de pedra adiante.

— FORTIS!

Agora não era mais necessário esconder-se, e sim intimidar o inimigo. Agora era a hora da batalha, a hora da vitória.

Capítulo LXXXII

— Eles ainda não invadiram, porque plantamos uma dúvida bem consistente em suas cabeças — disse Uwe, segurando seu cachimbo, que já havia apagado há um bom tempo.

— Mas essa mentira não vai se sustentar — completou Madis, sentindo o desespero começar a tomar conta de si, enquanto olhava para Mia e seus amigos, que estavam do outro lado do salão agora bem iluminado por muitas tochas e lanternas. — No instante em que eles vencerem a nossa barricada, vão ver que não há armas secretas nem exército deste lado e vão invadir com toda fúria.

Do outro lado, os bem-treinados soldados cruzavam a ponte recém-construída e se protegiam de eventuais ataques. Longe do Abismo, fizeram uma elaborada formação que protegia a entrada da ponte como se fosse um T invertido. Uma massa compacta de soldados tomava a ponte, enquanto na sua saída dois outros grupos, à esquerda e à direita, estavam posicionados para seguir os companheiros em uma invasão rápida e brutal assim que o portal fosse aberto. Mesmo que houvesse reforços por parte do inimigo — o que certamente não havia —, eles estariam preparados.

Acobertados pela frágil segurança das câmaras e dos corredores cavados dentro da montanha, Madame Cebola estava no meio de seus companheiros, mas, ao contrário da maioria, parecia calma e controlada. No fundo, havia pânico em seus pensamentos, mas a Zeladora direcionava sua atenção ao que poderia fazer, não ao que independia de suas ações. Foi ela quem tomou a liderança naquele momento em que todos pareciam já estar conformados com a morte certa.

— Vamos reforçar a barricada o quanto for possível e abandonar esse salão em seguida — disse ela, comandando todos os que lá estavam.

Ela passou os minutos seguintes orientando e apontando com seus dedos gordos:

— Ali, reforcem aquela parte. Desloquem mais pedras para as laterais. Removam o madeirame que segura as pedras do portal.

Depois de pouco tempo todos estavam cansados, suados e sujos de poeira e detritos, mas haviam feito o possível para reforçar a barricada. No fundo, sabiam que era inútil, mas era tudo o que conseguiam fazer. Mas isso poderia lhes dar mais algum tempo para fugir quando o ataque viesse, e esse tempo poderia salvar muitas vidas.

— Todos agora saiam pelos túneis e façam o que puderem para alcançar a segurança do lado de fora.

— Mas, Zeladora — disse um guarda da Brigada que até então mantivera-se calado e quieto —, nós não podemos abandoná-la.

Ela virou-se para o grupo que lá estava e respondeu àquela fala dirigindo-se a todos os guardas e mineiros dentro daquele salão.

— Sua missão agora é sair daqui e evacuar a Vila do Monte. Levem as pessoas para longe, se possível cruzando o Grande Lago. Salvem quem puderem.

Aquela ordem parecia mais uma despedida do que uma instrução de batalha. Madame Handusha Salingueta estava querendo proteger as pessoas, mas, aparentemente, não esperava sobreviver àquela noite. Frente a certa lerdeza e estupor dos que lá estavam, ela gritou em um tom que a maioria nunca tinha ouvido.

— Vão logo!

E como se uma chave tivesse sido virada, todos começaram a correr.

— Eu não vou abandonar minha corajosa irmãzinha nesse momento — disse Parju Salingueta, que havia se aproximado discretamente da irmã.

Ela pensou que havia muito tempo que ele não a chamava carinhosamente de irmãzinha, coisa que fazia com frequência quando os dois eram jovens. Talvez a sua personalidade rude, irônica e muitas vezes hostil tivesse afastado o irmão, mas nunca faltou amor entre eles. Seu coração ressecado com o tempo se encheu de ternura por um breve momento, o bastante apenas para um sorriso e um carinho no rosto do seu irmãozão, como ela o chamava na infância.

— Nada disso — ela respondeu já retomando o jeito de sempre. — Em vez de ficar aqui dentro comigo, preciso de um líder lá fora para ajudar as pessoas. Vá e faça o que sabe fazer melhor.

Ele até pensou em abraçá-la, mas logo viu que aquele momento terno já havia acabado. O ex-Zelador despediu-se da irmã com um aceno de cabeça e logo estava orientando a saída das pessoas.

— Vocês aí — falou a Zeladora, apontando para o grupo onde estavam Uwe, Madis, Malia e suas respectivas famílias —, vou precisar de alguma ajuda lá em cima.

— Eu vou. — Uwe se prontificou, enquanto largava a mão de Flora e caminhava para perto da Zeladora.

— Eu também — disse Madis —, minha esposa está lá naquela galeria e não vou abandoná-la.

Madis primeiro dirigiu-se a Odnan.

— Ajude a organizar a saída e, uma vez lá fora, leve todos que conseguir o mais longe possível.

Odnan não disse nada, apenas o saudou com o tradicional gesto levando a mão ao peito e depois estendo o braço para frente.

Depois, Madis chamou Uwe em um canto, segurou seus ombros e disse:

— Odnan não conhece nosso povo, e Salingueta é um bom homem, mas não tem voz de comando, então você precisa ir com eles e liderar a evacuação.

— Mas eu não posso deixar vocês aqui sozinhos, enfrentando aquele exército.

— Meu amigo — respondeu Madis, com a voz resignada e cansada —, se eles conseguirem passar pelo portal, você acha mesmo que sua presença vai fazer alguma diferença aqui?

— Mas, mas...

Fazia muito tempo desde que Madis viu seu melhor amigo ficar sem palavras, e ele não deu muita chance para que esse momento fosse desperdiçado.

— Saia, tire as pessoas do caminho daquele exército. Se falharmos aqui dentro, vamos precisar de alguém como você lá fora.

Madis deu um abraço incomum, longo e apertado no amigo, e saiu rápido, deixando Uwe parado, ainda sem conseguir articular uma resposta.

* * *

— Mas, papai — disse Mia, tentando argumentar com Madis, que já estava ficando impaciente —, eu quero ir com você e encontrar a mamãe, eu posso ajudar.

— Minha filha, você já desvendou os segredos desse portal e da arma terrível que o protege, sem você já teríamos sido invadidos. Você já fez muito mais do que qualquer um poderia esperar, e tenho muito orgulho disso.

Mia ainda tentou argumentar, mas foi interrompida com uma mudança no tom de voz do pai, que disse apenas:

— Agora vá com eles.

— Não — rebateu a menina, de forma surpreendente. — Eu vou com vocês lá para cima. — E já se dirigiu para a câmara onde a parte central da Arma Suprema estava localizada.

Madis ficou sem ação enquanto assistia à filha se afastar, e só lhe restou observar enquanto Uwe liderava o último grupo para sair daquela câmara de pedra, em direção à relativa segurança da Vila do Monte. Rapidamente Madis, a Zeladora e Mia tomaram o caminho oposto, subindo rampas e escadarias até onde estava aquilo que poderia ser seu último recurso.

Capítulo LXXXIII

O Comandante Galeaso mandou buscar o governador, que estava sendo mantido em segurança em uma tenda longe da ponte. Quando chegou, Cario estava furioso e, pela primeira vez em muito tempo, não sabia como reagir a uma situação. Os dois líderes se encontraram no meio da ponte, que, conforme as ordens de Galeaso e ao contrário das de Cario, obviamente não havia sido destruída, e o Governador falou primeiro.

— Você está louco? Prender um governador de território sem motivo é traição.

— E quem disse que eu não tive motivo?

— Eu, e quem mais presenciou o ocorrido.

— Todos os soldados que lá estavam presenciaram sua decisão contrária às ordens do Magnus.

— Isso é mentira.

— Será sua palavra contra a minha.

O Comandante Galeaso interrompeu momentaneamente aquele diálogo, para orientar um dos líderes de pelotão, mas logo voltou sua atenção novamente para Cario.

— Governador, agora estamos lidando com fatos consumados, o senhor pode ser parte dessa vitória ou tentar explicar ao Magnus como traiu suas ordens.

— Mas eu... — E novamente o experiente político se viu sem palavras.

— Nós vamos abrir caminho por aquela passagem e conquistar um território novo para o Consenso, com a sua concordância ou não.

Decida agora como quer ser lembrado quando Anii escrever sobre essa batalha.

Cario ficou ali, parado, sem ação. Estava encurralado pela situação que Galeaso forçara. E, como o militar havia dito, agora qualquer discordância seria sem sentido, porque o ataque já estava em andamento. O governador havia subestimado o comandante daquelas tropas ao considerá-lo um homem rude e com inteligência inferior, o que havia se revelado um erro terrível. Naquela altura dos acontecimentos só lhe restava torcer para que tivessem sucesso com um mínimo de baixas e, quem sabe, desfrutar da glória da conquista. Sua mente política começou a pensar em uma forma de sair daquela situação com uma grande vantagem e pensou em homenagear o filho recém-nascido do Magnus. Se os nativos chamavam aquela região de Terraclara poderiam rebatizá-la como Terramagna e honrar o herdeiro com o título de Príncipe de Terramagna. "Sim", pensou Cario, enquanto abria um sorriso. "Ainda posso sair dessa situação caindo nas boas graças do Magnus e, em breve, ser agraciado com uma função em um local menos selvagem e isolado."

Nesse momento o Comandante Galeaso fez um comentário que despedaçou os sonhos do político ao seu lado.

— Pense pelo lado positivo — disse ele, de forma irônica, mas com um elevado grau de certeza. — O Magnus pode fazer de você o governador das terras além do Abismo.

A expressão facial de Cario poderia ilustrar um quadro intitulado *Do sonho ao pesadelo* ou alguma coisa parecida.

E assim, os dois líderes daquela força invasora se posicionaram no meio da tropa, que agora ocupava a ponte, e assistiram à Magna Guarda avançando em direção a Terraclara e à vitória.

Capítulo LXXXIV

Mia foi correndo na frente e já estava lá quando seu pai a alcançou. Quando Madis e a Zeladora chegaram à câmara onde já estavam os demais, o local começou a ficar superlotado. O lugar onde estavam era um pouco mais amplo do que as outras pequenas câmaras interligadas que abrigavam os mecanismos da Arma Suprema, mas ainda bem apertado. Aquele ponto era central e, pelo que puderam entender, tinha uma função diferente, mas as instruções de uso haviam se perdido. Pelo menos era o que todos pensavam. Amelia havia solicitado a companhia de algumas pessoas que ela imaginava que pudessem ajudar a decifrar aquele enigma: Omzo Rigabel, Letla Cominato e sua filha, a qual havia sido, até o momento, a principal perita em entender aquele quebra-cabeça com tantas peças faltantes. Acorrentado em um canto, calado, mas com uma expressão que beirava a satisfação, estava o prisioneiro. Sob a guarda constante do Chefe Klezula e mais dois guardas da Brigada, Roflo Marrasga aguardava pacientemente o momento em que a falta de alternativas representaria uma moeda de troca indispensável.

Mia encontrou um símbolo desgastado na base de uma das muitas alavancas que pareciam brotar daquele maquinário e manuseava alguns manuscritos com pressa, largando-os no chão entre uma leitura e outra.

— A senhorita Patafofa poderia ter mais cuidado com os documentos históricos que manuseia com tanto desprezo — disse Omzo Rigabel, com um olhar de reprovação para Mia.

— Cale essa boca, Omzo — respondeu Amelia, com os olhos fundos e cansados ainda mergulhados em um livro muito antigo, com capa de couro tingido de vermelho.

— A menina Patafofa não tem ideia do que está fazendo — disse Marrasga, com sua voz desagradável e um resto de sorriso no canto da boca.

— Cale essa boca você também, Roflo — repetiu Amelia.

— É que eu cansei de ficar aqui vendo vocês correndo atrás do rabo — ele disse com tom irônico, e logo continuou com o seu bem-preparado jogo de palavras. — E o seu tempo está acabando; aliás, o nosso tempo.

— Ah, é mesmo? — perguntou Amelia, que já estava exausta e sem a menor paciência para jogos verbais. — Então conte para nós o que devemos fazer.

— Isso eu posso fazer — retrucou ele —, mas tudo na vida tem um preço.

— Já sei, o seu preço é sua liberdade — disse a Zeladora, entrando naquela conversa —, mas por enquanto você vai ter que esperar.

— Então será um período bem curto, porque os soldados de uniforme negro em breve estarão aqui e vão matar todos nós.

— Então você também tem certeza de que vai morrer e mesmo assim não vai ajudar — disse Mia, com o espanto ingênuo típico da juventude.

— De graça, não — ele respondeu enquanto se ajeitava como se fosse tirar um cochilo no chão.

— Você é um monstro assassino e suicida — ela falou com raiva.

Marrasga endireitou o corpo e, com uma expressão séria no rosto, olhou para Mia e respondeu simplesmente.

— Em toda a minha vida as pessoas achavam que eu era frio, cruel e interesseiro e acabei me tornando o que pensam de mim.

— Então você é exatamente o que pensam de você, não use desculpas como o julgamento dos outros para justificar suas falhas e seus defeitos — disse Letla Cominato, entrando naquela discussão.

Dentre todas as pessoas que estavam naquele rústico salão de pedra, o que se mantinha mais calado o fazia por um motivo bem objetivo. Madis era um estrategista. Sua vida tranquila e equilibrada era em parte reflexo de sua capacidade de enxergar as situações como um todo e descobrir soluções simples para problemas complexos. Muita gente considerava Madis Patafofa como um negociador, mas ele mesmo se via de outra forma: como um solucionador de problemas. Se não houvesse uma tradição que proibisse líderes dos clãs de assumir o posto de Zelador, ele provavelmente seria a melhor opção para conduzir os rumos de Terraclara naquele momento de crise. A Zeladora sabia disso muito bem e estava contando com o apoio e a experiência de Madis. Bastou um olhar da Madame Cebola em direção ao líder dos Patafofa para que ele assumisse aquela negociação.

— O que você pede é um pagamento muito alto — disse Madis, e seguiu sua linha de negociação. — Qual é a garantia que temos de que você vai nos dar o que precisamos?

— A mesma garantia que eu tenho de que serei libertado — respondeu sem perder a postura tranquila que manteve o tempo todo.

Roflo Marrasga era muito inteligente e, por muito pouco, não conseguiu seu intuito de tornar-se ditador supremo de Terraclara. Ele sabia com quem lidava e, se Madis havia tomado a frente daquela conversa, então chegara o momento de obter sua vantagem.

— Essa decisão é sua, somente sua — acrescentou Marrasga, pronto para usar seus melhores argumentos —, mas, quando você e sua família estiverem sendo mortos pelos soldados do Consenso, lembre-se de que eu lhe dei uma chance real de lutar, e você recusou.

Madis chamou a Zeladora para falar reservadamente em um canto daquela câmara de pedra e já estavam quase decididos a ceder às exigências de Marrasga, quando ouviram a voz exaltada de Mia.

— Consegui, já sei o que fazer!

Ela saiu correndo de onde estava manuseando uma tábua antiga cheia de inscrições e símbolos, e parou em frente a uma bancada de onde brotavam várias alavancas.

— Estava bem debaixo dos nossos narizes, e não vimos — ela disse enquanto jogava água em cima daquela bancada e esfregava com as mangas da própria camisa.

Alguns símbolos desgastados, mas ainda visíveis, foram sendo revelados conforme a poeira de séculos era lavada. Rigabel deu alguns passos, bem lentamente, como de costume, e aproximou-se de Mia. Os dois começaram a apontar para os símbolos e rabiscar algumas coisas com giz na própria pedra. Era como um balé mal ensaiado onde cada um passava de um lado para outro da bancada de pedra e, enquanto falavam, iam se esbarrando e fazendo marcações nas alavancas. Em poucos minutos eles viraram-se para os demais e disseram simplesmente:

— Ótimo trabalho, senhorita Patafofa.

— Não teria conseguido sem sua ajuda, professor.

Os presentes, especialmente Letla Cominato, ficaram ali, espantados com aquele breve momento de simpatia e conexão entre os dois, ao mesmo tempo que esperavam alguma explicação. Foi o Chefe Klezula quem quebrou o silêncio.

— Alguém vai me explicar o que acabou de acontecer aqui?

Capítulo LXXXV

O reforço que os guardas da Brigada haviam feito na barricada estava prestes a ceder e, em breve, hordas de soldados em uniforme negros invadiriam aqueles túneis. O Comandante Galeaso internamente se felicitava pela audácia e perspicácia de identificar a farsa que os inimigos tentaram encenar, fingindo possuir armamentos e legiões capazes de enfrentar sua guarda. Foi uma jogada arriscada, mas que, agora, se provava acertada e logo culminaria em uma vitória estrondosa.

Os guardas de Terraclara que ainda monitoravam os postos de vigilância avistavam uma longa formação de soldados sobre a ponte, e, no outro lado, esse contingente continuava, mais uma vez, em uma formação de T invertido para as duas direções do Abismo.

Não havia esperança. A invasão era iminente.

* * *

Do lado de fora dos túneis que agora ligavam os dois lados do Abismo, o pânico havia sido instaurado. Estrangeiros assustados chegavam até Vila do Monte sem saber o que fazer ou para onde ir. Os moradores daquela cidade buscavam, sem sucesso, informações, enquanto olhavam assustados aquelas pessoas tão diferentes saindo dos túneis das minas. Uwe e o ex-Zelador Parju Salingueta faziam o que podiam para informar e orientar os moradores a fugirem. Em vez de uma evacuação organizada, eles enfrentavam o caos.

Aqueles que tinham acesso a embarcações tentavam fugir pelo lago, mas a superlotação já havia levado um pequeno veleiro a naufragar. A visão era assustadora, com pessoas correndo para todos os lados tentando encontrar familiares para fugirem juntos, ou trazendo objetos e até móveis para as ruas, com o intuito de fugir carregando o que tinham de maior valor. O que a Zeladora temia estava acontecendo, e esse caos generalizado poderia aumentar o número de vítimas, ainda que não ocorresse nenhum ataque. Terraclara não passava por uma situação como aquela desde a época da Guerra dos Clãs.

Capítulo LXXXVI

Roflo Marrasga estava inquieto, mas logo percebeu que ainda tinha um trunfo para usar naquele intrincado jogo de negociação por sua liberdade. Ele sabia que agora precisava fazer uma jogada rápida e decisiva, ou então logo voltaria para sua cela, ou pior, seria morto pelos soldados do Consenso.

— Essas alavancas estão identificadas e trabalham em conjunto — disse Mia, em resposta à pergunta que o Chefe Klezula havia feito, mas que estava nas cabeças de todos os presentes.

— E agora podemos ter controle sobre essa arma e disparar quando quisermos — completou o Rigabel.

Nesse momento Roflo Marrasga começou a rir, chamando a atenção dos presentes.

— Qual é a graça? — perguntou a Zeladora.

— É muito engraçado vocês acharem que vão saber usar essa arma só puxando alavancas aleatoriamente — afirmou ele, ainda rindo. Em seguida, completou teatralmente, enxugando lágrimas de tanto gargalhar. — Vou tratar de proteger minha cabeça antes que vocês disparem flechas aqui dentro.

Ele olhou sutilmente em volta e viu que seu estratagema havia funcionado. As expressões de dúvida substituíram as de júbilo até mesmo entre Mia e Rigabel. E, como se fosse uma peça de teatro perfeitamente ensaiada, um dos vigias que ainda ficaram monitorando os postos de vigilância entrou correndo naquela câmara e disse apenas.

— Estão quase entrando.

Marrasga não perdeu tempo e ergueu as mãos acorrentadas acima da cabeça sem falar nada; apenas olhou para a Zeladora com uma expressão que já revelava o que ele queria dizer, algo como: "Se for fazer alguma coisa, o momento é agora".

Madis puxou a Zeladora pelo braço, e os dois conversaram em sussurros por alguns instantes até que ela sinalizou ao Chefe Klezula para libertar o prisioneiro. Surpreendentemente, Roflo Marrasga dirigiu-se ao grupo e disse apenas uma palavra.

— Não.

Frente aos olhares de espanto de todos os demais, Marrasga se explicou.

— Preciso de uma garantia por parte da Zeladora e do Chefe da Brigada de que serei libertado sem outras punições ou restrições.

— Se você nos ajudar e se sua ajuda resultar em salvação contra essa invasão, você terá sua liberdade do outro lado do Abismo — respondeu a Zeladora.

O homem ergueu as mãos novamente para que o cadeado que o prendia fosse removido e logo saltou em direção à bancada com as alavancas. Virou-se para o guarda que havia acabado de entrar e pediu informações.

— Diga com detalhes onde os inimigos estão posicionados.

Frente à rápida explicação que recebeu, Marrasga virou-se para a bancada com as alavancas e já ia começar a manuseá-las quando foi interrompido por Mia, repetindo o mesmo que ele havia feito há pouco.

— Não — ela disse em um tom firme.

— Com assim, menina, deixe-me em paz — ele respondeu virando as costas e já levando as mãos para as alavancas, antes de ser firmemente impedido pelo Chefe Klezula e mais um guarda.

— Vocês estão loucos? Querem morrer aqui e agora?

— Não — rebateu Mia —, só queremos saber o que você sabe e entender o que está fazendo.

— Não temos tempo para explicações. — O tom de Marrasga era incomum, já parecendo desesperado.

— Sim, temos tempo — respondeu a Zeladora, com as feições rígidas deixando bem clara sua resolução.

Marrasga rapidamente chamou os que estavam mais próximos e começou a explicar a intrincada relação dos símbolos e como a combinação das alavancas disparava as setas de metal em diferentes direções. Mia e Rigabel tomavam nota de tudo o que ele dizia, enquanto Letla, Madis e Amelia observavam atentamente os gestos e tudo o que o aquele homem apontava.

— E de onde você tirou essas informações? — perguntou Amelia, sempre desconfiada de alguma tramoia por parte do prisioneiro.

— Das páginas que arranquei do livro que você e sua filha tão descuidadamente usaram. — E olhou para o velho livro, agora jogado no chão.

— E vai funcionar? — indagou a Zeladora, enquanto gotas de suor nervoso escorriam pelo seu rosto.

— Isso só vamos saber se vocês me deixaram fazer o que é preciso.

— Você consegue disparar essa arma sem matar todos que estão lá fora? — Madame Cebola perguntou em um tom de voz cansado.

— Isso é sério!? — Marrasga estava incrédulo. — Aqueles soldados estão a poucos metros de invadir estes túneis, matar todos nós e tomar posse de Terraclara, e você ainda me pergunta uma asneira dessa?

O tom de voz de Marrasga oscilava entre a incredulidade, o desespero e a raiva. Para ele, a dúvida da Zeladora era um devaneio suicida com o qual ele não poderia concordar. A Zeladora olhou para os demais cidadãos presentes naquela câmara de pedra empoeirada, como se pedisse que alguém a aconselhasse ou tomasse a decisão por ela.

"Como alguém podia tomar uma decisão que simplesmente exterminasse centenas, talvez milhares de vidas?" — ela pensava e logo os demais a acompanharam nesse pensamento silencioso, entreolhando-se com o pesar da antecipação de uma situação sem solução: morrer ou tornar-se a própria morte?

Marrasga aproveitou aquele momento de distração coletiva e saltou na direção da bancada puxando três alavancas simultaneamente. Ele chegou a ouvir os gritos dos demais e sentiu um par de mãos tentando agarrar seus ombros, mas foi em vão.

Estava feito.

Capítulo LXXXVII

O rangido que a Arma Suprema emitiu foi ao mesmo tempo assustador para quem estava do lado de dentro e para quem estava do lado de fora. Era um som alto, contínuo, como se o Professor Rigabel estivesse arrastando as unhas em um quadro-negro gigante. Do lado de dentro, aquele ruído era tão alto, que parecia vir de todos os lados, como se peças de metal e pedra estivessem sendo arrastadas, enquanto as paredes tremiam como um pequeno terremoto. Aqueles que tinham ficado dentro da câmara começaram a imaginar que iriam morrer soterrados e se abraçavam em um adeus improvisado.

* * *

Do lado de fora o ruído parecia o uivo de algum animal em agonia, um gemido que vinha da parede de pedra, como se a própria montanha estivesse sofrendo de uma dor profunda e gritasse de desespero. Cario e Galeaso estavam junto aos soldados no meio da ponte e, assim como todos os demais, ficaram assustados com aquele som. Depois daquele uivo atemorizante um novo som foi ouvido, desta vez baixo, quase inaudível, como assobios em tom baixo. A noite escura não ajudou em nada aqueles que estavam do lado de fora, e ninguém conseguiu ver as setas de metal voando em sua direção, até que os primeiros soldados começaram a cair. O pânico tomou conta dos dois líderes daquela legião, que olhavam, incrédulos, seus soldados caindo sob uma chuva invisível de morte.

Era isso que passava pela cabeça do Governador Cario e do Comandante Aulo Galeaso, antes de se juntarem aos soldados mortos.

A Arma Suprema havia despejado sua fúria como uma tempestade de ferro atingindo indiscriminadamente aqueles que estavam sobre a ponte e a maioria dos que estavam do outro lado do Abismo.

* * *

Existem momentos da história tão sombrios, que são ironicamente marcados pela escuridão. Aquele foi um deles. Na noite escura não se via muita coisa, e o sangue de todos que foram vitimados pela Arma Suprema escorria como uma mancha cinzenta, enquanto os corpos daqueles que não caíram no Abismo pareciam sombras projetadas no solo. Foi melhor assim, às vezes a realidade é tão desumana, que é melhor vislumbrar apenas as sombras.

Capítulo LXXXVIII

O Chefe Klezula voltou do posto de observação e cochichou alguma coisa no ouvido da Zeladora. Ela abaixou a cabeça e ficou assim, calada, como se seus pensamentos pudessem cruzar as grossas paredes de pedra.

— Ainda corremos perigo? — Ela perguntou depois de alguns instantes, como se limpasse as ideias com uma sacudida de cabeça.

— Não, as tropas remanescentes do outro lado do Abismo estão fugindo.

Havia um profundo sentimento de culpa e de luto no ar. Ainda que fossem inimigos, as muitas centenas de corpos que jaziam do outro lado do Abismo eram uma lembrança de todos — fossem artenianos, freijar ou cidadãos do Consenso, sim, todos eram capazes de coisas terríveis.

* * *

Os dias que se seguiram foram de maior pragmatismo por parte dos líderes de Terraclara. As armas dos soldados mortos foram recolhidas, enquanto alguns feridos foram tratados, contra a vontade, na enfermaria improvisada em uma tenda. Os soldados da Magna Guarda se recusavam a ser tratados e tiveram que ser amarrados para não correr e se jogar no Abismo. Aparentemente, era uma desonra voltar ferido para casa depois de uma grande derrota como aquela. A Zeladora ordenou um minucioso e cansativo trabalho de recolher todas as setas de metal disparadas pela Arma Suprema — afinal, não sabiam se havia mais munição, e quem sabe aquela arma terrível ainda fosse necessária no futuro.

Madame Cebola, muito relutantemente, honrou sua promessa e deportou Roflo Marrasga para o exílio além do Abismo. Ele não poderia voltar e, se o fizesse, seria jogado em uma masmorra pelo resto da vida.

Em meio a todo aquele caos, muitos habitantes da região foram se deslocando até a ponte, com medo do retorno dos soldados e na esperança de se refugiar em Terraclara. Inicialmente foram recebidos sem qualquer controle, passando para a segurança do outro lado e se alojando em Vila do Monte, como podiam. Alguns moradores abriram a porta de sua casa, enquanto outros ajudaram a construir abrigos temporários. Teittu e Battu transportaram aos poucos muitas famílias através do lago e as alojaram em sua própria casa e sob qualquer tipo de teto que conseguissem arranjar. Em pouco tempo a situação em Vila do Monte começou a ficar complicada, e a solidariedade inicial começou a ser misturada com desconfiança e egoísmo. A Zeladora sabia que receber grandes populações de refugiados em Terraclara não era uma decisão individual, e deveria ser tomada pela Assembleia do Povo. Ela então mandou fechar o acesso do portal enquanto uma decisão definitiva não fosse tomada. Foi uma escolha difícil, e naquele momento a Zeladora começou a sentir o desgaste que a função trazia, de uma forma como nunca sentira antes.

Capítulo LXXXIX

Os casais Patafofa e Ossosduros tomaram o longo caminho de volta para casa, levando em sua companhia os novos amigos da família de Odnan, Osgald e Amigo. Com eles, viajavam Aletha e Bapan, os quais, além de Magar que estava se recuperando na capital, eram os únicos remanescentes da expedição que trouxera a carta de Gufus. As famílias recém-reunidas permaneciam instintivamente juntas, e, desde que saíram de Vila do Monte, Flora parecia estar grudada em Uwe.

Era uma expedição interessante, uma vez que traziam Flora e Gufus — até então dados como mortos —, além de Aletha e Bapan, que há bem pouco tempo ninguém sabia se haviam sobrevivido. Teka brincou que era a caravana dos mortos-vivos e conseguiu arrancar muitas risadas.

Teka, Gufus e Mia estavam tão próximos, que, se pudessem, cavalgariam no mesmo cavalo. Parecia que aquele período de afastamento criara uma lacuna que só poderia ser preenchida assim, grudados uns nos outros. Com os irmãos Tayma e Marro, por vezes eles cavalgavam juntos como uma espécie de ala jovem daquele grupo.

— Mas e então — perguntou Gufus para os demais, com um tom de voz malicioso —, estão sentindo falta de alguém em especial?

— Bem... — disse Mia, de forma tímida. — Talvez, talvez.

— Pois é — completou Marro. — Eu faço minhas as palavras de Mia: talvez, talvez.

— Hum... quanto mistério — falou Teka, em tom de brincadeira.

— Misteriosos são os olhares que você estava trocando com Osgald — disse Tayma, implicando com Teka.

— Ah, sim — ela respondeu ironicamente. — Bem mais misteriosos do que um certo beijo escandaloso que nós presenciamos.

E seguiram viagem conversando e implicando uns com os outros, como melhores amigos costumam fazer.

* * *

Amelia trazia nas mãos uma muda de árvore nativa do outro lado que havia recebido de presente de Tarkoma. Ele disse que plantar uma árvore daquela nas casas multigeracionais das famílias era uma tradição do seu povo, porque seus frutos serviriam para adoçar as bocas de filhos, netos e bisnetos. Parecia uma coisa fútil naquele momento tão épico, mas representava esperança e visão de futuro, e isso era muito importante para todos eles.

* * *

O retorno de Flora foi muito comentado, assim como o grande alívio com a chegada de Aletha e Bapan. Uwe e a esposa optaram por um retorno mais discreto, levando a família de Tarkoma para o Castelo Ossosduros e ficando lá em relativo isolamento por algum tempo. Dessa forma, Flora não iria se sentir uma atração turística, e os refugiados poderiam se acostumar aos poucos com Terraclara. Uwe e Flora usaram esse tempo para se reconectar e curar as feridas que o tempo de isolamento havia criado. Ela padeceu de forma inimaginável com o tempo de escravidão desde que foi resgatada semimorta na beira do Abismo. Ele sofreu o luto pela morte da esposa e criou a filha sozinho. Agora, juntos puderam compartilhar esses sentimentos e passavam muito tempo passeando e conversando, o que serviu como um remédio lento, porém eficaz, para a cura de ambos.

* * *

O tio de Gufus, Arkhos, tomou a responsabilidade de conversar com a irmã e o cunhado, visando prepará-los para o retorno do filho. Arkhos era um ex-militar, um tipo mais para rude do que para carinhoso, mas tinha um amor profundo pela irmã e pelo sobrinho. Quando ele chegou à casa de tijolos vermelhos na beira do Lago Negro, houve uma reação emocional muito forte, porque todos temiam pela vida dos que foram lutar à beira do Abismo. Quando Arkhos encontrou Silba e Alartel, eles se abraçaram na varanda, antes mesmo de ele conseguir entrar em casa, e quiseram saber tudo o que ocorrera. O tio de Gufus contou sobre a bravura dos guerreiros, sobre a visão aterradora da Magna Guarda, e começou a contar sobre a estratégia de engodo que lhes possibilitou ganhar tempo e se preparar para a invasão. Ele detalhou o encontro que Malia, Madis e Uwe tiveram com os representantes do Consenso e como os três tiveram sucesso porque foram ajudados por uma pessoa que havia sido mantida prisioneira em Capitólio, a mesma pessoa que enviara a carta alertando sobre a invasão. Arkhos foi levando aquela narrativa de uma forma bem suave, até que começou a contar sobre a origem do tal prisioneiro. Nem precisou chegar ao fim da história, quando Silba o agarrou pela camisa e perguntou, já em lágrimas:

— Onde está ele?

Os três caminharam até a pequena doca onde Gufus e o pai guardavam o barco no qual velejavam pelo lago. Sentado dentro do barco, o filho, tido como morto há tanto tempo, abriu um largo sorriso quando avistou os pais e foi na direção deles, enquanto Silba, sem conseguir andar, caiu de joelhos na grama. Os três ficaram abraçados sem dizer nada por um longo período, apenas tentando acreditar que realmente estavam reunidos, que aquilo não era um sonho. Alartel, abraçado e ainda de alguma forma apoiando a esposa, foi quem sugeriu que entrassem em casa, mas foi logo interrompido por Gufus.

— Só entro em casa se tiver pão doce, caso contrário vamos direto para a padaria!

E, rindo juntos, os quatro passaram pela varanda e entraram em casa, simbolicamente como um recomeço da vida de todos, após um ano de luto.

Capítulo XC

Dentre todas as assembleias das quais participara, a Zeladora nunca havia presenciado tamanha multidão. O anfiteatro do Monte da Lua estava tão abarrotado, que seria difícil os cidadãos seguirem o antigo ritual de mudarem de lugar para votar de um lado ou de outro. O início da sessão já estava atrasado quase meia hora, simplesmente porque ninguém conseguia colocar um pouco de ordem e começar a falar. Mesmo antes do início formal, já havia uma lista prévia de inscritos para falar que certamente iria aumentar. A Zeladora Handusha Salingueta pediu, mais uma vez, que as trompas fossem soadas, mas daquela vez ela mandou que fossem sopradas de forma contínua até ordem em contrário. Funcionou.

— Se eu tiver que mandar tocarem essas malditas trompas mais uma vez, vou encerrar essa votação antes de começar, e entregar meu cargo para o próximo infeliz que desejar tentar organizar essa bagunça!

A voz de Madame Cebola foi ouvida longe, mesmo com certo murmúrio persistente, ao fundo. Ela usava um vestido amarelo, com folhas e flores coloridas bordadas em toda a sua extensão. Na mão esquerda, um leque grande com listras multicoloridas abanava seu pescoço, que suava sob o sol da manhã e com a tensão daquela votação. Antes de começar, ela deu mais um aviso, ainda aos berros e agora bem mais mal-humorada:

— E, se algum engraçadinho utilizar apelidos para se referir a esta Zeladora, vou mandar arrastarem essa pessoa até aqui, para falar na minha cara, se tiver coragem!

O tom de voz ao mesmo tempo solene e irritado surtiu efeito, e as pessoas começaram a se calar.

— Na condição de Zeladora dos Interesses do Povo, declaro aberta esta assembleia e, como é tradicional, coloco à disposição minha função e convido a quem desejar apresentar sua candidatura.

Um silêncio respeitoso tomou conta do anfiteatro, e ela logo continuou.

— O objetivo da votação de hoje é decidir se vamos manter aberta a passagem da Cordilheira e permitir a entrada de refugiados, ou se vamos fechá-la e isolar novamente Terraclara.

A Zeladora apresentou as duas alternativas e, com um gesto, mostrou o lado do anfiteatro relativo a cada opção. Imediatamente, como era usual, as pessoas começaram a se mover em um posicionamento inicial que, provavelmente, iria mudar várias vezes ao longo das discussões.

Os primeiros a discursar foram o velho Tarkoma e sua neta Tayma. Eles agradeceram a acolhida e reforçaram a necessidade de abrir as fronteiras. Tayma apelou para o fato de já ser aluna do Orfanato e, no ano que havia passado em Terraclara, aprendeu muito e também teve a oportunidade de ensinar um pouco da sua cultura. A dinâmica das votações começara, e muita gente, influenciada pelas palavras da jovem de tranças esvoaçantes, começou a mudar de lugar. Depois deles, foi a vez de Letla Cominato, que destacou a importância de acolher os jovens refugiados no Orfanato e como a construção da segunda unidade daquela escola, na Vila do Monte, seria oportuna. Foi neste momento que começaram as opiniões discordantes.

— Quer dizer, então, que construímos uma escola nova não para nossos filhos, mas para os estrangeiros? — Gritou uma voz do meio da multidão.

— Não é nada disso — respondeu a Diretora Cominato. — Essa nova unidade, assim com a antiga, vai acolher a todos, independentemente de sua origem.

— Mas quem vai ter prioridade no acesso às vagas? — Outra pergunta veio do meio da multidão.

— Isso mesmo, os estrangeiros só vão ficar com o que sobrar? — Disse uma terceira voz.

As pessoas voltaram a se movimentar, e logo todos começaram a falar ao mesmo tempo, obrigando a Zeladora a mandar soprarem as trompas de forma ensurdecedora, até que o silêncio voltou a reinar. Ela aproveitou e passou a palavra ao próximo orador inscrito.

— Acho que a maioria me conhece, mas vou me apresentar assim mesmo — disse o homem de cabelos castanhos, já com alguns fios grisalhos despontando aqui e ali. — Meu nome é Madis Patafofa, e eu recentemente propus sociedade a Odnan e Tarkoma, para começar um novo negócio de produção de vinhos.

— E por que não convidou um de nós para ser seu sócio? — Perguntou uma voz no meio da multidão.

— Porque os vinhos que produzimos são como a água que sai da lavagem de roupas, se comparado com o que meus amigos aqui produziam.

O comentário bem-humorado trouxe um pouco mais de leveza ao ambiente tenso e permitiu que Madis continuasse a explicação.

— Eles estão trazendo o conhecimento, mas nós não podemos fazer tudo sozinhos. Quem vocês acham que vai trabalhar nos vinhedos, produzir e transportar o vinho, e depois vendê-lo? Vocês, é claro.

Foi uma jogada de mestre. Em seu discurso Madis conseguiu, de forma simples, exemplificar uma situação de ganha-ganha que poderia beneficiar muitas pessoas. Consequentemente houve novas mudanças no posicionamento dos votantes.

— Passo a palavra para Arne, líder dos freijar — declarou a Zeladora, já mais tranquila com o andamento daquela votação. Ela não fazia ideia do que estava por vir.

O homem alto, com barba e cabelos claros, além de profundos olhos azuis, se levantou e se expressou da melhor forma que conseguiu.

— Meu nome é Arne, marido de Thyra e pai de Liv, assassinada pelo Consenso.

Fez-se um silêncio respeitoso na multidão quando aquele homem grande se apresentou de forma tão singela como marido e pai, e não como líder de um povo.

— Estou aqui diante de vocês hoje não para pedir alguma coisa, mas para dizer que, como irmãos de armas, agora somos um só. — Ele fez uma pausa bastante contundente e prosseguiu. — Lutamos juntos contra um inimigo comum e agora queremos viver juntos em paz.

— Lutaram só depois que souberam do massacre dos seus filhos, porque antes nos abandonaram para enfrentar os uniformes negros sozinhos.

Essa frase inesperada veio de Aletha, que estava bem na frente da multidão e tomou a palavra.

— Vocês são individualistas e interesseiros — Aletha completou. — Se sua filha não tivesse perecido na lâmina de uma espada da Magna Guarda, você nos teria abandonado, e talvez não estivéssemos tendo esta reunião.

— Você nos chama de covardes?

— Não, de egoístas e aproveitadores.

O bate-boca que havia começado no palanque logo se estendeu para a multidão, dessa vez de forma mais acalorada. Novamente as pessoas se movimentaram de forma frenética, dando uma nova feição àquela votação. Depois de mais uma prolongada toada das trompas, a Zeladora conseguiu dar continuidade à discussão e chamou os dois últimos inscritos para falar: Omzo Rigabel e o casal Alartel e Silba Pongolino. O que se imaginava era que o elitista e preconceituoso professor fosse advogar contra a abertura das fronteiras, enquanto os pais de Gufus fossem defendê-la. A Zeladora imaginava que, com o último argumento do casal, a decisão pela abertura deveria ser obtida com facilidade.

A careca de Rigabel parecia estar mais destacada naquela posição do anfiteatro, ou talvez ele estivesse realmente perdendo cabelos mais intensivamente nos últimos tempos. Seu bigode, por outro lado, parecia mais cheio, como se carecesse de cuidados nos últimos dias.

Ele caminhou até o centro do palanque de forma irritantemente lenta e ritualística, como costumava fazer nos corredores do Orfanato. Parou no centro daquele espaço e ficou ali, contemplando com olhar reprovador o tumulto das vozes que teimavam em flutuar no ambiente. A Zeladora ameaçou mandar tocar as trompas, mas um gesto sutil de Rigabel a fez esperar. Ele ajeitou seu traje e caminhou para frente, quase na beirada do palanque, cruzou os braços e ficou ali parado, olhando para a multidão com os olhos quase soltando faíscas. Aos poucos, o silêncio voltou, e só então a voz profunda e grave que costumava assustar os alunos se fez ouvir.

— Vocês se esquecem de que a história tem o péssimo hábito de se repetir, e a intolerância e o desprezo pelo que é diferente nos levou a uma guerra que tingiu aquele rio de sangue — ele disse apontando para o Rio Vermelho.

Depois de uma das suas tradicionais pausas dramáticas nos discursos, ele prosseguiu.

— Nossa terra é tão rica, tão vasta e tão desabitada, que, ao acolher essas pessoas, estaremos criando uma nova história, um novo futuro com muitas possibilidades de prosperidade não só para elas, mas para nós.

De todas as pessoas presentes, talvez quem mais se impressionou e surpreendeu com aquele discurso havia sido Letla Cominato. Ela já perdera a conta de quantas vezes repreendera Rigabel por sua conduta preconceituosa, e agora ele a espantava com aquela defesa do acolhimento, baseado em fatos históricos e em uma perspectiva positiva de futuro. Um sorriso terno brotou em seu rosto enquanto escutava o colega professor.

— Por fim, considerem que todos podemos nos beneficiar, se pensarmos que esses imigrantes poderão realizar várias tarefas desagradáveis para nós, enquanto nos dedicamos a coisas mais nobres.

Letla imediatamente pensou: "Pronto, o velho Rigabel ataca novamente".

As palavras do professor tiveram um forte efeito no posicionamento da multidão, que logo se movimentou de forma bastante decisiva a favor da imigração. Agora só faltava escutar o casal Pongolino, e tudo apontava para uma decisão favorável à abertura das fronteiras. Foi Silba quem falou primeiro.

— Há cerca de um ano as pessoas de bom coração desta terra, nossos vizinhos, amigos ou desconhecidos, fizeram uma calorosa homenagem ao filho que considerávamos morto, e forraram nosso caminho com flores. Nunca vamos nos esquecer disso.

Houve aplausos e gritos de alegria na multidão, porque àquela altura todos já sabiam do retorno de Gufus.

— Também nunca vamos nos esquecer daqueles que apoiaram a acolheram nosso filho — disse ela, olhando para a Tarkoma, que estava sentado próximo.

O clima no anfiteatro naquele momento era positivo, calmo e inspirado na ternura do reencontro entre os pais e o filho dado como morto.

— Mas toda a tristeza, toda a tragédia e todos os problemas que vivemos hoje só existem porque alguns desobedeceram à decisão desta soberana assembleia e colocaram todos nós em perigo, de forma leviana e irresponsável.

Silba mudou o tom de voz ao mesmo tempo que olhava de forma reprovadora para Madis, que também estava sentado ali perto. Um certo clima de espanto misturado com medo reacendeu na multidão. Foi quando Alartel Pongolino tomou a palavra.

— Por séculos, nós vivemos muito bem sem contaminar nossa sociedade com tudo de ruim que há do outro lado do Abismo, e agora querem destruir nossa essência, abrindo uma artéria de poluição para corromper o que somos. Não podemos permitir que isso aconteça!

O tumulto que se seguiu foi difícil de controlar. Mesmo soprando as trompas por minutos, a gritaria e a movimentação das pessoas estavam impedindo a continuidade de qualquer discussão. A Zeladora levantou-se disposta a encerrar aquela votação, mas foi surpreendida por Silba, que, com os olhos raivosos, disse apenas:

— Não se atreva!

Alartel foi para o centro do palanque e começou a gesticular loucamente, até que as pessoas começaram a se calar e esperaram para ouvir o que ele estava querendo dizer.

— Não se deixem reprimir porque outros pensam diferente de vocês, façam sua opinião valer, digam o que realmente pensam. Agora é sua última chance.

E muita gente que até então estava calada começou a falar. Frases e argumentações vinham do meio da multidão de forma espontânea, junto com novas movimentações das pessoas.

— Mas eles são tão diferentes. Sua cor, seus costumes... não são certos.

— E quem vai sustentar essas pessoas? O meu trabalho?

— Onde vão morar? Vão me obrigar a dividir minha casa com eles?

— É verdade que aqueles grandões loiros matam os filhos mais fracos, jogando-os no Abismo?

— Eles vão roubar nosso trabalho nas minas e nos campos!

— Daqui a pouco vamos ter um Zelador de cabelos ruivos ou um de pele escura. Não queremos isso!

Muitas opiniões até então represadas foram expressas, e um lado não tão bonito da opinião pública foi exposto. Madis ainda tentou uma última argumentação.

— Estamos em uma encruzilhada histórica, não deixem que o medo decida por vocês. Todos nós passamos o último ano cercados de incertezas, mas agora essas incertezas podem se transformar em esperança. Não devemos fechar os nossos olhos e as portas das nossas casas a quem precisa.

— A porta da minha casa vai continuar fechada — disse uma voz anônima na multidão. — Só assim eu vou proteger minha família.

Não era proibido que o chefe do governo tivesse opinião em uma votação ou que se manifestasse, apenas não era comum. Mas a situação era inusitada, e Madame Cebola se permitiu opinar, usando um tom de voz que lembrava a todos quem era aquela pessoa com roupas espalhafatosas que agora governava Terraclara.

— Considerem que todos podemos nos beneficiar se pensarmos que esses imigrantes poderão realizar várias tarefas não só as que não sabemos, mas, principalmente, aquelas que não queremos fazer[3].

E, antes que um novo tumulto se formasse, a Zeladora conclamou os votantes para uma decisão final, apontando novamente para os dois lados do anfiteatro.

— Qual é a decisão de vocês?

* * *

Os discursos haviam acabado, as conversas e as influências entre vizinhos no meio da multidão já estavam finalizadas. Um dos lados do anfiteatro estava mais cheio do que o outro. A Zeladora já tinha a decisão dos cidadãos e agora tinha que tomar as ações necessárias.

Epílogos

— Prontinho, já está plantada.

A muda de árvore frutífera com que Tarkoma presenteou Madis e Amelia agora estava plantada bem em frente à varanda onde o casal costumava compartilhar momentos de carinho no fim da tarde.

— Daqui a pouco vamos colher frutas e ficar degustando aqui, juntos, na nossa varanda — disse Madis, enquanto limpava nas calças as mãos sujas de terra, sob o olhar reprovador da esposa.

— Daqui a pouco? — Ela contestou e logo completou. — Até essa árvore crescer e dar frutos, nossos netos é que vão aproveitar.

— Netos? Está bastante otimista, vovó Patafofa.

— Bem, a família aumentou, além de Mia, ainda podemos ter netos de Tayma, Marro e Teka.

— É verdade, as probabilidades estão a nosso favor.

— E, antes que eu me esqueça, vovó Patafofa só se for a sua avó. — Ela finalizou aquela conversa com risos. — Eu ainda estou muito jovem!

E, como sempre, terminaram o dia juntos na varanda, um em cada cadeira, com as mãos dadas, vendo o pequeno jardim que enfeitava a frente da casa receber algumas borboletas.

* * *

— Reprovados... — disse Teka, com um ar de tristeza e resignação.

— É, reprovados... — disse Gufus, ainda com dúvidas sobre o quanto aquilo era realmente importante na sua recém-recuperada vida.

— Reprovados... — disse Tayma, ciente de que teve todas as oportunidades, e as deixou escorrer pelos dedos.

— Sim, vocês três estão reprovados e terão que voltar no próximo período letivo para refazer a mesma série — comentou a Diretora Cominato, bastante decepcionada.

Não que Gufus ou Teka estivessem realmente perdendo um ano porque não chegaram a frequentar nem um dia de aula, mas pediram para fazer uma série de exames especiais na esperança de conseguir passar de ano. Naturalmente, falharam. Tayma, por sua vez, frequentou as mesmas aulas que o irmão, mas, enquanto ele conseguiu superar as dificuldades com bastante esforço, ela não fez o mesmo.

— E agora, o que vamos fazer? — perguntou Teka para si mesma, mas em voz alta, o suficiente para que o Professor Rigabel escutasse e prontamente respondesse.

— Eu sugiro estudar bastante — retrucou ele, enquanto passava a mão sobre a barba muito bem aparada, e completou. — A nova direção desta escola não será tão benevolente quanto a anterior.

— Nova direção!? — Perguntou Teka, em um misto de espanto e antecipação.

— Sim — respondeu Rigabel, enquanto caminhava calmamente para fora daquela sala. — A Diretora Cominato vai nos deixar, para liderar o novo Instituto em Vila do Monte.

— E quem vai assumir o lugar dela? — Gufus perguntou.

Recebeu um sorriso discreto como resposta.

* * *

A aglomeração na ponte ficava cada vez maior, e os guardas da Brigada não podiam correr o risco de muitas pessoas forçarem passagem pela ponte de madeira, simplesmente porque iriam se amontoar no portal, e acidentes graves poderiam ocorrer.

— Meu senhor, meu senhor, tenha piedade da nossa família — disse uma jovem magra e com aparência suja que apoiava uma velhinha frágil pelo braço.

O guarda apenas pediu que elas se afastassem, mas foi novamente interpelado pela jovem.

— Minha mãe e meu irmãozinho já passaram, mas eu fiquei para apoiar minha avozinha — argumentou ela, com a voz bastante emocionada. — Ela precisa de ajuda, mas não quero abandonar minha mãe e meu irmão sozinhos em uma terra estranha.

O guarda olhou para aquela moça e para a anciã que estava com ela, encurvada, com cabelos muito branquinhos descendo por debaixo de um lenço já bem encardido que cobria quase todo o seu rosto. Ele pensou no desespero daquelas pessoas e imaginou que a própria esposa e os filhos poderiam estar na mesma situação em uma realidade diferente. Naquele exato momento, os cidadãos que puderam comparecer na assembleia estavam votando aquela questão: abrir ou não as portas de Terraclara para os refugiados. Enquanto a política não fosse definida, a ordem era não deixar mais ninguém entrar, exceto em casos de comprovada urgência. "Mas e a saúde e o bem-estar de uma velhinha não são um caso de excepcional urgência?", pensou.

— Podem passar — disse o guarda, enquanto fazia um gesto para os colegas no outro extremo da ponte.

A velha senhora beijou a mão do guarda em agradecimento, enquanto a jovem ia pacientemente conduzindo-a pela ponte de madeira. A travessia foi lenta, mas enfim as duas chegaram ao outro lado.

— Bem-vindas a Terraclara — disse uma mulher jovem de longos cabelos castanhos, que controlava a passagem.

— Obrigada, obrigada — respondeu a idosa, com a voz rouca.

Logo recebeu roupas e um cobertor, antes de ser conduzida na jornada que a levaria para sua nova morada.

Diante da generosidade e do acolhimento daquelas pessoas desconhecidas, a velha pensou: "Que bando de idiotas! Vou me dar muito bem neste lugar". Ela ajeitou o lenço na cabeça para continuar com rosto encoberto e não ser facilmente reconhecida enquanto caminhava, agora normalmente, junto com Stella, que a acompanhara naquela jornada e continuaria a ser sua principal auxiliar no novo negócio sujo que pretendiam iniciar.

* * *

"Ah, o doce aroma da liberdade", pensava Roflo Marrasga, enquanto se afastava aos poucos da sombra da Cordilheira Cinzenta e começava a ver, ouvir e cheirar coisas totalmente novas. Depois de um ano na prisão, ele teve tempo de pensar em várias alternativas para alcançar o poder que sempre desejou, e agora podia trabalhar nisso. Queria ser rei, ainda que vassalo do Consenso, e dali em diante poderia voltar ao seu projeto. Mesmo que de forma indireta, o que ele presenciou à beira do Abismo e as informações que ouviu sobre regiões com pouca influência do Consenso aguçavam sua ganância e lhe davam certeza de que seus talentos logo seriam recompensados. "Que se dane Bariopta e essas baboseiras dos cidadãos", pensou ele, abrindo um sorriso. "Afinal, de um jeito ou de outro eu é que vou ser feliz."

* * *

Gufus estava sentado dentro de um pequeno barco, admirando o fim da tarde às margens do Lago Negro. Ele havia saído para um breve passeio solitário e logo aportou em um banco de areia não muito longe de casa. Estava absorto; seus pensamentos voavam daquele pequeno pedaço de perfeição até Capitólio. Rostos e mais rostos passavam por esses pensamentos, como os de Maeki, Anaya, Anii e até mesmo Magnus. Ele pensava se, de alguma forma, havia feito a diferença e se isso poderia ter prejudicado pessoas como a serva que o ajudara, o escriba de quem ficara amigo ou a menina surda que, em seu coração, adotara como irmã caçula. Ninguém passa por uma experiência como a que ele passou e retorna da mesma forma, é impossível. As marcas ficarão para sempre. Mas, para Gufus, o que mais atormentava era a possibilidade real de uma vingança avassaladora por parte do Consenso, e isso estava tirando seu sono e sua tranquilidade.

Ele viu alguém se aproximando vindo do grande castelo de pedras que ficava à margem do lago.

— Oferenda de paz — disse Oliri, enquanto estendia a Gufus uma bandeja com doces e outras guloseimas.

Ele se sentou ao lado do antigo desafeto, e os dois ficaram ali, calados e comendo os doces provavelmente preparados pelo cozinheiro da família Aguazul. Oliri quebrou o silêncio.

— Tenho certeza de que não se comparam com as delícias que seu pai costuma fazer.

— Pelo contrário, esses doces são muito bons.

Em seguida, Oliri disse apenas uma palavra, repetindo um diálogo que tivera com Mia durante o baile.

— Perdão.

Gufus não disse nada; apenas pegou um outro doce da bandeja e deu dois tapinhas amistosos no ombro de Oliri. Ele soube, através de Mia, do remorso sincero daquele que havia sido tão maldoso e que agora estava ali, arrependido, ao seu lado. Ficaram naquele local por mais um tempo, e mais uma vez foi Oliri quem quebrou o silêncio.

— Você acha que o pior já passou?

— Não, eu acho que o pior ainda está por vir.

* * *

O Magnus estava calado, depois de ler os relatos que recebera havia pouco. Sua expressão era indecifrável. Ele não conseguia acreditar que seu legado seria aquele, de líder que sacrificou o sangue de tantos soldados para nada — o grande derrotado, o estúpido que havia sido enganado. Olhou para a ampla janela daquele cômodo, que ficava virada para o declive onde estavam os anéis de pedra com os túmulos e as glórias de seus antecessores, e pensou: "O que vão escrever na minha lápide?". Os momentos de silêncio foram gerando uma tensão crescente, que podia ser sentida no ar, quase uma coisa palpável. Em uma das mãos ele ainda trazia um papel, já agora amassado, onde há pouco ele havia lido a despedida de Gufus.

Magnus,
Neste ano em que passei no seu palácio, vi, ouvi e presenciei coisas extraordinárias, muitas delas terríveis, mas, ainda assim, extraordinárias[4]. Apesar de sentir minha vida sempre por um fio, fiz alguns poucos amigos e aprendi muita coisa. Aprendi muito sobre o Consenso e seus princípios, e aprendi muito mais durante nossas conversas.
Você me disse que esperança é uma coisa fútil, que esperança é para os fracos, que não têm ousadia de fazer acontecer.
Não, esperança é para os fortes, que acreditam, insistem e, mesmo quando caem, se levantam para fazer o que é certo. E é isso o que faremos.
Prepare-se, porque nós nunca nos renderemos!
Gufus Pongolino.

De repente o Magnus soltou um grito, um som gutural de raiva e frustação, e derrubou tudo o que estava em cima da mesa, além da estante, de onde caíram obras de arte e livros. Com os olhos injetados de raiva ele caminhou em direção a Maeki, arrancou das mãos dela aquele manual que ela não largava nunca e o jogou no fogo da lareira. A menina ameaçou uma reação, mas foi contida pelo olhar insano do pai e pelas mãos da serva que a acompanhava. O homem mais poderoso do mundo havia sido derrotado, mais do que isso, havia sido humilhado, e aquilo não ficaria sem resposta. E seria uma resposta que ninguém esqueceria: sua vingança entraria para a história do Consenso como o maior banho de sangue que uma conquista já causara. Terraclara seria conhecida como uma terra arrasada. Esse era o seu juramento.

Mas, agora, ele precisava de calma e aconselhamento para compartilhar a notícia com o povo e os representantes do Consenso, sem parecer uma derrota vergonhosa. O Magnus saiu do cômodo caminhando com passos largos e pesados, fazendo sinal para que Anii o seguisse.

Enquanto saía, o escriba sinalizou para Maeki, que chorava, e gesticulou discretamente:

— Eu fiz uma cópia do manual. — E saiu, seguindo o Magnus para uma reunião que ele sabia que não iria acabar nada bem.

* * *

FIM

Agradecimentos e comentários

Agradecimentos a pessoas muito especiais

Quando apresentei o primeiro volume das Crônicas de Terraclara para o Grupo Novo Século, em 2023, fui acolhido de forma encantadora. Digo isso, porque um autor novo, apresentando uma obra de realidade alternativa, muitas vezes enfrenta enormes dificuldades em encontrar uma casa para o seu livro, e eu tive a sorte de bater na porta certa. Tenho um profundo reconhecimento por isso.

Tive um time de dedicadas e talentosas leitoras-teste que me ajudaram a aprimorar a história, lendo o manuscrito e fornecendo críticas e sugestões. Essas mulheres incríveis destinaram um pouco do seu tempo para ajudar a tornar realidade este segundo volume, e agradeço, de coração, em rigorosa ordem alfabética, a Akemi Aoki, Andrea Almeida, Elisabeth Stoeterau e Inês Naine. Vocês sempre terão um lugar à beira do Lago Negro, em uma sombra sob os pessegueiros de Terraclara.

Desde o momento do lançamento do primeiro volume desta trilogia, recebi a ajuda de pessoas que, até então, não conhecia, mas que, de forma espontânea e sincera, contribuíram para a divulgação de *As Crônicas de Terraclara*. Deixo meu obrigado ao Diógenes Ternero — o @vagalumenerd — e ao Fellipe Guimarães Fortes — o @aventureiroliterario.

Ainda na linha de pessoas com as quais a gente tem a felicidade de esbarrar, tive a sorte de conhecer pessoas talentosas que me ajudaram com o marketing digital da saga Terraclara, algo fundamental atualmente. Fica meu agradecimento, novamente em ordem alfabética, à equipe da PR Digital Boutique: Anna Luiza Fernandes, Juliana Krone, Pamella Cavallo e Rafael Martins.

Sobre a inspiração para os personagens

Depois da publicação do primeiro volume, muita gente me perguntou se os três protagonistas foram inspirados em pessoas específicas. Na verdade, quase todos os personagens desta saga carregam características de pessoas reais, sem ser individualmente uma tentativa de personificação.

Mia, Gufus e Teka carregam características dos meus filhos, sem que necessariamente cada personagem seja integralmente inspirado em um ou outro. Na verdade, o trio de protagonistas representa uma mistura interessante das qualidades de cada um dos meus filhos, que tanto me inspiraram e que, diariamente, me dão muito orgulho.

Outras referências a pessoas com quem convivi estão presentes, em especial o casamento amoroso e duradouro de Madis e Amelia Patafofa, inspirado no meu próprio, de tantos anos de felicidade. Sempre que divido um copo de bebida com minha esposa — que prefere, em vez de pegar um copo para si, roubar pequenos goles do que quer que eu esteja bebendo —, Madis e Amelia estão ali. Ou seria o contrário?

Já Malia Muroforte, a matriarca de presença forte, é um espelho da personalidade de minha mãe, enquanto o jeitão de Uwe Ossosduros, meio durão por fora e molengão por dentro, foi inspirado em uma pessoa real com quem convivi por muitos anos.

Ouso dizer que todo escritor faz isto: vai aos poucos refletindo, nos personagens, características de pessoas que conheceu e de situações que vivenciou ao longo da vida.

Cidade Capital, recostado à sombra do monolito
dos fundadores do Orfanato, janeiro de 2025.

Referências

Algumas referências precisam ser citadas, porque partes do livro foram inspiradas ou adaptadas destas fontes:

[1] O Princípio de Controle do Rebanho foi inspirado nos escritos de Günther Anders, em *A Obsolescência do Homem*, de 1956.

[2] "A caneta é mais poderosa que a espada" é uma citação antiga, cuja ideia já havia sido utilizada anteriormente, mas a frase original em inglês — "The pen is mightier than the sword" — foi escrita por Edward Bulwer-Lytton, em sua peça *Richelieu, Or the Conspiracy*, de 1839.

[3] As palavras finais de Madame Cebola, antes da votação pela abertura da fronteira para os refugiados, foram inspiradas em discursos da ex-primeira-ministra do Reino Unido, Theresa May, líder do Partido Conservador de 2016 a 2019.

[4] A frase foi livremente inspirada no diálogo entre Harry Potter e o fabricante de varinhas Olivaras, quando este diz ao jovem bruxinho que "Acho que podemos esperar grandes feitos do senhor, Sr. Potter. Afinal, Aquele-Que-Não-Se-Deve-Nomear realizou grandes feitos, terríveis, sim, mas grandes", em *Harry Potter e a Pedra Filosofal*, de J.K. Rowling, de 1997.

grupo novo século

Compartilhando propósitos e conectando pessoas
Visite nosso site e fique por dentro dos nossos lançamentos:
www.gruponovoseculo.com.br

:ns

- facebook/novoseculoeditora
- @novoseculoeditora
- @NovoSeculo
- novo século editora

gruponovoseculo.com.br

Edição: 1.ª edição
Fonte: Chaparral Pro